# Snijpunt

# Nelleke Noordervliet

# Snijpunt

Uitgeverij Augustus

Amsterdam • Antwerpen

De auteur dankt de Fondazione Bogliasco voor de genoten gastvrijheid tijdens een belangrijke fase in de totstandkoming van *Snijpunt*.

Eerste druk, januari 2008
Tweede druk, februari 2008

ISBN 978 90 457 0144 8
NUR 301

www.augustus.nl
www.nellekenoordervliet.nl

# Deel 1

# 1

Zonlicht flitste in het vlindermes. De jongen deed een stap vooruit, Nora – net te laat – een stap achteruit. Met haar arm weerde ze de aanval af. Verrast zag ze bloed op haar mouw verschijnen. Koud zweet stond onmiddellijk op haar bovenlip, droop langs haar rug, ze vloekte. De schrik ijlde na, zette haar lichaam onder stroom. Heel even stonden ze roerloos tegenover elkaar, de leerling en zij, niet wetend hoe dit verder moest. Weg, dacht Nora, weg. En terwijl hij nog het mes geheven hield, verbaasd bijna om het gevolg van zijn daad, zocht zij blindelings de deur en liep trillend de gang op, een spoor bloeddruppels achterlatend.

Haar aankomst in de lerarenkamer zette het 'incidentenscenario' in werking: opvang slachtoffer, opsporing dader, aangifte bij politie, gecontroleerde doorvoer van informatie aan leerlingen. Nora liet zich beduusd naar het ziekenhuis brengen door een nerveuze collega, maar wist op de vraag hoe het was gekomen alleen te zeggen: 'Ik weet het niet, ik weet het niet.' Ze zag almaar het mes. Was ze blijven staan, dan had het mes de plek onder haar linkerborst gevonden, waar haar leven klopte. Ze voelde hoe de huid daar weerstand bood en dan om het mes heen sprong alsof het staal werd binnengezogen. Ze kromp ineen van angst voor wat niet was gebeurd, kokhalsde, slikte toen de paniek weg. Het is niet het mes, zei ze tegen zichzelf, het is niet het mes, het is de haat. Ja, ook het mes natuurlijk, maar minder het mes dan de haat. Ik ben onthutst door de haat.

Diezelfde avond, weer thuis en alleen, zocht ze vaste grond onder de voeten. Dochter Franca was naar bed gegaan, maar had geen nachtkus gegeven. Ze moest iets doen, afleiding zoeken voor ze de slapeloosheid van de nacht in ging. Handelen hiel mes en haat op afstand. Met zijn blik had de met een *balisong* bewapende jongen elke cel van haar lichaam veracht, en ze voelde zich veracht en verachtelijk, alsof hij haar diepste geheim had gepeild.

Maar wat moest ze doen? Poëzie lezen? Een cryptogram oplossen? De badkamer boenen? Eerst het een en dan het ander? Met gesloten ogen – nabeeld van mes, blauwe dood – ging ze voor de boekenkast staan, deed een greep, trof de *Aeneis*, becommentarieerd door haar vader, en sloeg deze op bij de droom van de stuurman, die als volgt wordt verleid door de god van de slaap: 'Palinurus, de zee draagt zelf de schepen naar voren, winden blazen gestaag, het is tijd om rustig te slapen, buig nu je hoofd, ontsteel je vermoeide ogen het waken. Voor korte tijd neem ik de taken in jouw plaats over'. Waarop de wakkere stuurman antwoordt: 'Mij moet je niet in het beeld van een vredige zee, van kalme golven laten geloven! Moet ik op dit monster vertrouwen, Aeneas aan het bedrieglijke weer en de wind toevertrouwen, ik die zo vaak ben bedrogen door een ogenschijnlijke kalmte?' De arme Palinurus verdwijnt niettemin – door de god gesust – in de golven, opdat Aeneas zijn volk naar de kust kan geleiden. 'Jij hebt te veel vertrouwd op het weer en het rustige water, Palinurus, naakt zul je liggen op vreemde bodem.' Ze moest de tekst drie keer lezen voor hij tot haar doordrong. Het hielp. Ze bereikte een bodem in zichzelf. Met Aeneas' gedachten keek ze mee hoe het bleke lijf van de stuurman zonk en later weer steeg, de rug boven water als een klein eiland, de ogen starend naar het wier, hoe hij werd gedragen door de stroming, op de kust geworpen bij Syracuse of Messina, eenzaam, door niemand opgeëist. Later bleek dat hij – nog in leven – was beland bij stammen die hem met messen onthalsden, zijn kleren als buit namen, en dat hij dood en onbegraven rusteloos wachtte op een hand zand en de tocht over de Lethe. En ze vroeg zich af of haar vader, de kalme classicus, dit net zo voelde als zij. Wanneer is wanhoop geoorloofd, papa? Ze zat met het boek in haar handen, scherven op schoot, en zei tegen zichzelf: 'Nora, wat nu?'

Door het mes lag haar hele loopbaan op de snijtafel. Wat had ze gedaan of nagelaten om de jongen te provoceren? Met die vraag in haar achterhoofd had ze geaarzeld over de aangifte. Maar het was beleid van de school: we doen altijd aangifte.

Ze sliep onrustig. Tegen de ochtend kwam een droom, die geen echte droom was maar meer een overbelichte herinnering aan het huistribunaal. Haar vader speelde daarin rechter, een grenzeloos geduldige en gewetensvolle rechter, haar moeder griffier of officier of advocaat, naar het uitkwam, door wie hun kinderlijke conflicten werden beslecht en hun peccadilles berecht en bestraft. In de huiselijke rechtbank verzandden de woede en de verontwaardiging die ze als kind voelde in de redelijkheid van de analyse en het begrip. Agressie werd getemd, totdat er geen rechtszaak meer hoefde te worden gehouden: alle kinderen liepen in het humanistisch en tolerant gareel. In haar droomherinnering stond ze weer terecht als een kind. En vader greep naar zijn Marcus Aurelius zoals een dominee naar de Bijbel zou hebben gegrepen. Ze schrok wakker toen ze met een goed getrainde beweging het vlindermes openknipte en haar vader bedreigde.

Belachelijke symboliek.

Het ontbijt passeerde in stilte. Nora noch Franca kende de etiquette van deze situatie. Nora wilde wel vertellen over de rare droom of het lot van Palinurus of de onzekerheid die de aanslag had veroorzaakt, maar ze kon het niet. Ze wist niet waarom. De haal met het mes had alles ontdaan van vanzelfsprekendheid. Ze meed Franca's blik, wilde zelfs niet hoeven zien of Franca haar wel aankeek en hoe ze haar aankeek: met bezorgdheid, medelijden, of afkeer. Ze hoopte gewoon te doen, maar mislukte daarin volledig. Ongeduldig smeerde ze een boterham met haar linkerhand, haar gekwetste rechterarm opzichtig onopvallend sparend, en trok het brood stuk. Shit, siste ze. De tranen sprongen in haar ogen. Ze haatte zichzelf om haar demonstratieve vraag om aandacht en verweet in één moeite door Franca haar zwijgzaamheid. Alsof zij er verdomme zelf iets aan kon doen dat ze gewond was!

De brievenbus klepperde en kondigde de krant aan, die ze zwijgend deelden. Franca was snel door haar deel heen, dronk haar thee, wachtte niet op het eerste katern, en vertrok naar de badkamer. Nora keek de krant in, maar las hem niet. Ze ruimde de ontbijtboel op, liet bijna een pot jam uit haar handen vallen en voelde precies dezelfde steek van schrik door haar lijf gaan als de dag tevoren. Een pot jam of een mes – het maakte het lichaam niet uit.

Ze keek in haar agenda en pakte haar tas. Collega's hadden haar aangeraden een dag of wat thuis te blijven om bij te komen, maar ze vond het niet nodig. Slachtoffer spelen lag niet in haar lijn. Bij wijze van voorbeeld ging deze conrector ook na een steekincident met een leerling naar school om haar taak te vervullen. Werk leidt af. De posttraumatische stress zou hoe dan ook komen, of wegblijven, dat had ze niet in de hand. Het paard moet de hindernis opnieuw nemen. Zij ook. Nu meteen. Wel was ze licht in het hoofd en bleef het nabeeld van het mes op haar netvlies hangen.

De journalist die in de portierskamer zat te wachten, werd door de rector enkele uren later een verklaring beloofd. Eerst één lijn trekken met de anderen. De schoolleiding wilde het rampenplan zoals ontworpen voor dit soort situaties punt voor punt afwerken. Onderzoek, informatie, de-escalatie. Nora had de indruk dat ze haar dappere aanwezigheid niet erg op prijs stelden. Was toch thuisgebleven, Nora! Maar ze was er juist omdat het mes haar had afgesneden van haar wereld. Ze wilde terug. Ze kwam voor zichzelf op, want niemand anders deed dat voor haar. Haar verhaal werd met enige achterdocht voor kennisgeving aangenomen. Het deed niet meer ter zake, het kwaad was geschied. Ze keken haar niet aan. Allemaal moesten ze nodig in hun plastic koffiebekertjes roeren. De naam van de school moest worden gezuiverd, en daar konden ze haar niet bij gebruiken. Het was niet eens meer een impliciet verwijt. Met bonzend hart en voornamelijk zwijgend zat ze de vergadering uit, vernederd en miskend. De wond deed pijn. Er waren zenuwen beschadigd. Delen van haar hand waren gevoelloos. De stem van haar vader klonk in haar hoofd: Hoe zou jij in hun plaats reageren? Ze verweerde zich: Niet zo kil en argwanend! Vader: Zijn zij kil? Welke gemoedstoestand breng jij mee? Roep jij misschien zelf hun reactie op of wil je die verkeerd verstaan?

Ze ging naar haar kamer, moe en terneergeslagen, nam haar pen en een schoon vel papier om het nader verhoor door de politie voor te bereiden. Al schrijvend – gelukkig was ze linkshandig – merkte ze dat ze niet tegenover, maar naast de jongen met het mes stond. Aan dezelfde kant, alsof ze was overgelopen naar de vijand. Het slachtoffer was medeplichtig aan de daad. Bitter speeksel kondigde braken aan. Ze greep de metalen prullenmand maar hoefde toch niet over te geven. Terwijl ze naar de blinkende bodem van haar geïmproviseerde kotsemmer staarde, begreep ze dat ze voorgoed aan de jongen met het mes was geketend. Hij had zijn zegel in haar voorhoofd gezet, zijn brandmerk op haar arm. Het had geen zin wat eraan voorafging te verklaren voor onbevoegden. Daarvan kenden alleen zij en hij het geheim en de waarheid. Ze zette de prullenmand neer, wreef in haar ogen, herinnerde zich dat ze mascara had opgedaan en veegde met de toppen van haar vingers het zwart op haar wangen weg. Gisteren exact om deze tijd, hier in deze kamer. Ze hoorde de woorden die waren gesproken, de zinnen. Ze durfde niet naar het kaïnsteken op haar arm te kijken. Op de vloer waren de bloeddruppels bruin en korrelig geworden. Ze belde de schoonmaker.

Gedreven door een verlangen naar gewone drukte en gezelschap liep ze haar kamer uit, de school in. Het was pauze. Hier en daar werden de gesprekken onderbroken, achter een hand voortgezet met veelbetekenende blikken. Collega's spraken haar kort aan ('Dat je er bent!'). Kwetsbaar als een herstellende zieke liep ze door de gang. Waarheen?

Bij de ingang van de kantine bleef ze staan. Het lawaai van de leerlingen was schriller dan ooit, als fluitjes in een zwembad. Dit wilde ze: zich normaal tussen de leerlingen bewegen. Maar ze stuikte vanbinnen ineen zoals wanneer een sneltrein langs het perron dendert. Net voor ze wilde omkeren, zag ze achter een wijkend groepje leerlingen Franca zitten, half met de rug naar de deur. Ze was diep in gesprek met een vriend van de balisong-jongen. Nora deed een stap terug, botste op een leerling die pal achter haar stond, verontschuldigde zich en haastte zich naar haar kamer.

Deur dicht. Rug ertegen. Ademhalen. Concentratie. Een glas water. Bureau opruimen. E-mail kijken. Geen paniek. Paniek hoort niet bij ons.

Even later werd op haar deur geklopt. Een jongeman kwam binnen, een oud-leerling die journalist was geworden en op het incident was gedoken als een meeuw op een volle vuilniszak.

'Wat doe jij hier?' vroeg Nora kortaf.

'Human interest, mevrouw Damave,' zei hij. 'Een stukje emotie.'

Nora keek hem zwijgend aan.

'Het verhaal gaat,' ging hij omzichtig voort, 'dat de leerling die u heeft verwond van school was gestuurd en dat hij wraak wilde nemen.'

'Van wie heb je dat.'

'De wandelgangen.' Hij hield zich op de vlakte.

Nora antwoordde niet. Ze wist dat hij uit was op het diepmenselijke verhaal van de pedagoge die het failliet van haar werk onder ogen moet zien in de moorddadige blik van een ontketende tiener. Wat ging er door u heen toen u oog in oog stond met dat mes? Was de jongen al eerder agressief geweest? Hebt u de ouders gesproken? Spraken die Nederlands? Ze hoorde de vragen al, de toon van insinuatie en vals medelijden. Dit was een nieuwe aanslag, subtieler dan die met het mes. Ze bleef na een korte, lege blik op hem voor zich uit staren.

'Kan ik iets voor u doen?' vroeg hij.

'Weggaan.'

Hij probeerde met een andere benadering een eind aan haar zwijgen te maken. Ze liep bedaard naar de deur en nodigde hem met een kort gebaar uit het vertrek te verlaten. Al pratend bleef hij voor haar staan, in een uiterste poging haar over te halen. Ze liep naar haar bureau, hij achter haar aan, blij dat ze kennelijk zwichtte, maar ze pakte haar tas en haar jas en liep zonder woorden en zonder hem aan te kijken de deur uit.

Stootte de school haar uit, haar huis deed dat niet. Het huis nam haar op, maar schonk haar geen rust. Ze kaatste van muur naar muur, van kamer naar kamer, verlegde wat boeken, raakte een vaas aan, keek in de linnenkast of er wat viel op te ruimen, en er viel wat op te ruimen, maar haar armen hingen slap langs haar lijf. Zoals ze soms aan het eind van een schooljaar verlangde naar een licht griepje, net genoeg koorts om thuis te blijven, te weinig om op apegapen te liggen, precies ziek genoeg om dat ene dikke boek te lezen dat hunkerde naar haar vakantie, zo'n griepje dat nooit komt, zo hoopte ze nu de vrije tijd te gebruiken om met de ogen dicht cd's te beluisteren, op te gaan in muziek. Het mocht nu. Het moest nu. Languit op de bank met een pot thee en muziek. Maar welke? Welke muziek was zuiver en nabij? Welke muziek troostte zonder sentiment? Ze liep haar cd's langs en pakte er blindelings een uit, zoals ze gisteren Palinurus in het rusteloze graf had betrapt. Power on. Zonder te kijken dat ding erin. Play. Janáček, *Intimate Letters*. De eerste maten meteen raak: pijn.

# 2

Franca fietste na school naar het huis van haar vader, waar ze tijdens zijn afwezigheid de planten water gaf en de post van de mat opraapte. Haar pedalen piepten ritmisch 'kutzooi, kutzooi, kutzooi'. Voor andere gedachten was geen plaats. Ze lette niet op het verkeer, reed door alle rode lichten, ontweek op de automatische piloot bumpers en motorkappen, en legde de afstand af in een tijd waar een wielrenner trots op zou zijn. De kutzooi werd begeleid door een caleidoscoop van beelden: de gretige ogen van klasgenoten die haar omringden, op sensatie belust – Wat is er gebeurd? Is je moeder gewond? – en nog meer opdringerigheid van mensen die haar anders nooit zagen staan; de maatjes van de dader die in het voorbijgaan lieten weten dat haar moeder een teringwijf en een kankerhoer was; de gesloten blik van Abdel, die ze als vriend had beschouwd maar die nu meer de vriend van de messentrekker was, opeens aan de andere kant van de kloof; haar moeder bleek, maar beheerst aan het ontbijt. De plaatjes draaiden rond. Klikklak. Ze zag ook wat ze niet had gezien: de uitval met het vlindermes, door haar moeder opgevangen met haar arm terwijl ze achteruitsprong, en ze zag wat niet was gebeurd: herhaalde steken in het keurig geklede lichaam, het zonlicht weerkaatsend in een allengs roder lemmet, het bloed dat alle kanten op spatte, fonteinen uit hals en buik, druppels rode confetti op muur en vloer, een plasje bloed op de plaats waar haar moeder in elkaar was gezakt. Dat beeld kwam almaar terug en het ergste was dat ze er niets bij voelde, hoogstens een lichte opwinding.

Het was gisteren druk geweest, ze had Nora niet rustig onder vier ogen gesproken, had dat ook vermeden door vroeg naar bed te gaan, en tijdens het ontbijt hadden ze ieder onder een stolp gezeten, maar ze kon haar moeder niet blijven ontlopen. Eerst de planten water geven en de post opruimen, dan nog even het verblijf in haar vaders huis rekken, en misschien kon ze daarna een proefwerk wiskunde voorwenden, nee, geen tijd voor thee. Ze wilde niets over het incident zeggen tegen Nora. Het was allemaal heel erg wat Ali had gedaan, maar ze voelde de dwarse neiging hem in bescherming te nemen. Bijna nam ze het haar moeder kwalijk dat die haar in deze ongemakkelijke positie had gebracht. Had ze dat niet kunnen voorkomen? Ze kon het niet opbrengen vol medelijdende belangstelling te vragen hoe het nu ging, of ze het een beetje aankon. Het was de beschaafde methode, die haar zolang ze zich kon herinneren was voorgeleefd door Nora, door opa en oma en alle harmonieuze tantes en ooms. Naar mensen hun welbevinden vragen, niet over jezelf praten tenzij uitdrukkelijk daartoe uitgenodigd en dan nog discreet en beperkt. Geen felle emoties. Niet mokken, niet zeuren, niet juichen of gillen. Maar ze weigerde zich te laten temmen. Opa had een geleerde ethische verhandeling over 'goed leven' geschreven, en met 'goed leven' bedoelde hij bepaald niet lekker eten en drinken en veel lachen. Het ging om het juiste, doordachte handelen. Waar de familie in uitblonk, daarin schoot zij tekort. *So what.* Ze ging mooi niet langs de humanistische meetlat liggen.

Ze duwde met de deur een kleine berg kranten en post weg. Zoals altijd trof haar de geur van haar vaders huis, zo anders dan die van haar moeder. Ze bepaalde haar oordeel over mensen aan de hand van de geur die in hun huis hing. Geur was karakter. Daarom hield ze niet van honden, hoewel die buitenshuis kakten, en wel van katten, ondanks de bak in de bijkeuken. Honden hadden de geur van onderdanigheid of gefnuikte machtswellust, de kruiperigheid stonk uit hun bek en uit hun vacht. Katten leefden in een eigen wereld, van waaruit nauwelijks geursporen oversprongen, hooguit een enkele smerige scheet, veroorzaakt door foute brokjes. Haar ouders hadden geen van beiden huisdieren, tot haar spijt. Haar vader was er te verstrooid voor en haar moeder te verantwoord. 'Elk gedomesticeerd dier is een aberratie van de natuur,' zei Nora. 'We houden hen uit egoïsme, niet uit liefde. Dierenliefde is een bijzondere vorm van wreedheid.' Haar moeder altijd met haar moeilijke woorden. Franca wist niet of het een uitvlucht was of ironie. Zodra ze op kamers ging wonen nam ze drie katten.

In haar vaders huis rook ze een zweem van potloodslijpsel en potgrond, van bitter geworden koffie op een basis van warme rots. De geur had de kleur van pasgeploegde rode aarde. Niemand kon zich bij zo'n omschrijving iets voorstellen, maar voor haar was het evident. Alles had een geur en een kleur en een smaak. Dat liep door elkaar. Er was voedsel dat paars smaakte, een kleur die naar gekookte melk rook, en etensgeur die geelgroenig was. De synesthetische ervaring was haar geheim.

Ze maakte tevreden een stapeltje van de kranten en de post, voornamelijk rekeningen en bankafschriften, en deed een ronde met de gieter en de pokon. Op de brieven stond haar achternaam: Kaspers. Een van de pijnlijke bijverschijnselen van de scheiding was dat haar moeder meteen haar meisjesnaam weer had aangenomen, alsof ze zich haastig van een verschrikkelijke smet bevrijdde die haar dochter moest blijven aankleven. De enige flauwe geestigheid die ze zich permitteerde ten opzichte van Franca's vader was het uitspreken van de naam Guido Kaspers met een Brabants accent.

De flat was tamelijk onpersoonlijk ingericht. Zes jaar geleden was hij 'voor zichzelf begonnen', zoals hij de scheiding eufemistisch noemde. Hij was geen *homemaker*, of wilde dat niet zijn, gunde zichzelf geen gezelligheid. De meubelen waren de Ikea-status niet ontstegen. Het geheel getuigde van onverschilligheid voor wat lifestyle heette en van onbekendheid met de regels van de klassieke woninginrichting, waar elk terloops geplaatst object en elk stapeltje achteloos neergelegde boeken oud geld en familie-erfgoed verrieden. In het begin – tien jaar was ze – had ze zich tijdens de papa-weekends geërgerd aan de armoedigheid, maar allengs was ze gaan houden van haar vaders huis. Hij had prachtige planten. En al liet Nora zich nooit – behalve in het smalende 'Giedo Kás-pegs' – ten nadele van haar ex-echtgenoot uit in haar bijzijn, ze wist dat haar moeder kamerplanten 'seventies' en passé vond.

Ze zette de cd-speler aan, benieuwd wat haar vader had beluisterd voor hij naar Italië vertrok. Hij ging altijd naar Italië, zwierf wekenlang door het land van zijn vader. *Il canto di malavita* stond op, verboden liederen van de mafia uit Calabrië, liederen van bloed en *omertá*, stemmen gebarsten als het landschap. Ze ging op de bank zitten, deed haar schoenen uit en begon aan haar tenen te pulken, wat ze thuis niet mocht. Zelfs als ze alleen op haar kamer was wist Nora door alle muren en deuren heen te dringen met haar licht geamuseerde, verwijtende blik. Ze dacht er soms over bij haar vader te gaan wonen. Dat was meer een escapistische fantasie dan een reële mogelijkheid, het was een nooduitgang die werd vrijgehouden. Toen haar ouders gingen scheiden moest ze van Nora naar een kinderpsychologe, die haar vertelde dat het heus niet haar schuld was en dat het heel gewoon was als ze niet zou kunnen kiezen tussen haar ouders en dat het ook helemaal niet hoefde. Ze mocht van haar vader blijven houden, ook al woonde ze bij haar moeder. Het was wel een beetje jammer dat alles wat ze voelde zo 'normaal' was. Zij vond het niet normaal, en dat was in de afgelopen zes jaar niet veranderd. In situaties als deze: Guido een maand op vakantie of wat dan ook en Nora die dood had kunnen zijn, voelde ze zich abnormaal alleen en verlaten.

Volgend weekend kwam hij gelukkig thuis. Ze zou hem niets vertellen over het vlindermes. Als ze Nora noemde, kwam er altijd een soort elektriciteit in de lucht. Tussen hem en de naam van haar moeder sprong dan zo'n knetterend vonkje over dat pijn deed. Ze zou net doen of hij niet weg was geweest. Dat was zo prettig aan haar vader: hij voedde niet op, was geen toezichthouder, had geen voogdaspiraties. Als ze bij hem was, kwam hij als het ware in de deuropening van zijn universum staan, glimlachte vriendelijk en maakte een opmerking over het verse weer van de dag en dat ze leuke schoenen aanhad en hoe vannacht de regen tegen het raam had geklonken als handenvol sterrengruis. Toch was hij geen dichterlijke man. Hij was een beetje vreemd. Een heel klein beetje maar.

Ze dacht aan de uitstapjes die ze samen maakten, onverwachte avonturen. Hij deed het niet om haar een plezier te doen. Het gescheiden-vadersyndroom was hem vreemd. Hij zette voort wat op bescheiden wijze was begonnen toen ze nog een gezin vormden en zij zelfstandig en eigenwijs haar eigen verhouding met haar vader aanging. Zeven of acht was ze toen. Ze trokken er samen op uit, als Nora de hele zondag proefwerken moest nakijken, met een samenzweerdersblik in de ogen alsof ze ingingen tegen een hoge autoriteit. Hij liet haar geblinddoekt met een speld in de kaart van Nederland prikken en waar die speld landde, daar gingen ze heen. Misschien verschoof hij de kaart terwijl zij met haar sperwerspeld pijlsnel daalde om haar prooi (de zee! de zee!) te pakken, want hij landde wel erg vaak op de zandgronden en zelden midden in een stad. Na de scheiding keerden ze met enige regelmaat terug naar een paar van zijn favoriete plekken, de bossen in Drenthe, het coulisselandschap van Overijssel, de Brabantse vennen. Hij maakte haar vertrouwd met de namen van bomen en vogels. Ze lagen uren te wachten op de komst van dieren bij een drenkplaats. Ze bestudeerden gefascineerd het kadaver van een vos. De vacht was het rossige kwijt en vaal geworden, het bekje stond open, de scherpe tandjes nog altijd vervaarlijk, de ogen waren uitgepikt. Guido keek en zij moest ook goed kijken. Ze namen vogelschedels mee naar huis. Een ziek, jong konijn werd door Guido met een klap in de nek uit zijn lijden verlost. De 'konijnenhemel' kon haar niet troosten. Ze huilde om het onverwachte, felle geweld dat haar vader achteloos had gebruikt. Dat dat in hem zat. Hij leerde haar over de natuurlijke staat. Geweld, zei hij. Wreedheid. Eenzaamheid. Zo is het. Wees niet bang. Wees niet boos. Hij hield haar hand vast.

Over een stoel hing een van Guido's jasjes: die met dat vage paars en mosgroen in de ruit. Ze sloeg het om haar schouders. Hij was nu heel dichtbij. Het huis verried dan wel weinig van zijn persoonlijkheid, zijn kleren waren juist heel erg haar vader. Meestal kocht hij ze tweedehands, bijna antiek, jasjes uit de jaren veertig en vijftig, van een perfecte snit, ooit duur maatwerk. Daar had hij mooie zachte overhemden bij in combinaties van ruiten, strepen en kleuren die soms net niet konden, maar wel bij hem. Hij had een goed oog voor die dingen. Wat hij droeg was heel mooi geweest, en zo vond Franca dat hij er zelf ook uitzag. Haar vader was nog steeds een mooie man, maar niet ijdel. Daardoor kreeg hij iets nonchalants. Ze fantaseerde dat alle vrouwen dol op hem waren en hem wilden redden van een onbekend gevaar, alsof hij met één been in de goot of in het gekkenhuis stond. Daar waren rijpere vrouwen gevoelig voor, volgens haar. Maar ze vond nooit sporen van vriendinnen. Haar fijne neus zou het haar meteen bij binnenkomst hebben verteld. Ze aaide het jasje en hing het in zijn klerenkast. Dag pap.

# 3

De rector had een kop als een halloweenpompoen, kaal en ro-
zerood, driehoekige ogen, een verstarde tandvleselijke lach.
Het incident bracht hem en de school – in die volgorde – in een
moeilijk parket. Tegenover de journalist had hij de situatie aan-
zienlijk afgezwakt. Het was geen vlindermes maar een Zwitsers
zakmes en de haal over Nora's arm was meer per ongeluk dan
expres geweest, een soort demonstratie, een geweer dat bij het
schoonmaken afging. Zoiets. Ja, er was wel een verschil van
mening geweest tussen de conrector en de messentrekker,
maar dat was niet de perken te buiten gegaan, de aangifte was
gedaan omdat het nu eenmaal beleid was, er ging een preventie-
ve werking van uit, maar in dit geval was het op het randje, ze
hadden net zo goed kunnen besluiten het conflict, voor zover
dat er was, in der minne te schikken. Of de journalist, zo'n jong
eigenwijs ratje dat er opzichtig van uitging dat iedereen altijd
loog, zijn verhaal met boter en suiker had geslikt, leek hem een
wat al te rooskleurige voorstelling van zaken, zeker nadat hem
ter ore was gekomen dat voornoemde persmuskiet (hij had veel
Havank gelezen) bij Nora op bezoek was geweest. Nora moest
weten dat hij nu tegenover haar zat met de bedoeling nog even
de puntjes op de communicatie-i's te zetten: de verhalen moesten absoluut gelijkluidend zijn, neuzen dezelfde kant op, hij had
ook al de wethouder aan de lijn gehad met een vrije versie van

het voorval die Nora min of meer in het beklaagdenbankje duwde, en hup, daar gingen de aanmeldingen voor het komende schooljaar. Er kwamen ongeruste telefoontjes van ouders binnen. Wie weet belegden ze stiekem bijeenkomsten. Nora zag met enig leedvermaak dat het zweet op zijn schedel parelde. Daar stond hij de schade te beperken en het was of hij een octopus in zijn armen hield: nu eens schoot er hier een tentakel uit, dan weer daar.

'Blijf nou de rest van de week thuis, Nora.'

'Het is pas dinsdag!'

'Ja, precies.'

Nora schoot in de lach. Het was een lach die licht kon ontaarden in snikken. De rector, Frans Bakels, een man die de absolute incarnatie was van de naam Frans, iets gluiperigs had die, gepaard aan het olieboerachtige 'Bakels', Kees de Jongen ten spijt, was een model van burgerlijke middelmaat, een omhooggevallen misfitleraar met managerspretenties, en die zat nu aan haar keukentafel met een kop thee die hij waarschijnlijk liever had geweigerd en dacht dat hij in zijn eentje zonder tactische en strategische influisteringen van haar kant deze delicate kwestie glorieus kon regelen? Frans? Altijd dapper achter de linies! Die pompoen was een reservoir vol grote woorden maar laffe daden, terugtrekker bij uitstek, regent via verdeel en heers en andere, duisterder technieken. Zou Frans dat varkentje wel wassen mits zij de rest van de week thuisbleef? Om wat te doen? Ze keek hem even in de lepe ogen. Was het de bedoeling dat ze haar kiezen op elkaar hield, de schok verwerkte, deemoed kweekte, excuses voorbereidde, om pas terug te keren als het verband van haar arm was en haar aangifte in te trekken als de aanmeldingen voor het volgend jaar inderdaad met de helft waren teruggelopen? Wat zou dat helpen? Het mes bleef het mes. De daad bleef de daad. Haar afwezigheid van school zou alles alleen maar verergeren. Geruchten zouden gaan rotten en hun stank verspreiden door de school, de buurt, de stad. Frans was natuurlijk naar het politiebureau geweest en had daar de jongen gesproken, die haar zwart had gemaakt en zichzelf onschuldig verklaard. En Frans wilde hem maar al te graag geloven, omdat die jongens het al zo moeilijk hadden.

Bakels hield zijn ogen neergeslagen en zijn kop thee omklemd terwijl Nora lachte en toen snikte. Het was misschien niet zijn opzet geweest, maar het kwam wel goed uit. Een huilende vrouw was week en kwetsbaar. Hij zette de thee neer en maakte een beweging in haar richting. Hij stond op het punt over de keukentafel heen een warme hand op de hare te leggen, toen ze haar tranen van haar wangen veegde en zei:

'Frans, wie geloof je nu eigenlijk, mij of hem?'

Hij humde wat, trachtte een gulden middenweg te formuleren, maar voordat hij zover was, zei ze afgemeten: 'Daar is de deur', een tekst die een mens maar zelden in zijn leven krijgt te vertolken. Nora haalde er alles uit wat erin zat. Zoals dat hoort wees ze naar de buitendeur, een geduldige compagnon aan het eind van de gang, en haar stem klonk scherp en gedecideerd als een haal met een mes. Op datzelfde moment kwam Franca binnen, die ogenblikkelijk de turbulente vibraties in huis gewaarwerd en een tactische ontsnapping naar de eerste verdieping inzette. Halverwege de trap werd ze tegengehouden door de stem van haar moeder: 'Zeg meneer Bakels goeiendag, Franca, hij wil net weggaan.'

Franca haastte zich met een knikje naar Bakels de trap op, maar Bakels liet zich niet zomaar wegsturen. Hij verhief zijn massieve gestalte, gehuld in een zandkleurig terlenka zomerpak en een lichtblauw overhemd, van de keukenstoel en probeerde een hand zo groot en zo roze als een dubbele kipfilet op Nora's schouder te leggen. Ze deed juist op tijd een stap opzij, zodat de hand machteloos neerviel en zichzelf ijlings in een broekzak stopte.

'Je bent een beetje gestrest, Nora. Laten we nou eens even rustig de zaak doornemen. Natuurlijk geloof ik jou, maar ik moet toch ook zijn versie van de gebeurtenissen horen. Daar heeft hij recht op.'

'Je bent toch niet zijn advocaat.'

'Nora, ik herken je niet. Jij, die altijd zo hamert op een afgewogen oordeel, enerzijds, anderzijds, hoor en wederhoor. Stel dat dit een ander was overkomen, hoe zou jij hebben gereageerd?'

'Ik zou die ander niet praktisch op non-actief hebben gesteld. Monddood gemaakt. Geschorst. Ik voel me geschorst. Van school gestuurd als de eerste de beste Marokkaanse messentrekker.'

'Je overdrijft schromelijk, Nora. Dat sterkt me alleen maar in mijn overtuiging dat ik er goed aan doe je aan te raden thuis te blijven. Misschien moet je ook met een psycholoog praten. Het heeft er allemaal vast en zeker meer... in gehakt... dan je wilt erkennen.' In plaats van tot argumenten zocht hij zijn laatste toevlucht tot een vals vaderlijk air dat op de rand van ergernis lag: het moest nu maar eens afgelopen zijn.

Nora's verborgen afkeer van de man, die ze altijd in bedwang had gehouden door voor zichzelf zijn positieve eigenschappen te benadrukken (goede contacten met de politiek, vermogen tot delegeren, eigenschappen die met evenveel gemak negatief uitgelegd konden worden: corrupt en lui) werd door zijn gebruik van het woord psycholoog in verband met haar hoogstpersoonlijke geestestoestand op scherp gezet. Hoe kon zo'n MO-B-bioloog met een ingebakken argwaan jegens het nut van literatuur en geschiedenis, laat staan klassieke talen, ooit in staat worden geacht een complexe scholengemeenschap als de hunne te leiden? De introductie van echte bedrijfslevenmanagers in de leiding van scholen was funest, maar minstens zo kwalijk was de gedachte dat elke docent met een gebrekkig talent voor lesgeven dan misschien wel goed zou zijn voor de leiding. Het waren de vergadergekken, de met zichzelf ingenomen circulairevreters, de kinderhaters die omhoogklommen naar het Bakelsniveau. Dat ze zelf, conrector, hoorde bij het verachte mensensoort van onderwijskundige carrièrejagers kon haar niet schelen. Zij was niet zo. Zij had hart voor de leerlingen, zij gaf nog altijd les, de vergaderingen van haar afdeling duurden nooit langer dan een lesuur, zij had een systeem ontwikkeld van onderlinge kennisoverdracht dat een eind had gemaakt aan de improductieve autonomie van de docenten. Bakels was van het soort dat vrouwen op leidinggevende posities wantrouwde, maar ze was aangesteld onder zijn voorganger, de te vroeg overleden Erik Smits, een man die Nora nog dagelijks miste. De gedachte aan de aimabele en geestige Smits prikte Nora's ballon lek. Misschien had Frans Bakels gelijk. Het had geen zin zich te verzetten. Ze was partij. Ze moest geïsoleerd worden. In quarantaine. Goed dan.

'Goed dan. Ik blijf thuis tot het eind van de week. Maar ik wil geen psycholoog.'

Bakels leek allang blij dat hij deze arm van de octopus in bedwang had. Hij knikte kort.

'Laten we wel contact houden.'

Hij haalde zijn rechterhand uit zijn broekzak en reikte die haar ten afscheid. Het was een klamme hand, en ze huiverde bij de gedachte dat die hand luttele seconden tevoren het kruis van Bakels had gekneed. Nadat ze de deur achter de rector had gesloten – de zon blonk vrolijk op de kale knar – waste ze langdurig haar handen. Franca was thuis. Maar haar voornemen haar dochter te vragen naar haar contact met de tegenpartij lag als een dode tak naast de boom. Vandaag niet.

# 4

Ze zette de grootschoot vast, trok de fok aan en voer aan de
wind de plas op. Dat regen dreigde deerde haar niet, het hield de
meute van het water weg. Het was fris. Half mei en nog nauwelijks warme dagen gehad. Windkracht 4 à 5. Net mooi. Geen rif
erin. Ze ging verzitten om scherper en schuiner te gaan, kont
buitenboord, aan de andere kant liep een bruisende korte golf
over het gangboord. 'Yes!' riep ze. 'Yes!' Hier had ze geen vij-
and, maar toch mat ze zich. Met zichzelf. Tot de grens van haar
angst. Ze temde de fok, die het liefst plat op het water was gaan
liggen, tot een uiterst gespierde hoek met de wind. De boot trilde onder haar, de fokkenschoot sneed in haar hand, maar ze liet
hem niet vieren, ze zette hem niet vast op ruimere stand, ze viel
niet af, ze wilde de snelheid voelen, het uiterste uit de BM halen.
Ze schreeuwde tegen de wind in. Dwars de plas over en niemand voor wie ze moest wijken, zeilen over bak en het scherpst
aan de wind van allen. Harde donkergrijze vlagen kwamen aan-
waaien over het rillende water, maar ze gaf niets toe. Kom maar
op! Nog verder naar buiten leunen, één lijn met de hoek die de
boot maakte. En aan het eind, planerend, alle records gebroken,
ging ze als een razende overstag, snel, snel, even lag de boot
compleet stil met klapperende zeilen, maar daar had ze de wind
weer te pakken, grootschoot ruim, fok bol en nu voor de wind
terug. Ze repten zich over het water, de Poeter en zij, bijna ge-

ruisloos voortjagend; haar trillende been- en buikspieren kregen even rust, maar aan de andere kant gekomen keerde ze weer en zeilde opnieuw vlijmscherp de plas over, en weer terug, en weer heen, tot ze uitgeput, doornat en koud, met bevende handen de buitenboordmotor aantrok en de zeilen binnenhaalde. De wond klopte en bonsde.

Het eiland, al decennia in het bezit van de familie, lag in de trekgaten van de grote veenplassen. De turf was afgegraven en te drogen gelegd op langgerekte legakkers, die nu als immense rijnaken van hakhout en gras, elzen en eiken, repen sponzig veen, stil en verzadigd in het diepe water lagen. Alleen beschoeiing trok een duidelijke grens tussen vast en vloeibaar. Op het eiland stond een rietgedekt zomerhuis van donkergroen gebeitst hout, dat in Nora's jeugd een minimum aan comfort kende, maar inmiddels was voorzien van water en elektriciteit en alle bijbehorende gemakken. In de praktijk gebruikte Nora de waterige kluis meer dan haar broers. Met een open bootje onderhield ze de verbinding tussen wal en eiland. Haar ouders kwamen uitsluitend bij mooi weer een paar dagen. Haar broers woonden te ver, waren te druk, hun vrouwen hadden er niet zoveel mee; ze kondigden meestal hun komst tijdig bij Nora aan. Zij was de erfgenaam van de plas, de zeiler, de waterliefhebber, de vogelaar. Zij meer dan de anderen had behoefte aan deze plaats van herstel. Ze hield van dat onvergelijkelijke landschap, de eindeloze spiegeling en schittering, een en al water en lucht, wolken en golfjes, een durend moment vroeg in de schepping, de aarde nog niet samengeklonterd, de beweeglijkheid, het geheime koele leven tussen het riet, en waar het niet bewoog waren de troebele vaarten en sloten vol waterlelies en lisdodden, plompenbladeren, eenden, visdiefjes, futen, meerkoeten. Het leven aan de plas kende een eigen systeem, een eigen tempo, een eigen geur en kleur in alle seizoenen.

Met een stevig oorlam in de hand liep ze door het huisje, dat licht naar schimmelkelder en creosoot rook. De afgedankte spullen uit de ouderlijke woning hadden hier een genoeglijk tweede leven gevonden. Lelijk maar dierbaar. Op een plank had Nora's moeder alle knutsels verzameld die haar broers en zij van kleuterschool en lagere school als trofee mee naar huis hadden gebracht. Het was een bonte verzameling beschilderde stenen en sierpotten, zelfgekleide pennenbakjes, uit elkaar vallende vliegtuigjes van lucifers, en spanen doosjes. Zelfs de halsketting van in vele kleuren geverfde pompoenpitten lag erbij alsof het de kostbaarste Aboriginalkunst was. Niets ging verloren. De creatieve oprispingen van de kleinkinderen bewaarde haar moeder in het grote huis op een plank vlak bij de koektrommel, zodat de kleinkinderen als ze bij haar waren telkens als de kast openging voor koek of snoep hun eigen maaksels op een ere- plaats zagen liggen. Tot op de dag van vandaag, nu er geen kleu- ter meer bij was en de pubers die ze allen waren geworden in- eenkrompen van schaamte bij het zien van de misbakken trots van hun jeugd. Maar oma vond ze mooi, en dus... Dat barmhar- tig misverstand was het fundament onder een gelukkig kinder- leven.

Op het boekenplankje in de vroegere kinderslaapkamer ston- den de favorieten van die tijd toen alles bijna goed of bijna alles goed was. *Alleen op de wereld*, *Pippi Langkous*, *De A van Abel- tje*, *Pluk van de Petteflet*, *Het witte paardje*. Ze was vergeten hoe de historische sensatie op kousenvoeten komt en je opeens in zijn warme wollen armen neemt en naar een oud en bultig ka- pokken bed draagt en muffe paardendekens en een verregende vakantie op het eiland toen daar nog geen televisie en geen ra- dio was.

*Caius is een ezel* van Henry Winterfeld stond vooraan, *caius asinus est* op het grappig getekende omslag. Dat was Latijn, zei de juf. Haar vaders werk had opeens contouren gekregen en hij was in haar achting gestegen. Toen juffrouw Van Leeuwen de kinderen liet vertellen wat hun vaders voor de kost deden, zat Nora met een mond vol tanden. Het woord classicus viel thuis wel eens, maar de betekenis ontging haar. Daar kon ze niet mee aankomen, en dus had ze maar taxichauffeur gezegd, wat ze klanktechnisch heel aardig vond overeenkomen. Misschien had ze het woord altijd wel verkeerd verstaan en zat haar vader werkelijk op de taxi, maar waar was die taxi dan? Ze hadden een lelijke eend, waar ze niet meer met z'n allen in konden toen de jongens uit hun krachten begonnen te groeien. Hugo werd met de trein naar Breukelen gestuurd, terwijl Bram, Martin en zij de achterbank deelden, zij altijd op de keiharde stang in het midden, maar als ze Hugo dan ophaalden op het station mocht zij het laatste eindje overdwars liggen op de schoot van de broers omdat ze het lichtst was. Iedereen in de klas begreep heel goed wat een taxichauffeur was, een vooral door de jongens gewaardeerd beroep. Dan hadden ze dus een Mercedes. Ze knikte maar: natuurlijk hadden ze een Mercedes, wel drie. De jongens keurden dergelijke snoeverij misprijzend af.

Met Caius en nog een borrel in haar hand en de elektrische kachel aan, die merkwaardigerwijs naar oliestook rook, trok Nora zich terug in een leren stoel met kale rulle gele plekken op de plaats waar de handen gemeenlijk rustten, en een nooit opgelapt gat in de zijkant waar Martin zijn Dinky Toytruck eens voluit op af had gestuurd. Door de letters heen staarde ze naar de levens van zoveel van haar leerlingen. Goedkoop medelijden. Wat schoot je op met het theemutsbesef dat zij het zo goed hadden gehad en die arme allochtone donders niet. Wist zij veel hoe die het hadden. Ze kende voornamelijk de gezinnen waar het slecht ging. Die waren er altijd geweest. In haar lagereschoolklas zaten Eddy en Pimmetje, roomblanke schoffies met zuipende en meppende ouders, dat wist iedereen. Niemand deed er wat aan. En wat betreft geestelijke verwaarlozing konden allochtone ouders nog een puntje zuigen aan de witte middenklasse, die kinderen hield als huisdier: niet te veel last en als de vakantie kwam desnoods aan een boom binden of naar een zeilkamp sturen. Onverschilligheid, egoïsme, ontworteling waren begrippen van alle tijden, aanwezig in alle klassen.

Hadden haar ouders het niet veel makkelijker gehad in een eenduidige maatschappij waar de breuklijnen in een vast patroon tussen generaties en klassen liepen? Eenduidig? Ze kwamen uit de schaduw van de verschrikking die de oorlog was geweest, alles op zijn kop, niemand te vertrouwen, en hielden de blik strak gericht op een betere toekomst. En die was gekomen. En die had nieuwe problemen met zich meegebracht. Elk heden is chaos, dacht ze. Telkens als ze een draad van de kluwen afwikkelde kwam ze onontwarbare knopen tegen, die een lucide analyse hopeloos tegenhielden. Ze liep vast. Begon opnieuw, liep vast. Waarom wil ik begrijpen hoe het zit, vroeg ze zich af, waarom een kant-en-klare landkaart van het heden, kraakhelder, knisperend, met richtingaanwijzers naar verleden en toekomst, waarom de behoefte aan inzicht, leidraad voor het handelen, waarom niet impulsief op de wereld inhakken uit frustratie. Dat had de jongen met het mes gedaan. Hij voelde zich aangevallen en hij moest een ruimte vrijhouden waarin hij kon ademen. Respect. Hij had het gesist. Ze kon het woord niet meer horen. Ze had geglimlacht. Respect moet worden verdiend, niet opgeëist. Haar verbale superioriteit drong hem in een hoek. Woorden, zei hij. Woorden. Woorden. De associatie met Hamlet had haar doen grinniken. Toen was de flits van het mes gekomen.

Nora nam een stevige slok. Een probleem herkennen is het oplossen, zei haar vader. *Adhortativus*, liet hij er dan op volgen. Voor hem leidde de aansporing per definitie tot de uitvoering. Als docent had ze zich die houding eigengemaakt. Het had haar ver gebracht, maar de laatste jaren namen de ontwrichtende incidenten in aantal toe. Het probleem staarde haar dagelijks aan, de oplossing raakte verder uit zicht. Geweld daarentegen was altijd dichtbij. Verbaal, nu ook fysiek.

Nora legde *Caius is een ezel* ongelezen neer en deed de televisie aan om er moe en gedachteloos naar te staren, een optocht van smoelen en triviale informatie. Soms was ze aan het eind van een zin, gesproken door een opgewonden barbiekloon, het begin ervan al kwijt. De onsamenhangende woordenbrij hield echter de vrije vlucht van haar gedachten in toom. Alles dreef op een wiegelend bed van vermoeidheid en vergetelheid. Ze was rozig van het zeilen en de drank en dutte in naar een onbegrijpelijke reeks beelden, waaruit ze met kloppend hart wakker schrok. Op de televisie was een woordspelletje gaande met een bak blauwe ballen waarop cijfers, en een enkele groene en rode bal. Als de deelnemers blind mochten grabbelen in de ballenbak riep het publiek als één man sonoor: Groeoeoeoennn! Nora zapte verder. Overal was spelletjesuur behalve op CNN. Ze bleef een poosje hangen, hoorde desastreuze voorspellingen over de economie en zag intussen op een tekstband eronder andere berichten lopen. Irak. Iran. Palestina. Centra waar woede werd gesmeed, witheet en vloeibaar als staal in een hoogoven. Niets hoefde de kijker te ontgaan, hij lag aan het infuus van het wereldnieuws. Nora stond op, voelde even een zware hand op haar hoofd, wachtte tot het bloed zijn loop weer had hernomen en ging in de open keuken een paar eieren bakken.

De eenzaamheid beklemde haar. Vreemd was dat. Daar had ze nooit last van. Als ze nu eens dood neerviel, of een hersenbloeding kreeg. Dat eerste was niet zo erg, de tweede mogelijkheid gaf haar een steek door haar buik. Hier te liggen, verlamd, incoherent, incontinent, niet weten hoe je naar de telefoon moet kruipen, dorstig. Dan hielpen geen lieve ouders en broers, geen schat van een dochter, geen trouwe vrienden of collega's. Omdat ze drie dagen zou wegblijven, kon ze pas over een kleine week worden gemist, en dan was ze al een treurige trage dood gestorven, dagenlang panisch, waardoor aan het eind van haar leven alle eerdere herinneringen waren uitgewist en er enkel maar de ervaring van lijden was. Zou ze naar huis gaan?

Buiten had het wolkendek plaatsgemaakt voor een glorieuze zonsondergang. Het was alsof het dak van een zwembad was weggeschoven. Een stralend blauwe koepel stond boven het blinkende, rimpelende water en het groen was heel groen en de meidoorn jubelde van het wit. Ze leek wel gek. Ze bleef hier. Ze liep naar buiten, het helse kabaal van de wrede voorjaarsnatuur in.

Ook al had ze overal spierpijn en nergens zin in, Nora besteedde de volgende dag aan zomerhuis en tuin. Ramen tegen elkaar open, dekbedden uitkloppen, vloeren dweilen, spinrag uit de hoeken halen, maaien, snoeien, schuurtje beitsen. Therapeutisch poetsen. Wond ontkennen. Twee vliegen in één klap. Af en toe kwam er een bootje voorbij van andere eilandbezitters. De meesten kende ze. Een korte groet, hand opsteken. Alles in orde. Alles gewoon. Alles zoals altijd. Toen ze haar arm stootte vlamde de lengte van de wond fel op. Ze schreeuwde het uit en ging verslagen in de oude leren fauteuil zitten. Verdomme. Verdomme. Verdomme. Tranen van frustratie welden op.

Ze moest Franca bellen. Het was niet aardig van haar dat ze haar dochter aan haar lot had overgelaten, maar haar sores wilde ze nu eenmaal niet op de schouders van haar kind deponeren. Dat ze hier op het eiland in eenzaamheid haar wonden zat te likken, ging misschien ook te ver.

'Franca, met mama.'

'O. Hoi.'

'Waar ben je?'

'Thuis.'

'Niet bij Mariëlle?'

'Ik moest boeken halen.'

'Gaat het wel goed met je?'

'Ja. Waarom?'

'Ik ben zo halsoverkop vertrokken.'

'Hm.' Equivalent van schouderophalen.

'Ga je straks weer naar Mariëlle?'

'Nee.'

'Wat doe je dan?'

'Ik blijf thuis.'

'Maar ben je dan niet bang alleen?'

'Ik zal er eens aan moeten wennen.'

'Zal ik naar huis komen?'

'Hoeft niet, hoor.'

'Ik kom thuis.'

'Ik zeg toch dat het niet hoeft.'

'Moet ik dan liever wegblijven?' Nora kon haar tong afbijten. 'Sorry, schat.'

'Doe wat je wilt.'

'Zullen we vanavond samen gezellig bij de Griek gaan eten?'

'Als je wilt.'

'Tot straks dan.'

'Oké.'

Toen de verbinding was verbroken drong zich bij Nora de gedachte op dat dat nu juist was gebeurd: er was een verbinding verbroken, er was iets stukgegaan, en hoe en waarom en of het herstelbaar was, daarvan had ze geen idee.

Even later belde de politie. Of Nora langs wilde komen voor nadere informatie. De rechercheur vroeg hoe ze zich voelde. Hoe normaal en zelfs hartelijk het ook klonk, ze vond het een gekke vraag. Wat moest daarop worden geantwoord? Ze wist niet hoe ze zich voelde. Rot was geen goed antwoord. Prima evenmin. Maar er moest gevoeld worden en onder woorden gebracht. Veel van haar leerlingen waren daar ook slecht in. Zelfs hun woede en hun rancune 'voelden' ze niet. Die waren er gewoon. Die uitten zich in impulsieve daden. Onder woorden brengen is onder controle krijgen. Ze werden er ongeduldig van, als zij daarop hamerde. Het maakte ze onrustig. Taal was voor een heel beperkt terrein van hun leven bruikbaar. Taal was verraderlijk, dubbelzinnig. Het instrument van de machtigen.

De filosofe Martha Nussbaum schakelde in een poging de ratio te redden van zijn slechte naam emoties gelijk aan denken, Nora had dat pas in een recensie gelezen. Had de rechercheur dus niet beter kunnen vragen: Wat denkt u? Of: Hoe denkt u zich? Dan had ze daarop kunnen antwoorden: Ik denk dat de twijfel mij heeft bereikt. Twijfel waaraan? Weet ik veel. Twijfel in het algemeen.

droeg een strakke spijkerbroek en een te kort truitje met een te kort jack eroverheen, en duwde een wandelwagen waarin een te dik jongetje zat. Ze moesten in dezelfde flat zijn als Nora. De oudere vrouw knikte Nora toe, het meisje uit Duizend-en-een-nacht zei goeiemiddag en vroeg bij wie ze moest zijn. Ali's ouders? Tweede etage rechts.

Ze werd verwacht want ze had haar komst aangekondigd, nee, ze had belet gevraagd. De deur werd geopend door Ali's oudste broer Hafid, een spitshoofdige jongeman met haar zo kortgeknipt dat het net was gaan liggen in kleine, als het ware op de schedel geschilderde zwarte kommaatjes. Soldaat van Hannibal. Hij droeg een wit overhemd, een zwarte broek, een zwart openhangend vest. Misschien was hij ober en zou hij na het gesprek naar zijn restaurant vertrekken. Hij registreerde haar aanwezigheid met ogen die langs haar heen gleden, en nodigde haar zonder te spreken uit hem te volgen.

Het halletje bevatte een krachtig gebloemd vast tapijt met daarop een Perzisch gebedskleedje. De lamp was niet meer dan een veredeld peertje, de luxe werd vooral op de vloer gezocht. De deur naar het keukentje stond op een kier. Nog net waren boven elkaar drie halve gezichten te zien van Ali's zusjes, die uit de woonkamer waren verbannen maar niettemin giechelend de bezoekster wensten te observeren. Op een strenge handbeweging van de broer ging de kier ijlings dicht en hoorde Nora een opgewonden gekwetter aanzwellen. 'Stilte,' moet de broer hebben geroepen, want na zijn kortaffe bevel, dat ze niet verstond, werd het stil in de keuken. Hafid opende de deur naar de woonkamer, waar een televisie de herinnering aan het verre vaderland permanent levend hield. Het donkerrode en goudgele bloemtapijt werd hier voortgezet. Langs twee wanden stonden somptueuze banken, die de trots en de glorie van de familie uitmaakten, zo blonken en glansden ze met verguld houten, gestoken kuiven en dikke blauw velours kussens, omhuld met doorzichtig plastic. Midden in de kamer stond een lage tafel met een fijnzinnig bewerkt geelkoperen blad. Het vertrek was daarmee nagenoeg gevuld. Op de ene bank zat de vader, een gekrompen man met zilvergrijs kroeshaar en een gelooid gezicht, geslonken en verweerd als een gedroogde pruim, waarin de ogen tussen diepe groeven en lijnen opgloeiden. Naast hem, als voor een staatsieportret, zat de moeder in een fraai geborduurde hoes, de handen met henna geverfd, het hoofd bedekt. Zodra Nora binnenkwam stond de moeder op en ging naar de keuken om thee en zoetigheid te halen, nam ze aan. De vader stond ook op en knikte haar toe. Daarna ging hij weer zitten. Stijfjes en onwennig. Een oude pop.

'Mijn vader spreekt niet goed Nederlands,' zei Hafid.

'Dat geeft niet,' zei Nora, 'mijn Berber is ook niet meer wat het geweest is.'

Hafids gezicht verried dat hij de ironie snapte maar niet waardeerde. De aanleiding voor het gesprek liet geen luchtigheid toe, en sowieso was de komst van de vrouwelijke conrector in alle opzichten een pijnlijk evenement. Hafid, als ober doorkneed in de listen en lagen van het gastland, vertegenwoordigde zijn vader en voelde de last van de gewichtige plicht op zijn schouders drukken. De conrector was ondanks het gezag waarmee ze was bekleed altijd nog een vrouw en bovendien de oorzaak en reden van de gevangenschap van zoon en broer Ali. Zijn eer, de eer van de familie, de eer van Marokko, de eer van de godsdienst – het was geen klein bier, die affaire die daar zwaar als alle parfums van Arabië tussen hen in om het koperen blad hing. Wat kwam ze eigenlijk doen?

Hafid was bijna als een Drent opgetrokken uit achterdocht. Ook al sprak de vader geen woord Nederlands, hij was de baas, de zon om wie het huishouden draaide, en hij was duidelijk *not amused*. Wie hem op straat tegenkwam zou hem wellicht als voddenraper behandelen; en zeker: hij was op de fabriek waar

hij zijn rug kapot had gewerkt door zijn witte collega's conse-
quent met goedmoedige grappen vernederd, maar hier in huis,
in het gezin, in de familie was hij de wet. Naarmate de wereld
buiten onbegaanbaarder werd, elke blik een veroordeling, elk
woord een vloek, elk formulier een verbanning, eiste hij bin-
nenskamers meer gezag op, oefende hij krachtiger zijn macht
uit. Met trots. Die witte vrouw van Ali's school was het mes dat
de buitenwereld in het vlees van zijn familie stak. Hij moest het
nu even verdragen maar het moest er zo snel mogelijk uit. Mededogen en ergernis vochten in Nora om voorrang.

Hafid nodigde haar uit op de andere bank plaats te nemen.
Het plastic kraakte en piepte. Er werd gezwegen. Er kwam geen
thee en zoetigheid. Er waren geen koetjes en kalfjes. Deze wed-
strijd in stilte kon een gesprek in zichzelf worden, een woorde-
loze dialoog waarin ze beleefdheden uitwisselden en spijkers
met koppen sloegen, waarin een scala van gevoelens de lucht in
beweging bracht en een conclusie werd bereikt en ten slotte
werkelijk werd gezwegen, zodat ze kon opstaan en het huis van
Ali kon verlaten. Ze kon het zich voorstellen: zomaar tegenover
elkaar zitten, elkaar aankijken, wegkijken, opnieuw aankijken
met een andere blik, peinzen, ogen neerslaan, de ander peilen,
de keel schrapen, de handen in de schoot vouwen, een arm op
de leuning leggen, zuchten. Vervolgens zou ze een heel precies
verslag kunnen doen van het niet-besprokene. Zo kon het gaan.
Maar zo moest het niet gaan.

'Ik begrijp dat mijn komst pijnlijk voor u kan zijn,' begon ze
en wachtte op Hafids vertaling. De blik die ze op hem richtte
kwam in een gesloten gezicht terecht. Dan maar dapper door.
'Maar u wilt misschien ook mijn versie van de gebeurtenissen
horen, opdat u zich een beeld kunt vormen van wat er is gebeurd.'

Hafid en zijn vader gaven geen krimp.

'De school doet altijd aangifte van incidenten als deze. Het is niet voor het eerst dat een leerling daardoor in aanraking komt met de politie. Dat spijt ons oprecht, want wij voelen ons medeverantwoordelijk voor alles wat op school gebeurt. Als wij niet in staat zijn excessen te voorkomen, dan kan dat ons worden aangerekend. We moeten de hand in eigen boezem steken.'

Pauze. Niets. Misschien was haar taalgebruik te ingewikkeld. Ze geneerde zich ervoor vernederende kleutertaal te moeten gaan praten. In verwarring keek ze naar haar handen en zocht wanhopig naar een aanvaardbare tussenoplossing.

Juist toen ze dacht die te vinden en ze haar hoofd oprichtte om haar verhaal voort te zetten, begon de vader vanuit de diepten van zijn gegroefd gelaat te spreken. Zijn stem had het timbre van in de zon geblakerd ruw gesteente, van eeltige handen, van hout met splinters. Het duurde lang, het was kennelijk een heel betoog, dat hij terdege had voorbereid. Het klonk ex cathedra, met gezag, zowat zangerig, en Nora betrapte zich erop dat ze eerbiedig zat te knikken, ook al verstond ze geen woord en kon ze onmogelijk weten of ze het met hem eens was.

Hafid had een vertaling voorbereid die een stuk korter uitviel dan de oorspronkelijke monoloog. 'Nog nooit heeft een zoon van mij in de gevangenis gezeten. Nog nooit heeft een familielid van mij in de gevangenis gezeten. Wij houden ons aan de geboden van Allah. Dat mijn zoon Ali nu in de gevangenis zit moet op een vergissing berusten. Hij is altijd een oppassende jongen geweest en heeft zijn ouders nooit verdriet gedaan.'

Had hij haar woorden zonder Hafids tussenkomst gehoord en begrepen of weigerde hij door middel van deze ingestudeerde verklaring elk gesprek?

'Hebt u Ali gesproken?'

Hafid vertaalde. De vertaling van de vraag duurde erg lang. Aan het eind ervan knikte de vader Hafid toe. Die zei: 'Mijn vader heeft Ali niet bezocht. Mijn vader kan de trap niet af. Hij heeft een zwakke rug. Ik heb Ali gesproken. Ali heeft het niet gedaan. Ali kan het niet gedaan hebben.'

'Waarom kan Ali het niet gedaan hebben?' Ze was blij dat ze zich nu rechtstreeks tot de broer kon richten.

'Ali is een goede jongen die respect heeft voor iedereen die respect heeft voor hem.'

Daar voelde ze de val openklappen. Als Ali het al had gedaan kon dat alleen maar als hem geen respect was betoond. Dan was zij degene die de daad had uitgelokt en terecht was afgestraft.

'Het is verboden een mes te dragen. Het is verboden met een mes iemand te verwonden. Respect of geen respect. Zo is de wet.' Met elk woord schroefde ze zichzelf dieper in een positie die ook in de woordenwisseling met Ali tot geweld had geleid. Op de televisie begon juist geluidloos een gebedsdienst in een gigantische moskee. De atmosfeer verdichtte. Haar keel slibde dicht. De categorische uitspraak van de broer namens de vader redde diens gezag en gezicht. Over een week kon ze misschien een echt gesprek voeren. Ze kende de bijna formele houding van allochtone ouders. Ze begreep de behoefte een verdedigingswal op te werpen. Als ze hun vertrouwen won door onverrichter zake af te druipen, kon ze hierna Hafid voor een gesprek op school uitnodigen, waar zij de regels mocht bepalen.

'Ali had geen mes.'

'Toch heeft hij mij verwond.'

'Hij had geen mes.' Hafid sloeg zijn ogen neer. Was het om zijn verlegenheid met de situatie te verbergen of zag ze nog net een glimp haat?

'Hoe komt dit dan?'

'Dat weet ik niet.'

De poging tot toenadering was mislukt. Na het gesprek met de politie, waar ze had gehoord dat Ali nogal koppig bleef zwijgen, had ze gehoopt met deze actie invloed uit te oefenen. De steekpartij was een vervelend incident geweest dat nog veel slechter had kunnen aflopen, maar er moest een normaal rechtsgevolg aan kunnen worden gegeven, met een verdachte die spijt betuigde en straf aanvaardde. Wie verantwoordelijkheid neemt onderwerpt zich aan het rechtssysteem; wie na een aanslag verantwoordelijkheid opeist verwerpt juist dat systeem. Wat zou voor Ali gelden? Zag hij zichzelf als dader of als slachtoffer? Was hij de verdediger van zijn familie-eer, gerust en stellig in zijn islamitische identiteit, of was hij een kleine Nederlandse crimineel met Marokkaanse achtergrond? Hoe zag de jongen zichzelf? Welk zelfbeeld werd hem opgedrongen? Aangeboden? Het was de aanleiding voor het onderhoud met haar geweest: Ali radicaliseerde. Die vrees had een collega uitgesproken. Ali wilde niet meer naast meisjes zitten. Hij had met grote letters op de achterkant van een poster geschreven: 'Mohammed Bouyeri Vrij!'. De oudere collega had met een scheef lachje aan Hans Tuynman gerefereerd. In een discussie over de vrijheid van meningsuiting had Ali fel de kant gekozen van degenen die met doodsbedreigingen de eer van de Profeet beschermden.

Ze zuchtte. Natuurlijk was dit niet de eerste moeizame affaire die ze als conrector meemaakte. Het was wel de eerste keer dat ze zelf partij was. Ze wist niet dat het dit gevolg had: ze voelde zich afgesneden en miskend. Het had geen zin de wederzijdse marteling te rekken. Ze stond op, knikte kort naar de vader, sprak haar dank uit voor de audiëntie en gaf Hafid te kennen dat het gesprek wat haar betreft was beëindigd.

'Dat was het?' vroeg hij, alsof ze achter haar rug een dolk verborgen had gehouden waarmee ze nu oog en tand zou nemen.

'Voor het moment wel,' zei ze slapjes.

In de gang, bij de deur, vroeg hij haar of ze Ali niet uit de politiecel kon krijgen om de schande voor de ouders te beperken.

'Nee,' zei Nora, 'dat kan ik niet.'

'Maar u heeft toch geld.'

Eerst dacht ze dat hij te veel naar Amerikaanse series had ge-keken en op borgtocht doelde, maar meteen daarna schoot haar te binnen dat hij aan omkoping dacht.

'Dat gaat hier niet zo.'

Pas toen ze twee trappen lager was hoorde ze de deur in het slot vallen.

# 6

Vanavond kwam Guido terug van vakantie. Bij de begraafplaats in de buurt van zijn huis was een bloemenstalletje, waar Franca tulpen ter verwelkoming haalde. Ze keek door het hek naar voortschuifelende vrouwen met wandelstok of rollator die de zondagmiddag strijk-en-zet doorbrachten in het gezelschap van de overleden echtgenoot. Bloemetje mee, stroopwafel of gevulde koek in het tasje om op een bankje in het lauwe voorjaarszonnetje kalmpjes op te peuzelen, een kruimel op het graf gooiend, dan had hij ook wat. Ze wierpen lange lila schaduwen. Achter het hek begon het drijfzand naar de dood, de vallei met affodillen, een ballingsoord waar soms per ongeluk een kind door kanker heen werd gestuurd of een jonge knul door drank en overmoed, een vreemd en huiveringwekkend, immer herfstig gebied, dat Franca nog nooit had betreden.

Haar grootouders van moederszijde leefden nog, die van haar vader had ze nooit gekend. Ze had nog nooit een dode in het echt gezien. Dat daar achter het hek driediep in smalle kuilen de kisten waren opgestapeld, waar de geraamten als het waaibomenhout was verteerd door de bodem van hun houten bed zakten naar een diepere laag totdat om de botten alle spaanders waren verdwenen en drie voormalige mensen innig verstrengeld, aarde en schelpenzand in schedel en oogkassen, een flard van het doodshemd nog om hun ribben, wachtten op de schudder van de graven of op de Jongste Dag, dat zag ze met een huivering voor zich. Ze rook het ook: schuim zoals dat bij storm over het strand waait, dat zilte waterige, voosgele schuim. Ze kende een ets met daarop een leger doden, een van hen fier vooraan, een rafelige banier geheven, dat optrok tegen een leger rijkgeklede vorsten, behangen met goud en edelstenen, de koppen gloeiend en arrogant in wereldse triomf, wulpse vrouwen in het gevolg. Het was een spiegel, zei opa. Kijk maar, de prins die vooroprijdt heeft net zo'n banier als Magere Hein aan de andere kant. Het is een les. Weet dat de dood u tegemoet rijdt waarheen ge ook gaat. Alles is ijdelheid. Prediker. De prent had haar vanaf de tedere leeftijd van tien jaar, toen ze hem aantrof in het soort koffietafelboek dat in hun familie bon ton was, intens beziggehouden. Ze had er samen met opa Prediker op nagelezen, maar begreep er weinig van. Hij leek haar een oude zeurpiet. Beter was het dood te zijn dan te leven en nog beter was het helemaal nooit geboren te zijn. Opa zei dat het een opinie was die ook al door een oude Griek die Sofokles heette, naar voren was gebracht. Leuk was dat: was ze net aan het leven begonnen, kreeg ze nu al te horen dat ze zich er niets van moest voorstellen. Ze moest het niet zo zwaar opnemen, zei opa. De mensen hadden het vroeger heel moeilijk. Nu was alles veel makkelijker met stofzuigers en ijskasten en computers en auto's.

Het zou niet lang meer duren of ook opa en oma zouden hier komen te liggen, en dan mama en papa, en dan zij en dan haar kinderen. Iedereen werd uiteindelijk door dit hek afgevoerd. Het leven was één lange lopende band, aan het eind waarvan je in een trog viel om vermalen en opnieuw gebakken te worden. Het vlees van de oude mannen naar wie de oude vrouwen hun rollator richtten was reeds lang van de botten gevallen, opgegeten door de wormen en via de vogels die wormen aten en de katten die de vogels aten en de Chinezen die de katten aten weer helemaal teruggekeerd in een menselijke vorm. Franca hing het plastic tasje met de vijftig tulpen voor twaalf vijftig aan het stuur van haar fiets. Als haar ouders nog maar lang wachtten met sterven.

Hij was al een beetje thuis toen ze de tulpen in twee vazen had gezet: een vaas op de eettafel en een op zijn werktafel. Ze zette de televisie aan, pakte een blikje cola uit de ijskast en installeerde zich op de bank (schoenen uit, tenen pulken) om op hem te wachten. Wie weet was hij vroeg. Als hij binnenkwam zou hij doen of hij even een boodschap had gedaan. Dat wist ze zeker. Hij uitte zijn gevoelens vaak indirect of tegendraads: als hij haar een verschrikkelijk mormel noemde was hij trots op haar. Sinds de scheiding had hij haar nooit meer op schoot genomen of haar dicht tegen zich aan getrokken, hoogstens met een hand haar haar door de war gehaald, maar hij maakte veel foto's van haar, die hij op het scherm van zijn computer liet circuleren.

Over zijn werk bij de universiteitsbibliotheek vertelde hij nooit. Nu leek daar ook weinig over te zeggen na twintig jaar. Het was bepaald niet spannend of afwisselend. Schaamde hij zich ervoor? 'Ik ben maar een gewone klerk,' zei hij wel eens. 'Ik kan niet tippen aan je moeder.' Het deed haar pijn als hij zoiets zei. Het klonk alsof hij naar geruststelling viste. Dat hij ook knap was. In de toon zat een scherf, het was verstrengeld verwijt en zelfverwijt. Daar wilde ze niets mee te maken hebben. Ze koos geen partij.

Zijn enthousiasme, dat eerder stil en intens dan exuberant was, bewaarde hij voor de excursies met haar. Als ze samen naar de bedrijvigheid rond een termietenheuvel stonden te kijken deelde hij zonder woorden zijn diepe aandacht aan haar mee. Besmettelijk was die blik van hem, die dichte stilte. Het was of hij haar dan meevoerde naar de essentie van zijn wezen. Over hun bondgenootschap en zijn vermogen zich zwijgend aan haar te doen kennen was ze de laatste tijd gaan nadenken. Het maakte haar ongerust. Hij trok haar mee en ze wist niet waarheen.

Op zijn bureau stond een portret van haarzelf, een foto van haar ouders met de kleine Franca in harmonieuzer tijden, en een ouderwetsige foto van een man die Guido's vader zou kunnen zijn. 'Nee, dat is mijn vader niet,' had hij ooit op haar vraag geantwoord. Het was geen echte foto, maar uitgeknipt uit een tijdschrift of zo. Het was ene Fischer, een schrijver, zei haar vader. Ze vroeg niet door.

Ze had eens samen met Guido een aflevering van *Spoorloos* gezien waarin een man van middelbare leeftijd zijn oude Italiaanse vader vond. Snikkend klemden ze zich aan elkaar vast. De jongere sprak geen woord Italiaans en de oude man was zijn beetje Nederlands verleerd. Had die zoon veertig jaar van zijn leven de tijd gehad Italiaans te leren, kon hij nog niet eens *buongiorno* zeggen, wat moest die vader daarvan denken? Egocentrische klootzak, die zoon. Maar ze zat mooi wel met tranen in haar ogen, omdat ze in de zoon haar eigen vader zag en in de oude man haar grootvader, die haar vader nooit had gekend. Ze had het Guido gevraagd. Waarom zoek jij je vader niet? Die is al dood. Weet je dat zeker? Nee, maar ik denk het. Wil je hem niet zoeken? Ik zou niet weten waarvoor. Einde gesprek. Ze had erover gefantaseerd. Hoe Guido – die wel goed Italiaans sprak – op zijn omzwervingen door Italië toch op zijn oude vader zou stuiten, per ongeluk expres natuurlijk. Hoe zij dan samen met Guido naar *nonno* zou gaan die in een pittoresk, pastelkleurig stadje woonde omringd door heuvels met olijfgaarden, en hoe ze dan werden opgenomen in een hartelijke en luidruchtige familie die almaar buiten onder notenbomen aan lange tafels zat te eten en ruzie te maken en te lachen en wijn te drinken. En hoe zij dan in vloeiend Italiaans met haar nichtjes en neefjes praatte over popmuziek en literatuur en de liefde en zo. Maar ja, voor hetzelfde geld zou die vader weigeren zijn zoon te erkennen. Deur in zijn gezicht dichtsmijten. Dat gebeurde wel eens. Ze zapte naar een ander kanaal en ging stom met één oog naar videoclips zitten kijken en met het andere een boek van Mulisch lezen voor haar leesdossier.

Ze werd wakker van haar mobiele telefoon. Ze keek op het schermpje. Haar moeder. Weigeren? Nee.

'Hoi mam.'

'Is je vader nog niet thuis?'

'Nee.'

'Weet je wel hoe laat het is?'

'Nee, hoe laat is het dan?'

'Je zou om zes uur thuis zijn om te eten. Het is halfzeven. Hoe laat zou Guido thuiskomen?'

'Weet ik niet.'

'Heeft hij niets gezegd? Niet gemaild? Niet ge-sms't?'

'Nee.'

'Typisch. Kom maar naar huis, het heeft geen zin op hem te wachten.'

Franca's antwoord bleef hangen tussen keel en mond, precies waar de brok van schrik zat toen ze besefte dat hij er nog niet was. Zij moest morgen naar school, hij naar zijn werk. Er was iets tussen gekomen. Vertraging. Files. Autopech. Maar waarom dan niet even bellen?

Ze checkte haar telefoon op gemiste oproepen en voicemail en tekstberichten. Niets. Zijn hele vakantie lang: niets. Dat was op zichzelf niets bijzonders. Als hij weg was, wilde hij ook weg zijn, zei hij altijd. Hij was niet onbetrouwbaar, zoals haar moeder maar al te graag impliceerde. Ze weigerde te geloven dat haar vader niet aan haar had gedacht. Er moest iets zijn gebeurd. Maar wat? Ze legde een briefje op tafel: 'Lieve pap, welkom thuis, ik heb op je gewacht maar ik moest weg. Tot gauw. Zoen. Franca.' Ongerust ging ze naar huis.

# 7

Guido was een paar dagen later nog niet thuis. Nora was door de universiteitsbibliotheek gebeld met de vraag of zij wist waar haar ex uithing en hoe hij te bereiken was. Was hij ziek? Ze wist van niets. Nee, geen contact gehad. Zelfs de mails van zijn dochter niet beantwoord. Ja, vreemd. Niet helemaal zijn stijl, hoewel je alles van hem kon verwachten. Toch misschien iets aan hem gemerkt de laatste tijd? Zie hem nooit. Kan niets merken. Als u iets hoort laat u het ons weten? Zou ze doen. Dat kon er ook nog bij. De wereld was van schuurpapier. Alles raspte. De wond op haar arm was licht ontstoken en genas traag. Ze had bij het zeilen en de daaropvolgende schoonmaak de beschadigde spieren overbelast. De pijn ervan was haar welkom geweest, maar nu niet meer.

Franca's ongerustheid ergerde haar. Het kind bleef maar aandringen op actie, uitte de meest huiveringwekkende veronderstellingen, en liep rond in een van Guido's linnen overhemden. Het was haar veel te groot, maar zo riep ze hem naar huis, zei ze. Nora schudde haar hoofd om het belachelijke bezweringsritueel. De vader, de trouweloze vader, die niet eens de moeite had genomen zijn kind een kaartje te sturen, werd beloond met de zuiverste liefde. Ze was woedend op Guido, de onverantwoordelijke egoïst, de geobsedeerde dwaas, de gekwetste ziel. Hun huwelijk was aan dit escapistische gedrag te gronde gegaan. Dat terugtrekken in de eigen cocon, dat onaanraakbare waarop ieder woord van kritiek of aanmoediging afketste. 'Je bent godverdomme net een wijf, zo stilletjes verongelijkt!' had ze hem wel eens lachend maar in ernst toegeroepen. Dat was het niet. Het was lang niet zeker of hij wel zo'n gevoelige natuur had, of hij zo fijn bewerktuigd was als een aan vapeurs lijdende hysterica. Er zat ijzer in hem. Meedogenloosheid. Onverschilligheid. Geweld. Ze kende hem niet. Wat haar in hem had aangetrokken, stootte haar op den duur af.

Op school was inmiddels haar 'afzettingsprocedure' begonnen. Ali's daad was daarvoor de welkome aanleiding. Het had niet op een beter tijdstip kunnen gebeuren. Een enigszins paranoïde geest zou er niet zozeer de hand van Allah als wel de kipfilet van de rector in herkennen, alsof Frans Bakels persoonlijk Ali had opgehitst dat teringwijf, die kankerhoer van een Dame ve bij de eerste de beste gelegenheid een mes tussen de ribben te steken, omdat hij van haar af wilde om zijn protegé, de katholieke kwezel Frits Frencken, docent maatschappijleer en wereldoriëntatie, op het mottige pluche te tillen. Haar afdeling had de hand van een kerel nodig. Ha! De hand van een meeloper. Een kruiper.

Ze werd tot een gesprek verplicht met wat ze het traumateam van de stinkende wonden noemde: een psycholoog en een personeelsfunctionaris van de koepelorganisatie. Doe dat nou, Nora! zei Frans Bakels. Zo'n akkefietje hakt erin. Straks heb je een burn-out en dan zijn we nog verder van huis. Zou je wel willen, gluipkop, dacht Nora. Het gesprek mondde vanzelfsprekend uit in een analyse van haar functioneren. De bedoeling was dat ze haar eigen graf dolf. Dan konden ze lang wachten. Eerder had het corrupte traumateam een burn-out dan dat zij haar functie ter beschikking stelde.

Ali's voorarrest was door de rechter-commissaris verlengd. Er moesten meer feiten boven tafel komen, zeker over zijn radicalisering, en Ali's halsstarrige houding bevorderde zijn voorlopige invrijheidstelling niet. Maar ook Nora werd door de vijandigheid van de verdachte bepaald niet geholpen: ze moest haar versie van de gebeurtenissen diverse malen herhalen, totdat ze zich zelf een verdachte ging voelen. Ze vroegen haar diep te spitten in het verleden dat ze met Ali had. Het verleden? Een geschiedenis? Kom nou. Hetzelfde verleden als met alle andere lastpakken op school: confrontaties maar ook vriendschappelijke gesprekken. Wat ze precies had gezegd. Hoe hij een haat tegen haar had kunnen opbouwen. Elke keer kwam ze onzekerder uit de verhoren. Ali's vrienden negeerden haar nadrukkelijk. Ze sprak hen aan: ze keken langs haar heen. Ze nodigde hen een voor een uit voor een gesprek op haar kamer, ook om de angst te overwinnen, de scène met het mes te bedekken met andere, vreedzamer scènes: ze kwamen niet opdagen, of hingen ongeïnteresseerd in een stoel en gaven antwoorden van één lettergreep. Ze gaf het voorlopig op maar maakte melding van hun houding bij de rector. Bakels zag het voornamelijk als falen van haar kant, nog een stok om de teef te slaan.

De drukte rond de eindexamens leidde haar af. De zenuwen joegen door anders zo onverschillige en stoere lijven. De toon in de gangen en de kantines van de school was luider en hoger. Nora liep bemoedigend en kalmerend rond. Komt allemaal goed, jongens. Als je altijd hebt opgelet is er niets aan de hand. Dat was het nu juist, dat opletten. Zelfs als ze de uiterlijke tekenen van aandacht vertoonden was het concentratievermogen beperkt tot enkele minuten. De hersens van de schatjes waren visnetten met ruime mazen.

Franca verknoeide een paar belangrijke proefwerken.

'Lieverd, wat is dat nou vervelend.'

Met een bleek en strak afwerend gezicht, appel in haar hand, stond Franca bij het aanrecht. Nora zat aan de keukentafel met het avondblad. Even rust. Even de liederlijke klotewereld typografisch geordend onder haar neus.

'Je moet naar de politie. Je moet hem als vermist opgeven.'

'Hij komt wel terug. Je kent hem. Hij vergeet de tijd.'

'Hij zou vier weken wegblijven. Het zijn er nu al bijna vijf.'

'Je zult zien: zodra ik naar de politie geweest ben, stapt hij binnen.'

'Ga dan naar de politie.'

'Dat bedoel ik niet. Ik bedoel...'

'Ik weet wat je bedoelt. Het kan je geen bal schelen. Het kan je geen bal schelen of hij in een ziekenhuis ligt. Het kan je geen bal schelen of hij terugkomt of niet. Het kan je geen bal schelen of ik me zorgen maak om hem. Jij denkt alleen maar aan jezelf. Je wou van hem af. Nou, misschien ben je wel voorgoed van hem af!' Ze smeet de half afgekloven appel door de keuken. Hij spatte uiteen tegen de deurpost.

Nora telde tot tien. De woede, onverwacht en heftig, sloeg tegen de binnenkant van haar ribbenkast, tegen de binnenkant van haar schedel, golfde door haar lijf.

'We wachten het weekend af,' zei ze.

Dit was een soap. Franca keek haar vernietigend aan en rende naar boven.

In de krant stond dat er in Amsterdam weer een afrekening in het criminele circuit had plaatsgevonden. Er lag een lichaam in een plantsoen met een laken eroverheen. Het werd al gewoon, al die lichamen, die lakens, die blauwe tenten, mannen met witte pakken. Dood en verderf. Allah of cocaïne. En iedereen maar roepen dat ze moesten blijven praten. Nou, proberen jullie maar eens te lullen met Ali, met zijn vrienden, met zijn vader, met zijn broer! Er was geen *common ground*, geen gemeenschappelijke taal. Letterlijk! Ze sloeg de krant dicht. Guido zat natuurlijk op een Italiaanse heuveltop naar zijn navel te staren. Hij wel.

Franca zat met opgetrokken benen op haar bed, ogen dicht, rug in de hoek geklemd, iPod in haar oren, muziek zo hard dat het leek of ze in haar werd gespeeld, op haar ribben werd gebeukt, door haar longen geblazen, haar darmen de snaren van de elektrische gitaar, haar hart het keyboard, en in haar hoofd schreeuwden de stemmen. Op haar netvlies spatten vele kleuren uiteen, geen vuurwerk, geen oooh en aaah, maar vloekende bliksems schoten uit automatische geweren, inslaande granaten met fonteinen aarde en water. En uiteindelijk werd het geheel samengebonden door een ijzeren band van angst, de geur van bloed. Hij was dood. Ze wist zeker dat hij dood was. Hij was in een rotsspleet gevallen tijdens een wandeling, had zijn been gebroken, geprobeerd zich met vingertoppen en nagels eruit te redden, maar vergeefs, zijn stem stukgeschreeuwd naar de lege hemel en de ruisende boomtoppen, hij had het vocht van de stenen gelikt, was ten slotte in een ijskoude nacht onderkoeld geraakt en met de blik gericht op de schitterende sterren weggegleden uit zijn leven, uit haar leven. En hij had niemand die zich om hem bekommerde. Alleen zij. Ze sloeg met haar vuisten op het dekbed, op de kussens, zong luidkeels mee zonder het zelf te kunnen horen, zo hard was de muziek. Ze snoof zijn geur op uit het overhemd. Haar moeder kwam binnen. Abrupt rukte Franca de oordopjes uit en keek Nora aan. Die ging op de rand van het bed zitten. De muziek sputterde door. Ze zwegen, niet wetend of de spanning vanzelf zou verdwijnen of weggepraat moest worden. Beiden wachtten tot er een aansporing naar boven borrelde: Zeg wat, doe wat. Nora durfde haar dochter niet aan te raken, bang zich te branden. Franca had keelpijn van het tranen wegslikken.

'We gaan naar de politie,' zei Nora. 'Maar eerst gaan we bij hem thuis gegevens verzamelen.'

De geur trof haar. Ze herinnerde zich die niet. Had hun geza-menlijke huis altijd haar geur gedragen? Dat hij los van haar be-stond en zijn eigen atmosfeer had bracht haar in verwarring. Anderen zijn er toch alleen in hun functie voor jou en liggen daarbuiten als slappe poppenkastpoppen in de doos? Het was een kinderachtige gedachte, ze wist het. Deed ze hier goed aan? Ze duwde zichzelf over een zekere verlegenheid heen naar bin-nen. Sorry, Guido, mompelde ze binnensmonds. Had dan ook wat van je laten horen! Nooit had ze Franca gevraagd naar zijn leven ('Leuk weekend gehad? Nog iets bijzonders gedaan?'). Ze wilde er niet van weten. Diep vanbinnen koesterde ze de hoop dat hij tot het eind van zijn levensdagen om haar zou treu-ren, ook al was zij degene geweest die de scheiding aanhangig had gemaakt. Diep vanbinnen treurde zij ook. Ze hadden meer hun best moeten doen elkaar te bereiken. Ze keek om zich heen, zag de dingen die hij had uitgekozen om in te wonen, herkende zijn weerstand tegen comfort, zijn protest tegen stijl, en werd even bevangen door moedeloosheid. Waarom had ze zoveel agressie in hem opgeroepen? Daar ging de rasp weer langs haar hart. En die planten, de tomeloze ficus benjamini vol fris nieuw blad, de varens zonder bruine punten, de moeilijke kamerlinde die bij hem groeide dat het een aard had, waar kwam dat zacht-aardige talent voor groen toch vandaan? Ze had iets wezenlijks in hem gemist of hij had haar daar niet toegelaten.

'Waar is zijn werkkamer?' Ze schudde de weemoed van zich af.

'Ben je hier nog nooit geweest?'

Haar zwijgen gaf het antwoord. Franca trok een wenkbrauw op in kennelijk misprijzen, waardoor ze zich bestraft voelde. Franca haalde haar schouders op en ging haar voor.

Orde heerste in de pijpenla. Aan de smalle kant stond voor het raam een grote glazen tafel bij wijze van bureau. Computer, bakjes met paperclips, punaises, potloden, pennen, foto's. Ze zag de foto van hen drieën, Guido, zij, pasgeboren Franca. God, wat waren ze mooi. Ja, zijzelf ook, met stralende ogen, sterk. Zij had die foto weggestopt. Ze wilde niet herinnerd worden aan de mislukking, evenmin aan het geluk.

De lange wanden waren bezet door een kastsysteem van gegalvaniseerd ijzer gevuld met boeken en ordners.

'Wie is die man?' Franca wees op de ingelijste krantenfoto.

'Papa zei dat het een schrijver was.'

Nora pakte de foto op. 'Allemachtig, dat is volgens mij Fischer, E. Fischer.'

'Wie is dat dan?'

Terwijl ze koortsachtig de betekenis van Fischers Werkelijke Tegenwoordigheid in de vorm van een bijna verbleekte krantenfoto op Guido's bureau trachtte te peilen, legde ze haar dochter uit dat E. Fischer de auteur was van vier boeken die ze geen romans zou willen noemen, maar iets tussen roman, essay, leefregel en gebed in, met de aansprekende titels 'A', 'B', 'C' en 'D' (geschreven dus door E. F.), rond welke in de jaren zestig, zeventig een cultus was ontstaan. Fischer had een interview gegeven aan een jonge Nederlandse journalist, waarna hij als van de aardbodem was verdwenen. In dat interview, dat achteraf het enige bleek te zijn, waren nauwelijks biografische gegevens verstrekt – die ontbraken trouwens ook op de flaptekst van de boeken. De foto was toen genomen, maar of die werkelijk de auteur weergaf en of degene die het interview had toegestaan met zekerheid E. Fischer was geweest en de waarheid had gesproken, wist niemand. De uitgever hield zich van den domme. Naarmate de jaren voorbijgingen, Fischer onder water bleef en de Fischerse vierling het karakter kreeg toegekend van openbaringen, werd de studie van Fischer zowel een academische discipline, beoefend door pedante tekstuitleggers, als een bezigheid van zeloten die het licht van de meester hadden gezien. Nora's toon werd sarcastisch: 'En ik heb Guido nota bene die traktaten aangeraden!'

Ooit had ze de alfabetboeken interessante pogingen gevonden de wereld te beschrijven en te duiden, cynisch, kaal, maar tegelijkertijd ook lyrisch en – ja, hoe moest ze dat zeggen – bijna gevaarlijk. Ze had nooit het geduld opgebracht de vinger op de wonde plek te leggen, maar het lezen en herlezen van Fischer opgegeven. De praktijk van alledag, van man, kind en school, eiste haar op; ze had geen geduld voor etherische stromingen of sektarische subculturen. Waarschijnlijk was Guido juist toen verslingerd geraakt aan de Meester, zoals zijn fans hem noemden. Thuis stond hij nog in de kast, in de buurt van Pirsigs *Zen and the Art of Motorcycle Maintenance*.

Franca zweeg een tijdje, vouwde een paperclip uit en begon er zachtjes mee over haar arm te krassen. Uit een schrap welde wat bloed op. Nora keek ervan weg, slikte. 'Heeft hij iets met papa's verdwijning te maken, denk je?' vroeg Franca.

'Ik kan het me niet voorstellen.' Nora opende even haar armen in een gebaar van gelaten overgave, begon toen een stapeltje papieren op het bureau te verschuiven. 'Het is vreselijk, maar we moeten systematisch zijn spullen doorzoeken, zijn computer opstarten en zijn mail lezen.'

'Waarvoor? Waar zoeken we naar?'

'Een hotelreservering. Een reisplan. Een afspraak met vrienden.'

'Vrienden?'

'Hij heeft toch vrienden. In Italië.'

'Weet ik niet. Zal wel.'

'Moet toch wel?'

Guido en vrienden. Toen ze gingen samenwonen had zij aangedrongen op het individueel onderhouden van voorhuwelijkse vriendschappen. Je hoeft niet altijd alles samen te doen. Ze kende de mensen met wie hij omging niet of nauwelijks en vroeg zich af of hij zich voor hen schaamde. Maar dat was het niet. Het zat hem in de aard van de vriendschappen die hij aanging.

Guido deed vrienden op en verloor ze weer onderweg, uit onoplettendheid, zoals je paraplu's laat staan in cafés als het niet meer regent.

Franca wilde zeggen dat zij het wel allemaal zou doen; ze gunde Nora geen enkele intimiteit meer met de man die ze had weggedaan, maar ze was bang voor wat ze zou vinden. Ze gooide de paperclip weg en sloeg haar armen om zichzelf heen als om zichzelf te beschermen, te wiegen, af te sluiten. Nu ze hier stond met haar moeder werd alles wat haar vertrouwd was vreemd. Vrienden in Italië? Ze wist van niks. En wat was dat met die Fischer? Ze draaide zich abrupt om.

'Doe maar,' zei ze en gooide de deur van de werkkamer achter zich dicht. De bos tulpen die ze had neergezet liet door de schok wat bloembladen vallen.

Het duurde lang voordat Nora zich ertoe kon zetten de computer te starten. Ze was blij dat Franca naar de woonkamer was gegaan. Guido's wezen, verborgen in de bits en chips van de Dell, lag als een patiënt onder narcose op haar operatietafel. De drietonige jingle bracht het scherm tot leven. De achtergrond herkende ze met een steek van jaloezie: een foto die hij had gemaakt van Franca als peuter, met haar handje tegen de openslaande deur naar de tuin, de blik van een wijze in het ronde gezicht van een cherubijn, verdubbeld in het spiegelende raam. Zo intens keek hun dochter nooit naar haar. Ze zag in de blik van het meisje de blik van de vader, hoe die twee naar elkaar keken en op elkaar leken. Ze hadden stil gestreden om hun kind, en de strijd was nog altijd niet voorbij. Guido's fotokeuze voelde als een triomfantelijk verwijt.

Ze ging naar zijn Outlook. Zoals verwacht had hij mappen gemaakt. Geen ordeloze hoop inkomende en uitgaande mail. Ze aarzelde: moest de politie dit niet doen? Verwoestte ze nu geen bewijsmateriaal? Was hier een rechercheprocedure voor? De meeste mappen waren zakelijk en bevatten opvallend wei nig bestanden. Kwam er geen persoonlijker correspondentie binnen of werd die meteen doorgesluisd naar geheime files? In de ingekomen mail van de laatste vijf weken vond ze veel spam en Franca's ongeruste berichten van de afgelopen dagen. Verder niets. Misschien printte hij een persoonlijk bestand alvorens het te verwijderen en moest ze in de ordners gaan zoeken. Eerst de computer nader ontleden.

Ze verliet Outlook en ging naar zijn Word. In Guido.documenten trof ze een aantal versleutelde mappen aan. De mappen droegen als bestandsnaam een letter uit het alfabet. Wie het bestand wilde openen had een wachtwoord nodig. Ze vulde map voor map het wachtwoord 'Franca' in en trof niet onder de f maar onder de letter k de mailwisseling tussen vader en dochter aan. Ze opende de laatste mail alsof ze een bom detoneerde: een lichte aanraking van de toets, een achteruitdeinzen, en dan de letters op het scherm: 'Kaatje (het oude koosnaampje zorgde er natuurlijk voor dat Franca was opgeborgen onder de k), ik ben vergeten te zeggen dat je de kamerlinde niet te veel water moet geven, de vorige keer heb je hem verzopen. Liefs. Papa.' Slappe hap. Die kutkamerlinde. Neem je zo afscheid van je dochter? Kan dat niet met een tikje meer esprit? Iets meer hartelijkheid? Tegelijk voelde ze weer een steek van jaloezie om de verstandhouding die ze achter de eenvoudige mededeling vermoedde. Het gewone, het huiselijke trof doel. Een verlangen naar zelfkastijding bracht haar er bijna toe de rest van de documenten in de Kaatje-map te lezen, elk woord een karwats met kleine kogeltjes op haar rug, maar de aanwezigheid van Franca achter de deur was een krachtige rem. Post was privé. De eerbiediging van de persoonlijke levenssfeer had in haar familie kracht van wet. Op het afstandelijke af misschien. Alleen in de liefde. Alleen in de warme omhelzing van een huwelijk was de volkomen transparantie van de ziel op zijn plaats. Het gemis kneep haar keel dicht. Resoluut sloot ze de map.

Ze zat even stil te staren naar het scherm en naar de foto's op het bureau. Wat nu? Welk wachtwoord kon ze op de andere alfabetmappen loslaten? Fischer bijvoorbeeld. Inderdaad, die opende map F. Vandaar ook dat Franca onder de k van haar koosnaam was opgeborgen. Een eenvoudig systeem, niet zozeer bedoeld om onbevoegden de toegang te versperren als wel om aan Guido's gevoel voor ordening tegemoet te komen. Ze herinnerde zich niet dat hij vroeger zo precies was geweest.

Ze bladerde door de reeks files in de F-map heen, had geen zin ze te lezen, maar besloot de hele map op een memorystick te zetten. Of zijn Fischerhobby relevant was voor Guido's verdwijning wist ze niet. Dat Fischer als portret in de werkkamer aanwezig was, zei wel iets over zijn belang voor Guido. Ze voelde zich licht bezoedeld door haar schending van Guido's privacy. Haar handen waren vochtig geworden. Ze veegde ze af aan haar broek en begon op haar nagelriemen te bijten.

Hoe nu verder? Waarheen? Als in een donker bos trad ze met de vage schim van Guido voor zich uit omzichtig in zijn voetstappen. Wat ze tijdens hun huwelijk zocht, de kern van zijn denken, het geheim van zijn wezen, kon ze misschien hier vinden. In de N-map tikte ze als wachtwoord Nora in. Impulsief en met spitse vingers, alsof ze het niet echt deed. Zomaar. Zomaar? Handelde ze ooit 'zomaar'?

De digitale poort zwaaide open. De Nora-documenten verschenen. Een stroomstoot, die haar vingers deed tintelen, en opnieuw de schrik van het flitsende mes. Nora.1 tot en met Nora.15. Nooit had ze mailcontact gehad met Guido en toch bestond ze in zijn systeem. Ze klikte als de wiedeweerga op 'sluiten' en leunde achterover, als tijdelijk ontsnapt aan een achtervolger. Ze moest hier weg.

Ze schoof de bureaustoel achteruit en stond op. Het duizelde haar even. Zwarte spikkels verduisterden haar blikveld. De computer was een levend wezen geworden dat op haar loerde, klaar voor de aanval. Haastig als een winkeldief onder de blik van de afdelingschef klikte ze met de muis map N aan om hem te verhuizen naar de memorystick. Ze wiste zichzelf uit Guido's computer en nam zichzelf mee.

'Heb je al wat?' vroeg Franca door de dichte deur heen.

'Niets.'

'We moeten naar de politie.'

'Even wachten.'

Ze moest tot rust komen. Diep ademhalen. Ze legde de foto van het jonge geluk – Guido, Nora, Franca – plat neer, plaatje naar beneden. Weg ermee. De foto van Fischer draaide ze om. Daarna sloot ze de computer af. Geel lint ervoor: plaats delict. In haar nek prikte het, nervositeit kroop door haar darmen, de muren van de smalle kamer met de boeken in het gelid schoven op elkaar toe om haar te pletten zoals een auto in de sloop tot een pakje schroot wordt verwerkt.

Achter de deur stond Franca, ogen wijd open om slecht nieuws in op te vangen. Nora haalde haar schouders op. 'Niets bijzonders gevonden.' Ze liep naar de deur. Franca achter haar aan.

'Je hebt natuurlijk niet goed gezocht.'

'Bestanden met een wachtwoord kan ik niet openen.'

'Die vrienden?'

Nora draaide zich om. 'Niets gevonden. Jij kent hem beter dan ik. Jij kent zijn vrienden. Zoek jij ze op.'

Franca hoorde de woorden als vuil-oranje pijlen. Ze wilde weglopen, zo hard ze kon. Zodra ze buiten was nam ze de trein naar oma en opa en kroop ze terug in de tijd, kleurboek en kleurpotloden, voorlezen uit *Pluk* en wentelteefjes bij de lunch. Een scherpe gedachte sneed haar de pas af: als pap kwijt was, wilde hij vast dat zij hem vond. Niet mama, maar zij. Hij stelde haar op de proef. Zo was hij. Het was een spel. Hij liet haar naar de regels raden. Haar vader was een soort god. Liefhebbend maar ondoorgrondelijk. Ze mocht hem niet teleurstellen.

# 8

Ontslag werd het niet, dat had ook niet gekund, wel dwong de rector Nora weg uit het conrectorschap en terug naar een aantal uren in de basisvorming en extra uren eindexamenklas havo, want er gingen twee docenten geschiedenis met pensioen, en een was langdurig ziek, zodat er voorlopig moest worden geschikt en geschoven in het rooster en haar expertise en ervaring bitter noodzakelijk waren. Het was voor haar eigen bestwil bovendien. Farizeeër Frits Frencken zou tot nader order het conrectorschap waarnemen.

'Het is een tijdelijke maatregel,' haastte Bakels zich het definitieve besluit te karakteriseren.

Ze zaten op de rectorskamer. De gluiperige Frits met zijn gesjeesdepriestersbleekzucht was er ook bij en zei zalvend dat ze het lesgeven waarschijnlijk zeer gemist had. Dat was waar, maar ze gaf het niet toe. Ze was juist bezig geweest ondanks de zwaarte van het conrectorschap wat lesuren te heroveren om het contact met de leerlingen te behouden.

'En nou nog eens wat,' zei Bakels. Hij legde zijn grote roze armen, gestoken in een bruingeel overhemd met korte mouwen, als de voorpoten van een moegedraafde Deense dog op tafel en keek haar vals aan. Toen hij zijn mond opendeed verwachtte ze snijtanden, kwijl en grom.

'Je bent vorige week bij de ouders van Ali op bezoek geweest zonder ons of de politie van dat voornemen in kennis te stellen.'

'Een vrij land,' zei Nora schijnbaar onverschillig.

'Dat is het inderdaad. Maar of het verstandig was van de vrijheid gebruik te maken, is de vraag.'

'Ik wilde een opening maken voor excuses.'

'Van jouw kant.'

'Van mijn kant? Natuurlijk niet. Van hun kant, namens Ali, om de kou uit de lucht te halen, en dan pas misschien van mijn kant, voor het geval mijn woorden in het gesprek met Ali een verkeerde indruk bij hem zouden hebben gewekt. De vlieger ging niet op.'

'Denk je niet dat een verontschuldiging van jouw kant een beter begin van het gesprek zou zijn geweest?' Bakels vouwde vroom de handen.

'Ik geloof dat we het hier al eens over hebben gehad, Frans. Ik ben erg onder de indruk van je collegialiteit.'

'Jouw bezoekje aan Ali's familie heeft de zaak alleen maar op de spits gedreven. De politie is er zeer verbolgen over. Ik heb je tegenover hen verdedigd – dat mag je best weten, dat vind ik niet meer dan normaal – maar het kostte me grote moeite, omdat je ook achter mijn rug om bent gegaan. Over collegialiteit gesproken.'

Bakels leunde achterover, hield de poten gestrekt op het tafelblad, een imperiale houding die niet naliet Frits Frencken te imponeren. De volgeling rechtte de rug en legde de bleke, zwartbedonsde armen, die uit een te lichtblauwe polo staken, precies zo neer.

Nora kon geen keuze maken uit de antwoorden die aanflitsten in haar hoofd. Ze stond op. Er lag ook waardigheid in zwijgen, had haar vader haar geleerd. Daar moest ze het nu maar van hebben, al bevredigde het niet. Haar rok kleefde tegen de achterkant van haar dijen en ze moest hem eerst nogal meisjesachtig van het vochtige vlees trekken, voor ze weg kon lopen.

Maar nee, dat had ze gedacht. Bakels was nog niet klaar met haar.

'Je moet zelf ook maar even aan de politie je nogal naïeve zij het goedhartige motieven gaan uitleggen. Dan zullen zij je wel vertellen waarom dat precies de foute methode was, als je mij niet gelooft.'

Het was het moment om ontslag te nemen. Maar Nora verdomde het. Ze gunde hem haar woede niet. Minachting was genoeg. Ze legde haar hand over de wond op haar arm.

'Je bent een hypocriete lul, Frans.'

Terwijl Bakels rood aanliep en naar adem hapte, verliet Nora de rectorskamer.

Jan Damave maaide het gras met een handmaaimachine uit de tijd dat mannen tegen de zon een zakdoek met vier knopen in de hoeken op het hoofd legden. Nora zag het hem doen vanuit de woonkamer, die er al dertig jaar hetzelfde uitzag. Terugtrekken en vooruitduwen, terugtrekken en vooruitduwen. Als het gras niet te hoog stond was het makkelijk, daarom schoor hij de postzegel in de achtertuin tweemaal per week, hoefde hij ook niet te harken, zei hij. Prettig werk vond hij het niet, maar hij verstond de kunst plicht tot genoegen te verheffen. Bovendien mijmerde hij naar eigen zeggen al tuinierend graag over Vergilius' *Georgica* in de hoop op een nog fraaiere vertaling te stuiten van een geliefde passage. Soms kon hij niet op een woord komen, vermengde verzen uit de *Bucolica* met de *Georgica*, allebei boerenbedrijf, dat wel. Hij liet de machine rondgaan over zijn eigen kleine boerenbedrijf in suburbia. Brozer werd hij. Niet alleen lichamelijk. Gras. Alle vlees. Terugtrekken en voortduwen. Angst bekroop Nora. Haar moeder stak haar hoofd om de hoek van de keukendeur en riep hem.

'Jan! Nora is er!'

Haar vader keek op van zijn perk en zag haar achter het raam staan. Hij stak verrast zijn hand op. Ze zwaaide niet naar hem terug, geschrokken van zijn onverwacht houterige en onzekere bewegingen alsof hij sinds de laatste keer dat ze hem had gezien een kleine tia had gekregen, een tikje van het noodlot: beeld je niets in, je bent gauw aan de beurt. Haar vader liet de machine midden in het gras staan en duwde zichzelf – altijd nog een beetje gebogen naar de inspanning – naar het huis toe.

Nora gaf hem een kus. Hij had zich niet geschoren en geen aftershave opgedaan. Een muffe geur hing aan zijn wang, geen zweet, maar oud vel. Dat mocht hij niet doen, zo naar de dood ruiken. Ze deed een stap achteruit alsof ze hem had betrapt op een onbetamelijke gedachte. Dit paste niet bij hem. Haar vader was altijd verzorgd, op het precieuze af. Maar ze kwam onaangekondigd en voor haar moeder had hij natuurlijk geen geheimen, die mocht zijn lichaam zien en ruiken zoals het was, in die gevorderde staat van onbewimpeld verval.

'Wil je koffie, schat?'

'Nee mam, dank je.'

'Thee?'

'Goed dan, thee.'

Terwijl Herma de keuken in ging, deuren open om niets van het gesprek te missen, pakte Jan Damave Nora's arm om de wond te bekijken. De hechtingen waren er net uit. De smalle streep was vurig rood en bedekt met een dunne waterige korst, rondom de wond een dieppaars van de bloeduitstorting, de schaduw van de overdwarse steken nog zwartig zichtbaar. Nora vond dat het iets weg had van een dichtgenaaide kut.

'Geneest goed,' zei hij. 'Kom, ga zitten.'

Hij zette zich in zijn stoel bij een schoorsteenmantel waarin de haard was vervangen door een boekenkastje, dat naar zijn zeggen door de inhoud meer warmte gaf dan een Salamander. Zijn handen waren hier en daar groen van het gras, een veeg smeer liep over zijn weerloze arm. Hij was nooit een krachtpatser of een sportfiguur geweest, maar nu werd het vel wel erg doorzichtig en waren de spieren verwaarloosde aanhangsels aan het bot. Je mag niet dood, je mag niet dood, dacht Nora terwijl ze op de bank ging zitten. Ik haal je terug van de drempel, ik sleur je weg van de Styx, als je dat maar weet.

'Hoe is het op school? Vangen ze je behoorlijk op?'

Ze had het niet gepland en evenmin gewild, ze vocht er zelfs een ogenblik tegen, maar ze begon spontaan als een meisje te grienen. Binnen de kortste keren zat ze daar, geflankeerd door haar oude ouders, die ieder troostend een hand vasthielden – handen die ze nodig had om haar gezicht te bedekken, het snot van haar neus te vegen, haar tranen te drogen – en zeiden: 'Toe maar, schat, huil maar. Het is goed.' De fluitketel maakte een eind aan de ongemakkelijke gevangenschap van haar handen en aan de ergste tranen. Het drupte en snikte nog wat na, maar ze kon met een gebaar duidelijk maken dat het wel weer ging. Oké, pap, oké.

Bedrijvig en bezorgd haalde Herma de thee. Jan zat weer bij zijn boeken, en – wat deed hij nou? – veegde over zijn ogen.

'Vertel het maar,' zei Herma, die op het puntje van een stoel plaatsnam, met de van haar bekende alerte zit alsof ze een kind voor een eventuele val wilde behoeden.

Ze vertelde zo systematisch mogelijk wat zich had afgespeeld vanaf het moment dat Ali op de deur van haar kamer klopte, door haar opgeroepen voor een gesprek over zijn gedrag, tot en met haar demotie door Bakels. Franca en Guido liet ze er nog maar even buiten, laat staan E. Fischer. Tijdens haar verhaal glipte haar vader in zijn vertrouwde houding: hoofd schuin, oplettend luisteren, oordeel uitstellen, vragen mentaal alvast klaarleggen.

Toen ze uitgesproken was, zei hij een tijdlang niets. Haar moeder en zij wachtten rustig af, handen in hun schoot. Dit was de gang van zaken bij problemen. Laat het verhaal bezinken voor je reageert. Er zijn twee onderscheiden elementen aan ieder relaas, zei Jan Damave altijd, het verhaal dat de spreker vertelt en het verhaal dat hij niet vertelt. Het gaat erom de verhouding tussen die twee te bepalen. Hoe ver wijken die verhalen van elkaar af en waarom. Hij had er zo zijn methode voor dat vast te stellen. Daar hadden ze als kinderen tot hun teleurstelling regelmatig mee te maken gekregen. Bakzeil halen, betekende dat.

'Bakels is je probleem niet,' zei haar vader. 'Je probleem is Ali.'

'Ze zijn allebei mijn probleem.'

'Wacht even: je probleem is de vijandschap.'

'Bakels is ook een vijand.'

'Jawel, maar er is verschil tussen de vijandschap van Bakels en die van Ali. Zolang Ali een leerling was met gedragsproblemen paste hij in ons paradigma. Hij pleegde verzet, en verzet is de puberale, negatieve expressie van de aanvaarding van het systeem. Verzet is een familieruzie. Zo moet je ook Bakels' houding zien, als een conflict binnen de familie. Vervelend maar oplosbaar.' Nora knikte. Haar vader vervolgde: 'Het geweld dat Ali gebruikte is in jouw ogen geen daad van verzet, geen familieruzie, maar een oorlogsverklaring. Hij is de vijand die jou in je existentie bedreigt, die jou afwijst als mens. Jullie strijden niet meer binnen een systeem, hij heeft zich erbuiten geplaatst. Hij legt je zijn vijandschap op. Je kunt hem niet meer bereiken. Je bent machteloos. Als iets jou ergert is het machteloosheid.'

Nora dacht na. Ze herinnerde zich hoe ze zich kort na de aanslag had gevoeld: gegijzeld door Ali, in vreemd gebied, afgesneden. 'Ik heb geprobeerd door naar zijn familie te gaan de vijandschap, om het in jouw termen te zeggen, terug te brengen tot verzet en dus verzoening mogelijk te maken, maar ik maakte het alleen maar erger.'

'Je kent de aard van zijn vijandschap niet werkelijk.' Haar vaders stem was zacht, alsof hij meer tegen zichzelf dan tegen haar sprak.

'Ik begrijp hoe moeilijk jongens als Ali het hebben. Ze zijn verscheurd door het leven in twee culturen; ze hebben de neiging de radicale oplossing te zoeken voor hun verwarring; ik ken de hele discussie in theorie en praktijk op mijn duimpje, maar ik sta iedere keer weer versteld van de kloof die gaapt tussen weten en handelen. Het probleem is duidelijk, maar geen enkele oplossing werkt. We komen er niet uit.' Haar vader had mooi praten met zijn theorieën. Toen hij voor de klas stond had hij te maken met een keurig homogeen groepje beleefde gymnasiumleerlingen.

'Waar komen we niet uit?'

'Uit de vermeende of opgedrongen of aangeleerde antithese tussen de westerse waarden en die van de islam.'

'Is die antithese er dan niet volgens jou?'

'Jawel. Nee. Ik bedoel, niet zodanig dat ze tot vijandschap moet leiden.'

'Komt vijandschap voort uit de antithese tussen waardensystemen?'

Ze moest haar kop erbij houden, want als hij zo ging vragen was hij op klemzetten uit.

'Ik denk het wel.'

'Kan vijandschap ook een daad van wil zijn die zich juist niets aantrekt van enig waardensysteem, zelfs niet het eigen?'

'Hoe bedoel je? Leest Ali de Koran verkeerd?'

Haar vader ging rechterop zitten, stak zijn hoofd iets naar voren. Hij stak een benige vinger omhoog.

'Is dat niet wat je juist in Ali's vijandige daad het meest heeft getroffen, het feit dat de waardensystemen waarin jullie beiden zijn opgegroeid helemaal niets te maken hebben met de vijandschap waarin hij jou meetrekt? Dat daarom je gesprek met de familie op niets uitliep, omdat ook zij niet weten hoe te reageren?'

Waar wilde haar vader heen? 'Wat is dan de aard van Ali's vijandschap? Ken jij die wel?'

Hij zakte weer terug tegen de leuning van de stoel. 'Ik ken hem. Ik heb hem aan den lijve ondervonden, en ik heb besloten dat die vijandschap mijn menselijkheid op ongeoorloofde wijze aantast, en ik heb er afstand van gedaan. Ik heb geweigerd.' Hij zweeg even alsof hij een vaag beeld zag dat hij scherp probeerde te trekken. Haar moeder stond op, keek hem waarschuwend aan, kon zijn blik niet vangen, verdween toen maar naar de keuken. 'Ali dringt jou zijn vijandschap op, niet vanuit een evenwichtig waardensysteem maar vanuit een proto-totalitair denken, dat om zichzelf te legitimeren anderen ontmenselijkt en vervolgens hun uitroeiing nastreeft. Begrijp me goed: hij weet niet dat hij dat doet. Hij volgt zomaar een tendens, een mode in zijn kringen, hij is geen filosoof, geen ideoloog en ook nog geen terrorist, hij is gewoon ten prooi aan een dynamiek. Jij weet niet hoe je dat moet pareren. Je begrijpt het niet. Je hebt er alleen over gelezen. Je hebt een eenvoudiger leven geleid tot nu toe. Maar troost je: al is de casus-Ali een casus belli van formaat, hij is nog best te behappen.' Hij glimlachte om zijn eigen woordgrapje.

'Verdomme, papa, je gaat me toch niet zeggen dat fascisme en communisme heel hebbelijke systemen waren totdat ze totalitair werden?'

'Het ene systeem heeft meer talent voor onmenselijkheid dan het andere. Je weet dat Auschwitz en de Goelag niet de kern van fascisme en communisme waren, maar latere bijproducten.'

Nora zuchtte. Haar vader was dan wel brozer geworden, zijn stem zachter, hij hield nog altijd van het debat. Ze besloot niet de kant van haarkloverijen over de ideeëngeschiedenis op te gaan. Ze wilde weg uit de abstracte sferen van de discussie en terug naar het probleem. 'Hoe moet ik het oplossen, papa?'

'Vreemd genoeg denk ik dat de oplossing die Frans Bakels in

zijn angstige hart heeft bijeengegrabbeld niet eens de slechtste is. Hergroeperen. Terug naar waar je zeker bent van jezelf. Je vak uitoefenen. Kinderen geschiedenis leren.'

'En zo zijn we weer rond,' zei Herma, die was teruggekomen, nerveus trekkend aan een zakdoek. Knikkend bevestigde ze haar instemming met Jans onfeilbare uitspraken.

Nora was nog lang niet rond maar dronk haar thee, sprak over Franca, vroeg naar de broers en de schoonzussen, naar de andere kleinkinderen, naar de gezondheid van de ouders, kreeg van haar moeder antwoord en zag hoe haar vader haar met enige bezorgdheid observeerde. Iets groens van zijn grashanden had een veeg op zijn wang achtergelaten. Ze zag het jongetje dat hij was geweest. Hij had haar op weg geholpen met wat denkoefeningen; als ze die opgaven voor zichzelf tot een goed einde had gebracht mocht ze terugkomen.

Kwam de pijnlijke scheut van liefde voor haar vader voort uit het geheim waarvan hij het verborgen bestaan had verraden in zijn verhandeling over vijandschap? Het zal wel met de oorlog te maken hebben, dacht ze. Alles had met de oorlog te maken.

'Guido is zoek,' zei ze.

# 9

Na de mislukte proeve van elektronisch detectivewerk was het advies van de politie de druppel die de emmer van Franca's gal deed overlopen. Als er zeker geen sprake was van vrijwillige verdwijning moesten ze eerst maar eens de alarmcentrale van de ANWB inschakelen, zei de wachtcommandant. De onverschilligheid voor Guido's lot schokte haar.

Ze was bang, dat wel, maar ook kwaad, en ze verlangde naar actie. Haar moeder hield haar altijd voor dat woede, mits beteugeld, een belangrijke drijfveer van menselijk handelen was, zoals een benzinemotor loopt op het principe van beheerste explosie. Typische Nora-beeldspraak. Woorden. Maar nu het erom ging gaf haar volmaakte moeder niet thuis. Die neigde ernaar de instanties gelijk te geven, uit gemakzucht natuurlijk. Ze koesterde de wond op haar arm als het grootste onrecht de mensheid ooit aangedaan (zoals ze ernaar keek en af en toe de korst aanraakte!) en sloot zich op in een gedempt slachtofferschap van let-maar-niet-op-mij-schat. Nou, ze zou niet op haar letten, ze zou rigoureus de regie naar zich toe trekken. Geen overleg, geen vraag, geen verzoek, geen smeekbede om medewerking, geen informatie over vondsten. Het voornemen benam haar de adem, alsof ze alleen op de pier in de storm stond. Lichte exaltatie. Grote vastberadenheid.

Haar intuïtie, een radio die 's nachts verre zenders zoekt, ver-

telde haar dat Guido's verdwijning wel degelijk met F
maken kon hebben – het portret op het bureau had z
stille nadruk aan haar opgedrongen – en niet met een zoe
naar zijn biologische vader, wat door opa en oma was geop  -,
hoewel je nooit wist in hoeverre hij die twee queesten met elkaar hoopte te combineren. In de boekenkast had ze de tetralo-
gie van Fischer aangetroffen, er een blik in geworpen, een paar
zinnen gelezen en besloten dat het doorworstelen van die teksten te veel tijd zou kosten en te weinig zou opleveren. Zware
kost. Ouderwets ook. Haar moeder had er het een en ander in
onderstreept. Daar zou ze nog wel eens naar kijken, maar nu
niet.

Google gaf een gigantisch aantal hits op 'E. Fischer'. Zelfs
toen ze er het begin van het alfabet in kapitalen bijvoegde, bleef
het een respectabel aantal verwijzingen. Ze nam de eerste pagi-
na's systematisch door, trof veel doublures aan, veel schijntref-
fers, veel onzin, maar printte niettemin een stevig dossier uit,
waarin het enige interview met Fischer en de website van het
Fischergenootschap de meest substantiële elementen vormden.
De indruk die ze kreeg van de Fischergekken was precies dat:
het was een gekte, een verdwazing, als lid zijn van de Oranje-
vereniging of de Andre Hazes Leeft Club. Geen kwaad woord
over de held en maar één politieke lijn: die van de absolute loya-
liteit aan een visie en een idee. Discussie mogelijk mits eerbiedig op ondergeschikte onderdelen, iets dissidenter gedrag werd
beloond met verbanning. Met een beetje goede wil kon ze aan
Fischer nog wel een leesdossier overhouden, zonder dat ze de
shit daadwerkelijk hoefde te lezen.

Een volgende opdracht aan Google was de combinatie van
E. Fischer met Guido Kaspers. Met kloppend hart zag ze een
serie hits verschijnen. Een aantal ervan verwees naar de website
van het genootschap met denigrerende quotes uit een van hun
discussieplatforms: 'the so-called Fischerscholar Guido Kas-

pers', 'the self-appointed highpriest of dissident opinion Guido Kaspers', 'in a pitiful effort to pin down Fischers birthplace and whereabouts in Umbria, Guido Kaspers...' Overstromend van verontwaardiging en medelijden printte Franca alle documenten waarin Guido in één adem met Fischer werd genoemd. Ze kon de reikwijdte van de controverse en de afkeer die haar vader onder Fischerkenners opriep niet vatten. Daar had ze hulp bij nodig. En die hulp moest komen van een onafhankelijke bron: de journalist Paul Erkelens. De enige die Fischer kende. Gekend had. Gezien en gesproken had. Waar was Erkelens?

Opnieuw Google. Talloze verwijzingen naar het interview. Het was verschenen in *De Groene Amsterdammer* en had met een vertraging van enkele jaren in vertaling een zegetocht gemaakt langs de kwaliteitskranten van de wereld. Ze kreeg nog meer hits bij Erkelens, maar die waren zo te zien niet verbonden met Fischer. Eerst dus maar het *Groene*-spoor volgen. Ze belde de redactie. Geen enkel oorspronkelijk sixties-molecuul was op de stoffige burelen aan het Amsterdamse Westeinde overgebleven, maar een vriendelijke oudere medewerker gaf haar het nummer van een fossiel uit die jaren, nog in leven en niet in ruste, die wellicht destijds contact had met Erkelens. Het fossiel herinnerde zich interview en interviewer heel goed, maar aangezien Erkelens freelance was, en dit bij zijn weten de enige bijdrage die hij aan het blad had geleverd, kon hij weinig nadere informatie verstrekken, behalve dat hij bij geruchte had vernomen dat Erkelens voorlichter was of was geweest van een of ander ministerie of een ngo, maar dat kon heel goed een andere Erkelens zijn geweest; hij zou nog eens navraag doen.

Nadenkend legde Franca de telefoon neer. Ze had een stapel printjes, ze had wat namen, ze had treurige kennis opgedaan over Guido, en ze had nog niks. Nada. Zilch. Umbrië, waar lag dat?

Ze vouwde een paperclip open en trok een lijn op haar arm. Ze likte het bloed af. Ze was kleurloos, geurloos. Leeg.

# 10

Het was het hooikoortsseizoen. Na de pollenberichten, water-hoogten-van-hedenmorgen voor allergiepatiënten, gordde over-al in den lande de krabbende, niezende, tranende, Spaans be-nauwde club van overgevoeligen zich aan voor de strijd met de onzichtbare vijand. De zwaarste wapenrusting was een imker-achtige hoed over het gehele hoofd, een transparante boerka van plastic met luchtfilter, een aanstellerig modieus gasmasker, waarmee buitenleven in mei en juni enigszins mogelijk was. Zo erg had Paul Erkelens het niet te pakken, maar was het voorjaar mooi en droog, dan zat hij liefst de hele dag in de geklimatiseer-de omgeving van de Koninklijke Bibliotheek. Een wandeling door de bloeiende Betuwe kwam praktisch neer op zelfmoord. Om nog iets van de lente – en trouwens ook de zomer en de herfst – te genieten slikte hij soms een fikse dosis antihista-minen en moest dan maar zien wakker te blijven in beemd en veld. Vrienden en kennissen die slecht konden slapen in vlieg-tuigen gaf hij wel eens antihistaminen mee: gegarandeerd on-der zeil, beter dan alcohol, en nergens jeuk. Een arts had hem ooit meegedeeld dat zijn kwaal zou slijten met de jaren, maar die voorspelling was niet uitgekomen. Hij was zestig, zijn aller-gie stond in volle bloei en hij was er niet aan gewend geraakt. Was hij tot de KB veroordeeld, dan nam hij zijn laptop mee en zocht een plaatsje met aansluiting. Waar niet zo lang geleden alleen het ritselen van papier en het slijpen van punten klonk, hoorde men nu het klikklak van keyboards, een geluid als van een leger ordeloos over parket marcherende muizen. En overal hotspots, overal wifi, overal turn-on, tune-in, nergens meer drop-out.

Hij moest een zekere weerstand overwinnen om zijn plaats in te nemen naast veulens van meisjes met naveltruitjes en albasten buikjes die om de haverklap wegrenden met hun trilfunctietelefoontje, communicatiewetenschapstertjes in de dop, en aan de andere zijde perkamenten mannen van onbestemde leeftijd zonder kont en zonder schouders, het haar in drollenvangertijdmodel, interlockjes afgetekend onder het overhemd, vergeestelijkt in nutteloos historisch onderzoek, puntkomma's in de wetenschappelijke vooruitgang. En daar zette hij zich tussen: vrije vutter. Alles wat hij was geweest, was hij nu niet meer, en wat hij nu nog wel was kon hem niet zo heel veel meer schelen. Nog een jaar of twintig te gaan in het leven, waarschijnlijk minder, misschien meer, en die tijd zien door te komen. Reizen hielp. Om de haverklap trok hij de deur achter zich dicht om er een paar dagen of weken op uit te gaan. Door in een andere ruimte te stappen was hij de tijd te slim af. De dood zag hem niet gaan naar Isfahan.

Vriendinnen vonden zijn cynisme een slechte eigenschap, liever gezegd: ze vonden het wereldwijs en mannelijk, namen zich niettemin voor een stralende optimist van hem te maken met wie ze een knusse oudedag konden doorbrengen, kwamen uiteraard van een koude kermis thuis, en gaven op, beledigd door zijn steeds snijdender opmerkingen. Hij maakte zichzelf onmogelijker dan hij was, om te pesten, om de beteutering te zien, om iedere hoop te wieden uit hun tuintjes met onverbeterlijke evergreens.

Hij was behalve zijn jeugd van alles kwijtgeraakt onderweg, zeker de *song and celebration* van Woodstock, maar niet de nos-

talgie die hij soms opzocht bij Joni Mitchells lied, als rechtge-
aard cynicus met een onbegrijpelijke behoefte aan sentiment
vanzelfsprekend in absolute eenzaamheid. De sentimentaliteit
werd erger naarmate hij ouder werd. Hij vond zichzelf een cliché dat voor bestrijding in aanmerking kwam. Als er dan niemand in zijn leven was die hem corrigeerde en belachelijk
maakte moest hij dat zelf doen.

De neiging van veel journalisten zich tot het hogere schrijven
geroepen te voelen had hij met geweld de kop ingedrukt. Geen
roman in zijn bureaula, evenmin memoires. Herinneringen aan
zijn gloriedagen: hij zou er niemand mee lastigvallen. Wat hij te
vertellen had was al superieur gedaan door mannen als Ryszard
Kapuściński en Michael Ignatieff. Soms werd hem gevraagd
naar zijn ontmoeting met Fischer. Kon hij daar niet een boek
over schrijven? Een boek?! Zijn er niet genoeg boeken? Heb je
niets meer te lezen? Zijn toevallige reputatie als interviewer
van E. Fischer zat hem eigenlijk meer in de weg dan dat het hem
voordeel bracht, zeker sinds kenners hadden besloten dat er ge-
twijfeld moest worden aan de echtheid van het vraaggesprek.
Of hij nu de bedrieger was of dat de Fischer-imitator hem te
pakken had genomen: in beide gevallen was hij de lul. Hij werd
liever niet meer aan die periode herinnerd, ofschoon hij de
Fischerliteratuur wel zo'n beetje bijhield.

Via de website aldaily.com had hij toegang tot alle grote kranten en tijdschriften en las hij alle stukken die ertoe deden. Hij
volgde de geschiedenis van de menselijke argeloosheid en
misdadige goedgelovigheid op de voet. Hij hield de debatten op
nationale en internationale fora over religie en moraal bij, en
mengde zich een enkele keer in het koor van stemmen op het
internet dat voor een ongekende kakofonie zorgde. Met enige
voldoening constateerde hij steeds dat zijn bijdragen onver-
anderd kort, scherp en ter zake waren, én dat ze zonder enig
effect in de grote elektronische afvoerput verdwenen. Toch

kon hij de universele domheid niet onweersproken laten. Hij zat in zijn kennistuin en zag er de wonderlijkste gewassen ontluiken.

Om halfeen ging hij lunchen in het gezamenlijk restaurant van KB, Rijksarchief en Letterkundig Museum, een restaurant dat in zijn eenvoudig interieur en zijn simpele menu de minachting van de Nederlandse studiosi voor luxe en lichamelijkheid weerspiegelde: licht hout en formica; karnemelk en broodjes kroket als toppunt van culinaire extravaganza. Hij hield wel van die pretentieloosheid. Hij zette even zijn mobiele telefoon aan om eventueel gemiste gesprekken en sms'en te registreren. Voicemail, een parmantig stemmetje, zo te horen een paardenstaartmeisje van het soort waar hij 's morgens bij de KB-kapstokken doorheen moest waden:

'U spreekt met Franca Kaspers. U kent mij niet. Ik u ook niet. Of een beetje. Als u tenminste de Paul Erkelens bent die ooit een interview met E. Fischer heeft gehad. Ik zou u heel graag spreken over, nou ja, over een kwestie van leven of dood, zo is het wel. Als u die Paul Erkelens bent, wilt u mij dan please, please bellen op het volgende nummer... Dank u. Dag hoor. En zo spoedig mogelijk, maar dat had u wel begrepen. Dag. Dit was Franca Kaspers.'

Een meisje. Over Fischer. Leven of dood. Zou wel een scriptieonderwerp of een leesdossier zijn dat morgen moest worden ingeleverd. Hij wiste het bericht en zette op zijn dienblad een kop koffie en een broodje kaas, niesde en wist nog net zijn lunch van de ondergang te redden. Buiten woei het bij felle zonneschijn. Rokjesdag. Pollen dansten kelen, neuzen en traanbuizen in.

Meisje Kaspers liet het niet bij één voicemail, ze hing als een foxterriër aan zijn mouw. Ze belde hem elk uur. Liet elk uur een boodschap achter. 'Hoe kan ik u anders van de ernst van de kwestie overtuigen.' Toen hij aan het eind van de middag zijn laptop wegborg, de mummiemannen aan hun roerloosheid en hun grauwe akten overliet – de albasten buikjes waren na de lunch niet teruggekeerd – en in de hal zijn mobiele telefoon inschakelde, hoorde hij drie nieuwe boodschappen van Franca Kaspers. Geërgerd drukte hij ze weg. Hij had het nog niet gedaan of de telefoon ging over.

'Erkelens.'

'Goddank. Ik was al bang dat u net als mijn vader uw telefoon niet beantwoordde. En voor u ophangt, of wegklikt, of neerlegt: het gaat *by the way* over mijn vader. Hij is vermist.' Ze liet even een pauze vallen om een optimaal effect uit het woord vermist te halen; hij hoorde haar ook slikken en diep ademhalen en was er niet zo zeker van dat ze toneelspeelde. 'Hij heet Guido Kaspers. Hij is op vakantie gegaan en niet teruggekomen. Hij is waarschijnlijk, dat denken we, dat denk ik tenminste, E. Fischer gaan zoeken. In Umbrië? Niemand weet waar hij is. De politie werkt niet mee. Maar ik ben bang. Ik moet hem vinden. En u weet wat van die Fischer. U weet dus misschien waar mijn vader kan zijn. U bent mijn enige hoop. Alstublieft, helpt u mij.' Ze was buiten adem; aan de andere kant hoorde hij de stilte aanspannen als een spier.

'En je moeder?'

'Mijn moeder is ook heel ongerust, maar ze zijn gescheiden, ziet u, en dus is het een beetje moeilijk voor haar om hysterisch achter haar ex aan te hollen. Dat kan ze niet. Bovendien heeft ze nu wel even iets anders aan haar kop. Dat Guido is verdwenen komt haar niet zo goed uit.' Ze voegde er enigszins theatraal aan toe: 'Ik ben radeloos.'

'Wat kan ik voor je doen?' vroeg Paul terwijl hij zijn laptop even neerlegde, zijn jas uit de garderobe pakte en met de telefoon onhandig aan zijn oor – die dingen waren veel te klein – zich probeerde aan te kleden.

'Met me praten.'

'Dat doe ik al.'

'Onder vier ogen.'

'En waarover? De match Fischer-Kaspers?'

'Het is geen spel, meneer Erkelens.'

'Sorry.'

Hij had zijn jas aan, stopte met een hand de laptop in zijn schoudertas en liet het telefoontje vallen. Vanaf de grond klonk de stem van de kleine Kaspers: 'Bent u daar? Bent u daar nog? Niet ophangen!'

'Daar ben ik weer.' De wanhoop in haar stem had hem opeens weerloos gemaakt. 'Oké. Ik wil met je praten, maar of ik je kan helpen is de vraag.'

'Kijkt u maar eens onder Guido Kaspers en E. Fischer op Google. Ik kom naar u toe. Nu. Ik zit al in de trein. Praktisch. Ik weet waar u woont. Ik ben er binnen een uur. Tot zo.'

Ze hing op. Legde neer. Klikte weg. Drukte einde gesprek. *Whatever*. Ze kwam naar zijn huis. Had niet eens gevraagd of hij zelf wel in de buurt was. Voor hetzelfde geld zat hij in Noorwegen of Turkije. Hij begon nieuwsgierig te worden naar Franca Kaspers. En de naam van haar vader kwam hem bekend voor.


Geld mag geen rol spelen in dit geval, dacht Franca en ze nam een taxi om zich naar de Anna Paulownastraat te laten brengen, een roekeloze daad waarvan ze spijt had toen ze merkte dat ze de afstand op een drafje makkelijk had kunnen lopen in niet veel meer tijd. Maar dan had ze de plattegrond van de stad moeten interpreteren met de kans dat ze in Scheveningen of Rijswijk zou zijn uitgekomen. De radio van de taxichauffeur stond heel zacht op jengelende buikdansmuziek. Aan het achteruitkijkspiegeltje wiegelden wat talismannen of amuletten en kralensnoeren mee. Aan het eind van de rit vroeg ze een bonnetje, niet omdat ze wist wat ze met zo'n papiertje aan moest, maar omdat het haar een professionele manier van doen leek, uitermate geschikt om haar missie te voorzien van een volwassen cachet. Ze ruilde vijftien euro voor het bonnetje. De chauffeur had geen woord gezegd. Franca voelde de kilte van afwijzing. 'Lul,' zei ze de oude Toyota achterna. De auto had naar desinfectans geroken, alsof de man na elke passagier zijn skaileren bekleding grondig ontsmette, dat wil zeggen: Franca had de bacteriedoder geroken als kenmerk van de atmosfeer; en een loodachtige schimmelkleur had op de ongeschoren wang van de chauffeur gelegen en zich geleidelijk door het hele interieur verspreid. Ze wilde haar handen wassen.

Ze stond voor het huis van Paul Erkelens. Bang, bang, bang was ze opeens. Alsof ze boven aan een hoge glijbaan stond, zo voelde ze al haar maag samenkrimpen. Ze overschreed een grens, ze zou een terrein betreden dat haar vader voor zichzelf had gehouden, waarin hij haar met opzet niet had toegelaten. Had hij haar te jong gevonden? Ze voelde zich volwassen en verantwoordelijk maar aarzelde. Kon dit wel? Maakte ze zich niet onsterfelijk belachelijk? De aarzeling werd verjaagd door verontwaardiging: je hebt het recht niet, Guido Kaspers, me zo in de steek te laten. En als iemand me kan helpen Guido te vinden is Erkelens het. Aanbellen. Nu. Na korte tijd ging de deur open. Ze zag een trap, hoorde een stem: 'Kom maar boven.' Ze ging.

Het was een prachtig meisje, niet met een paardenstaart maar met sluik donker haar, waar ze vaak met haar handen doorheen ging en dat steeds weer in dezelfde vorm terugviel. Haar ogen waren blauwgroen, om lyrisch van te worden en met mediterrane schittering te vergelijken, om de hazelnootkleurige spikkels te bezingen. Paul Erkelens had de leeftijd bereikt waarop hij jonge meisjes mocht monsteren alsof ze zijn kleindochters waren: met een zekere vertederde trots, geheel ontdaan van begeerte. Ze was bijna net zo lang als hij, hoewel hij niet groot van stuk was, wat haar volwassener deed lijken dan ze was. Achter de opgewekte beleefdheid waarmee ze zichzelf introduceerde – goed opgevoed, dat was duidelijk – voelde hij spanning en angst. Dit was nieuw voor haar en vreemd. Ze liep omzichtig, alsof ze voor het eerst van haar leven een beetje te veel had gedronken en verrast was door het effect. Heel haar wezen concentreerde zich op het vinden van evenwicht en was zich bewust van zijn blik. Ze nam niettemin nieuwsgierig haar omgeving in zich op.

Hij had intussen de link gelegd tussen Kaspers en Fischer en het een en ander gevonden op het internet. Kaspers week af van de gemiddelde Fischer-adept, maar een dissident tussen de gekken hoeft nog niet normaal te zijn. De theorieën van Kaspers waren vergezocht. Te ver. Dat zou hij de bange dochter niet meteen vertellen.

Hij bood haar thee aan. Ze weigerde.

'Koffie?'

'Nee, dank u.'

'Fris?'

'Ook niet. Doet u geen moeite.'

Hij nam een biertje en niesde driemaal achter elkaar. 'Sorry. Ik ben allergisch. Het is het hooikoortsseizoen.'

Ze keek hem aan met een blik die hem verbood enige triviale mededeling te doen. Het was immers een kwestie van leven of dood.

'Sorry,' zei hij weer.

Ze zat op het puntje van haar stoel. Haar schoonheid en jeugd beschenen als een spotlight zijn slordige maar tamelijk monumentale Haagse suite. Alles was sjofel, gebruikt en liefdeloos, vond hij plotseling. Hij schaamde zich, maar dat was een zo vergeten gevoel dat hij het nauwelijks herkende. Ongeduldig schraapte hij zijn keel en nam een slok van zijn bier, waarna hij met de rug van zijn hand het schuim van zijn bovenlip veegde, gadegeslagen door de wijd open azuren ogen van Franca Kaspers, en hij schaamde zich nog meer. Hij schoot er zelf van in de lach.

'Is er iets leuks?' vroeg ze streng.

'Nee, ik lachte om het toeval dat Fischer steeds weer op mijn pad brengt. Je gooit hem weg en elke keer komt hij weer terug.'

'Wat vindt u van de theorieën van mijn vader?'

Hij zette zijn biertje neer en draaide het etiket van het flesje naar zich toe, om maar een zorgvuldige handeling te verrichten die enig uitstel bood. Er zaten kleverige kringen op het tafelblad, waarin stof gevangen was. Waarom had hij zijn trouwring eigenlijk nooit afgedaan? Bij de buren begon de baby te huilen. Een auto toeterde. Hij hoorde en zag alles. Haar voeten in smalle groene schoentjes, ballerina's heetten die dingen vroeger, tenen naar elkaar. Haar blote benen – rokjesdag immers – met op het kippenvel korte zwarte haartjes, te lang niet bewerkt met het scheermes, want haar vader weg... Ach god.

'Ik heb wel iets gelezen op het internet, maar niet alles. Ik heb begrepen dat hij door een analyse van het woordgebruik in Fischers eerste boek heeft geconcludeerd dat Fischer niet uit Duitsland komt, zoals de overlevering wil, maar uit Italië, uit Umbrië. Hij kondigt aan dat hij de geboorteplaats van Fischer zal kunnen aanwijzen en daarmee ook de plaats waarheen hij is teruggekeerd toen hij zich uit zijn niet zo openbare leven terugtrok, en waar zijn graf te vinden is. Hij zegt ook een theorie te hebben over de interpretatie van de vier meesterwerken, maar dat hij die zal onthullen in de ware biografie van Fischer, en dat hij de wereld versteld zal doen staan. Alles zal anders zijn, zegt hij. Iedereen dwaalt in duisternis. Hij is de ware acoliet van de enige echte Meester.' Hij moest oppassen met zijn sarcasme.

'Wat is een acoliet?'

'Een volgeling.'

'U klinkt alsof u het onzin vindt.'

'Dat was niet mijn bedoeling.'

'Vindt u het geen onzin?'

'Er is nog geen bewijs.'

'Natuurlijk heeft hij niet het achterste van zijn tong laten zien. Want dan kan iedereen Fischer vinden. Mijn vader wil hem vinden. Hij moet hem vinden. Daar is hij mee bezig. Of was. Ik weet niet wat er met hem is gebeurd. Hij kan wel vermoord zijn door Fischerfans. Toch? Ze zijn toch fanatiek?'

'Zo fanatiek denk ik nou ook weer niet.' Hij lachte om de vlucht die haar verbeelding nam, maar kon niet ontkennen dat een harde kern van fundamentalisten de geestelijke nalatenschap van de grote mystificator met ijzeren hand beheerde. Er waren nog net geen kloosters gesticht in Fischers naam, maar monastieke onverzoenlijkheid was het harde schild waarmee zijn adepten het gedachtegoed voor ridiculisering behoedden. Aanhangers van alternatieve spirituele systemen schoten van achter de middeleeuwse borstwering van hun overtuiging pijlen op de vesting van de Fischerse orthodoxie. Naast die meer esoterische was er de wereldse kritiek van sceptici, die iedere neiging tot Fischerfanatisme bestreden met een welhaast even grote inzet. Er was eveneens een golfbeweging te zien: na een periode van belangstelling verflauwde het enthousiasme een tijd, om weer een beetje op te laaien als een volgende generatie de Alfabetboeken van E. Fischer ontdekte. 'Maar het zou best kunnen dat je vader naar Umbrië is gegaan om zijn theorie te bewijzen. Alleen: waar in Umbrië? Heeft hij iets achtergelaten waaraan je kunt zien waar hij heen kan zijn gegaan?'

'Nee, niets.'

Ze haalde haar hand weer door haar haar. Paul betrapte zich op het verlangen die hand te pakken, de vluchtige geur in te ademen die het haar erop had achtergelaten, en in die handpalm het jonge zweet te ruiken, als vers appelsap.

'Heb je zijn computer geplunderd?'

'Er stond geen aanwijzing op, zei mijn moeder.'

'Tja,' zei hij en nam nog een slok van zijn biertje, al voelde hij dat als een zonde in haar gestrenge aanwezigheid. Hij voelde ergernis opkomen tegen iemand die zo'n dochter verliet voor een hersenschim, een dwaling, een krankzinnige queeste. 'Dat maakt het allemaal wel erg moeilijk.'

'Kan het zijn' – Franca ging rechterop zitten, opgepord door een plotseling inzicht – 'dat Umbrië een afleidingsmanoeuvre is, en dat hij eigenlijk heel ergens anders naar Fischer zoekt?'

'Of hem helemaal niet zoekt.'

Ze kromp even ineen, getroffen door de mogelijkheid dat Kaspers gewoon verdwenen was, zonder reden of aanleiding, een stuk hartelozer dus.

'Opa en oma denken dat hij zijn biologische vader zoekt in Italië. Maar dat geloof ik niet.'

Op zijn vragende blik verschafte ze hem informatie over Guido's afkomst als zoon van een Italiaanse gastarbeider. 'Waar zou Fischer vandaan kunnen komen?' hernam Franca het onderwerp.

'De gebruikelijke opvatting is dat hij uit Beieren of Zuid-Tirol komt.'

'Hoe komen ze daaraan?'

'Heb je mijn interview niet gelezen? Ik vraag: Waar bent u geboren, en hij zegt: Wat doet het ertoe of het Beieren is of Zuid-Tirol, Senegal of Tsjaad, Kamtsjatka of Tasmanië.'

'En dan zegt u dat in zijn Engels een licht accent hoorbaar is dat overal vandaan kan komen. U bent de enige die hem heeft horen spreken! Hebt u het bandje dan niet meer? Kunnen we geen stemdeskundige erop loslaten?'

'Ik heb geen bandje. Hij wilde geen bandrecorder.'

'Maar hebt u dat dan niet stiekem gedaan? Het was toch een unieke kans?'

'Weet je hoe groot cassetterecorders eind jaren zestig waren?'

'Is hij nooit op de radio geweest?'

'Niet dat ik weet.'

'Heeft zijn uitgever niet met hem gesproken?'

'Die uitgever is dood.'

'Is er dan helemaal niemand die hem heeft gekend?'

'Misschien wel, misschien zijn die er nog, maar weten ze niet wie hij was. Of is. Fischer is een pseudoniem.'

'Dat is toch onmogelijk.'

'Ik geef toe: het is een meesterlijke verdwijntruc. Een Salinger waardig.'

'Wie was Salinger?'

'*Catcher in the Rye*. Leeslijst voor Engels.'

Ze zwegen. Het gesprek liep dood op Salinger. Wanneer was die achter de muur van zijn geheime landgoed tot een legende verdampt? Het was een idiote situatie. Die Fischer kon hem van harte gestolen worden, en zeker het genootschap, maar nu kromp zijn oude cynische hart ineen van medelijden met de dochter die haar vader zocht. Medelijden! Heet dat tegenwoordig medelijden. Hij wuifde ongeduldig een plotseling visioen van Franca Kaspers als Venus Anadyomenè aan de kust bij Amalfi weg.

'Wat nu?' zei hij, en dat was voor velerlei uitleg vatbaar. Had hij vanmorgen eigenlijk aftershave opgedaan? Rook het hier een beetje fris? Gelukkig geen tabakswalm of verschaald bier. Zou ze een vriendje hebben? Godallemachtig, wat haalde hij zich in zijn hoofd. Humbert Humbert!

'Ik wil naar Italië,' zei ze.

'Waar begin je aan? Je kunt toch niet alleen? Je bent veel te jong.'

'Het is bijna vakantie en er vallen heel veel lessen uit vanwege de eindexamens. Ik kan best alleen. Ik ben vorig jaar met vriendinnetjes naar Vlieland geweest. Er is toch openbaar vervoer?'

'Vindt je moeder dat goed?' Oude lul!

'Als ze het niet goed vindt moet ze maar meegaan.'

'Waar ga je zoeken? Ga je alle hotels en alle *agriturismi* in Umbrië af?'

'Wat zijn agriturismi?'

'Dat doet er niet toe. Hoe denk je hem te vinden?'

'Als ik nou eens samen met u de kaart van Umbrië bestudeer en we gaan centimeter voor centimeter de plaatsjes en dorpjes langs, en u zegt dan wanneer u denkt dat u iets opvalt. Een naam van een dorpje, een berg, een rivier. Dat heeft mijn vader misschien ook wel gedaan. U kent het werk van Fischer toch.'

'Er gaat wel eens een dag voorbij dat ik er niet aan denk.'

'Zie je wel. Dat wilt u toch wel voor me doen?'

Samen gebogen over de kaart van Umbrië. De geur van haar haren, de toevallige aanraking. Nee, Paul, niet doen.

'Weet je moeder dat je hier bent?'

'Nee.'

'Wil je mij een plezier doen en haar eerst bellen om te vertellen wat je uitspookt. Als jij mijn dochter was zou ik dat willen weten. Daarna kunnen we wat gaan eten en aan tafel nemen we dan Umbrië door, en dan zet ik je om negen uur onverbiddelijk op de trein naar huis.'

Hij geloofde zichzelf nauwelijks. Wat een karikatuur van de oude bok maakte hij van zichzelf. Wat een grenzeloze hypocriet. Haar moeder bellen! Laat je moeder ook maar hierheen komen, liefje, maken we er een triootje van. Is je moeder net zo leuk als jij? Zal ik een muziekje opzetten?

Het verbaasde Franca niet dat Nora pas ongerust werd toen ze vertelde dat ze in Den Haag zat bij Paul Erkelens. Wie? De journalist die Fischer heeft geïnterviewd? Ben jij helemaal gek geworden? Wat moet je daar? Met hem eten? Umbrië? Wat? Waarom? Geen sprake van. Je komt naar huis. Onmiddellijk.

Enzovoort. De felle reactie van Nora sloeg Franca uit het veld. Alsof het een schande was dat ze haar vader zocht. Alsof ze een wegloopkind was met een in een zakdoek gebonden stuk brood aan een stok over de schouder. De tranen welden op in haar ogen en haar keel.

'Hier, praat zelf maar met hem,' kon ze er nog net uit krijgen. Ze overhandigde haar mobiel aan een licht hulpeloze Paul Erkelens en wendde zich af om hem haar tranen niet te laten zien. Maar die had hij allang gezien en in haar stem gehoord, en behalve de vader vond hij nu ook de moeder geen knip voor de neus waard.

Franca keek de Anna Paulownastraat in. Haagse huizen in het avondlicht van de vroege zomer. Een heldere lucht die steeds blauwer werd, met een vroege, spierwitte halve maan erin. Op een tafeltje tussen de twee ramen stond een houten boeddhabeeld in serene rust, de ogen geloken, de stevige benen met de grote voeten in lotuszit gekruist, de handen in elkaar gevangen. Franca voelde hoe in haar lijf een gat werd gebrand waaruit de kinderlijke verontwaardiging als rook wegkringelde, en haar hart klopte als het hart van een jonge vogel, een feniks misschien wel, die altijd de pijn van het vuur in zijn vleugels meedraagt. Papa heeft mij niet verlaten, ik heb hem niet gevolgd. Al zou niemand hem geloven, zij wel.

'Je moeder wil je nog even spreken,' zei Paul Erkelens en hij overhandigde haar het mobieltje.

Ze had niet gehoord wat hij tegen Nora had gezegd. Het deed er niet toe, haar moeder had geen gezag meer over haar. Ze was geen kind op zoek naar haar vader, maar een jonge vrouw op zoek naar haar weg.

'Franca?'

'Ja.' Een nieuwe stem.

'Verwacht geen wonderen.'

'Nee.'

'Om elf uur thuis. Morgen school.'

'Ja.'

'En Franca?' Nora's stem hing als een losse draad in Paul Erkelens' kamer. Franca knipte hem af.

# 11

Ali's advocaat was een jonge Marokkaanse. Toegevoegd, zei ze. Ze deed meer van dit soort klussen. Logisch, zei ze met een koket lachje. Reken maar dat ze 'dit soort klussen' puik afwikkelde, makkelijk switchend van West naar Oost, van Mohammed naar Jezus, genietend van een zekere onaantastbaarheid als rolmodel voor beide kanten. Het moest vooral zo blijven: ze at van de controverse. Dit passeerde Nora's gedachten – zou ze dit een maand geleden ook zo hebben durven denken? – toen ze de jonge advocate binnenliet en haar professionele houding observeerde, maar ze was voor een deel nog bij Franca en de reserve die in haar stem had geklonken.

Erkelens scheen haar een verantwoordelijke man toe, oud genoeg om Franca's grootvader te kunnen zijn. Hij had haar gerustgesteld. Ja, ook hij was verrast door Franca's initiatief, maar hij zou zijn best doen haar wat te kalmeren. Natuurlijk kwam Guido vanzelf weer boven water en nee, naar hem op zoek gaan leek hem geen goed idee, maar als hij haar boven de kaart van Umbrië daarvan kon overtuigen was Franca in ieder geval tevredengesteld. Ja, hij zou haar bellen als hij het kind op de trein had gezet, geef je nummer maar.

Nora zocht de thee, vond hem op zoek naar fris in de koelkast nota bene, wat moest de thee daar nou, schonk Spa in maar zette niettemin water op voor de thee die geen van beiden meer wilde.

'Om een goed beeld te krijgen van de toedracht,' begon de advocate voortvarend, 'wil ik graag zelf uw kant van de zaak horen, opdat ik mijn verdediging optimaal kan voorbereiden en voeren.'

'Ik heb mijn verhaal wel vijfmaal bij de politie gedaan. U hebt de stukken. Ik weet niet wat ik eraan moet toevoegen.'

'Het is misschien maar een detail. Een kleinigheidje dat niet eerder boven tafel is gekomen. Ik weet hoe dat gaat. Het politiebureau is hoe dan ook een intimiderende omgeving. Hoe is het met uw arm?' De vraag kwam als een afterthought om Nora gunstig te stemmen, maar ze deed geen enkele moeite haar onverschilligheid voor het antwoord te maskeren, zo snel keek ze weer in haar papieren.

De vrouw, wier naam Nora alweer vergeten was, klikte haar balpen in en uit, in en uit. Ze droeg opplaknagels met onnatuurlijk vierkante witte uiteinden, zo hard als glas. Daar kon ze vast ongeduldig mee trommelen of wangen mee openhalen. Die nagels waren snelle krabben, zijwaarts op weg naar hun prooi. Nora verloor zich in het kijken ernaar en gaf automatisch antwoord op de vragen. De klauwtjes schreven niet. Waarom schreven ze niet? Gaf ze niet de juiste antwoorden? Brak geen bruikbaar detail à décharge door de kieren van haar dichtgemetselde relaas? Franca. Ach Franca. Hoe ze keek toen ze pas geboren was: de donkerblauwe ogen roerloos open naar de wereld, vervuld van het niets waaruit ze tevoorschijn was getreden.

'U glimlachte dus toen Ali zei: "Woorden, woorden, woorden." Begreep u dat hij dat kon uitleggen als gebrek aan respect?'

'Nee, dat begreep ik niet. Want het was geen gebrek aan respect, maar noem het vertedering.'

'Vertedering?'

'Ja, vertedering. Hoe zo'n jongen, zo'n galbakje, zo'n lastpak, zo voortreffelijk en precies Hamlets vertwijfeling echode. Hoe er niets is veranderd. Maar Hamlet aarzelde tenminste nog. Ali niet.'

'Uw glimlach kon dus zeker door Ali worden uitgelegd als een teken van superioriteit qua kennis en cultuur en dus gebrek aan respect.'

De nagels hadden zich rond de pen gegroepeerd en ermee geschreven. Nu lagen ze weer in twee bosjes terzijde van het papier, scherp en waakzaam, glanzend en volmaakt. Onwillekeurig spiegelde Nora haar handen, legde ze recht tegenover de nagels op tafel.

'Waar wilt u heen? Uitlokking?'

'Zo ver ben ik nog niet,' zei ze zuinig. 'De zaak is complexer dan hij op het eerste gezicht lijkt.'

'Ik begrijp dat dat in uw voordeel is.'

'Ik heb hier persoonlijk geen belang bij. Ik vertegenwoordig het belang van mijn cliënt.'

'Ik weet wat een advocaat doet.'

'Ziet u? Nu hebt u het ook tegenover mij.'

'Wat bedoelt u?'

'Zo'n toontje.'

'Wat voor toontje?'

'Zo'n superieur toontje dat het bloed onder de nagels van jongens als Ali vandaan haalt.'

Het uitgekookte wandelende nagelgarnituur probeerde hoe ver ze kon gaan. Er was geen beginnen aan. De humanistische tolerantie bezat geen wapens behalve de andere wang, behalve de rede, het begrip, de compassie – stompe wapens in de aanval, defensief al even belazerd.

Stilte. Afwenden. Laat je geen vijandschap opdringen. Maar hoe je te verdedigen als je wordt aangevallen? Met intens plezier zou ze al die nagels met een botte schaar afknippen. Ze glimlachte en zei liefjes, bijna op vertrouwelijke toon: 'Ik geloof dat we dit gesprek beter in bijzijn van mijn advocaat kunnen voortzetten. Ik laat u even uit.'

'Ik heb u toch niet beledigd?' De donkere ogen stonden op wijde, slimme onschuld.

'Integendeel. U hebt me groot respect betoond met uw bezoek,' zei Nora vriendelijk, elk 'toontje' mijdend.

'Zullen we dan toch maar even doorgaan?'

'Dan bel ik even mijn advocaat.'

'Mevrouw Damave, we zijn hier toch niet in Amerika!'

'Maar we hebben wel letselschadeadvocaten. Het is aan mij om die na het strafproces in te schakelen tegen uw cliënt.'

De raadsvrouwe sloot met een zucht haar dossiermap en liet de nagels even in rust hun vierkante witheid tonen tegen het zwarte karton. Ze nam afscheid, maar liet Nora de indruk een belangrijke fout te hebben gemaakt.

Nora zette alsnog thee en bleef een tijdje met de kom tussen haar handen naar het tafelblad staren.

Hoe denkt u zich? vroeg ze zichzelf. Ik denk mij misbruikt en belachelijk gemaakt. Ik denk mij leugenaar genoemd terwijl ik waarheid spreek. Ik denk mij overvallen in mijn eigen huis, ik denk mij bespot in wat ik hoogacht, ik denk mij een reus op lemen voeten omringd door kwieke strijders, ik denk mij vermolmd hout omgeven door jonge rijs, ik denk mij moe en verslagen. Ik denk mij verraden. Ik denk mij machteloos. Ik denk mij eenzaam.

Ik begrijp niet waar het misging. Leerlingen zoals Ali had ze behandeld zoals ze Franca behandelde: met belangstelling voor wat in hen omging, met begrip voor hun worsteling volwassen te worden, met beslistheid in de overdracht van waarden van menselijkheid en compassie, met gestrengheid tegenover gemakzucht. Ze twijfelde niet aan haar eigen oprechtheid, al twijfelde ze wel degelijk aan de juistheid van haar methoden. Die oprechtheid en openheid, meegekregen van Jan en Herma Damave, was weggeworpen als een onbetekenend vod, niet van belang in de machtsverhouding tussen mensen, generaties, religies, culturen. Ze liet zich – het oog gericht op de nerven en knoesten in het hout van het tafelblad – gaan in zelfmedelijden. Dat mocht toch wel even? Maar ze kwam er niet uit. Waar ze zich vroeger met een rukje van het hoofd bevrijdde van verlammende gedachten en de energie richtte op het positieve, vond ze nu alleen maar walging in die opgewekte akelahouding. Op een heel klein schermpje in een hoekje van haar hersens speelde zich een scène af waarin ze Ali een bezoek bracht. Hij – even losgelaten uit zijn cel maar bewaakt als een wild dier – keek haar aan met een haat, dieper en duidelijker dan toen hij het vlindermes deed flitsen. De haal over haar arm was een impuls geweest. Nu was zijn vijandschap gegroeid, gestaald, getraind en onderbouwd. Zij was boven al het andere de directe oorzaak van zijn gevangenschap en zijn eerloosheid. Het was geen incident meer. Het bepaalde zijn leven.

Ze liep naar het raam en keek naar buiten. De zon was onder, de huizen verzonken in duisternis maar de lucht was kobaltblauw, een zware roerloosheid deed de daken inkeren tot zichzelf, in een zolderraam aan de overkant brandde licht. Magritte, de schilder van raadsels, had dit gemaakt.

# 12

Veel scheen de ex-journalist niet te hebben ingebracht. Franca kwam thuis met een gezicht als een oorwurm en liet weinig of niets los. Nora had ook bepaald geen zin naar details te vragen. De ergernis om het bezoek van de advocate hield haar bezig. Ze liep als het ware innerlijk rondjes om het uit haar systeem te krijgen.

'Die kerel weet geen fuck,' zei Franca, greep een banaan van de schaal en liep de keuken uit, waar Nora voor het slapengaan de ontbijttafel dekte en rotklusjes zocht om maar bezig te blijven. Nora slikte een vrijwel automatische terechtwijzing om het gebruik van het f-woord in.

'Geen resultaat is ook resultaat,' riep ze haar dochter na, zo'n academische mantra waar het kind haar leven lang mee was doodgegooid. 'Sorry,' mompelde ze onhoorbaar. En weer luid: 'Ga je naar bed?'

'Ja.'

'Welterusten.'

'Welterusten.'

Nora knipte de lichten in de woonkamer uit. In haar werkkamer aarzelde ze. De memorystick met de gegevens uit Guido's computer lag op haar bureau. In haar eigen omgeving vond ze het minder schandelijk de documenten te bekijken. Op haar eigen computer en in haar eigen huis leken de gegevens ook haar toe te behoren. En zeker wanneer je ex nog na de scheiding een uitgebreid dossier onder jouw naam bijhoudt, heb je het recht van inzage. Wet openbaarheid bestuur. Wet inzage medische gegevens. Wet, wet, wet. Recht, recht, recht. En dan was er nu natuurlijk de noodzaak Guido op te sporen ten behoeve van hun dochter, waarbij alle middelen geoorloofd waren. Ze was zelfs verplicht haar schroom te overwinnen. Het zou haar misschien afleiden van de Ali-kwestie. Pijn met pijn bestrijden.

Ze stak het ding in het contact en riep de inhoud op maar bleef over de werktafel gebogen staan om de actie iets voorlopigs en oppervlakkigs te geven. Ze kon zo weg. Ze deed het eigenlijk niet echt. Nora.1 tot en met Nora.15 bevatten vermoedelijk Guido's verhaal over hun relatie van begin tot eind. De vijftien staties van zijn kruisweg. Klik aan Nora.1. Waarachtig: 'De ontmoeting' stond erboven. Ter controle van haar hypothese klikte ze snel Nora.15 aan, waar ze een titel als 'Afscheid' of 'Scheiding' verwachtte, misschien 'Verrijzenis' of 'Opstanding', maar er stond een soort dichtregel boven: 'O, de pijn om wat ik heb gedaan, o de diepe, diepe spijt...' Alleen de titel. Of was dit het hele verhaal bij Nora.15? Wiens spijt om wat? En waarom had hij dit gedaan. Wat zat erachter? Wanneer had hij die documenten gemaakt, gewijzigd, waren ze oud, waren ze nieuw, bleef hij eraan krabben als aan een korst opdat de wond steeds openging? Moest ze nu werkelijk als een detective of psychiater de geschiedenis van zijn nederlaag en zijn gekwetste ego in kaart brengen? Laatste wijziging van Nora.15: twee maanden geleden, Nora.7 ook twee maanden geleden, Nora.1 idem dito. Of hij er nu veranderingen in had aangebracht of ze alleen maar had geopend en gelezen, deed er niet toe: het was levend vlees voor hem.

Er begon een ader in haar slaap te kloppen. Ze voelde een primitieve, agressieve angst, zoals een moeder voelt wanneer haar jong wordt bedreigd door een roofdier, ook al werd haar dochter in het geheel niet belaagd en wist ze niet naar wie ze haar klauwen moest uitslaan. Ze begon met een verbeten masochisme – het zweet in haar handen – van het begin tot het eind de Nora-documenten te lezen, woord voor woord, en liet ze tot zich doordringen, voor zover mogelijk, want niet iedere passage was haar bij eerste lezing duidelijk. Soms moest ze zichzelf tot kalmte dwingen, slaakte ze een kreet die vreemd doodsloeg in de stilte van de nacht. Al spoedig ging ze erbij zitten, haar gezicht werd verlicht door het scherm alsof ze zich baadde in een hoogtezon. Toen ze klaar was met lezen was het bijna ochtend. Ze ging naar bed, maar sliep niet. De adrenaline bleef stromen. Het deed pijn in haar borst. Wat ze ook probeerde om de slaap te vatten, tot en met het tellen van schaapjes, het lukte niet.

Hoe moest ze greep krijgen op die teksten. Keer op keer was tijdens het lezen een flits van woede door haar lichaam geschoten, een protest omhooggekomen en een enkele keer had ze een pen gepakt om een aantekening te maken, maar ze wist niet waarom en voor wie. Elk rationeel weerwoord leek futiel. 'Dat is niet waar!' riep ze uit, of: 'Zo is het niet gegaan!' en: 'Dat heb ik niet gezegd!' Ten slotte kreunde ze alleen maar, haar hand op de Page Downknop. Het was of iemand op de televisie een verhaal over haar vertelde, terwijl zij machteloos thuis zat te kijken en geen kans kreeg op wederhoor. Waarom had Guido haar naam, haar persoon en hun huwelijk gebruikt om er zijn verbeelding op los te laten? Zijn versie van de gebeurtenissen was zo evident onjuist – het was een totaal andere werkelijkheid zelfs – dat er geen sprake was van normale subjectiviteit. Ging dit wel over haar? Over hen? Dit was pure waanzin, zij het van een lucide en misschien zelfs talentvolle man. Het was goed opgeschreven. Dat was het hem juist. Kon hij in hun eindeloze gesprekken de juiste woorden niet vinden, op papier wist hij er verdomme wel weg mee. Kalm, Nora, kalm, denk na. Volg het spoor van zijn gedachten. Probeer tot de essentie door te dringen. Wat wilde hij? Waar kwam dit bombardement van leugens vandaan en waartoe diende het? Was dit een vorm van exorcisme? Was dit therapie? Was dit alleen maar een poging tot literatuur?

Neem nou 'De ontmoeting'. Ze herinnerde zich die heel goed. In het duister van haar slaapkamer, starend naar het plafond waarover een passerende auto een enkele keer een streep licht trok, vertelde ze het half aan zichzelf, half in imaginair gesprek met haar vader: 'Ja, papa, ik weet het, er is het verhaal zoals de spreker het vertelt en zoals de spreker het niet vertelt, maar er zijn ook feiten, en feit is dat Guido en ik elkaar hebben ontmoet in de universiteitsbibliotheek, *that's all*, de rest is interpretatie. Zo ging het: ik had een boek aangevraagd over de staatsvorming in de Bataafse Republiek, met name over de grondwet van 1798. Welnu, dat boek werd me aangereikt door een jongeman die ik misschien al eerder had aangetroffen achter de balie van de UB, maar die me om de een of andere reden nu pas opviel. Jazeker, het was een mooie man, maar daarvan waren er meer en schoonheid was niet de eerste reden om voor iemand te vallen, gevoel voor humor was een betere, en daarbij kwam dat ik nooit zomaar viel voor uiterlijk, eerder voor een afwijkend hoofd, een rare neus, een scheve lach, een onhandige motoriek, en toch wist de schoonheid van de baliebediende mijn interesse te wekken, waarschijnlijk voornamelijk doordat hij mij met een intense blik aankeek, een blik die ik associeerde met de gespannen aandacht van een... ja, van een slang – waar haal ik dat nu opeens vandaan, destijds associeerde ik zijn blik helemaal niet met een slang, maar eerder met een schaap, ergens onderweg moet mijn appreciatie van zijn dierlijkheid een metamorfose hebben ondergaan, nou goed, hij keek mij aan en vroeg me naar het belang van de staatsvorming ten tijde van de Bataafse Republiek en hoe interessant ik dat vond, en ik keek terug en antwoordde naar waarheid dat het machtig interessant was voor wie zich verdiepte in de materie en ik vertelde dat ik een artikel voor een studentenkrant schreef over de grondwet van 1798, die ten onrechte geheel wordt vergeten wanneer we het over de basis van ons bestel hebben, omdat de patriotten nog altijd worden gezien als landverraders, een woord dat tot en met de lange, lange nasleep van de Tweede Wereldoorlog een stempel heeft gedrukt op de eerste heroïsche en verlichte poging dit land van een democratische grondwet te voorzien, een land dat uiteindelijk met de grondwet van Thorbecke de anomalie van een constitutionele monarchie heeft geslikt, terwijl de vorming en vestiging van een solide republiek zoveel meer in de lijn van onze traditie had gelegen, blabla, ik lulde maar door, en ik herinner me te hebben gebloosd onder zijn biologerende blik en me met een lichte huivering te hebben afgewend van die bijna duivels mooie man met zijn iets te lange donkere haar, zijn lichte ogen, zijn mediterrane huid, en zijn slanke, nerveuze handen en daarna vergat ik hem tot ik hem weer zag en hij mij vanachter zijn tuttige balie naar het artikel over de Bataafse Republiek vroeg en ik hem opeens als een exotische indringer beschouwde in het nogal commuine gezamenlijke lichaam van UB-medewerkers maar niettemin braaf beloofde dat ik hem het stuk zou toesturen en daarmee had ik de verbinding gelegd, was het schaakspel begonnen en werd zet na zet gespeeld tot het bittere einde, dat geen einde bleek te zijn, want zie mij hier in bed, slapeloos malend, me afvragend hoe hij die ontmoeting heeft kunnen zien als de voorbestemde komst van de aardgodin, een uit olympische hoogten gezondene, kom kom, toegegeven, de branding van hormonen, zo kon het toch niet zijn geweest? Wanneer is het voor hem zo geworden als hij schrijft in Nora.1? Pas achteraf, als reconstructie van het begin van een mislukking, een hopeloos falen na een geweldig openingsakkoord, maar wiens falen dan?'

Wat ze bij Guido had gelezen was niet per se een leugen; in het eerste hoofdstuk was daar nog geen sprake van zoals in volgende hoofdstukken, maar hij belastte de simpele ontmoeting met een lading betekenissen die ze niet kon dragen. De eerste zinnen alleen al, die met enige goede wil komisch konden werken, brachten nogal wat associaties met zich mee: 'Ik werd uit mijn schaamte gewekt door de verschijning van een godin. Zij moest een godin zijn, want zij stond daar plotseling in de linoleumgeurige ruimte, omgeven door bovenaards licht, dat voor een simpele ziel misschien werd veroorzaakt door een korte opklaring in de sombere dag waardoor de zon opeens zijn stralen via de smalle bovenlichten goot precies tot daar waar zij stond, ik wist beter: het licht was haar permanente metgezel, waar zij liep omgaf haar een warme werveling die lokte en zong. Ik schuurde in opwinding mijn weerzinwekkende insectenpoten met een zacht ratelend geluid tegen elkaar, ik zou met een geweldige sprong boven op de balie zijn geland, tsjirpend, mijn mooiste lied zagend, in de hoop haar te verrukken, als me niet tijdig mijn beestachtig uiterlijk te binnen was geschoten, dat zij met een gebaar van superieure afkeer zou wegvegen of verpletteren. Zij, de godin, vermorzelde insecten maar aaide leeuwen, en ik kon me een leeuw wanen zoveel ik wilde: ik was en bleef een insect. Zij vroeg me om een boek dat ze had aangevraagd. Ze sprak. Ik kon haar horen. Ze had een mensenstem.' En dat ging zo door tot de trieste Gregor Samsa, gevangen in zijn geleedpotige vermomming, de godin telefonisch meevroeg naar de film en bijna stervend van geluk zijn harde schubben tegen haar zachte ledematen wreef.

In volgende Nora-documenten legde de auteur het Gregor Samsa-alter ego af om zich in nieuwe aliassen te steken, alleen zij, Nora, was dezelfde meedogenloze heerseres. In essentie bleef een aantal cruciale gebeurtenissen in hun huwelijk herkenbaar, zuiver op het niveau van de feiten, maar de verhalen eromheen verpakten dat geraamte in een onherkenbare uitmonstering. Ze las bijna kotsend de gruwelijke uitkomst van het gesprek dat uiteindelijk tot de scheiding had geleid, en waarin zij de auteur van het verhaal – ze kon er niet toe komen hem gelijk te stellen met de Guido die ze kende – met een scheermes vloeken in zijn huid had gekerfd. Bijna hallucinerend precies beschreef hij het splijten van de huid, het wellen van het bloed, de kilte in haar ogen, de chirurgische nauwkeurigheid waarmee de tekens waren aangebracht.

Het meest raadselachtig was de tekst waarin de geboorte van Franca werd behandeld. Niet zij, Nora, kreeg het kind, maar hij – de verteller – baarde de kleine Franca, die hij koesterend in zijn armen nam (wij samen, zei hij, wij samen), waarna zij, wrede godin, het kind opeiste en als een engel des doods op klapperende vleermuisvleugels wegwiekte.

Onder alle morbide verwringing hoorde ze een grondtoon van eenzaamheid en zelfhaat. Ontdaan van de groteske literaire vorm die hij eraan had gegeven, moest dat toch de kern van zijn wezen zijn, een vertwijfeling die hem zijn leven lang had begeleid en waarvan zij in de jaren van hun samenzijn nooit de diepte had kunnen peilen, ondanks haar verwoede pogingen tot hem door te dringen. Deze tragische zelfbevlekking, uitgeleefd in taal die zonder protest met zich liet sollen, vormde de ene poot waarop zijn werkelijkheid stond. De Fischer-queeste werd de andere poot, het deel van de redding, de verlossing, de weg naar het licht. Dat stond uitgebreid in Nora.13 en Nora.14, waarin naar de f-map werd verwezen. De toon was hoopvol. De naderende genoegdoening zinderde al in de woorden. Even beving haar een pijnlijk medelijden.

Ze herinnerde zich hoe het was, nee, ze moest nu zeggen hoe ze dácht dat het was: de vreugdevolle maar ook angstige opwinding jezelf aan een ander mee te delen, een ander te ontdekken, die prachtige man die van haar was en aan wie ze zichzelf onvoorwaardelijk gaf. Ze had geen reserves gehad, ze was weerloos lachend in zijn armen gelopen. Seks was lange tijd de alfa en de omega van hun verhouding. Klein leed werd ermee gelenigd. Vreugde werd erdoor gedeeld. Misverstanden werden zonder woorden rechtgezet in de daad. Moeiteloos vonden ze elkaar daar. Lachend. Totdat ze bemerkte dat de seks geleidelijk aan een rituele handeling werd, dat de lichamelijkheid ontdaan raakte van haar vrijmoedigheid. Het genot sloop vol verwijt om wat de ander niet was, niet zei, niet deed, niet wilde, niet kon. Nora verlangde dat de volmaakte seks ook de volmaakte vertrouwelijke liefde zou omvatten. Guido kende dat ideaal niet. Wist niet waar hij dat vandaan moest halen. Ze eiste te veel van hem. Hij beantwoordde haar verlangens met een hard en zwijgend nemen van haar lichaam dat soms op de rand van verkrachting lag.

Een merel zong. Ze stond op en deed de gordijnen open. Was dit echt, deze rol behang, waarop het stille decor van tuinen en huizen was geschilderd? Het scheen haar toe of zij de voorstelling kon opensnijden en daarachter een nieuw decor ontwaren en daarachter weer, en daarachter weer, totdat zij verloren zou lopen in de vele verschijningsvormen van de werkelijkheid, bedolven raken onder de losse vellen. Ze moest nadenken over de dag die komen ging. Over school, over Franca, over zichzelf, over liefde en vijandschap. Ze moest besluiten nemen, maar ze kon niet. Was het nu even genoeg, alsjeblieft?

# 13

Het was niet genoeg. Frits Frencken, de achterbakse misdienaar, kwam een afspraak met haar maken. Hij wilde graag in het belang van school en leerlingen zo snel mogelijk haar taken en haar kamer overnemen. Handenwrijvend stond hij in de deuropening de ruimte, die hij vanzelfsprekend goed kende, met de ogen van de opvolger in te richten, spulletjes te plaatsen, foto's van vrouw en kinderen te rangschikken, eigen bureaulamp neer te zetten. Overdreven bezorgd vroeg hij naar haar arm en hypocriet betoogde hij dat ze een leven in de luwte nu wel even had verdiend. Gossiemijne. Dat was zijn stopwoord om iets ergs of iets leuks te becommentariëren. In het korte gesprek gebruikte hij het wel vier keer.

'Ja, Frits. Gossiemijne... Gelukkig is het tijdelijk. Zodra we de vervangingen in de historische sectie hebben geregeld moet je weer terug naar het voetvolk, tenzij Bakels nog een andere beloning voor trouw hielenlikken weet te verzinnen.'

'Waarom krijg ik de indruk dat je mij het conrectorschap misgunt? De aanval van onze Ali heeft de onverstoorbare Nora bepaald meer uit het evenwicht gebracht dan gedacht. Bakels heeft een wijs besluit genomen. Je zult hem nog dankbaar zijn. Maandag wil ik beginnen.'

Hij tilde even een buste van Voltaire op – goedkoop en grappig souvenir van een reisje langs *lieux de mémoire* van de Verlichting –, keek om duistere redenen onder de voet en zette hem weer terug, waarna hij de kamer verliet en de deur nadrukkelijk zacht achter zich sloot. Een man die een kruis zou slaan voor hij zijn vrouw woordloos neukte. Gossiemijne.

Het beeld van een vroomgeile Frits bracht als een oprisping de verhalen uit de Nora-documenten boven, die ze teneinde de dag zo normaal mogelijk door te komen met veel moeite en veel koffie had verbannen naar de beerput voor schaamtevolle herinneringen. Dat waren er niet zo veel, maar ze had de put in het leven geroepen omdat ze er een gruwelijke hekel aan had op de meest onmogelijke momenten getrakteerd te worden op beelden van mislukking en falen. Het was haar altijd gelukt de boel vanbinnen aan kant te houden, maar nu begon het toch aardig te stinken.

Terwijl ze doelloos naar roosterwijzigingen keek, braken haar de valse beelden van Guido's wraakverhalen op. Vooral de omkering, de totale omkering van de feiten, plaatste haar voor raadsels. Neem nou de cruciale scène, die de directe aanleiding voor de scheiding had gevormd. Zijn versie culmineerde in de apotheose met het kerven van vloeken in de huid. Zij dader, hij slachtoffer. Zij hanteerde het mes, Guido bloedde. Ze huiverde opnieuw, net als ze een paar uur eerder had gedaan toen ze het las, vanwege het spiegelrijm met de door Ali toegebrachte wond, ook zo'n kerf van protest. En als er nou nog een kern van waarheid in school, als zij hem daadwerkelijk bijvoorbeeld met haar nagels had bewerkt in een heftige uitbarsting, maar het was omgekeerd geweest. Hij, Guido, had haar – dat kon ze gerust zo stellen – naar het leven gestaan.

Misschien had hij te veel gedronken die avond. Misschien had ze iets gezegd dat hem had getroffen. Zodra ze in bed lag, haar leeslampje had uitgeknipt en in een eerste slaap zonk, net nog terug te halen van de drempel naar de diepte, begon hij zich aan haar op te dringen, haar te strelen, zijn erectie tegen haar

billen te duwen, met zijn tong langs haar ruggenwervels te likken. Ze had niet veel zin en weerde hem af door het dekbed vas-
ter om zich heen te trekken en een beweging met haar schouder
te maken. Hij hield aan, pakte haar arm en draaide haar op haar
rug, boog zich over haar, hield haar beide polsen vast en duwde
ze tegen het kussen aan weerszijden van haar hoofd. Met zijn
knie spreidde hij haar benen. Ze was verbouwereerd en in verwarring, protesteerde niet. Het leek te veel op een vertrouwd
spelletje om hem verontwaardigd weg te duwen – zo meteen
zou hij haar op zijn Brabants zijn gouwe grietje noemen, zijn
geile, gouwe grietje, en zou hij een kussen onder haar kont leggen om haar nog lekkerder en beter te kunnen bedienen, en al
haar weerstanden overwinnen zoals dat altijd ging. Maar voor
ze het wist had hij haar ruw en pijnlijk gepenetreerd, als een
stuk vlees aan de vork gestoken. Ze werd bang. Bang en boos.
Meer bang dan boos. Het zou hem geen enkele moeite kosten
haar keel dicht te knijpen. Was dat een reële angst? Was hij werkelijk buiten zichzelf? Zijn hand lag om haar hals. Meegaand in
zijn beweging, maar radeloos, zoekend naar een houvast, hopend op zijn stem, zijn lach, het breken van de ban, wist ze dat
ze een grens hadden bereikt.

Ze waste zich en trok haar ochtendjas aan. Guido lag op zijn
rug, armen onder zijn hoofd, ogen dicht. Zijn geslacht lag glim-
mend en nog half gezwollen, grote naaktslak, op zijn buik.

'Guido,' zei ze. 'Dit wil ik niet meer.'

Hij keek haar aan, het wit van zijn ogen was een beetje bloed-
doorlopen, maar antwoordde niet.

'We moeten praten,' zei ze.

'Jij moet praten,' zei hij. 'Jij moet altijd praten.'

'Wat is dat nou weer voor onzin?'

'Jij denkt dat praten het middel is voor alle kwalen. Praat jij
maar.'

'Ik denk helemaal niet dat praten het middel is voor alle kwalen, maar ik weet wel dat wij nu moeten praten. Dat jij nu moet praten. Wat stellen jouw acties in vredesnaam voor?'

Het was niet het ideale moment en niet de ideale setting voor een goed gesprek, dat had ze wel door, maar het was niet tegen te houden. Ze verloor elke voorzichtigheid en elk psychologisch verantwoord beleid uit het oog. Ze dacht de boel wel onder controle te kunnen houden. Ze praatten. Hij en zij. Om beurten, door elkaar heen, luid en zacht, langzaam en snel, fel en verslagen. Het werd een gesprek als een onweersbui. Maar deze klaarde de lucht niet op, nam de broeierigheid niet weg.

Hij voelde zich bedreigd. Leeggehaald. Miskend. Zei hij. Waarom? Welke bedreiging ging in godsnaam van haar uit? Zij was het niet alleen, had hij gezegd, maar alles waar ze voor stond. De zekerheid van haar opvoeding, haar achtergrond, de vanzelfsprekendheid waarmee zij haar plaats onder de zon opeiste, de onbekommerde arrogantie van haar superioriteit. Dat vrat aan hem. Dat wees hem zijn plaats. En dat deed haar hele familie, haar vrienden, de sociale omgeving waarin hij zijn nauwelijks beheerste kunstjes moest vertonen als een grappig aapje dat ze aan de kant van de weg had gevonden, waar hij spitsroeden moest lopen, het was een onophoudelijke, voortdurende onuitgesproken vernedering. Hij was niemand en dat lieten ze hem voelen ook. Nora hief haar handen in verbijstering om die wilde beschuldiging. Guido's wrok holde voort, hij was niet te stuiten: zijn moeder was weggezet als een slet, een simpele ziel, en hij als een parvenu, een profiteur. Het gesprek liep uit de hand. Ze hoonde hem, lachte hem uit. Stookte hem op. Meer onzin alsjeblieft, Giedo Kás-pegs, meer belachelijke beschuldigingen, toe maar, vooruit maar, meer, meer, meer. Het deed hem pijn, dat zag ze. Net goed, dacht ze. Net goed. Hij keek als een bokser die vanuit een onverwachte hoek was geraakt. Dat maakte hem razend. Ze kreeg klappen, struikelde en viel tegen een openstaande kastdeur aan. Ze krabbelde op en vluchtte naar de badkamer, deed hijgend de deur op slot, hoorde hem aan de andere kant van de deur zwaar ademen en vloeken en huilen tot ze hem de trap af hoorde gaan, naar de keuken. Op de wc zittend probeerde ze haar kalmte te hervinden.

Noch in de houding van haar ouders en haar broers, noch in de houding van haar vrienden ten opzichte van Guido kon ze iets neerbuigends vinden. Het tegendeel was eerder waar: ze vroegen altijd vol belangstelling naar Guido's werk. Nooit werd zijn baan bij de bibliotheek als onbeduidend gezien. En natuurlijk lag het in de aard van het werk dat er niet altijd iets bijzonders over te melden viel, maar was dan Brams werk op de bank zo interessant, nee toch? En haar vaders neiging tot het toepasselijke klassieke citaat was nooit bedoeld om hem zijn plaats te wijzen. Als hij een gevoel van inferioriteit had, lag dat niet aan haar superioriteit maar aan zijn overdreven gevoeligheid. Hij beet zich zo vast in zijn hysterisch minderwaardigheidscomplex dat hij al zijn plannen voor verdere studie had laten varen, geen enkele poging meer deed op te klimmen in de bibliothecaire hiërarchie, en voor die stilstand in zijn leven een verrukkelijk excuus bij de hand had: de maatschappij had het gedaan. Zij had het gedaan. Haar vader had het gedaan. Haar broers. Haar vrienden. Zelfkastijding als verwijt. Hij wilde mislukken. Hij wilde bevestigd worden in zijn slachtofferrol, zijn tweedehandsheid als bastaard van een gevluchte vader en een dom kapstertje. Hij wilde naar het diepste van de diepste put. Hij wilde als Job zijn. In de aanvaarde vernedering demonstratief haar en haar familie te kijk zetten, dat wilde hij, zoals Job zijn God te kijk zette.

Misschien een halfuur later – maar ze wist niet meer van tijd – kwam hij door de deur heen zijn diepe spijt betuigen, om vergiffenis vragen, niet kruiperig, niet slaafs, maar somber, hoewel met een nauwelijks merkbare toets van triomf of tevredenheid, wetend dat het nu echt stuk was en dat hij het aan zichzelf te wijten had.

Nora keek om zich heen in de conrectorskamer die ze moest ontruimen, en registreerde alles. Ze benoemde de kleur van de gordijnen, mat met haar ogen de omtrek van het bureau, liet het zitje met de twee Gispenfauteuils en de ronde lage tafel goed tot zich doordringen, knipte de Alessibureaulamp aan en uit, aan en uit, liep naar het schilderij aan de muur dat van de kamer van Erik Smits was gekomen, aaide de lijst en zei: 'Jou neem ik mee.'

# Deel 2

# 1

Kort voor de geplande terugkeer naar huis keek Guido Kaspers naar een paar stevige boerinnenarmen. In de keuken van haar agriturismo liep de jonge signora Gabrieli – toch ook al tegen de zestig – de mouwen opgestroopt tot boven de ellebogen, traag heen en weer van het fornuis naar het aanrecht en naar de met bloem bestoven tafel waarop deeg was uitgerold. Vanuit de gelagkamer kon hij haar zien gaan. Ze had een loerende kattenblik in haar ogen alsof de maaltijd die ze toebereidde een te bespringen prooi was. Alles ging even geruisloos. Vier andere gasten, Nederlandse wandelaars die hun bagage steeds op een volgend adres bezorgd kregen, hadden twee flessen wijn leeg en waren begonnen elkaar eens flink de waarheid te vertellen. Ze zagen Guido aan voor een localo omdat hij Italiaans sprak en er zuidelijk uitzag. Hij lette echter niet op de gasten, want de armen van signora Gabrieli, sterke armen met bedachtzame spieren, hielden zijn aandacht gevangen. Guido had het vermogen op te gaan in zijn waarneming en eruit te komen als uit een diepe slaap zonder herinnering aan de droom. Hij verzonk en kwam weer boven. Nora had hem – geërgerd – ooit gesuggereerd vanwege zijn absences een eeg te laten maken, maar zo vaak kwam het nu ook weer niet voor. Wat in hem gebeurde tijdens zo'n afwezigheid bij volle bewustzijn kon hij zich nooit herinneren. Maar er gebeurde wel degelijk iets. Alsof hij uiteenviel, het andere werd. Hij wilde er niet over nadenken.

De bejaarde mevrouw Gabrieli – rond de tachtig – die haar dochter hand-en-spandiensten verleende, lachte krakend en gaf hem speels een tik voor zijn hoofd terwijl ze zijn glas vulde.

'Drink, vreemdeling. Neem mij, zij is te oud voor je.'

Opeens was hij weer bij de les en bevond hij zich in de machinekamer van zijn missie, waar de motor draaide die hem op zijn zoektocht voortstuwde. Hij moest de oude vrouw vragen naar vroeger. Waar ze vandaan kwam. Hoe ze heette. Met wie ze op school had gezeten. Wie haar buren waren. Hij wilde namen horen. Namen. Namen. Hij was high van namen. Hele telefoonboeken hadden zijn ogen en oren gepasseerd. Hij wist zeker dat hij gelijk had. Verhalen horen en namen. En dan die ene herkennen. Hier, hier was het, in Umbrië. Hij was dichtbij. Hij voelde het. Hij voelde het al weken en werd keer op keer teleurgesteld, maar weigerde zich af te vragen of zijn intuïtie hem bedroog.

Hij hief zijn glas naar de bejaarde vrouw en proostte op haar eeuwige jeugd en schoonheid. Er brandde vuur in de haard, want de avond was koud. Het weer was de laatste dagen druilerig en somber geweest. Verbetering werd beloofd, maar bleef uit. Dat bevorderde de stemming van de Hollandse wandelaars bepaald niet. De oude moeder kwam naast hem zitten en warmde haar handen aan het vuur alsof ze de vlammen op afstand wilde houden. Vertel me van uw leven. Hij had het al vaak gevraagd in cafés en herbergen, op dorpspleinen en in kloosters, bij gemeentehuizen en notarissen. Noem me de namen en de bijnamen. Hij was systematisch van noord naar zuid getrokken langs de rivier, had zijn verhaal gedaan en verhalen gevraagd.

De door Fischer beschreven landschappen, de woorden, de kleuren hadden hem hierheen gebracht. Hij had ze zorgvuldig geanalyseerd. Maanden was hij ermee bezig geweest. Hij had de teksten gescand, adjectiva en substantiva geturfd, verba ontleed, anagrammen en acrosticha gezocht. De miniemste aanwijzing paste hij als een stukje in de grote puzzel. Niemand geloofde hem. Het genootschap lachte hem vierkant uit: E. Fischer was geen Italiaan uit Umbrië. Men was het erover eens dat hij een Duitser was, misschien uit Zuid-Tirol kwam, ook al had hij zijn vier werken in het Engels geschreven; hij moest een figuur zijn als Joseph Conrad. Zijn stijl was niet thuis te brengen in enige cultuur, had daarom juist een universele kracht. Ze noemden Guido een fantast. Dat mocht zo zijn, maar fantasie bracht hem verder dan de officiële Fischerkenners kwamen op de vierkante centimeter van hun literair-wetenschappelijke discipline of hun occulte wichelroedelopen tussen de uitspraken van de Meester op zoek naar de diepere betekenis. Was het soms geen nutteloze fantasie van de academische factie onderzoek te doen naar de plaatsing van de komma's of de regels wit in het werk? Was het soms geen platitude van de kabbalistische factie de Meester op één lijn te plaatsen met Meister Eckhart en Nostradamus, met Athanasius Kircher en Paracelsus? Hij had alle secundaire literatuur, alle artikelen en polemieken gelezen en af en toe zijn voordeel gedaan met een terloopse vondst: het essentiële was iedereen ontgaan. Alle studies scheerden langs de kern en keerden in wezen terug bij het ego van de onderzoeker, zoals een postduif terugkeert naar de lokkende voederbak. Sommige waren verdienstelijk, maar de meeste bleven aan de oppervlakte, hoe pompeus de woordkeus ook was. Niemand waagde een stoutmoedige sprong in het duister. De professionele mierenneukers bewaakten als dobermanns het eigen erfje van geaccepteerde trivia. De afwijzing had hem pijn gedaan, maar hij bleef overtuigd van zijn gelijk. Er was een weg naar de Meester open. Hij zou de Meester vinden. Zijn graf dan. Het slot van Fischers levensverhaal zou hij als eerste vernemen. Net als het begin. Fischer was naar zijn geboortestreek teruggekeerd om te sterven, zo moest het zijn gegaan. De cirkel was rond.

Zo goed als zeker was E. Fischer een schuilnaam. Pescatore heette hij misschien in werkelijkheid. Piscator. Iets met vis. Maar van alle Pescatores die het Umbrische telefoonboek hem opleverde viel niemand in de prijzen. Vertel me van uw jeugd. Wie was uw familie. Wie waren uw buren. Uw vrienden. Namen. Toenamen. Fischer zou opdoemen uit de zee van namen, oprijzen als uit het schuim. Het was voor de oppervlakkige beschouwer een krankzinnige onderneming in de dorpen en gehuchten van Umbrië gewapend met een kopie van een krantenfoto en zonder zekerheid omtrent de naam op zoek te gaan naar een man die misschien al dertig jaar geleden (godweetwaar) was gestorven of die als hij nog leefde (godweetwaar) nu zo'n vijfennegentig jaar oud zou zijn. Voor hem was er geen andere mogelijkheid dan de Meester te gaan zoeken. De wil vermocht alles. Als hij hem dit jaar niet vond, dan wel volgend jaar. Dat had hij vorig jaar ook al tegen zichzelf gezegd.

De oude vrouw nam een kat op schoot. 'Ouwe vlooienbaal,' zei ze.

'Pardon?' schrok Guido.

'Ik heb het niet tegen jou.'

Ze lachten.

'Bent u in deze streek geboren?' Het was een van de gebruikelijke openingen.

'Niet hier. Zuidelijker. Bij Todi.'

'Prachtig.'

'Ken je het daar?'

'Ik ben er geweest.' Wat niet waar was, nog niet – hij zakte langzaam af naar het zuiden – maar uit ervaring wist hij dat mensen sneller met verhalen over hun geboorteplaats kwamen als hij deed of hij de streek kende.

Signora Gabrieli bezong de heuvels, het licht, de dorpen, de oogst van wijn en olijven, de vergezichten, de niet zo idyllische armoede van voor en na de oorlog en nog zo het een en ander.

Binnen vijf minuten had ze een vogelvlucht gemaakt over haar land en haar leven en maakte ze aanstalten van voren af aan te beginnen.

'Oud land, heel oud land. Land van rituelen. Heidense gewoonten. Jaja. Bloed, bloed, bloed! Mysteriën en mirakels!' Ze kraaide bijna.

'Waarom zegt u dat: bloed? Is er vendetta?'

'Komt voor. Komt voor. Maar stil. Niet over praten.' Ze aaide de kat met lange halen. Haar dochter rolde toegewijd het deeg uit, als was ze een non in een hostiebakkerij. Guido was geen fijnproever en de Italiaanse obsessie voor eten was hem vreemd, maar de aanblik van de heilige overgave aan het bereiden van simpel voedsel ontroerde hem diep. Daarbij vergeleken was zijn koppige zoektocht naar Fischer zo hard en weerbarstig als een oude boom.

'Ik heb vreemde dingen meegemaakt,' ging de oude moeder verder. Uit de blik in haar ogen was hem duidelijk dat ze geen aansporing meer nodig had, ze zag het al voor zich, er was geen ontkomen aan, er daagde een herinnering. 'Vreemd, dat ik daar juist aan moet denken. Ik zal misschien zeven of acht zijn geweest. Pakweg 1933, ja. Het moet in het jaar zijn geweest dat mijn moeder door de Duce werd ontvangen samen met alle andere supermama's van Italië. Wat was ze trots. Ze had vijftien kinderen gebaard voor de natie en kreeg als dank een hand van de grote leider. Mijn broers droegen zwarte hemden. Zaten bij de jonge wolven, bij de balilla's, bij de avanguardista's. Vader was landarbeider. Arm dat we waren. Arm. Maar ja, iedereen was arm. Mijn ouders geloofden in de fascistische redding. Ik neem het ze niet kwalijk. *Comunque...*' ze schudde een herinnering af. 'Ik was nummer 13. Verwaarloosd katje. Kreeg meer slaag dan liefde, tenzij slaag ook een vorm van liefde is. Op school hadden we een onderwijzer die ik aanbad. Zo'n doordringende blik in zijn ogen. Een wat hoge stem, weet ik nog. Als je je ogen dichtdeed wist je niet of je naar een man of naar een vrouw luisterde. Sommigen waren bang van hem. Ik niet, ik aanbad hem. Ik geloof dat hij communist was, want mijn ouders moesten niets van hem hebben, maar dat kan ook een andere oorzaak hebben gehad. Mijn broertje, die bij mij in de klas zat, verklikte thuis dat ik meesters lievelingetje was. Ik kreeg ongenadig op mijn sodemieter. Alsof het mijn fout was. Als ze iemand te grazen moesten nemen, dan was hij het, de meester. Maar ik verdroeg geduldig het pak slaag in zijn naam, offerde me voor hem op. Hoe hij erachter kwam dat ik geslagen was weet ik niet, maar hij kwam op hoge poten naar ons huis. Nou ja, huis: het was een soort zwijnenstal op het terrein van het landgoed. God, wat had die herenboer een hoop gratis arbeidskrachten aan ons gezin! Ik zie de meester nog komen. Bloedheet was het, drukkend heet. Onweer dreigde. Alles was helgeel tegen het donkergrijs van de hemel. Raar weer. Ik zie het nog: de meester eerst naar de baas. Ik kroop weg achter een struik. Baas en meester naar vader, die bezig was bij de fuiken in de rivier. Daar staan ze met hun drieën. Ik zie ze afgetekend tegen de zwarte lucht. Het regende niet. De zon scheen vanuit een stuk heldere hemel in het westen, en wierp lange schaduwen in de richting van de bui. Het zal vier uur zijn geweest. Ze praten. Ik hoor niet wat ze zeggen. En opeens zie ik een flits uit die zwarte massa boven ons. Alles is wit. Bleekblauw. Zo helder of de moedermaagd aan ons zal verschijnen. En de meester valt neer. Ik dacht dat ik rook uit zijn schoenen zag komen. Alles is doodstil. De baas. Vader. En de meester ligt. Het is net of de wereld samentrekt in deze plek. Ik hoor niet eens de donder. Ik denk dat ik dood blijf van schrik. Zal ik de stem van God horen? Zal ik de Heilige Geest zien? Of de duivel? Zal de voorhang splijten? De baas knielt. Luistert aan de borst van de meester. Gebaart dan naar vader. Staat op. Samen tillen ze de meester naar het grote huis. Ik zie ze nog lopen.'

Ze was even stil. De tipsy Hollanders waren ook stilgevallen, de ruzie was bijgelegd of had de fase van doodzwijgen bereikt.

'Het was de enige bliksemflits die we hebben gehad die middag. En geen druppel regen. Even later was de lucht weer schoon, een onschuldig briesje beroerde de bomen. Alles had samengespannen om mijn meester te vellen. Intussen kon ik me niet meer inhouden: ik holde naar het grote huis om te zien wat er met de meester was gebeurd. Ik mocht niet binnen. Dat hij niet dood was maar wel bijna begreep ik toen mijn oudste broer naar het dorp werd gestuurd om dokter en priester.'

Ze stond op en porde in het vuur, dat inzakte en weer opvlamde. De kat schoot weg naar een donkere hoek. Van de Hollanders ging een echtpaar naar buiten. Het overblijvende stel begon heftig te fluisteren. Uit de keuken kwam de geur van knoflook en oregano.

'Hij was niet dood. Maar wel buiten bewustzijn. Hij bleef drie dagen bewusteloos in het grote huis liggen. Toen werd hij wakker. Het was een wonder. Ik heb later gehoord hoe het is gegaan, want iedereen sprak erover. Hij werd wakker en stond op, alsof er niets was gebeurd. En het was of hij in een kring van licht was gevangen. Iedereen zag het, er scheen almaar een zon achter zijn rug, je kon zijn gezicht gewoon niet meer zo goed zien. Was het een verschijning? Was hij eigenlijk toch dood? Hij stond op, heeft nog een paar dagen onder ons verkeerd, liep toen weg en nooit heeft iemand meer iets van hem gehoord.'

Een stuk hout in het vuur knalde open.

'Hoe heette uw onderwijzer?'

'Ja, God, hoe heette hij? Dat weet ik niet meer. Iets met Panini of zo. Het is zo lang geleden. Ik heb hem maar zo kort gekend. Het schiet me wel weer te binnen. Hoe heette hij nou toch?' Ze stond op en begon al piekerend de lange tafel te dekken waaraan ze met de gasten zouden eten.

'Burrone,' zei ze terwijl ze zout en peper op tafel zette. 'Ik wist dat het wat met broodjes te maken had. Qua klank dan.'

*Burro* was boter en *burrone* kloof, maar de associatie lag voor de hand. Meester Burrone. Burrone. Het zei hem niets.

'Hoe zou het met hem afgelopen zijn? Zal wel dood zijn nu. Iedereen is dood. *Comunque...*' Ze haalde haar schouders op. Streek het tafellaken glad.

'Hoe heette uw dorp?'

'Een vlek. Torreluca, bij Casemasce. Het landgoed heette l'Angelo Pescatore. Daarom werd mijn meester door de dorpelingen als ze de gebeurtenis ophaalden sindsdien Angelo Pescatore genoemd.'

Het duurde een paar seconden. Toen lag Guido als het ware met rokende schoenen op de grond, getroffen door een virtuele bliksem. Angelo Pescatore. Engel Visser. E. Fischer.

Hij ging naar buiten, bevangen door een intens gevoel van vervulling en vreugde. Niet een zon achter zijn rug, maar een zon in zijn lijf. De regen drupte van het afdak. De oude herdershond Bruno met een vacht zo viltig als dreadlocks kwam stijfpotig op hem af en bedelde om een aai door tegen hem aan te gaan staan en diep te zuchten. Hij keek naar de grijze mist die rond de toppen van de omringende heuvels hing. Zijn gelijk was hem bijna te machtig. Hij wilde de wolken stukschreeuwen met zijn triomf tot zijn keel rauw was. Alles in hem werd opgetild, zinderde, brandde, juichte en lachte. Het speleologenwerk in de tunnels onder de tekst, het maandenlang rondtasten in de duisternis van het raadsel was niet voor niets geweest. De god had hem beloond. Hij was uitverkoren. Hij zou eindelijk iemand zijn. Zijn extatische maar voor een buitenstaander onzichtbare vreugde – hooguit in de intense stilte rond hem was het merkbaar – transponeerde naar een hogere, bijna schrillere toonsoort. Ontzag in de aanwezigheid van het sacrale deed zijn hart krimpen en schoot als een kramp door zijn darmen. Diep haal-

de hij adem, hortend en stotend, als een kind dat pas had gehuild. Toen lachte hij hardop om zichzelf. Om alles. Meester
Burrone. *Gotcha*!

Het was zaak de draad niet te verliezen, als een speurhond
met zijn neus op de grond het spoor te volgen, het spoor dat zeventig jaar oud was, dat in kerkregister en burgerlijke stand
moest worden nagegaan, dat zou leiden naar familie en geboor-
tehuis, naar fotoalbums en rapportcijfers, naar correspondentie en vroege vriendschappen, naar liefdes en naar jeugdwerk,
naar een rivier aan gegevens, en hij, Guido Kaspers, zou de verhalen verzamelen en opschrijven.

Was hij voorbestemd deze taak te vervullen, zoals alleen
Arthur het zwaard Excalibur uit de steen kon bevrijden? Zijn
nederige afkomst zou het bijna doen geloven.

# 2

In het voorjaar van 1962 haalde Nelly Kaspers de dikke rollers uit het haar van een klant, kamde en toupeerde het en gebruikte de borstel om het bovenste laagje glad te aaien en het kapsel te vormen tot een volumineus beeldhouwwerk, luchtig als een schuimtaart. Met jonge meiden was dat geen probleem, maar oudere vrouwen met dun, kapotgepermanent haar wilden ook zo'n suikerspin op hun hoofd en dat was een heel gedoe. Nog erger dan het opbouwen was het afbreken. Ze stelde er een eer in zo te touperen dat de klitten geen prikkeldraad werden maar vrij makkelijk, hapje voor hapje, uit te kammen waren.

De klant keek haar in de spiegel vorsend aan.

'Is er wat, Nelly?'

'Nee, niets.'

'Je ziet er zo moe uit. Kringen onder je ogen. Te laat uit geweest?'

'Niks hoor.'

'Als ik niet beter wist zou ik zeggen dat je zwanger was. Ik zie het altijd als vrouwen zwanger zijn. Ik weet het bij wijze van spreken nog eerder dan zij. Je hebt toch geen verkering, Nelly?'

'Nee. Ik heb geen verkering.'

Nelly had officieel geen verkering, want ze durfde niet met hem thuis te komen. Maar ze had op een feest van de worstfabriek waar een vriendin werkte een Italiaanse gastarbeider ontmoet, met wie ze in het geheim uit wandelen ging, een mooie man met donkere ogen en een prachtige kop met haar, een sterke man, die naar vlees rook, naar het koken en roken van slachtafval, een wat weeë maar toch mannelijke lucht. Ze wist niet precies hoe het er in de fabriek aan toeging, maar zag hem met rubberlaarzen en een overall op de glibberige en bloederige tegelvloer staan, en zag hoe de kadavers van varkens aan haken aan kwamen zeilen en hoe hij dan met zijn vleesmes in een paar krachtige halen de buik van het beest opensneed en er met de hand de grote organen uit haalde en in een bak smeet: de lever, de maag, het hart en de darmen, meters dampende, stinkende darm, en ze werd er een beetje misselijk van maar ook opgewonden, het was zo heel anders dan haar lotionnetjes en shampoos en kammen en scharen, hoewel ze daar ook wel een parallel in zag. Zijn Nederlands was gebrekkig, ze moest er vaak om lachen, maar heel veel hoefden ze niet te praten. '*Ti amo*' was in het Italiaans gauw gezegd en verder spraken blikken boekdelen. Hij was galant, dat hadden Italianen van nature, en ook hartstochtelijk. Toen hij haar voor het eerst aanraakte, dat wil zeggen haar in haar hals kuste, had hij gewoonweg gekreund en gesnoven, gehijgd bijna. Dat had haar verrast en beangstigd. Ze vreesde overspoeld te worden door een golf van krachtige passie, die niet te keren was. Geef je mannen een vinger, dan nemen ze de hele hand, was haar vaak genoeg voorgehouden. Je moest ze niet aan je laten zitten, want dan werden ze gek en soms gewelddadig, en dan had je het aan jezelf te wijten als ze je met jong schopten. Dat een meisje zich binnen het huwelijk aan haar man moest overgeven, was al erg genoeg. 'Het is de plicht van een vrouw, maar leuk is het vanzelf niet,' zei haar moeder onder het aardappelen schillen tijdens de summiere seksuele voorlichting die meer opmerkingsgewijs werd geplaatst dan als serieus onderwerp van gesprek diende. Schietgebedjes moesten je als vrouw door de beproeving heen helpen. Maar een beproeving leek het haar niet te zijn als hij zijn arm om haar middel legde en ze een prikkeling door haar buik voelde gaan. Toen hij voor het eerst haar linkerborst aanraakte – zij schrok even heftig – benam de prikkeling haar de adem en besefte ze dat het gevaar helemaal niet van de mannen kwam, maar in haarzelf school, in de slapte in haar knieën, in dat aangename innerlijke vallen, die warmte, en moest de stem van haar geweten met het timbre van meneer pastoor luid in haar oor toeteren om zich verstaanbaar te maken. Ze viel voor het avontuur en voor de charme en de schoonheid van de zuiderling. Ook een beetje medelijden was het, net dat vleugje dat overgave tot een menslievend werk maakte. Hij had verteld waar hij vandaan kwam en hoe arm het daar was en hoe weinig werk en dat hij hier bij Unox geld kwam verdienen voor zijn oude moedertje, spaarde om terug te gaan en in zijn geboortedorp een eigen zaak te beginnen, een café, nog liever een slagerij met eigen beesten voor de slacht om zelf worst te maken, lekkere knoflookworst, maar er was al een slager in zijn dorp en er konden er niet twee zijn, enfin, hij ontvouwde half in het Italiaans, half in het Nederlands verschillende toekomstvisies aan Nelly, waarin ook aan haar een rol werd toebedeeld omdat hij zoveel van haar hield en haar niet meer kon missen, en ze zag een zonovergoten landschap met olijfbomen en wijnstokken en vroeg zich af of ze daar ook kapsters konden gebruiken, zodat ze dan haar eigen salon misschien... of aan huis... of hem zou helpen in de zaak, mouwen opstropen en aan de slag, ze moest Italiaans leren, en spaghetti koken, holderdebolder ging haar fantasie en ook al was er een realistische stem die haar zei dat Italianen leugenaars waren en hun vrouwen weinig vrijheid toestonden en zij dus daar in de Abruzzen of hoe die streek ook maar mocht heten hartstikke eenzaam zou zijn en geen vriendinnen zou hebben, want de vrouwen in zijn familie zouden haar, blonde Brabantse, met achterdocht behandelen, en o god, hoe moest dat dan als ze niemand had en geen klant te kappen kreeg? Ze worstelde met haar hoop en haar nuchterheid, werd heen en weer geslingerd tussen de machtige beweging van de liefde en angst voor bedrog. Daar kon ze met hem niet over praten, want steeds wanneer ze een praktische vraag stelde kreeg ze nul op het rekest. Alles zou goed komen. *Ti amo.* En hij lachte en tilde haar op en draaide haar rond en zong een smachtend lied. *Ma doce, doce, doce.* Ze liet zich over de streep trekken. Op belofte van eeuwige trouw mocht hij een vleselijk voorschot nemen. Dat de moeders daar zo moeilijk over deden verbaasde haar: het was zo gebeurd, al bleef ze telkens achter met een onvoldaan gevoel. Hij gebruikte haar opwinding om zich snel toegang te verschaffen tot haar schoot, waarna zijn ontlading met twee drie stoten bekeken was en zij het gevoel had dat het nog moest beginnen. Zo ging het kennelijk. Dit was het. Veel langer dan een schietgebedje duurde het ook niet. Je kon de man gerust ter wille zijn. En ze liet haar Italiaan in haar blonde jonge lichaam toe zo vaak hij wilde. En ze begon te fantaseren hoe ze hem aan haar ouders zou voorstellen. Op dat punt was ze nu aangekomen, want ze was niet ongesteld geworden, en een zwangerschap moest leiden tot een huwelijk, en dat moesten haar ouders weten. Of tot abortus, maar dat durfde ze niet en ze wist niet waar of door wie. Of tot het afstaan van het kind aan de nonnen. Dat leek haar niks. Ze wilde dit kind en ze wilde haar Italiaan en ze konden allemaal op hun kop gaan staan, maar ze zou hem hebben.

De opmerking van de klant zette haar aan het denken. Ze had actie uitgesteld, almaar hopend dat de menstruatie alsnog zou komen, maar straks zou het zichtbaar zijn voor iedereen. Ze moest het eerst aan hem vertellen. Je wordt vader. Papa. Ben je blij? Italianen waren toch dol op kinderen?

Nelly Kaspers wachtte hem aan het eind van zijn dienst op. Ze kende de route die hij naar zijn pension nam en stelde zich verdekt op, opdat geen van zijn collega's haar zou zien; hij wilde niet dat er over haar werd geroddeld. Verrast begroette hij haar. Ze liepen samen op. Een blokje om, zei ze.

'Ik moet je iets vertellen.'

Hij keek haar bezorgd aan, op zijn hoede, strak.

'Ik ben zwanger.' Ze zei het maar meteen. 'Van jou. *Ti amo.*'

Angstig las ze op zijn gezicht zijn reactie, maar ze zag niets, zeker geen blijdschap.

'En nu?' vroeg hij.

'Zeg het maar,' zei ze.

Hij bleef stil.

'Ben je niet blij?' vroeg ze, al was dat een rare vraag want zij was zelf helemaal niet blij.

'Ies moeilijk,' zei hij.

Ja, dat vond zij ook.

'Ies van maai?'

'Wat dacht je dan? Dat ik een ander heb?'

'Weetniet, weetjaai.'

Er ging een deurtje in haar dicht. Zo vertrouwde hij haar dus. Ze begon te huilen. Dat ging de laatste tijd wel erg makkelijk. Om de haverklap gingen de sluizen open. Hij sloeg zijn arm om haar heen. Stil maar, hij geloofde haar wel. Ze zouden een oplossing bedenken. Alles kwam goed. Geen zorgen maken. Zie ik je zondag? Ja, zondag. Dan had hij wel wat bedacht.

Inderdaad had hij zondag een oplossing bedacht: hij kwam niet opdagen. Ze zocht hem in de cafés waar hij met collega's kwam, ze ging naar het pension, maar ze vond hem niet. Ze vroeg de volgende dag zelfs belet op de fabriek om te vragen of ze hem kon spreken. Daar hoorde ze dat hij ontslag had genomen en was vertrokken. Niemand kon haar vertellen waar hij heen was gegaan, ook niet zijn naaste collega's. Zijn chef, een Nederlander, hielp haar uit de droom: Je bent bedrogen, meidje. Hij heeft een vrouw en twee kinderen thuis in Italië. Maar ze hield van hem.

Nelly Kaspers kreeg haar zoon. Ze noemde hem naar zijn vader: Guido. Dat sprak ze uit als Giedo, met een zachte g. Pas later onder invloed van het purisme der Damaves zou hij Kwido worden. Ze bleef werken in de kapsalon, knippen, wassen en watergolven, permanenten, föhnen, opkammen, verven, en spoelen. De hele dag op de been. De kleine jongen nam ze vaak mee. Die zat zoet te spelen in een hoekje, een mooi kind met zwart haar en azuren ogen, de lieveling van de clientèle, een bijzonder kind, zeiden ze allemaal, een engel, een elf, een prins.

# 3

Guido Kaspers groeide op tussen vrouwen. Nelly's vader overleed kort na de geboorte van zijn kleinzoon. Uit schaamte, naar men zei. Thuis had Guido derhalve te maken met zijn moeder en zijn grootmoeder, in de dameskapsalon kwamen uit de aard der zaak alleen dames, en op school trof hij van klas tot klas bij toeval uitsluitend onderwijzeressen. Toen hij in de zesde klas eindelijk bij meneer Kwant in de bankjes schoof was het kwaad al geschied en had hij het de eerste elf jaar van zijn leven zonder mannelijk rolmodel moeten stellen, maar daar maakte niemand zich druk over. Misschien kwam het inderdaad door al die vrouwen dat hij weinig aansluiting vond bij vriendjes in de klas, onbekend als hij was met de termen van jongensachtig gedrag en niet in staat of bereid zich snel aan te passen. Omgekeerd wierven de jongens niet om zijn gunsten, omdat hij meestal het lievelingetje was van de juf. Hij ging van hand tot hand van juf tot juf van klas tot klas. Hij kende geen andere staat van zijn dan bewonderd en beschermd door vrouwen. Die stonden om hem heen als een stolp over een heilige. Een mietje of een watje was hij nu ook weer niet, en evenmin trachtte hij een wit voetje te halen. Dat was het hem juist: hij bezat een zekere afstandelijkheid, een in zichzelf gekeerdheid die volwassen aandeed maar niet vroegwijs was op de manier van onuitstaanbare, hoogbegaafde wonderkinderen. Hij was in het geheel niet hoogbegaafd, al was hij niet dom. Zijn prestaties waren gemiddeld, tot lichte teleurstelling van de juffen, die hun favoriet graag extra plaatjes of andere onderscheidingstekenen hadden willen toestoppen en hem ten voorbeeld stellen, maar hij gaf hun geen enkel argument om hun voorkeur mee te onderbouwen behalve zijn betrekkelijke onaangedaanheid die op gehoorzaamheid kon lijken en zijn alleszins normale ijver. Hij hoorde bij niemand.

Ging er onder dat stille water dat Guido was een diepe grond schuil? Nelly dacht er niet over na. Ze was blij met het gezeglijke kind, dat haar leven niet moeilijker maakte dan het al was. Ze pronkte met hem en kon hem niets weigeren. Hij was een soort pop. Soms werd hij op school geplaagd door jochies met snotneuzen, kapotte knieën en rauwe stemmen, maar de plagerij leek van hem af te glijden. Daardoor was hij geen geliefd mikpunt. Wat ging er in dat kind om? In stilte was hij uit de magische cocon van de kleutertijd gekropen en verpopt tot een nat, rillend ego, kleine sprinkhaan met onhandige ledematen, huiverend, alleen. Hij zag hoe andere jongetjes hun krachten beproefden, allianties smeedden, erop sloegen, zich groot bluften, hun eerste nederlaag leden en weer opveerden, en hij voelde zijn angst als een grote hand rond zijn kleine, bonzende hart, stond dapper pal, tornde tegen de wind op, woei om, kroop weg, is dit de wereld?, hou van mij. Hij was vondeling, vreemdeling. Een en al intuïtie, een en al oog, een en al huid. Hij vond naast de jochies in het strijdperk op het schoolplein een kleine vijand binnen in zichzelf, een boos tweelingbroertje dat hem voortdurend uitlachte: denk maar niet dat je iets bent.

Op de middelbare school kwamen er meer mannen in zijn leven. Zelf begon hij ook aan de metamorfose van jongen tot man. Zoals hij bevreemd en verontrust naar zijn eigen veranderende spiegelbeeld keek, zo keek hij naar de nieuwe vriend van zijn moeder, die na de dood van zijn oma opeens uit het niets was opgedoken en bij hen was ingetrokken. Ze hadden toestemming aan hem gevraagd, Nelly een beetje lacherig maar toch serieus, haar vriend Toon alsof hij werd gedwongen zijn aartsvijand de hand te reiken. Natuurlijk vond hij het goed: alles wat zijn moeder gelukkig maakte was goed en het was immers haar huis. Erg gelukkig werd Guido niet van de nieuwe gast, en zijn moeder evenmin, meende hij. Ze werd onderdaniger en magerder. Toon bracht een ruwheid in huis die hij niet kende en de geur van mannenzweet. 'Kunnen jullie fijn samen naar voetbal,' had Nelly nog bij de kennismaking gezegd. Ze deden obligaat een poging vader en zoon te worden, maar er lag een kloof tussen hen in zo breed als de Maas, en ze besloten stilzwijgend elkaar zo veel mogelijk te negeren. Guido verbood zichzelf de gedachten aan het grote tweepersoonsbed dat achter Toon aan naar binnen was gedragen, waarin het stel de liefde bedreef en een kind concipieerde dat als miskraam de wc-pot in ging, en nog een kind, dat lukte, een jongetje, dat naar zijn vader aardde en de boel bij elkaar schreeuwde. Het was een invasie. Guido was alles kwijt. Zijn plaats in het huis, zijn moeder, zijn oma, zichzelf.

Hij zwierf door het dorp, hing rond in cafetaria's, deed wat vage kennissen op, jongens die even zwijgzaam waren als hij, aan brommers sleutelden en veel langer haar hadden (Nelly had niets op met de mode die kappers brodeloos maakte en stond erop zijn haar in model te houden). Hij rookte zijn eerste sigaret en al snel daarna zijn eerste stickie. Hij dronk zijn eerste biertje. Het leek erop of hij een gewone jongen werd, niet te onderscheiden van zijn leeftijdgenoten.

Kennissen vertelden Nelly dat ze Guido in het dorp hadden gezien en bijna niet herkend, en vroegen of ze hem nog wel de baas kon en hoe of Guido met Toon opschoot. Nelly deed luchtig over puberteit: 'trok wel bij', hij deed immers zijn best op school. Maar ze was niet zeker van haar zaak. Ze was opeens bang dat er altijd iets had geschort aan de band met haar zoon, dat er iets had ontbroken. Vertrouwelijkheid of zo. Ze had zich misschien niet op de juiste wijze met hem beziggehouden, te weinig met hem gepraat, te weinig met hem gedaan, maar hij had daar ook nooit om gevraagd. Ze was zo jong geweest toen ze moeder werd, zelf nog een kind en niet af. Nu ze door haar relatie met Toon volwassen was geworden, dat wil zeggen bewust van verdriet en schuld en verlangen, deed het haar pijn dat ze Guido's jeugd niet over kon doen, er niet over kon beginnen met hem, want hoe moest je zoiets bespreken met zo'n grote, sombere jongen, die toch bij haar hoorde en die haar aan zijn vader deed denken voor wie ze ondanks haar bitterheid altijd nog iets voelde, omdat de eerste liefde nooit helemaal overgaat. Aan Toon had ze niets. Die vond zijn stiefzoon een gluiperd. Kreeg liever een brutale bek, dan kon hij tenminste terugschelden. En zo glipte Guido weg.

Op school hadden baardige, langharige jonge leraren met marxistische sympathieën de overhand gekregen op de oude katholieke kliek en ze stookten de leerlingen op tijdens discussies in en buiten de klas. Ze wierven jongens en meisjes voor folderen en actievoeren, staken de loftrompet over het proletariaat, en propageerden werk in de fabrieken boven een opleiding voor een carrière in de verrotte machtsstructuren. De wereld stak eigenlijk heel eenvoudig in elkaar. Voor wie het horen wilde en ook voor wie het niet horen wilde, legden ze het een-en andermaal uit. Wie een tegenvraag stelde was corrupt en besmet, werd verstoten en geminacht. Guido liet zich een eindje meevoeren op het harde pad van het heilige ideaal. Het gaf steun en zekerheid aan de vormelozen en het stelde de verstokten in staat hun sadistisch universum te legitimeren met mededogen voor de onderdrukte. Geweld werd met de mond veroordeeld, maar in de praktijk niet uitgesloten. Desnoods zou ook in Oss *of all places* een stadsguerrilla worden ontketend. Guido was zestien en voelde zich voor het eerst opgenomen in een zinvol geheel. Ze lieten hem spandoeken maken, de vuist omhoogsteken, protestdemonstraties vullen, een ruit ingooien, en lieten hem in de steek toen hij door de politie werd opgepakt en een nacht werd ingesloten. Daarna verzette hij zich tegen het 'soosiejalisme', dat de ruwe gebruiken van de onderklasse tot de maatstaf van de nieuwe beschaving verhief. Geen idee hadden ze, die jongens van goede komaf.

Na zijn eindexamen havo besloot Guido Oss te verlaten en er nooit meer terug te keren. Hij ging aan de Frederik Muller Academie studeren, omdat hij naar Amsterdam wilde en omdat werk in boekhandel of bibliotheek hem aangenaam en weinig veeleisend leek. Hij hield ook wel van lezen. Nelly vond hem te jong om op kamers te gaan (waarom ga je niet in Nijmegen of in Den Bosch studeren?), maar Toon steunde uit puur eigenbelang zijn keuze. Hoewel Guido de zelfstandigheid en de eenzaamheid waardeerde, miste hij het vertrouwde kader van het uit de krachten gegroeide dorp Oss. Nu was er helemaal niets meer dat zijn identiteit vormgaf, al was het in negatieve zin, behalve zijn zachte g, die iedereen belachelijk vond.

Het werden vier duistere, armoedige jaren vol inwisselbare Dolly Dots en Blondies en Nina Hagens. Hij was aantrekkelijk voor vrouwen, hoefde geen moeite voor hen te doen, en was dus nooit hopeloos verliefd geweest. De vriendinnen bevredigden zijn fysieke behoeften. Guido evolueerde naar duistere disco's en cocaïne, en het kwam voor dat hij zich – in geldnood – voor liefde liet betalen door oudere mannen. Zijn gevoel van eigenwaarde kwam overeen met de prijs die ze boden. Aids stond nog in de kinderschoenen, had in dat beginstadium iets mooi gedoemds. Alles voor een kick. Amsterdam zag eruit als een verwaarloosd gebit. In vier jaar maakte hij zijn studie af, alsof een metronoom in hem zijn handelingen dicteerde. Hij was een fraai stuk drijfhout.

Zijn stageplaats bij de universiteitsbibliotheek wist hij om te zetten in een vaste baan, en daar zat Guido Kaspers, nu eens bij de uitleenbalie, dan weer bij de informatiedesk, soms in het depot. Hij beschreef cataloguskaartjes, zette teruggebrachte boeken op de juiste plaats, assisteerde bij het zoeken naar tijdschriftartikelen. De computer was nog een onbekend fenomeen, al werd er hier en daar mee geëxperimenteerd. Hij kwam in contact met hoogleraren en studenten en voelde zich de mindere. Hij leidde twee levens, die hem geen van beide vervulden. Het leven op de bibliotheek was een leven in de marge van de wetenschap, hij zag het beloofde land maar mocht het niet betreden; toeleverancier was hij, facilitator, butler van kennis, schoenpoetser van eruditie. De inhoud ging door zijn handen, werd met evident gemak geconsumeerd door oude heren en jonge mannen en vrouwen, maar hij durfde zich geen gebied toe te eigenen en als gretige autodidact rond te struinen in psychologie of literatuurwetenschap of filosofie. Hij stond erbuiten en zo hoorde het. Maar het schrijnde. Zijn leven in de cafés en disco's, in een circuit van artistieke pretenties vol onbegrepen dichters, singer-songwriters, leeghoofdige acteurs en miskende genieën, werd gestut door zijn interessante zwijgen in schoonheid. Men had hem nodig als klankbord, als publiek, als behang. Hij maakte hen tot kunstenaar. Wie hij zelf was wist hij niet.

Toen hij Nora Damave meevroeg naar de bioscoop reageerde ze verrast. O? Ja, eh, goed. Wanneer? Eh, ja goed. Hij had het zweet in zijn handen, het gevoel een grens te overschrijden, binnen te dringen in een verboden gebied, ook al kende de vrijheid en ongebondenheid van het Amsterdamse leven geen hiërarchie.

Nora was een verrassend goede kameraad, zonder achterbaksheid of vrouwelijk pruilen. Hij was voor het eerst van zijn leven echt verliefd, op haar blauwe ogen, die feestelijk een tikje schuin stonden, op haar springerige honingkleurige haar dat ze halflang droeg en dat haar vrolijke gezicht omvatte als een barokke schilderijlijst, op haar beweeglijke mond, waar hij soms zo lang naar keek dat al het andere eromheen vervaagde, op haar stevige lichaam, haar lange benen, haar lelijke voeten. Ze was rechtdoorzee en onafhankelijk. Guido kreeg de indruk dat ze niets verborgen hield. Ze deed zichzelf open als een boek en liet hem rustig lezen wat in haar geschreven stond. Ze verkeerde in de onuitgesproken veronderstelling dat Guido daarin haar gelijke zou zijn. Maar hij kon haar niet met gelijke munt terugbetalen. En hij moest er niet aan denken haar mee te nemen naar Oss, naar de kapsalon, naar Nelly en Toon.

Nora was, ook al deed ze niet veel aan sport, het prototype van een schaatsheldin: geconcentreerd, zuiver, gretig, open en hartelijk. Daarbij was ze ook nog eens slim en deelde ze haar kennis aan hem mee zonder enige inbeelding of superioriteit. Haar warmte liep in hem over. Hij koesterde zich in haar aanwezigheid, hij keek naar haar uit. Ze was zijn prinses, zijn godin. Ze maakte elk gesprek interessant of grappig. De vrolijke intensiteit van haar lach tilde hem op uit het moeras van middelmatigheid en nauwelijks bedwongen angst. Hij aanbad haar en wekte haar zinnen. De seks was voortreffelijk. Dat was zijn geschenk aan haar, zijn eredienst. Zij bracht hem in aanraking met het werk van de Meester.

Een van de eerste gesprekken in de schoot der Damaves waaraan hij mocht deelnemen ging juist over het werk van Fischer. Alle details ervan stonden met fijne, scherpe pen in zijn herinnering geciseleerd.

'Neem gerust een boek mee,' had Nora gezegd. 'We gaan echt niet de hele dag converseren. Mijn ouders willen juist graag dat iedereen zijn eigen gang gaat. En wie wil lezen wordt sowieso met rust gelaten. Lezen is het hoogste bij ons. Dan komt pas praten.' Ze lachte.

Ze waren op weg naar het familie-eiland en in de auto (ze had de oude 2cv van haar ouders gekregen) bracht Nora Guido op de hoogte van de – informele – gedragsregels. Hij vond het best. Hij vond alles best. Hij volgde Nora bij alles wat ze voorstelde, alles wat ze bedacht. Zijn alternatieven leken nooit zo leuk als haar plannen, hoewel het voornamelijk aan de presentatie lag: haar gretigheid en enthousiasme wonnen het makkelijk van zijn vragenderwijs gebrachte ideeën. 'Wandelen in de Slufter op Texel?' was minder aantrekkelijk dan 'Het waait zo heerlijk, we gaan wedstrijdje zeilen op de plas!'. Ze gingen dus vaak naar de plas, want het was altijd goed weer voor iets. En tot zijn eigen niet geringe verbazing bleek hij talent te hebben voor zeilen, maar dat leidde bij hem niet tot fanatisme.

Deze zondag verzamelde de hele familie zich ter gelegenheid van Jan Damaves verjaardag op het eiland: de ouders en Nora's drie broers met hun vriendin dan wel echtgenote en de pasgeboren tweeling van de oudste broer. Een zo grote groep zou de aandacht van hem afleiden, dacht Guido, hij zou een beetje in de massa op kunnen gaan. Een geruststelling. Hij had de ABCD-boeken van E. Fischer meegenomen, waarin hij op Nora's aanraden was begonnen. Hij moest wennen aan de toon, maar ze bevielen hem wel; er zat iets radicaals in, iets onverzoenlijks, en ook een schaamteloze lyriek die in hem het verlangen wakker riep naar een bevrijding uit een plotseling gevoelde gevangenschap, een openzetten van de sluizen in een innerlijk reservoir, alsof hij zich bewust werd van ongebruikte mogelijkheden, verborgen talenten, iets groots. Hij had ze nog niet uit. Hij wist nog niet waar ze zouden eindigen.

Er stonden twee ronde tafels in het gras, bedekt met wapperende Provençaalse tafelkleden die met klemmen op hun plaats werden gehouden in de zoele lentewind. Eromheen stoelen in alle soorten en maten. Op de tafels bladen met thermoskannen koffie, mokken en appeltaart. Herma Damave straalde: alle kuikens bij elkaar, een unisono schreeuwende tweeling in een dubbele kinderwagen onder een schaduwrijke eik. Een hangmat tussen twee bloeiende meidoorns. Het water rimpelde en schitterde. De boten lagen klaar, de BM, de Laser, een kano.

Jan Damave, de jarige kamergeleerde, zag er in zijn zomerse uitmonstering, kaki broek en kortmouwig hemd met hawaïprint, uit als een noorderling op carnaval, verdwaald in zijn eigen gezin. Nu was dat een tamelijk imponerend clubje. De jongens stonden aan het begin van hun carrière en lagen met elkaar in een genadeloze competitie, die ook fysiek tot uitdrukking kwam: hard praten, breed zitten, apenrotsje spelen. De vrouwen waren in een schaduwgevecht gewikkeld, tastend en loerend, kleine prikjes uitdelend, elkaars haar of kleding zogenaamd bewonderend, de heldendaden van hun mannen terloops vermeldend met kleine superieure lachjes, de eigen studies en plannen voor de toekomst gedecideerd meedelend. Herma almaar in de weer met eten en drinken en aaitjes hier en kusjes daar.

Nora hield zich afzijdig van de schoonzussen. Met een mok koffie in haar hand ging ze naast haar vader zitten, Guido weer naast haar. Hij legde zijn boek voor zich op tafel. Veel rust had Nora niet. Ze luisterde een tijdje naar het gesprek van de broers, richtte af en toe zwijgend en licht misprijzend haar aandacht op de vrouwen, en zei vervolgens tegen Guido dat ze de BM alvast ging optuigen zodat ze straks na de koffie de plas op konden gaan. Guido viel tot zijn genoegen niet erg op omdat de broers meer met elkaar dan met vreemde apen bezig waren. Jan Damave strekte zijn bleke, dunne arm uit naar het Fischerboek en bladerde erin.

'Hm, Fischer,' zei hij. 'Wat vind je ervan?'

'Ik heb ze nog niet uit.'

'Wat vind je er tot nu toe van?'

'Interessant.'

Het was een mooi neutraal antwoord, dat Jan Damave niet accepteerde. 'In welk opzicht interessant? Inhoudelijk, stilistisch, vormtechnisch?'

Guido had de neiging 'alle drie' te zeggen, maar besefte dat een dergelijk zwaktebod hem zou declasseren. 'Inhoudelijk vooral.' Hij anticipeerde op de volgende vraag ('in welk opzicht inhoudelijk?') door te zeggen dat het ontbreken van zowel een academische betoogtrant als van een vertrouwde narratieve structuur (hij gebruikte toen andere woorden, waarvoor hij zich schaamde terwijl hij ze uitsprak) de lezer voortdurend op het verkeerde been zet, zodat hij gedwongen wordt mee te denken en in discussie te gaan. Jaja, knikte Jan Damave. Hij had het kennelijk goed gezegd.

'Het zijn merkwaardige boeken,' zei Jan. 'Ik ben er nog niet uit of ik ze goed vind. Ze hebben korte tijd veel stof doen opwaaien. Er zijn twee redenen voor succes: ofwel een boek past precies in de tijdgeest ofwel het gaat er radicaal tegen in. In beide gevallen omhelst de tijdgeest het werk, want de tijdgeest wil zowel bevestigd als bekritiseerd worden, als hij maar in het centrum van de belangstelling staat. Pas als die specifieke tijdgeest is overgewaaid valt vast te stellen of het werk houdbaar is, of het afgezien van de tijdelijke aantrekkingskracht nog meer heeft, een eigen onmiskenbare, duurzamer kwaliteit.'

Guido kon daar niets aan toevoegen. Hij kon vleien en zeggen: dat ben ik nou helemaal met u eens, enzovoort, en dan uit de wereldliteratuur een saillant voorbeeld plukken, maar dat gedrag was bij hem geen tweede natuur, hij kwam altijd te laat op de gedachte. Hij zweeg ongemakkelijk. Herma bood hem nog een stuk taart aan.

'Waar hebben jullie het over?' vroeg ze gezellig.

'Over het boek dat Guido aan het lezen is.'

'Ken ik dat ook?'

'Jij vond het gruwelijk.' Jan hield het bandje met de vier Fischerboeken omhoog.

'O ja, dat boek,' zei Herma en ging weer verder met haar mantelzorg door naar de tweeling onder de eik te lopen en te controleren of ze sliepen.

'Heb je deel twee al gelezen? Boek B?' vroeg Jan en hij ging verder zonder het antwoord af te wachten: 'Daarin gebruikt Fischer de mythe van Attis en Cybele. Dat is toevallig mijn terrein. Op zichzelf een boeiende hervertelling, maar op sommige punten rechtstreeks van Catullus overgeschreven. Ken je dat gedicht?'

Jan Damave wierp even een borende blik op Guido, er zonder meer van uitgaand dat bekendheid met Catullus niet tot diens verworvenheden zou behoren, en nam zijn docentenhouding aan. Guido voelde zich terechtgewezen, alsof hij het plagiaat had moeten ontdekken, alsof hij het beroemde drieënzestigste gedicht van Catullus, een van zijn weinige lange gedichten, een bijzonder gedicht bovendien qua ritme en inhoud, uit het hoofd had moeten kunnen opzeggen. Jan Damave had het vanzelfsprekend wel paraat.

'Wat een gedicht! Het is meteen raak in de eerste regels.' Hij begon enthousiast te declameren. '"Met zijn snelle schip over de zeeën varend heeft Attis, toen hij smachtend in een gejaagde draf het Frygische woud had bereikt en het beschaduwd door bossen omgorde domein der godin betrad, daar in een wilde extase, zinsbegoocheld, zich de ballast van het geslacht met een scherpe steen afgehakt." Ha! Hoor je wel, het is gebeurd voor je het weet. Geen aanloop, geen aarzeling, geen opvoeren van de spanning, nuchter en snel, al wordt wel met een paar woorden een hele voorgeschiedenis gesuggereerd. Maar nergens in het gedicht, ook niet als Attis zich later zijn jeugd herinnert, wordt gerefereerd aan de oorzaak of reden van zijn hysterische overgave aan Cybele. Als hij de volgende ochtend nuchter wakker wordt schrikt hij zich lam van zijn eigen daad, en het grappige is dat in het Latijn Attis dan als vrouwelijk wordt beschouwd, al is hij technisch gesproken onzijdig, en dan krijg je dit: "Zodra Attis, ontwaakt uit haar milde slaap, van tomeloze extase bevrijd, zich te binnen bracht wat zij aangericht had en met nu heldere geest zag wat zij miste en waar ze was, snelde zij naar het water terug, in een wild oproer haar hart. Daar, met een blik op de weidsheid der zee, sprak ze, de ogen vol tranen, verslagen, met verstikte stem zo haar vaderland toe: 'O vaderland dat mij voortbracht, o vaderland dat mij voedde, dat ik tot m'n ongeluk verliet – zoals slaven doen die vluchten voor hun heer: naar de wouden der Ida begaf ik mij, om in de sneeuw en de ijzige wereld der dieren te zijn en, in mijn bezetenheid, hun duistere holen te betreden – waar ter wereld moet ik jou, vaderland, weten?'" Daarin valt op dat hij zegt te zijn gevlucht zoals een slaaf zijn heer ontvlucht om overzee een wreder heerseres te vinden. Dat is een raadselachtige zin. Waarvoor is hij gevlucht? Is hij wel gevlucht? Is hij niet juist smachtend aangetrokken door de godin in de Frygische wouden? Is hij voor haar gevlucht, of zoekt hij haar juist op? Of is het allebei? Dat suggereert ondanks zijn verheerlijking van zijn vroegere leven toch een zekere problematiek. Fischer pakt dat punt op. Hij vertelt een mogelijke voorgeschiedenis, voor zover ik me herinner, en dat alles zo intens alsof hij het zelf aan den lijve heeft ondervonden. Alsof hij zelf uit een bedreigend vaderland is gevlucht en alleen maar in een verschrikkelijker nachtmerrie terecht is gekomen. Je zult het zelf wel lezen.'

Nora kwam terug. De boot lag vaarklaar.

'Geef je weer college?' vroeg ze en aaide haar vader over zijn grijzende haar. 'Waarover nu weer?'

'Het Attisgedicht van Catullus,' zei Guido. 'In relatie tot boek B van Fischer.'

Nora knikte. 'Die Fischer,' zei ze, 'dat die zomaar is verdwenen. Volgens mij zit daar een duistere geschiedenis achter. Als iemand die toch eens kon achterhalen.'

'Dat zou de boeken niet beter of slechter maken,' zei Jan.

'Nee, maar het zou wel een sensatie zijn.'

Die zinnetjes van Nora waren ingekapseld in zijn hoofd, zuinig bewaard, soms een beetje vergeten, maar vaak genoeg teruggeroepen om de hele scène op het eiland een bijna symbolische lading te geven. Vastomlijnd en scherp gesneden Jan en Herma en Nora, de wind, het water, de broers en hun vrouwen en zelfs de tweeling, en hij, Guido, vanaf een zijlijn slinks binnendringend, smekeling. Zie mij. Ik ben er. Ik ben iemand. Ik ben Guido.

# 4

De morgen na de avond van de onthulling over de Vissende Engel was het weer opgeklaard. Guido maakte voor het ontbijt een korte wandeling en groette dankbaar het landschap alsof het hem eindelijk omhelsde en welkom heette. Dauwdruppels schitterden in de vroege ochtendzon en vroegen aandacht voor elk sprietje gras, elk bloemblaadje. Op de heuvels rondom stonden – misplaatst in het pastellige lentelicht – hier en daar de uitroeptekens van strakke zwarte cipressen. Nu hij voor het eerst een concrete aanwijzing had voor de identiteit van Fischer en zijn speurtocht gericht kon voortzetten, nee eerder: eindelijk beginnen, verbaasde het hem dat hij zich niet door de evidente vergeefsheid van de onderneming had laten overweldigen. Hij stond als op een bergtop vol verbijstering te kijken naar de duistere afgrond waaruit hij omhoog was geklommen. Hij was niet goed bij zijn hoofd geweest, al die weken. Enerzijds was hij in staat kalm auto te rijden, de kaart te lezen, de weg te vinden, een kamer te huren, een gesprek te voeren, op een luwe plek in de zon te zitten met een espresso of een glas wijn, aan de oppervlakte oppervlakkige dingen van de dag te doen, anderzijds wroette de boze tweelingbroer voortdurend in het sediment van zijn wezen onrust en troebelheid naar boven.

Hij rook het spoor van de Meester in de houtvuren, in de kruidige hellingen, in de warmte van de eeuwenoude stenen.

Hij hoorde het als een kosmische ruis in de zoele wind rond de heuvels. Hij voelde het als een hartenklop op de piazza's. De woorden uit de alfabetboeken spookten rond in zijn brein. De Meester wilde gevonden worden door hem, begrepen worden door hem, vertegenwoordigd worden door hem, geïnterpreteerd worden door hem, verteerd worden door hem, voortgezet worden in hem. De Meester wachtte op hem, had hem nodig zoals hij de Meester nodig had. Hij maakte een plan. Hij dacht niet aan thuis.

De oude mevrouw Gabrieli veegde de haard uit. Deeltjes stof en as wervelden rond in een bundel zonlicht. Het rook naar koffie en vers brood en zure wijn. De tafel was gedekt voor het ontbijt. Hij was de eerste. Ze vroeg of hij goed had geslapen. 'Heerlijk,' antwoordde hij met zoveel gusto dat ze verwonderd opkeek. Buiten sloeg een hond aan.

'Koffie?' vroeg ze.

'Graag!' Hij legde een stapeltje papieren naast zijn bord: een kaart van Umbrië, een reisgids, een beduimeld boek, een plastic hoes met fotokopieën.

'Eén koffie!' riep ze naar de keuken, waar de jongere mevrouw Gabrieli pannen schuurde, kalm en aandachtig zoals ze deeg kneedde. Die armen waren zelfstandige wezens. Even bekroop Guido een gevoel van teleurstelling: ook al voelde de vreugde om de ontdekking even prikkelend en schuimend als de avond tevoren, hij miste de last van het schrijnend tekort. De feiten lagen als stukken droog brood op zijn bord. Het waren duistere, tastende weken geweest, nu werden andere eisen aan hem gesteld. Zijn systeem was daar nog niet helemaal aan toe. Hij knipperde met de ogen tegen het felle licht.

'Signora Gabrieli, mag ik u iets laten zien?'

Ze legde de veger neer, haalde haar handen langs haar schort en kwam naar hem toe. Hij presenteerde haar een fotokopie van het interview dat Paul Erkelens had gemaakt met E. Fischer.

Een foto was erbij afgedrukt. Door het kopiëren waren de grijstinten weggevallen, Fischers gezicht leek opgebouwd uit zwarte en witte vlakken. Ze keek.

'Wie is het?'

'Herkent u hem?'

'Moet ik hem kennen?' Ze ging erbij zitten, hield de foto op armlengte, daarna weer dichtbij. 'Wat staat eronder?'

'Eronder staat dat dit E. Fischer is.'

'Die ken ik niet.'

'E. Fischer. Engel Fischer. L'Angelo Pescatore. Meester Burrone.'

Geschrokken keek ze Guido aan, schoof de kopie een eind van zich af. 'Nee,' zei ze, 'nee, dat kan niet.'

'Lijkt hij niet op hem?'

'Deze is oud.'

'Op deze foto zal hij rond de zestig zijn.'

'Waarom staat hij in de krant?'

Guido legde uit dat dit het enige interview en de enige bekende foto van Fischer was, en dat dit de vier boeken waren die hij had geschreven, verzameld in één band. Hij pakte het oeuvre in zijn bijna uiteenvallende staat op en legde het voor signora Gabrieli's neus. 'De alfabetboeken,' zei hij trots, 'vier meesterlijke romans of hoe je ze wilt noemen, het geschenk van meester Burrone, *l'angelo pescatore*, aan de wereld. Geschreven in het Engels, maar ook vertaald in het Italiaans.'

'Daar weet ik niets van. Ik lees nooit.' Ze keek naar het boek of het pornografie bevatte. Alle lezen en schrijven was voor haar ijdelheid en hoogmoed. Haar verachting was gecamoufleerd ontzag.

'De boeken spelen voor een groot deel hier in Umbrië, al staat dat nergens vermeld.'

'Waar gaan ze over?'

'Over onze reis door de duisternis naar het licht.'

'En wat moet u daarmee?' Ze trok de fotokopie weer naar zich toe en kneep haar ogen tot spleetjes.

Guido vertelde haar van zijn missie: de Meester vinden, zijn graf, zijn leven.

'Laat de doden rusten,' zei ze.

'Herkent u hem niet?'

'Ik weet het niet.'

Zo mededeelzaam als ze de avond tevoren was geweest, zo stug en gesloten was ze nu. Dat juist sterkte Guido in zijn overtuiging dat hij raak had geschoten. Er was geen aarzeling meer. Geen weg terug. Signora Gabrieli haalde zijn koffie en zijn verse brood uit de keuken en ging toen zonder een woord te zeggen naar buiten. De tochtdeur zwiepte en piepte open en dicht. Hij zag hoe ze Bruno van zich afduwde, door de moestuin naar de schuur liep en om een hoek verdween. De eerste getuige. Zijn hart was te groot voor zijn lijf.

# 5

Op vleugels ging hij, haastig als een bezielde boeteling in het spoor van de heilige, zoals de volgelingen van Franciscus hier gingen, met lichte tred, dansend welhaast, een innerlijk vuur zichtbaar brandend in felle ogen. Zo tastend als hij tijdens zijn eerste weken het dal van de Tiber afzakte, meanderend van heuveltop naar heuveltop, van dorp naar dorp, almaar de rivier overstekend, zo strak en helder werden de volgende dagen in Todi. Guido voelde zijn spieren zich spannen, ze kregen een doelgerichte hardheid, zijn hoofd leek kleiner en compacter, zijn oog was scherper, zijn stappen weerklonken zelfbewust in de nauwe straten van het stadje. Soms viel tussen ruwe, hoge muren van de huizen een smal vergezicht binnen, miniatuur in een getijdenboek. De heuvels van Umbrië lagen rondom in een blauwig warm waas. Hij werd omkaderd, het clair-obscur van felle zon en diepe schaduw houwden hem uit. Hij nam eindelijk gestalte aan.

Hij had Burrone, Torreluca, Casemasce en Angelo Pescatore op Google gezocht. Ze bestonden. Ze bestonden! Hij was overweldigd door de plotselinge rijkdom van de vondst, bedrieglijk eenvoudig was het, alsof munten met handenvol in een opgehouden vrouwenschort werden geworpen. Alsof hij de jackpot trof, zo rinkelde het. Verraderlijk simpel. Welke van die talloze hits waren op hem gericht? Hoe te schiften? Geen van de toverwoorden leverde iets op in combinatie met Fischer. Torreluca was een vlek met twee Bed and Breakfasts, l'Angelo Pescatore was een agriturismo. Daar kon hij dus logeren, als hij dat wilde. De plek was van gedaante veranderd, de hofstede was een hotel geworden. De jaren hadden het land vele malen overschreven als een oud perkament, de oorspronkelijke boodschap onleesbaar. Was er iets gebleven dat aan de Meester herinnerde?

Hij durfde niet te gaan kijken. Nog even wilde hij een lege ruimte houden, om die te vullen met een ander, ouder en heiliger verhaal dan de platte werkelijkheid van hotelkamers. Een coniunctivus optativus, zou zijn ex-schoonvader zeggen. Hij vreesde dat een snelle inspectie van de sacrale terreinen op een diepe teleurstelling zou uitlopen. Eerst moest hij andere grond onder de voeten van zijn verbeelding zien te krijgen. Foto's, verhalen, stemmen. Eerst de familie. Als er tenminste nog geparenteerde Burrones waren. Het was te veel om te hopen, maar in de geest van de bezielde boeteling snelde hij vooruit. Nu. Nu. Nu. De tekenen waren gunstig.

In de koele hallen van een dorpspalazzo, eeuwen geleden op een steile rots en grootse machtsfantasieën gebouwd, trotseerde hij defensieve gemeenteambtenaren. Met bijna feilloos gemak gaf hij zich uit voor wetenschappelijk onderzoeker, legde zijn identiteitskaart van de universiteitsbibliotheek over als bewijs. Bedacht een onderwerp, nee bedacht geen onderwerp, vertelde de zuivere waarheid: dat de Burrones uit Todi familie waren van een beroemd Engelstalig auteur, hier geboren, die onder pseudoniem had geschreven en zo'n kleine veertig jaar geleden plotseling was verdwenen, maar wellicht teruggekeerd naar zijn geboortestreek. Hij, Guido Kaspers, was de biograaf en zocht contact met de Burrones. Achter de brillenglazen blonk arglistig wantrouwen. Wie die Engelse Burrone dan wel was? E. Fischer luidde het pseudoniem. E. Fischer? En waarom men hier – breed gebaar door de kanselarij – dan nog nimmer

van die *scrittore* had gehoord, Italianen waren toch een cultuurminnend volk. Zijn roem bleef beperkt tot kleine kring, legde
Guido geduldig uit. Door zijn verdwijning verdween hij ook uit
het nieuws, geen nieuw werk meer, u begrijpt, en tja, in Italië
waren ondanks de hoge kwaliteit van de geschriften toch misschien maar vijfhonderd exemplaren van het vertaalde verzamelde werk verkocht, hoewel Italianen een cultuurminnend
volk waren. Een biografie zou helpen de roem van Todi's grote
zoon te verspreiden en opnieuw belangstelling wekken voor het
werk dat de heuvels van Umbrië en het stroomgebied van de Tiber op onvergelijkelijke wijze vastlegde. En in de dankbetuigin-
gen natuurlijk... De biograaf produceerde zijn beduimelde
exemplaar van de alfabetboeken en de fotokopie van het interview die hem al zo lang vergezelden. Aarzeling. Chef erbij. Herhaling van argumenten. Guido wist het spel gewonnen. Geen
Italiaanse chef zal ten overstaan van zijn ondergeschikten worden ontmaskerd als cultuurbarbaar. Grijze, kalende *capo*, man-
chetknopen tevoorschijn schuivend, tuitte mondje en had van
Fischer gehoord, eh! – gebaar waarmee Italianen grote vanzelfsprekendheid weergeven – maar niet gelezen, helaas geen tijd.
Enfin. Zeker: alle medewerking, onder bepaalde voorwaarden.
Wat bij wet verboden was te verstrekken, werd niet verstrekt.
Dat verbod was voor de etalage, zag Guido aan de opgetrokken
wenkbrauw van de klerk. Alles kon – onder bepaalde voorwaarden – worden bekomen. *Si accomodi!* Alsof het plotseling heu-
velafwaarts ging. Nauwelijks bij te benen. Guido hapte naar
adem, het zweet brak hem uit. Een steek schoot door zijn hart:
het was te makkelijk. Er kwam een kink, een struikelblok,
straks stond hij voor een blinde muur.

Maar nee, het geluk vergezelde hem trouw die dagen, warm-
wangig als een spelend kind. Steeds kwamen er nieuwe gegevens boven tafel, met kleine hapjes tegelijk. Niet veel Burrones
te Todi. Doemen opeens op eind negentiende eeuw. De meester

van het schooltje te Casemasce? Welke periode? Wij zoeken het voor u op. Ah, ja, hier, wij hebben hem: Aldo Burrone, van 1932 tot 1933 onderwijzer aldaar. Kloppend verhaal. Kloppende feiten. Kloppend hart. Aldo Burrone, geboren te Todi uit Jacopo Burrone, smid, en Anna Cantarella, landarbeidster, op 30 juli 1910. Oudere broer Jacopo (1908). Twee jongere zusters: Teresa en Giovanna. Broer Jacopo, smid als zijn vader, trouwt met Giulia Sanguinini. Zij krijgen twee kinderen: Aldo (1933) en Pasquale (1935). Broer Jacopo overleden in 1939. Giulia in 1950. Lijn Aldo 1933 gevolgd. Deze Aldo Burrone, landmeter, is in 1960 gehuwd met Felicia Mateo, onderwijzeres. En Aldo en Felicia kregen Gracia (1960) en Aldo (1962). Aldo, nu gepensioneerd, nog altijd woonachtig in de directe omgeving van Todi. Zoon Aldo is *avvocato* te Todi. Gehuwd. Geen kinderen. Maar Aldo Burrone, de meester, waar is hij gebleven na 1933? Helaas, geen gegevens. Meer zoeken. Wachten. Nee, niets. Spoorloos voor de Tudertse archieven. Een vreemde tijd toen. Mensen verdwenen. Tweemaal verdwenen dus, de Meester? Een verdwijningskunstenaar? Recidivist?

Feiten, aardse feiten. Bijna teleurstellend gewoon was het spoor tot 1933. En toch: in dat gewone, dat onaanzienlijke, school voor Guido de troost en de hoop. Troost dat grootheid kon voortkomen uit niets, en hoop op een bedding van het onbekende leven van de Meester in verklarende verhalen, anekdotes misschien. Het werk zou niet langer ambigu zijn, niet langer raadselachtig, zwevend in een vacuüm, maar rijker, dieper, wezenlijker, verbonden met het land dat hem had voortgebracht.

Guido koesterde de aantekeningen als betrof het zijn eigen verloren gewaande familie. Hij wentelde zich in de glorieuze zekerheid dat hij bij hen het begin en het eind van het verhaal zou vinden. In de veilige anonimiteit van de familieschoot had de Meester zich teruggetrokken van de wereld en had hij denkend en wellicht schrijvend (O, de gedachte aan een literaire nalatenschap!) zijn laatste jaren doorgebracht. Hij streelde het papier, zag hen, zag de Aldo's, genoemd naar de oom, trots op de voortzetting van de naam, zag hen als het ware bij de groeve, bedroefd maar dankbaar. Zag hoe ze het geheim van E. Fischer op diens dringend verzoek veilig bewaarden, het werk van de Meester in een zelfgeborduurd foedraal weggesloten hadden in een lade van het dressoir zoals gelovigen een kostbare zilverbeslagen bijbel koesteren. Zag de sepia foto's in de familiealbums, de mannen in de zondagse pakken, de strakke, stijve boorden, de geplakte haren, de argwanende blik, bang dat de fotograaf hun ziel zou stelen. De Meester tussen hen in, reeds getekend door de uitverkiezing, ietwat los van de hem omringenden. Hij voelde de harde handen van de Jacopo's, vereelt in het zware smidswerk. Het vuur en de vonken uit de onderwereld zag hij, hij hoorde het slaan van de hamer op het aambeeld met helder zingende, snel dovende echo. Hij zag de jeugd van de meester in dit oerland. Elke dageraad de eerste. Elke olijfboom, elke wijnstok doemde pasgeschapen op uit de duisternis, vochtig van dauw. En de kinderen klommen langs de hellingen als steenbokjes, speelden met stenen, vonden terloops resten van een oude eredienst, de ingang van een grafheuvel, vele malen geplunderd, zaten elkaar achterna met grote sprongen afdalend langs de steile oevers naar de rivier, waar ze naakt baadden in de jonge Tiber, zilver spattend water. Zijn ogen gingen nu pas werkelijk open voor de werken van de Meester. Ze ademden dit land. Hoe was het mogelijk dat niemand dat eerder had gezien? Griekenland was wel eens geopperd, Schotland zelfs door een Keltische zeloot, maar het meeste geloof werd gehecht aan de vooronderstelling dat de Meester met zijn hermetische stijl en zijn gewilde constructies een composietlandschap had geschilderd, samengesteld uit elementen van Balkan en Alpen, ja zelfs dat, zo het werk ergens gesitueerd moest worden, dan in het karstlandschap ten noorden van Triëst, een landschap op het breukvlak van culturen, vertrouwd met bloeddorst en melancholie.

Zorgvuldig bereidde Guido het telefoongesprek met avvocato Aldo Burrone voor. Schreef zinsneden op, bladerde in zijn dictionaire, koos fraaie woorden, verzon beleefde krullen. Hij dronk geen wijn die avond, at matig, wandelde door het stadje, proevend van de stenen, likkend aan de late zomeravond, luisterend naar de echo van de eeuwen onder zijn voeten, vroom, in afwachting van het allerheiligste, zich prepareerend waardig te zijn. Boven aan hoge trappen maakte zich San Fortunato breed, de oude kerk, streng en strak met dwarse stenen reliëfstrepen, een rozetraam, een fraai bewerkte portico, naakt aangelicht door spotlights, de gevel trots als een oude vrouw die zich nergens meer voor schaamt. Hij ging binnen in het poederige duister. De godslamp brandde. Hij zat er lang, dronk van het lispelende licht, maakte zich leeg. Haalde diep adem. Hoorde gefluister, luisterde, hoorde: 'Vrienden noopten mij een ander pad te kiezen. Ik kan niet. Ik gaf mijzelf en heb niets meer te geven. Een slaaf ontsnapt niet aan zijn meester; steen smelt voordat Liefde mij laat gaan. Verlangen vlamt hoog op, smeedt mijn wil – o, wie zou mij van deze Liefde kunnen scheiden...'

Guido keek op en om, zag niemand, bedekte met zijn hand zijn oor om de vreemde woorden buiten te sluiten. Of kwamen ze van binnen? Toen hij het metalen licht van de maan een raam zag raken, stond hij op en liep naar zijn hotel. Morgen. Morgen.

# 6

'*Pronto.*'

De telefoniste en de secretaresse waren gepasseerd met lichte schijnbewegingen, en nu kreeg hij Aldo Burrone, achterneef, aan de lijn. Guido bracht zijn beleefdheden en vleierijen in stelling, zijn bescheidenheid, maar achter de bescheidenheid liet hij de contouren van een grote wetenschappelijke carrière doorschemeren en impliceerde hij de eer de Burrones aangedaan dat hij de oudoom zocht.

'Wie bent u precies en over wie hebt u het?' Licht ongeduld. Was er een zaak? Een juridische kwestie?

Guido hield zijn tournure vol. Wat hij had voorbereid kon hij niet zo makkelijk loslaten. Het honderdmaal gerepeteerde verhaal kwam soepel – accentloos? of toch die verraderlijke Brabantse zinsmelodie? – zijn droge mond uit. Zijn linkerhand onderstreepte zijn woorden, alsof Aldo Burrone hem kon zien. Hij moest zijn overtuigingskracht door de lijn persen. Hij moest en zou de man bereiken, hem spreken, zien, horen, aanraken, zich verbinden met Fischers familie. Jehova's getuige was hij met een voet tussen de deur, duwend, dringend, dwingend. Stop, neem gas terug. Vertoon in vredesnaam niet het gedrag van een smekeling, een bedelaar. De voet van Burrone zou zijn nek breken. Met een elegante, ironische zin liet hij Aldo Burrone de mogelijkheid af te zien van eeuwige roem. Maar nee, Aldo wilde hem wel spreken, al klonk hij afwachtend, onzeker of een gek het op zijn juridische onkreukbaarheid had gemunt. Na de lunch. Halfvier. Op zijn kantoor.

Nog vijfenhalf uur. Opwinding wolkte voortdurend in hem op. Rusteloos rondde hij voor de zoveelste maal de muren van Todi, alsof hij Josua was. Naar het noorden was het dal van de Tiber breed en omzoomd door boerenbedrijven en industrie. Naar het zuiden won de natuur en stroomde de rivier door een smaller dal, verkokerend tot een kloof waarna hij ruimte vond in het stuwmeer van Corbara en water en kracht verzamelde voor de laatste tweehonderd kilometer naar Rome en naar zee. Todi troonde op de eigen berg te midden van een gigantische kom, een enorm amfitheater waarin zij de ster was, van verre te zien. En zij domineerde de vlakte en de omringende tribunes met haar steilten. In de richting van Corbara lagen l'Angelo Pescatore, Torreluca en Casemasce in de heiige hitte, de lucht bijna vloeibaar, onzichtbaar maar beslist daar in die blauwgroene aquarelverte. Dit was gezien door de Meester. Hiervandaan en hierheen had hij zijn blikken gezonden, dit hele machtige panorama was in hem verzonken en was boom voor boom, kleur voor kleur, steen voor steen, veld voor veld teruggekeerd in de woorden, de zinnen, de verbeelding, de werkelijkheid van de boeken. Dit was het vaderland waarnaar Attis terugverlangde.

Nu hij hier was en zeker van de plek begon het in zijn keel te raspen, rees zijn adem bijna zijn borst uit, en werd hij vervuld van een grote vrede. Ja, vrede. En niemand wist het. Dit was zijn vondst, zijn geheim, zijn eigendom, zijn wapen. Hij rilde. Het zweet dat op zijn rug stond voelde opeens koud aan. Er cirkelden gieren hoog in de lucht. Er klonk dof hoefgetrappel van vele paarden achter de heuvels. Diep in de aarde begon het te brommen en te zoemen.

Het kantoor van Aldo Burrone bevond zich in een hellende straat die van het Piazza del Popolo naar de Porta Romana liep.

Koperen bord. Koperen bel als een tepel in een holle borst. Donkere stenen gang en trap met uitgesleten treden naar een overloop met drie deuren en een getralied raam dat uitkeek op een binnenplaats met het formaat van een stortkoker, dat net voldoende licht doorliet om een tweede koperen bord te onderscheiden naast een afwerende hoge deur. Een zoemertje en een klik leerden Guido dat op zijn schellen werd opengedaan. Hij passeerde het benauwde voorgeborchte met de secretaresse, die hem toeliet tot de werkkamer van Burrone.

Aanvankelijk dacht Guido door het verkeerde eind van een verrekijker te kijken, zo klein en ver leken de twee figuren, de een achter, de ander naast een immens bureau. Misschien sneed de spanning van de ontmoeting hem van normale waarneming van de werkelijkheid af. Hij probeerde met een paar zelfverzekerde stappen de afstand te overbruggen. De vloer golfde, zodat het voelde of hij met malle hoge heffingen van de benen over de aanrollende branding zijn voeten droog probeerde te houden. De heren werden snel groter, kregen normaal formaat. Guido zag geen detail van de omgeving, maar het maakte de indruk van beproefd marmer en glanzend donker hout, koud en warm tegelijk, grootsprakig en toch chic gestileerd. Hij zag alleen de mannen. Er stond een tijdspiegel tussen de twee in, zozeer was de oudere een toekomstbeeld van de jongere, zoon en vader, de beide Aldo's.

Tegenover seksegenoten kon Guido moeilijk de juiste toon vinden als van hem een opening werd verwacht. Hij was liefst het publiek voor het hanengekraai, maar deze hanen lieten hem geen keus. De jongere wees hem een stoel en vouwde afwachtend de handen. De oudere sloeg een been over het andere en liet zijn vingers voor zijn buik elkaar ritmisch lichtjes raken, stuiterballetjes in de toppen, teken van kom-maar-op. Ze waren van gemiddelde grootte voor zover Guido dat kon beoordelen, gemiddeld postuur, met een hoofd dat merkwaardig genoeg iets te ruim geboetseerd was, waardoor een verhouding tussen lijf en kop ontstond die in de richting van een ouderwetse voetballerskarikatuur ging. Die kop overigens had een aristocratische vorm: langschedelig, rechtneuzig, dunharig, vlakwangig, arendsogig. De kop was door de maker belangrijker geacht dan het lichaam, dat evenwel in een kostbaar donker cool-wool pak was gestoken waaronder een lichtblauw hemd met donkere das. Guido's gekreukte beige linnen pak was dan wel topkwaliteit van twintig jaar her, hemd en das waren een ruit-en-liberty-combinatie die thuis semiartistiek werkte maar hier bepaald frivool aandeed en zwijgend misprijzen uitlokte. Ze trokken beiden op gelijke wijze de wenkbrauw op. Jansen en Jansens. Schoenen goddank wel gepoetst vanmorgen. Hij leek in hun ogen op een vrijbuiter, een schuinsmarcheerder, een stofzuigerverkoper, een vrouwenversierder, een artsenbezoeker, maar geen biograaf. Wel eventueel: verdachte. Bedrieger. Ontfutselaar.

Guido schraapte zijn keel en grabbelde in alle uithoeken van lichaam en geest zijn moed bijeen, een rafelig zootje. En opnieuw deed hij zijn verhaal tot en met signora Gabrieli en de Tudertse archivaris. Hij praatte als tegen capitonnering, waarin geluid met doffe demping werd opgevangen. Legde ten slotte het verzameld werk op het bureau (hoe schamel hier de dikke paperback met omgekruld omslag, een op het strand gelezen thriller), en spreidde daarnaast zorgvuldig als een vrouw die voor het eerst een overhemd van haar geliefde strijkt het interview met de foto uit. Dit is hij. Keek bang maar trots mee. Keek snel op naar hen. Herkenning? *Ecco.* Aldo Burrone. Engel Fischer. Het duo staarde hem onbeweeglijk aan, niets verried hun verrassing, hun instemming, hun vreugde, hun dankbaarheid. Even meende Guido een blik van verstandhouding te zien flitsen, maar later wist hij niet meer tijdens welk onderdeel van zijn relaas dat was. Omdat er geen reactie kwam begon hij in arren moede en uit nervositeit en onzekerheid aan een herhaling van zetten. De jonge Aldo kapte hem af met een gebaar. Terechtgewezen zweeg Guido. Hij had het koud en rilde. Zijn hoofdhuid trok samen.

'De Aldo Burrone aan wie u refereert, mijn oudoom,' sprak de licht nasale, nonchalant intonerende stem van de avvocato, 'zou volgens uw redenatie de schrijver E. Fischer zijn.' Pauze voor effect. 'Uw argumenten baseert u op het verhaal van een oude vrouw, die bij meester Burrone in de klas zou hebben gezeten, en gezien zou hebben hoe hij rond 1933 door de bliksem werd getroffen' (stem kreeg hier de iets hogere toon van ongeloof en ironie) 'waarna hij drie dagen later uit een coma opstond en spoorloos verdween, een gebeurtenis die zou hebben plaatsgevonden bij l'Angelo Pescatore. Afgezien van de algemene ongeloofwaardigheid van de opgewonden fantasieën die een oude vrouw zorgvuldig koestert omtrent haar eigen jeugd, is Fischer een vrij algemene naam in Duitsland, Engeland, Amerika. En hoe komt u erbij dat de E. voor Engel staat? Voor zover ik dat in de korte tijd die mij ter beschikking stond heb kunnen nagaan wordt die voornaam nergens genoemd. De voorletter kan evengoed staan voor Eduardo, Ezechiel, Ettore, Emmanuel, Ercole. U zou een klein punt hebben indien de gebeurtenis door de oude vrouw beschreven daadwerkelijk had plaatsgevonden. Ons is echter niets bekend van een bliksem, noch van een coma, noch van een wonderbaarlijke wederopstanding. U zoekt Aldo Burrone, volgens u E. Fischer, u zoekt hem dood of levend. Welnu, ik kan u melden dat wij noch over het een noch over het ander uitsluitsel kunnen geven. Aldo Burrone is verdwenen, zij het niet in 1933, maar in 1939. Wij hebben nooit meer iets van of over hem vernomen. En om u de waarheid te zeggen, mijn vader heeft daar ook geen enkele behoefte aan. Aldo Burrone is direct verantwoordelijk te stellen voor de dood van zijn broer Jacopo en indirect voor de dood van diens vrouw Giulia, mijn grootouders. Zelfs als u kunt bewijzen dat Aldo Burrone en E. Fischer een en dezelfde persoon zijn, dan nog zijn wij niet geïnteresseerd in zijn verblijfplaats of zijn graf. Vanaf 1939 was hij dood voor ons.'

Het duizelde Guido. Als een drenkeling klampte hij zich vast aan een enkel stuk wrakhout dat in de ijzige zee van afwijzing omhoogstak.

'Als u mijn argumentatie niet overtuigend vindt en als we meester Aldo en E. Fischer als twee onderscheiden personen moeten beschouwen, wat ik met plezier wil doen, dan wilt u me misschien toch wel vertellen wat voor persoon uw oudoom was, opdat ik mij ervan kan vergewissen dat hij nooit E. Fischer zou kunnen zijn.' Hij zei het haastig, een oplichter die toch nog een klein winstje uit de mislukte handel wil slepen.

'Het is niet onze gewoonte met familiezaken naar buiten te treden.'

'Maar kijkt u nu eens naar de foto. Ik geef toe, de kopie is slecht en u moet zich voorstellen dat hij meer dan dertig jaar geleden is gemaakt. Toch zie ik een gelijkenis.' Guido keek en wees heen en weer van foto naar Burrones. In zijn ogen rees de wilde wanhoop van een onschuldig veroordeelde.

Voor het eerst sprak de vader. Hij had een ietwat hoge stem, die uit dat grote hoofd klonk alsof hij er maar voorlopig huisde, een reservestem, ingezet omdat de echte stem stuk was.

'Ik was vijf toen mijn vader stierf en oom Aldo verdween. Ik heb nauwelijks herinnering aan hem.'

'Familiefoto's! Er moeten familiefoto's zijn. We kunnen ze vergelijken. Desnoods een deskundige inschakelen.' Guido keek vragend en enthousiasmerend van de een naar de ander. Ja? Ja?

Het vooruitzicht met deze in linnen pak gestoken halve gare Hollander de familiealbums door te moeten bladeren boezemde de heren zichtbaar diepe afkeer in.

'We hebben u niets meer te zeggen.'

De avvocato stond op. De vader eveneens. Guido volgde met automatische beleefdheid. Ze kwamen tot zijn schouder. Even bleven ze onbeweeglijk staan, alsof pas op dit moment de ware krachtmeting plaatsvond. In Guido's keel verdrongen zich de woorden. Geen enkele strategie kreeg de overhand. De stilte en de onbeweeglijkheid werden pijnlijk. Waarop wachtten ze? Waren de Aldo's een bedrieglijk echte fantasie die hij in beweging had gezet, gestopt, en nu weer met een draai aan het sleuteltje moest starten? Robots? Zag hij al barsten? Brokkelden de geboetseerde koppen af als maskers van droge klei en sprongen daar twee lachende duivels achter tevoorschijn, demonen, kwelgeesten die hem jarenlang tot hier hadden geprikkeld, tot dit uiterste drogbeeld? Niet zij vielen uiteen: Guido voelde zijn gewrichten losklikken, de Grote Poppenspeler had de touwtjes in weerzin laten vallen.

De jonge Aldo stak zijn arm uit, richting deur. Daarheen. Daarheen. Guido volgde met zijn blik, stapte toen erachteraan naar buiten. Verbeeldde hij het zich of gaf de avvocato hem in het voorbijgaan een geruststellende knipoog? Wat moest dat beduiden?

De hellevaart, want zo kon hij het zojuist afgelegde bezoek rustig noemen, had Guido's ogen geopend voor zijn miserabele prestatie. Voortgedreven door de naar nu bleek valse! valse? openbaring bij de oude mevrouw Gabrieli had hij zich, pochend op zijn vooruitziende blik, zijn juiste intuïtie, laten verleiden tot grandioze onvoorzichtigheid. De Aldo's hadden gelijk met hun reserve. Nee, natuurlijk hadden ze geen gelijk, hij had gelijk, maar waarom had hij geen rekening gehouden met mogelijke gevoeligheden, waarom had hij durven veronderstellen dat ze hem met open armen zouden ontvangen, verbaasd en verrukt om de hervonden held? Een beklemmende gedachte slingerde zich als een natte dweil om zijn bange hart: als de Aldo's nu eens wel degelijk wisten dat Aldo Burrone E. Fischer was, en het werk van haver tot gort kenden. Als ze hem willens en wetens hadden voorgelogen? Dan was hij nog even ver als aan het begin! De aanwezigheid van de Meester trilde als hitte aan de horizon.

Hij vond zichzelf terug op een bankje onder platanen, uitkijkend over de hoogste van de drie concentrische stadsmuren naar de heuvels aan de overzijde van de Tiber. Er stond een oude heer te wachten voor de openbare lift die hem een cirkel lager zou brengen. De bruine broekriem deelde het eivormige lijf precies in tweeën tussen beige hemd en beige broek, alsof de bovenste helft makkelijk kon worden afgeschroefd en op een ander onderstel gemonteerd. De lift kwam, spuwde een paar hyperactieve jongetjes uit en nam de oude mee. Guido keek en wist met scherpe zekerheid dat de traag dalende man in de glazen liftkooi een fragment was uit een droom van gisteren of veel eerder, en hij hervoelde de pijn van afscheid waarin de droom hem had achtergelaten. 'Ik kom,' wilde hij de man naroepen, 'ik kom!'

De zware atmosfeer van de namiddag stond stil om hem heen, sloot hem in, sneed hem de adem af. Hij was op een andere planeet, Venus, Mercurius, geen dampkring of juist te veel. Duizelend stond hij op. Met tuitende oren, de blik strak gericht op het plaveisel vlak voor zijn voeten, liep hij naar zijn hotel, richtte de elektrische ventilator en ging op zijn bed liggen. Recapitulatie. Opnieuw verdrinken in het zwarte gat dat de Aldo's sloegen. Opnieuw bovenkomen in een andere werkelijkheid. Schipbreukeling. Kijken wat het nog doet. Hersens resetten. Ledematen een voor een beproeven en weer ontspannen. De traag nee-schuddende ventilator gelijk geven. Afkoelen. Leeglopen. Lichaam klaarleggen als een kledingstuk, het wordt straks weer aangetrokken. Niemand worden, naamloos. Slapen.

# 7

Hij werd verkwikt wakker. Een fles wijn gaf hem nieuwe moed. Het moest ergens vandaan komen. Als hij dan colporteur was, dan ook maar met de onverschillige vasthoudendheid van dien. Wat kon hem de welwillendheid noem het vriendschap van de Burrones schelen. Elk verhaal had een tegenverhaal, elke waarheid haar keerzijde. De schuld van de Meester aan de dood van zijn broer was zonder enige twijfel een hardnekkige knoop in de familiegeschiedenis waarin veel meer draden bijeenkwamen dan de Aldo's suggereerden. Gevoeligheden? Daar had de wetenschap niets mee te maken. De wetenschap was uit op waarheidsvinding, net als het recht. Daar lag ook zijn kans bij de avvocato. Ten overstaan van de vader was de zoon meewerkend lid van een familie, dat geheime genootschap van list en bedrog en wederzijdse bijstand, maar buiten tegenwoordigheid van de pater familias was de zoon jurist en derhalve de waarheid en het evenwicht toegedaan. Hij moest de man alleen te spreken krijgen. Als hij de knipoog juist had geïnterpreteerd was dat ook de bedoeling.

Opnieuw prepareerde hij zorgvuldig zijn aanvalsplan. Dat wil zeggen: hij koos nu juist niet de aanval maar zou zijn vasthoudendheid op een andere manier demonstreren door de avvocato de gelegenheid te geven hém te benaderen. Ha! Een totaal andere verhouding dan! Hij maakte een kopie van het oude interview door Paul Erkelens zoals verschenen in de *San Francisco Chronicle* (Italiaanse bladen hadden het naar hij wist nooit overgenomen) en kopieën van een drietal artikelen die hij aan het Fischergenootschap had trachten te slijten en waarvan de kern niet verder was gekomen dan de chatroom op de website om aldaar te worden afgemaakt door jaloerse pseudokenners. Daarbij schreef hij een vriendelijk briefje op hotelpostpapier met dank voor het gesprek en deponeerde het geheel bij de secretaresse van Burrone. Vervolgens bracht hij cruciale delen van de dag (lunchtijd, sluitingstijd van kantoren) door op de luttele terrassen rond de Piazza del Popolo, nu eens hier dan weer daar, waar de avvocato langs moest komen. Kreeg hij geen reactie in zijn hotel, op straat zou het hem lukken. Kwam het wandelende hoofd de piazza op, dan zou hij na een vriendelijke doch afstandelijke groet van zijn kant de lijn zachtjes binnen kunnen halen.

De stroom trage oude Amerikaanse toeristen op grote verblindend witte sneakers, de plastic museumsloffen waarop ze door het broze Europa schuifelden, benam hem af en toe het zicht op de plaatselijke bevolking, maar Guido had geleerd geduld op te brengen, sterker: hij was de incarnatie van geduld. Als een privédetective wachtend op het bewijs van overspel zat hij zijn uren uit. Maar lichter nu. Bepaald lichter. Zekerder. Vers spoor. Bloed geproefd.

Drie dagen later, zeven uur: opzet geslaagd. Burrone, krant onder arm, stak schuin de Piazza del Popolo over naar het terras aan de lange zijde, waar Guido zat te midden van Italianen die hun campari-soda's dronken, en verhitte toeristen aan het bier. Alsof ze een staande afspraak hadden legde Aldo zonder een woord zijn krant op het tafeltje, nam een stoel en ging zitten. Ze keken beiden zwijgend voor zich uit naar het plein, spionnen die een geheime uitwisseling plegen. De ober, die autochtonen een duidelijke voorkeursbehandeling gaf, schoot toe en nam Aldo's bestelling op. Aldo keek de ober niet aan, een vorm van onbeschoftheid die klassenverschil aanduidde. Hij legde onderarm en hand op de krant op tafel. Gemak. Een korte brede hand was het, als geschilderd vanuit een vals perspectief. Zwarte haren op de onderste vingerkootjes.

'Wat is waarheid,' zei de avvocato. Het was geen vraag maar een constatering. Hij wachtte even. Guido reageerde niet. 'Waarheid is als tijd. Als niemand mij vraagt wat waarheid is, weet ik het, als iemand mij vraagt wat waarheid is, weet ik het niet. Vrij naar Augustinus.' Guido dacht 'so what' maar zei het niet en hield de strategie van afwachten dus maar vol. Hij nam een slok van zijn water.

'Weet u iets van de geschiedenis van Italië?' ging Burrone voort. Hij wierp een blik opzij naar Guido, die toevallig op dat moment zijn blik op de advocaat richtte. Er was geen ontsnappen aan. Guido dook de diepten van Burrones ziel in en omgekeerd ontving hij – hoe vreemd dit zo te zeggen – het grote hoofd van de advocaat in zijn schoot om te aaien. Alle wapengekletter was op slag zinloos geworden. Om dat inzicht te verbergen kuchte Burrone, nam Guido snel nog een slok, zette het glas iets te ferm neer alsof hij een eind aan dat gedoe wilde maken, zei '*scusi*', en ja, de geschiedenis van Italië was hem min of meer in grote lijnen bekend. Wat was geopend in de blik, ging schielijk weer dicht.

'De geschiedenis van Italië is de geschiedenis van ijdelheid, ook wel genoemd "eer", ook wel genoemd "deugd". *Virtù*. Valse aliassen. Hoewel eer en deugd hun bijrollen met passie vervullen is toch ijdelheid de motor van onze geschiedenis. Buitenlanders beklagen zich over het hanige gedrag van de Italiaanse man, en hoewel ik de neiging heb die klacht te zien als jaloezie, moet ik zeggen dat op een dieper, zo u wilt filosofischer niveau, de ijdelheid in al haar vormen de geschiedenis van Italië heeft bepaald. Noord-Italië, wel te verstaan. De geschiedenis van dit land is de geschiedenis van de noordelijke helft. Het deel ten zuiden van Rome is de kogel die het noorden aan de enkel voortsleept, het gewicht van de staart dat de pauw aan de grond houdt. Daar in het zuiden speelt vooral de eer, het enige dat overblijft als ijdelheid niets heeft om zich op te beroepen. *Onore.* Enfin. IJdelheid. Waar wilt u naartoe, zo zult u vragen. Wist ik het maar.' De hand tikte ongeduldig op de krant. Weer een snelle blik opzij, die nu geen doel trof.

'Het zal vast wel verband houden met de kwestie die ik u kwam voorleggen,' zei Guido.

'Ah! Ja. De kwestie.'

'U wilt me iets zeggen dat u in tegenwoordigheid van uw vader niet kon zeggen.'

'Ah! Ja. Mijn vader is, hoe zal ik het zeggen, nogal strikt. IJdel. En in zijn ijdelheid rechtlijnig. Hij heeft een standpunt en verlaat dat niet. Hij veracht andere meningen. Hij is een man van cijfers. Die hebben gelijk. Poëzie niet. Hij heeft uitgesproken opvattingen over moraal en ethiek. Het leven moet worden geleefd volgens zijn inzichten. En niet anders. Liever gezegd: anders niet. Zo of de dood. Ik respecteer mijn vader. Maar ik erken de mogelijkheid van andere waarheden. Laten we het zo zeggen.'

'U denkt dat Aldo Burrone en Engel Fischer een en dezelfde man kunnen zijn.'

'Ho, ho, dat heb ik niet gezegd. Ik denk dat het verraad van Aldo Burrone, waardoor zijn broer Jacopo is gestorven, mogelijk onopzettelijk was en dat het Aldo net zoveel verdriet heeft gedaan als het ons heeft gedaan, dat hij misschien juist om aan de voortdurende confrontatie met de consequenties van zijn onopzettelijk verraad te ontkomen is weggegaan en nooit meer teruggekeerd. Als ik hem iets verwijt is het niet zozeer het zogenaamde verraad als wel zijn laffe vlucht. Voor mijn vader is die nuance onbespreekbaar.'

Verraad? Guido haastte zich een voorlopige betekenis, een verhaal, aan dat woord te hechten. Hij struikelde bijna over zijn eigen gedachten, die de mogelijkheden (jaren dertig, fascisme, communisme, bliksem, Gabrieli) met slordige halen schetsten.

'Maar als uw oudoom en E. Fischer een en dezelfde zijn, dan zouden we de alfabetboeken kunnen zien als een immense poging dat – onopzettelijke – verraad en die "laffe" vlucht in een vorm te gieten die niet alleen beschrijft maar ook verlost. Boetekleed.'

Dit inzicht zette vele deuren in Guido's innerlijk tegen elkaar open. De grote puzzel die het werk van E. Fischer voor de liefhebbers vormde bleek totaal verkeerd te zijn gelegd. Hij wist het! Hij wist het toch! Guido trapte tegen de puzzel, alle stukjes vlogen omhoog, vielen neer en pasten in elkaar, aarzelend aanvankelijk, maar hij zag hoe deel C, door hem al *Carceri* gedoopt, eindelijk zijn ware betekenis prijsgaf. Niet een willekeurige kerker, niet zomaar een commentaar op Piranesi, maar in de caleidoscopische beschrijving van alle gruwel die een mens kan overkomen in gevangenschap, een diepgevoelde en doorleefde persoonlijke ervaring van de kerker die hij voor zichzelf had gebouwd toen hij zijn broer verried, tevens kerker waarin de broer misschien wel had gezeten, en nog meer, en nog meer. Ach! Wat een mogelijkheden. De veelgelezen bladzijden lichtten op met een nieuwe gloed.

'Ik heb de ABCD-boeken bij een antiquariaat besteld. U hebt me nieuwsgierig gemaakt,' zei Aldo.

'U zult er geen spijt van hebben.'

'Wat boeit u zo in dat werk, dat u alles van de auteur wilt weten?'

'Er is een periode in de literatuurwetenschap geweest, en opvallend genoeg viel die periode samen met de opkomst van Fischer, dat het literaire werk autonoom onderwerp van studie werd geacht. De biografie van de auteur behoorde tot een andere, minder waardige discipline, tot de literatuurgeschiedenis. Biografie en werk werden streng van elkaar gescheiden.'

Hoewel Burrone jurist was, voelde Guido zich toch op glad ijs. Hij waagde zich als dilettant op academisch terrein, maar hij bezat noch de onbevangenheid noch de vreugde van de amateur. Hij was als de dood betrapt te worden, gehoond, weggelachen, uitgewezen. De opmerkingen op de website van het Fischergenootschap hadden hem diep gekwetst en werden gevoegd bij alle eerdere kwetsuren die hij had opgelopen tijdens zijn onevenwichtig huwelijk met Nora en haar familie. Hij schrompelde bij iedere poging zich te manifesteren in tot muisformaat. Diepe schaamte. Stel je niet aan, fluisterde het giftige tweelingbroertje. Denk maar niet dat je iemand bent. Je valt door de mand. De woorden werden dun en aarzelend: 'Ik kon het werk niet van het leven scheiden. Het werk wint door kennis van het leven. Het geeft zijn betekenis pas dan volledig vrij.'

De ober bracht Burrones espresso. Op het plein was de *passeggiata* begonnen, het drentelen van families, elkaar begroetend, roezemoezend in de zoele avond, hun stemmen echoënd tegen de strenge muren van de veertiende-eeuwse paleizen.

'Ik weet weinig van mijn oudoom. En wat mijn vader meer weet, laat hij niet los. Het laatste levensteken dat we van Aldo kregen was een brief uit Genua in 1939. Tranen maken de inkt hier en daar onleesbaar.'

Guido hield zijn adem in. Gouden woorden werden hem in de schoot geworpen. Gouden woorden. Hij keek door een sleutelgat naar een onvoorstelbaar vergezicht. Het leven van de Meester begon vorm aan te nemen.

'Zou ik de brief misschien in mogen zien?'

'Dat betwijfel ik.'

'Een kopie?'

'Dat komt op hetzelfde neer.'

'En als u nu overtuigd raakt van mijn stelling dat Aldo Burrone en E. Fischer een en dezelfde man zijn?'

'Wat zou dat aan de situatie veranderen?'

'Het belang van de wetenschap.'

'Uw belang.'

'Het overstijgt mijn belang.'

Aldo Burrone dronk zijn espresso in één slok op. 'Het antwoord is nee.' Hij tastte in de zak van zijn jasje, wierp een paar munten op het schoteltje met de rekening, nam de krant onder zijn arm en stond op. 'Tot genoegen.'

Alsof de geliefde achteloos zegt dat ze bij je weggaat. Zo snel als de hoop was opgeleefd, zo snel stierf hij weer. Hoe had hij dit nu weer verpest? Waar was het misgegaan in dit gesprek? Met brandende blik volgde hij de avvocato. Hij was afhankelijk van deze lieden, die hem tot voor kort totaal onbekend waren. Dat zij zo'n macht over hem hadden, was onuitstaanbaar. Zijn leven hing er verdomme van af! Waarom snapten ze dat niet? Toch zat er een barst in het bolwerk. Er was een aanwijzing achtergelaten. Met opzet. Een brief. Er was een brief. Uit 1939! Die moest hij zien!

Dat Aldo '62 was gekomen en hem had ingelicht over de brief, waarna hij het lokaas ijlings terugnam, moest iets te betekenen hebben. Hij wilde kennelijk iets zeggen, maar niet al te mededeelzaam lijken. Hij vertrouwde Guido nog niet. Schaken. Het was als schaken. Elke zet van de tegenstander opende een onvermoede reeks nieuwe spelmogelijkheden, die stuk voor stuk ten einde gedacht moesten worden. Dit avontuur, waarin hij zich had vastgebeten, was een waagstuk dat zijn krachten bijna te boven ging. De zoon leek een ander standpunt in te nemen dan de vader, maar het kon heel goed een afgesproken strategie zijn. Waartoe die moest leiden? Vernedering. Gecoördineerde afbraak. Tot wat anders? Maar waarom?

# 8

De eigenaar van l'Angelo Pescatore had het terrein met een bouwval erop vijf jaar geleden voor een habbekrats gekocht via een makelaar die het aan de straatstenen niet kwijt kon. De ruïne lager op de oever liet hij staan. Als de voorjaarsregens van de bergen stroomden en de Tiber zwol, kreeg je daar wel eens natte voeten. Bij zijn weten was het land sinds de dood van de laatste bewoner diverse malen van eigenaar gewisseld zonder dat er iets mee was gedaan. Hij had een agriturismo laten bouwen iets dichter aan het karrenspoor dat van Todi onderlangs naar Torreluca liep: twaalf gasten kon hij hebben. Zelden was hij volgeboekt. De asfaltweg bovenlangs leverde meer passanten op maar ook meer verkeerslawaai. Hij bood zijn gasten rust. Hij was niet ontevreden, al kon het altijd beter. Noch zijn vrouw noch hijzelf kwam uit de streek. Ze waren uit het dorre, droge Basilicata en hadden hier in het groene hart van Italië hun heil gezocht. Nee, erg intiem met de mensen in de buurt waren ze niet. Vooral zijn vrouw had daarom last van heimwee. Hij haalde de treurende, vlezige schouders op, hoe dan ook verslagen.

De kamer die Guido huurde, was als een cel in een klooster. Hij vond dat passend. Naarmate hij dichter bij Fischer kwam, behoorde hij meer en meer de overbodigheden van het aangename leven af te leggen, niet uit eerbied maar om de concentratie te versterken. Tussen het lover van de bomen, die zich manmoedig staande hielden in de dunne laag arme, losse grond op de steile helling, schitterde het water van de Tiber.

Zijn eerste wandeling ging glijdend en struikelend dwars door struikgewas en knappende takken naar beneden, waar van het oude huis niet meer dan vier wankele muren restten die een geteisterd dak torsten. Ramen en deuren waren eruit gesloopt. Onkruid had zich geworteld in elke kier waar een handvol aarde in was gewaaid. Er was geen spoor meer van ontginning, geen rest van verkaveling, geen muurtje, geen houtwal, geen fundament van een varkensstal, geen moet van een erfafscheiding. Niets. Groeisel. Woekering. Hier en daar roestige blikjes, kapotte flessen, gescheurde plastic tasjes. Hoe lang had dit hoopje stenen gediend als schuilhok voor geliefden of zwervers?

Guido veegde de takjes en blaadjes van zijn kleren, haalde diep adem. Hier was het. Er moest een ritueel zijn, een sacrale handeling, een officiële verkondiging van zijn aanwezigheid op deze plek, een introïtus. Hij overwoog op zijn knieën te gaan liggen, misschien zelfs zich uit te strekken tussen het nederige onkruid, maar hoorde Nora's schampere lach en besloot tot een soort buiging. Hier stond hij. Naamloos. Hij nam zijn uitwaaierende gedachten bijeen zoals een vrouw haar rokken en trachtte zich te concentreren op het wonder. Hij legde zijn hoofd in zijn nek en keek naar de blauwe zomerhemel. Hoe zich daar in de hitte van de middag een stapelwolk vormde, samenpakkend, grijzend, dreigend, hoe in het valse licht en de windstilte elke contour scherp werd getrokken, hoe elke kleur verdiepte tot schelheid, hoe dieren wegkropen in hun hol, honden plat op de grond lagen, staart angstig tussen de benen, de geiten opeens luid mekkerden, alles in de war, alles vol aankondiging, maar hoe de mensen onverstoorbaar hun werk deden, de moeder in huis, de vader buiten bij zijn visnetten en fuiken; daar kwam de meester in zijn donkere pak met de landeigenaar in het lichtgrijs en ze stonden met hun drieën daar verderop waar in de gebarsten grond dorre rietstengels vergeefs wachtten op water van de vrekkige rivier. Hoe daar op klaarlichte dag de nacht was gevallen en vanuit die nacht een bliksemflits de meester had geveld, waargenomen door een klein meisje, dat hier stond, hier ongeveer, en hoe na de aanvankelijke schrik de pachter en de landeigenaar het roerloze lichaam van de meester hadden weggedragen, daarheen, over het gras naar de vierkante toren van Torreluca.

Uit alle macht dwong Guido zijn verbeeldingskracht dit te zien en te voelen, de gebeurtenis aan de plaats te ontlokken. Indien de oude vrouw de laatste getuige was, zou het verhaal met haar dood voorgoed worden uitgewist. Wat was de aard van een gebeurtenis als hij niet werd waargenomen en doorgegeven? De immense hoeveelheid door mensen verrichte, onopgemerkte handelingen blies als een futiele wind over het nauwelijks veranderende landschap. Veranderde een gebeurtenis het landschap? Werd er een afdruk in gemaakt? Waar bewaarde de ruimte de tijd? Was het incident neergelegd in de jaarringen van de bomen, in de stenen van het vervallen huis, neergeslagen in het sediment van de rivier? Legde het landschap onleesbaar getuigenis af van al wat erin was gebeurd? De natuur was een olifant, ze onthield alles, meende Guido, maar liet niets los.

Hij liep in de richting van de rivier en markeerde de plek. Hier. Hij zette zijn hiel in de grond en draaide er een putje in. Hij ging er staan en bewoog langzaam in het rond. Driehonderdzestig graden. Ogen wijd open. Dit had de Meester omgeven. Dit had de Meester gezien. Hier was Saulus Paulus geworden. De camera bewoog omhoog als een cirkelende, stijgende roofvogel, die met zijn blik zijn prooi niet losliet. Hij zag zichzelf met grote snelheid kleiner worden. Daar stond hij in zijn beige linnen pak, zijn blauwe hemd, zijn gezicht naar de hemel geheven, steeds onaanzienlijker, in het droge gebroken slik.

Alsof iemand aan de knop van Google Earth zat zag hij zichzelf verdwijnen tussen de plooien van het gebergte, in de schacht van de laars, in het vervormde continent, in het blauwe half-rond van een stervende planeet. Hij was niemand. Hij was niet hier. Hij was niet nu. Het gekras van een kraai bracht hem terug.

De hoteleigenaar, die zijn droefenis had verpakt in veel windsels bleek vet, diende hem die avond zuchtend een eenvoudig maal op. Een pasta met verse truffel. Grijsgestoofde filetlapjes. Weerbarstige sla. Er waren geen andere gasten. Morgen verwachtte hij een gezelschap van zes, 'voor één nacht'. De toevoeging werd met enige vermoeide teleurstelling aan de optimistisch klinkende zin geplakt. De spartaanse eetkamer lag in het hart van het souterrain en keek via een onbestemd bijvertrek uit op een vergeten stuk erf. In een hoek aan het plafond hing een televisietoestel dat geluidloos een RAI Uno-show rondsproeide; showmasters van gevorderde leeftijd met geverfd haar werden omringd door opgespoten bimbo's. Italiës ijdelheid. Italiës klatergouden opwinding. Het glinsterde en schitterde van het scherm. Als dessert werd hem kaas uit de streek aangeboden en vers fruit. De door heimwee getroffen echtgenote kwam aan het eind van de maaltijd uit de keuken sloffen om te vragen of het had gesmaakt. Ze had ogen als rozijnen, droeg een douchemuts om het lusteloze haar en een witte laboratoriumjas over haar jurk, hygiënische voorschriften van de keuringsdienst, die trouw werden nageleefd. Het had hem gesmaakt, liet Guido weten aan het bedremmelde paar, dat voor hem stond als om een standje te krijgen. Of hij nog een grappa van het huis beliefde. Alleen als u mij gezelschap houdt.

Luigi en Maria schoven aan. Luigi ontkurkte de fles en vulde drie kleine glaasjes. De eerste ronde werd snel achterovergekiept om de tweede beter te kunnen savoureren. Guido werd deelgenoot gemaakt van Luigi's levensgeschiedenis: een tamelijk troosteloze aaneenschakeling van weinig opzienbarende gebeurtenissen, strandend in dit stilstaand water van een tweederangs pension. Hij had zich er meer van voorgesteld, maar enfin, als hij keek naar zijn broers en zijn neven, zijn ooms en oudooms, dan had hij het nog niet zo gek getroffen. Hij somde allen op bij naam en toenaam, een litanie van Corrado's, Antonio's, Luigi's en Giorgio's, begeleid door Maria's contrapuntisch commentaar ('de ezel', 'de pauw', 'de bedrieger', 'de slager'). Het gros was zonder werk, sommigen hadden losse arbeid op het land, veel ouderen hadden hun rug kapot en hun longen lek gewerkt in het noorden, Duitsland, Nederland, België. De mijnen. Toen ze betere arbeidsomstandigheden eisten waren de bazen goedkope en makke Turken en Marokkanen gaan importeren. En nu waren de arme Afrikanen aan de beurt. En de gast? Wat deed hij? Waar kwam hij vandaan? Zijn Italiaans was zo goed. De enkele buitenlander die hier langskwam sprak meestal Engels en dat spraken Maria en hij weer niet. O, aha, Olanda. Kroif. Goelit. Vanbasten. Vakantie? Bij de vierde grappa vertelde Guido van de Meester. Aldo Burrone. Engel Fischer. L'Angelo Pescatore. Ze vielen van hun stoel van verbazing en bewondering. Ze hadden een geleerde onder hun dak. En hun stukje grond had een genie voortgebracht. Hoe was het mogelijk. Maria's gezicht klaarde op. Luigi keek of hij zijn geluk nauwelijks durfde geloven. Hij zag ogenblikkelijk de commerciële mogelijkheden.

'En die vent leeft nog?'

'Mogelijk. Niet waarschijnlijk.'

'Waar gaan die boeken over?'

Ademloos luisterden ze naar Guido's uitleg. Eindelijk had hij een publiek dat hem kritiekloos de woorden van de lippen las. Het viel hem in dat hier de basis werd gelegd voor een zegetocht. Eerst deze eenvoudige lieden, en naarmate het verhaal aan kracht en argumenten won – dat ging vanzelf als het vlieg-wiel van de erkenning op gang was gebracht – zouden meer vol-gelingen zich aansluiten. Eerherstel voor de Meester. Leven en werk voorgoed geworteld in dit stuk land. De beweging liep zo-als altijd van onder naar boven. Hij had zich vergist toen hij aan de bovenkant van de piramide was begonnen, waar de gevestig-de reputaties vastgeroest zaten in hun eenzijdige visie, die ze nu eenmaal node opgaven. Hij vertelde Luigi en Maria dat Engel Fischer alias Aldo Burrone met zijn vier in het Engels geschre-ven boeken zijns inziens de bedoeling had de mensheid een sleutel tot beter begrip van het leven te geven. Niet zoals gods-diensten dat over het algemeen plegen te doen met een held, een heilsverwachting en een serie geboden, maar door in elk van zijn boeken aan de hand van een vertelling en daaropvolgende losse kortere of langere aforismen een cruciale stelling te pone-ren en van alle kanten te belichten. De kern van Fischers bood-schap is dat de mens vier belangrijke weerstanden moet over-winnen: het ego, de sekse, het bezit en de tijd om een toestand van evenwicht of sublimatie te bereiken. Elk boek duikt diep in een van de elementen. Zo heeft boek A, het boek van de Annun-ciatie, dat meer dan de andere boeken de sporen draagt van de-ze streek, – een van zijn vondsten was dat de beginletters van de oneven hoofdstukken een acrostichon vormden: U M B R I A –, boek A dus had de bedoeling zich te verstaan met de meest pri-mitieve drijfveren van de mens, die niet in taal worden geuit. Daarom eerst dat boek A. Daaruit volgden alle andere.

Toen Luigi en Maria hem al glaziger aan gingen kijken, besef-te Guido dat hij zich had laten meeslepen in een te abstracte uit-eenzetting en dat hij terug moest naar het exempel. Hij maakte als het ware voor deze analfabeten gebrandschilderde ramen. Aanschouwelijke voorstellingen moesten het zijn, voorbeelden uit het leven gegrepen. De complexiteit werd evident geweld aangedaan, en even vreesde hij dat hij verraad pleegde aan de essentie van de boodschap, maar hij ontdekte in zichzelf de vreugde van het onderwijzen. Zo had de Meester niet alleen de kinderen onderwezen maar ook zijn lezers, en al doende had hij onvermijdelijk de diepten van zijn denken tot de oppervlakte van taal moeten terugbrengen.

Guido werd overweldigd door de inspiratie van het doceren, totdat Maria's rozijnen krenten werden en dichtvielen en Luigi de fles wegzette en de glaasjes afruimde. En nog bleef hij staand in de deuropening en half op de trap getuigen van het baanbrekende werk van de Meester. Hij zou hem vinden. De man zelf of zijn graf. Daar stond hij, de halfdronken profeet, voor zijn minieme gehoor van volgelingen bij de almaar voortdurende RAI Uno-show.

# 9

De steile noordoever van de Tiber werd ter hoogte van Torreluca onderbroken door een dwarsdal dat glooiend vanaf Casemasce als een groene gletsjer de rivier in schoof. Torreluca bestond uit een robuuste oude woontoren, meer een donjon, en een handvol huizen. Het pad dat langs l'Angelo Pescatore liep boog daar af naar boven, om met een paar bochten drie kilometer verder en tweehonderd meter hoger bij Casemasce uit te komen op de asfaltweg die over de kam van de heuvels liep. Het pad was van geelwitte steenslag en stoof bij droogte, zodat de nabije groene omzoming bestoft was. Op de velden stond het graan pril groen te zijn naast de wijnstok en de lapjes tuingrond waar zucchini en tomaten werden gekweekt. Breed uitwaaierende loofbomen zorgden voor schaduw. Het dorp Casemasce lag in drie trappen tegen de helling aan. Op het hoogste punt het kerkje met een annex dat het schooltje had kunnen zijn. Onder de dakrand hingen tientallen zwaluwnesten. Schril piepend zwenkten de vogels af en aan. Het uitzicht was een lust voor het oog. In de tuinen bij de huizen gaf het wasgoed bijna licht, zo helder bolde het op in de warme wind.

Guido liep de hele dag heen en weer van Torreluca naar Casemasce en weer terug en weer heen. Hij stelde zich voor hoe het leven hier zeventig jaar geleden was: misschien niet eens zoveel anders dan nu. Wat minder comfort, maar het werk op het land bleef gelijk, het zicht op de rivier was niet veranderd, de bomen waren even groen, de middag was even loom, en de betrekkingen tussen de mensen werden evenzeer bepaald door afgunst, nepotisme, standsbewustzijn. De Meester droeg als onderwijzer een donker pak en een hemd met een losse boord, van afzeembaar, vergelend celluloid, op zijn hoofd een grijze hoed met lint, 's zomers een strooien panama. Tijdens zijn wandelingen begeleidden hem een rotan wandelstok en een sleep kinderen, lachend en spelend. Guido verbeeldde zich de moed en het optimisme van de jonge Meester: zijn leven lag open, het lot lachte hem toe. De macht van de fascisten zou worden gebroken door de internationale solidariteit. De jonge Burrone zag een toekomst in dienst van het gewone volk, van de armen en misdeelden, van de landarbeiders en de loonslaven in de industrie. Hij zou hun leren lezen en schrijven en denken. Hij zou hen sterk maken. Hen oprichten naar het licht. Wat een kracht! Wat een energie! Het verleden was nabij. Guido kon het bijna aanraken.

Toen hij voor de derde keer boven kwam zat op een bankje bij de kerk een ingeklonken man, gekrompen rond zijn ruwgesneden wandelstok, een hoofd bruin en gerimpeld als een walnoot. Stug antracietgrijs haar, waar vele jaren lang een pet op moest hebben gestaan. Diep tussen de vouwen kleine felle oogjes. Hij was zijn hele leven het dal niet uit geweest, antwoordde hij op Guido's vraag, maar een meester Burrone had hij niet gekend. Ja, natuurlijk had hij op het schooltje gezeten. En zijn geheugen was er met de jaren alleen maar beter op geworden. Tachtig was hij nu. De naam van zijn meester wist hij nog heel goed: Totti. Door de bliksem getroffen? Nee, niet dat hij wist. Zoiets bijzonders vergeet je niet. Wacht even, ha – een hand als een dorre tak verliet even de knoest waar hij op rustte – daar kwam iets boven, er was korte tijd een jonge hulpmeester geweest, een soort kwekeling, en die had een bijnaam gehad: het Wijf. Omdat hij zo'n hoge stem had. Hoe hij echt heette wist hij niet meer. Nee, die was niet door de bliksem getroffen. Dat was een jonge boerenknecht geweest en dat was later of eerder. Hartstikke dood die jongen. Bliksem was in zijn linkeroor naar binnengegaan en via de riek in zijn rechterhand had hij aarde gemaakt. Een vlam dwars door zijn hart. Het Wijf? Die was op een gegeven moment weg. L'Angelo Pescatore? Ja, dat kende hij wel. Of daar het ongeluk had plaatsgevonden wist hij niet. Kon best. Er had altijd een vloek gerust op dat stukje grond.

Guido liep geslagen naar beneden. Moe. Schoenen bestoft als die van een pelgrim. Eén getuige zei dat meester Aldo Burrone was getroffen door de bliksem bij l'Angelo Pescatore en twee getuigenissen ontkenden dat. De familie Burrone was vanwege vijandigheid een onbetrouwbare bron. De claim van Gabrieli was geloofwaardiger dan die van de grijsaard op het bankje, omdat zij het voorwerp was geweest van een conflict tussen haar vader en de onderwijzer. Dat maakt indruk op een kind. Dat vergeet een kind niet. Omdat romantische legendevorming niet ongebruikelijk was bij slachtoffers van huiselijk geweld – de held op het witte paard, de bewonderde schoolmeester, komt het prinsesje redden – moest hij het verhaal van Gabrieli voorlopig toch met een korrel zout nemen. Bleef staande dat er in die tijd iemand door de bliksem was getroffen. Bleef staande de merkwaardige bijnaam van Burrone: het Wijf.

Daar hield het op. Daar hield het opeens helemaal op. Hij had geen enkel hard bewijs dat Aldo Burrone en E. Fischer een en dezelfde waren. Het was pure speculatie. Hij had helemaal niets. Niets. Guido stond aan de oever van de Tiber en keek toe hoe het water stroomde. Beetje bij beetje zakte zijn energie uit hem weg, als snel dalend grondwater. Het begon boven in zijn schedel leeg te worden, namen vervaagden, feiten zonken, beelden werden gewist, kennis viel uiteen. Het leven gevende water lag onder handbereik, maar hij werd droog en dorstig als de harde grond onder zijn voeten. Hij kon zijn vingers breken als takjes. Zijn haar viel uit en rolde als kleine kluwens *tumbleweed* weg. Zijn ogen verglaasden en barstten, zijn huid schilferde, zijn organen krompen. Hij wist niet hoe het verder moest. Hij wist niet hoe het verhaal verder ging. Tot deze plek had zijn zoektocht hem geleid. Wat een begin moest zijn ervoer hij als een eindpunt.

De volgende ochtend las Guido almaar de eerste alinea's uit de alfabetboeken. Hij zei de woorden hardop fluisterend alsof hij zichzelf een groot en heilig geheim vertelde. Hij las en herlas ze tot de woorden hun betekenis verloren en er alleen klanken restten en de tijd voorbijging. Zolang hij dit volhield hoefde hij niet terug in de kerker van zijn eigen hoofd, waar zijn gedachten in het holle gewelf weerkaatsten en vruchteloos trappen bestegen die nergens toe leidden, en wankele bruggen boven gapende kloven betraden en langs vochtige muren schoven waaraan garroten klaarhingen en kreten van angst als een klamme echo waren achtergebleven. Maar zijn stem werd allengs zwakker, alleen zijn lippen bewogen nog, en toen, als een wind die gaat liggen in de avond, bewogen ook die niet meer en was alleen uit de beweging van zijn ogen op te maken dat hij las, totdat ook de ogen trager over de bladzijden gingen en hij door het boek heen zat te staren naar andere beelden.

Ze stond in de avondzon tussen de gebroken zuilen van het Didymaion. Een wijde, witte katoenen jurk droeg ze, die door de warme wind zacht om haar heen en tegen haar aan fladderde, zodat ze een levend standbeeld met een dunne, geplooide peplos leek, Nikè van Samothrakè, maar dan met armen en hoofd. Ze was vijf maanden in verwachting. Haar buik maakte haar rijp, zonder de aardgebonden zwaarte van een voldragen zwangerschap. Nu was ze nog licht, kon ze vliegen als ze dat wilde van haar bergtop naar haar heiligdom, van haar Frygische wouden tot haar gouden strand. De wind droeg flarden muziek met een monotoon ritme aan van Turkse snaarinstrumenten. Terwijl hij zo naar haar keek was ze veraf en dichtbij tegelijk. De baby maakte haar op een geheel nieuwe wijze ongenaakbaar. Ze keerde in tot zichzelf, was als het ware voortdurend in een zacht innerlijk gesprek verwikkeld met de groeiende foetus. Daar bleef hij buiten. Toch koesterde hij haar onophoudelijk met zijn blikken, zijn verlangen, zijn stille bewondering. Hij trok een magische cirkel om haar heen, opdat niets haar zou kwetsen. Hij had haar nog nooit zo aanbiddelijk mooi gezien. De seks, zijn hoogstpersoonlijke vorm van gebed, was doordrenkt van tederheid en bezorgdheid, terwijl zij er nauwelijks bij leek te zijn met haar gedachten. Ze behandelde hem met een vage afwezigheid, alsof hij een brave hond was. Hij vreesde soms voorgoed uit haar binnenste kring verwijderd te worden nu hij zijn taak als bevruchter had volbracht. Ze had hem niet meer nodig. Maar dan aaide ze hem weer zo lief.

Dat beeld van Nora tegen de ondergaande zon, cliché als het mocht zijn, werd een icoon, dat hij bewaarde in een schrijn. Soms, zoals nu in l'Angelo Pescatore, voelde hij de behoefte het deurtje te openen, het tere beeld eruit te nemen, en er langdurig naar te kijken tot het verschrompelde onder zijn blik of groeide en groeide en hem als een machtige vlezen wolk verstikte.

Natuurlijk had het kind hun verhouding veranderd. Maar hij nam niet de positie in van de vader die met zijn kind concurreert om de aandacht van de moeder, hij streed met Nora om de liefde tot het kind, wie het meest van haar hield, wie het meest aan haar had meegegeven, wie het meest aan haar gaf. Het was een ongelijke strijd, die hij niettemin weigerde te staken. Er was iets tussen hem en zijn dochter dat er niet was – niet kon zijn – tussen hem en Nora, of tussen Nora en Franca. Nora was en bleef zijn godin, die hij vereerde met zijn lichaam, maar Franca was zijn zielsverwant, zo klein als ze was. Met niemand had hij ooit zo'n band gevoeld. Zelden trachtte hij zijn gevoelens onder woorden te brengen zoals Nora dat deed, maar tegenover deze liefde bleef hij helemaal sprakeloos. Het icoon van Nora in Didyma met de contouren van de kleine Franca verborgen onder de huid van haar buik hield voor hem alles in, alles aan bewondering en liefde, alles aan verlies.

'We moeten praten,' zei Nora vaak. Praten kon ze. Uit woorden was ze opgetrokken. Ze legde bommentapijten van zinnen, hing rookgordijnen van frasen op. Ooit had hij haar bewonderd om haar verbale rijkdom, en nog erkende hij haar meesterschap. Ze draaide arabesken, vormde sierlijke patronen, met hier en daar een puntig accent. Hij luisterde naar haar als naar muziek. Hij was haar publiek, gaf haar de kans te stralen en te schitteren, vuurde haar aan met een gebaar, een glimlach, een korte aansporing, maar dat bleek niet genoeg voor Nora. Nora wilde weerwerk. Nora wilde competitie. Nora wilde naar de kroon worden gestoken. Hij had zijn best gedaan, had diep in zichzelf getast naar de bron van de taal, naar woorden die pasten op zijn wezen, sleutelwoorden, maar het waren woorden die zij niet herkende, niet verstond. We moeten praten. We moeten altijd praten. Wat moeten we praten? Nora moet praten. Nora kan niet tegen stilte. Nora denkt dat stilte leegte is. Nora denkt dat stilte domheid is.

'Praat maar,' zei hij.

En ze praatte. Vanuit haar loopgraaf opende ze het vuur. Ze fileerde hun relatie met de precisie van een visboer, en met zijn al te simpele visie wist hij beter dan haar te onderbreken. Waar hij haar maar niet van kon overtuigen was dat hun verhouding naar zijn idee wortelde in de aantrekkingskracht tussen tegenpolen en dat ze hun energie niet moesten verspillen in een poging gelijken te worden. Ze waren totaal anders en dat was goed. Het duizelingwekkende inzicht in de onkenbaarheid van de ander was typerend voor hun huwelijk, dat zij zelf – wist ze nog wel – had betiteld als een experiment. Was ze niet juist geïnteresseerd geweest in dat niemandsland tussen hen? Nee, nee, nee: ze wilde kameraadschap, uitwisseling, het vergelijken van gevoelens en ideeën, ze wilde desnoods ruzie en meningsverschil, ze wilde dat zwijgen niet, ze wilde weten wie hij was en wat hij dacht op elk moment, ze wilde hem verstaan en horen en begrijpen ook als het stil was, ze wilde zijn nabijheid, zijn nabij-heid, snapte hij dat dan niet. Ja, dat snapte hij best, maar ze wilde een gebruiksaanwijzing die feilloos leidde naar een zoemend, zoevend asfaltwegbestaan. En hem ontbrak die sociale huiselijkheid. Hij was een hobbelig zandpad. Hij was een eenzaat, en dat had haar toch ook in hem aangetrokken, of niet? Ja, maar... Ja, maar... Ja, maar vooral om de eenzaat te veranderen in een mak, zij het belezen schaap met hebbelijke hobby's. Om hem te boetseren naar beeld en gelijkenis van haar broers. Maar ze wilde niet horen dat ze in de val was getrapt van haar eigen valse verwachtingen. Ze sprak hem aan op zíjn verantwoordelijkheid, zíjn tekortkomingen, zijn absenties, zijn koppige weigering zich in haar familie te voegen. Hij had niet geweigerd zich in te voegen: hij was gezakt voor het toelatingsexamen. Hij zakte voor alle familie-examens. Hij snapte de opgaven niet, al deed hij zijn best. Bij hen stapte hij een droom binnen die hij sinds zijn kindertijd regelmatig had: in een huis te zijn met mensen die hij niet kende, zonder te weten wat hij er deed, maar hij moest iets doen en wist niet wat van hem werd verwacht, en alles wat hij deed was fout, een droom als een labyrint zonder uitgang, een kinderlijke droom van vervreemding. Er heerste een toon in zijn schoonfamilie waarvoor hij geen oor had. En hij schaamde zich. Hij schaamde zich zo dat hij zich meer en meer terugtrok, een zwijgende zwager werd, af en toe door de schoonzusters uit zijn tent gelokt omdat ze hem mooi en interessant vonden en omdat ze een hekel hadden aan Nora, aan wie ze geen van allen konden tippen. Maar de drie schoonzusters hadden elkaar, en hij had niemand, behalve moeder Herma, die hem behandelde als een invalide, een dyslecticus in een familie van lezers, een hardhorende in een familie van musici, een dom blondje in een familie van wiskundigen, door te doen alsof zij net was als hij. Lief bedoeld maar dodelijk. Drinken hielp niet. De keer dat hij het probeerde had een broodnuchter deel van hem zijn dronkenmansgedrag haarscherp geobserveerd en was zowat gestorven van schaamte maar kon niet meer ingrijpen. Hij gleed uit op een zeephelling, maakte zich ostentatief belachelijk door Brabantse carnavalsliedjes te gaan zingen en werd door een kil zwijgende Nora in bed geholpen.

'We moeten praten.' Telkens weer. Nora's therapeutische gesprekken waren periodieke oprispingen, zoals van kwartaaldrinkers. Het speet hem meer dan hij haar zeggen kon dat hij niet was wie zij wilde dat hij was. Maar je kúnt zijn wie ik wil dat je bent! Je weigert te zijn wie je kunt zijn! Je koestert heel diep in dat zwijgzame hart van je een wrok tegen me! Misschien was het waar en waren zijn liefde en zijn wrok als rozenstruiken op een graf van minnaars in elkaar verstrengeld geraakt.

Na de gênante scène waarin hij haar had geslagen, kondigde ze aan dat het genoeg was. Ze wilde van hem af. Zijn excuses waren wel aanvaard maar hadden niet geholpen de breuk te helen. Het was voorbij. Ze had met een advocaat gesproken, papieren geregeld, en het moest maar snel en geruisloos en met zo min mogelijk reuring. Voor Franca. Franca. Franca. Franca. Een draaikolk. Waar hij keek zag hij Nora, die Franca weggriste. Aan alle kanten vielen slagbomen neer. Zijn kind raakte buiten bereik. Niet alleen dat Nora hem verliet, maar dat Franca van hem werd afgescheurd bezorgde hem een duizelingwekkend gevoel van vallen, almaar vallen, zoals hij nu in l'Angelo Pescatore zat en innerlijk viel. Viel en viel en dieper viel en nog een richel lager stuiterde naar een nog eenzamer en desolater plek, waar hij al eerder terecht was gekomen, bijvoorbeeld toen

Nelly Kaspers was gestorven en hij in haar ziekenhuiskamer stond, een halfuur te laat, Nelly al een mager masker, rozenkrans tussen de vingers, onbereikbare wang.

Ja, als hij zich in zijn verslagenheid in l'Angelo Pescatore zou willen optrekken aan eenzelfde hopeloze ervaring van eenzaamheid, dan was het aan het moment dat Toon de Verschrikkelijke hem had gebeld met de mededeling dat zijn moeder 'op sterreve lag' en dat de pastoor langs was geweest met 'het Heilig Oliestel' en dat ze naar Guido vroeg. Guido had haar tijdens haar ziekte een paar maal bezocht maar kon haar zuchten en haar tranen moeilijk verdragen en de laatste keer klampte ze zich aan hem vast en zei dat als hij ooit zijn vader zou willen zoeken ('hij heette ook Guido. Guido Boccaleone. Leeuwenmuil op z'n Hollands') en als hij hem zou vinden of hij hem dan zeggen wou dat ze alleen van hem had gehouden, voor altijd en eeuwig, en dat ze hem vergaf, en of hij haar wilde vergeven, en dat ze op hem zou wachten waar de engelen samenkwamen rond de troon van God en zongen, zongen, zongen. En ze was gaan zingen: 'Ma doce, doce, doce, lalalala, doce, doce.' Dat betekent 'zoeteke', en dat zong hij altijd voor me. Je gaat hem toch zoeken, jongen? Hij is je vader. Een man kan niet zonder vader.

Met dichtgeschroefde keel had hij haar hand beklopt. En was toen weggegaan en hij zag nog haar blik vanuit haar ziekenhuisbed, en die blik was diep in hem gedaald en weggesloten om hier boven te komen in l'Angelo Pescatore. Het was een blik die Nora nooit zou kunnen duiden, de blik van een kapster, getroffen door het lot van alle gewone mensen: te moeten leven zoals het je wordt toegedeeld en veel is het niet, en je leeft je leven zo goed als je kunt en je droomt en je droomt nog eens, en je droomt jezelf een eind de verkeerde weg op, en je zingt mee met de koninginnen van het levenslied en het staat in je hart gebeiteld dat liefde eeuwig is, en trouw, en verraad, en verdriet, en dood, en dat je als een knikker in een trekautomaat van verraad naar verdriet naar dood wordt gestuiterd, maar dat je je best hebt gedaan.

Aan het eind van de derde dag – hij zat doelloos voor zich uit te staren op het terrasje voor zijn cel – zag hij Luigi komen, gevolgd door Aldo '62. Het moest zaterdag zijn, want de avvocato droeg een lichte katoenen broek en een poloshirt. Guido greep schuldbewust naar zijn kaken: hij had zich drie dagen niet geschoren. Luigi beperkte zich tot een vermoeid aanwijzen van Guido's verblijfplaats en trok zich terug. Aldo nam Guido's uitnodiging aan en ging op de andere groene plastic tuinstoel zitten. Hij legde het boek dat hij onder zijn arm had gedragen neer op de plastic tafel: de alfabetboeken in Italiaanse vertaling.

'Daar staat een hoop onzin in,' zei hij, 'maar ook veel dat de moeite waard is.'

'Het is hier en daar gedateerd,' zei Guido mat.

'Ik geloof u. E. Fischer is het pseudoniem van Aldo Burrone, mijn oudoom.'

De blijdschap die hij moest voelen, bleef uit. Geen triomf. Geen heerlijk vooruitzicht de Fischerkenners de mond te snoeren, paf te doen staan. Geen ex-schoonvader die hem op de schouder klopte: bravo Guido. Geen vergezicht van lezingen, uitnodigingen, interviews. Geen genoegdoening. Er ontstond even een pauze in zijn hoofd, een korte doodsheid, daarna kwam aarzelend het gevoel. Het was verdriet. Zijn vondst was niet meer van hem. De familie, rechtmatige eigenaar van de erfenis, was nu de beheerder van het geheim. Aldo '62 gedroeg zich naar de nieuwe verantwoordelijkheid. Hij maakte met zijn gebiedende, neerbuigende houding Guido tot dienaar, tot voetveeg, tot waterdrager.

'Maar wat nu,' zei de avvocato.

'Hoe bent u tot de conclusie gekomen?' vroeg Guido.

'Er zijn details die alleen de familie kent.'

'Uw vader wist het.'

'Toen u de foto liet zien.'

'Hij wist het.'

'Laten we daar niet over strijden. Het is niet van belang.' Aldo '62 liet een stilte vallen. 'Ik wil weten wat er met hem is gebeurd. Wie zijn nalatenschap beheert.'

'We weten niet of hij dood is.'

'Hoe succesvol waren de boeken?'

'Ze zijn nog steeds verkrijgbaar.'

'Dus worden er nog steeds royalty's uitgekeerd. Aan wie?'

'Ze worden gestort op een geheime Zwitserse bankrekening.'

'Wat een pathetisch cliché.'

'U kunt hem dood laten verklaren, de erfenis opeisen.'

'U denkt dat hij naar Umbrië is teruggekeerd.'

'Maar ik heb er geen enkele concrete aanwijzing voor.'

'Het zou toch vreemd zijn als we in onze betrekkelijk hechte gemeenschap deze afgelopen dertig jaar de oude Aldo Burrone over het hoofd zouden hebben gezien, onder wat voor pseudoniem hij zich ook heeft gevestigd.'

'Wie dat wil kan verdwijnen in zijn eigen stad.'

'U moet me helpen hem te vinden.'

'Waarom ik?'

'U was toch naar hem op zoek?'

Guido was op zoek naar de Meester, ja. Het was zijn hoogstpersoonlijke onderneming. De familie Burrone kon in zijn optiek alleen de leverancier van gegevens zijn. Op een vijandelijke overname van zijn aandelen zat hij niet te wachten. Het doorkruiste zijn jarenlang gekoesterde droombeeld. Hij moest zich ontdoen van Aldo '62 maar hem wel eerst de feiten ontfutselen. In schijn zou hij een alliantie aangaan. Guido keek opzij naar Aldo in de wetenschap dat de avvocato op dezelfde wijze van zijn diensten gebruik zou maken. De schijn van samenwerking en dan ten slotte in z'n eentje met de buit en met de eer gaan strijken. Ze schudden elkaar de hand en bezegelden hun pact. Aan Guido's handen hingen loden gewichten. Hij had het gevoel of hij al zijn reserves had uitgeput.

# 10

Guido keerde terug naar zijn hotel in Todi om het contact met Aldo '62 te vergemakkelijken. Het eerste overleg vond plaats in Ristorante Umbria. De avvocato legde een bruinlederen schrijfmap op tafel en een elegante zwarte vulpen. De Italiaanse vertaling van de alfabetboeken kwam links van zijn bord te liggen. Guido had zijn Moleskine-opschrijfboekje bij zich en een balpen, plus natuurlijk zijn beduimelde Fischerbijbel. Zijn hoofd zat vol vragen, maar hij was behoedzaam. Laat de advocaat maar komen, dacht hij. Ik ben van smekeling gesprekspartner geworden en niet van plan dat meteen weer te verpesten. Aldo informeerde naar zijn welbevinden en bestelde een fles San Pellegrino. Ze bekeken het menu, voor Aldo een aanleiding te verhandelen over de Umbrische duif, in de Middeleeuwen basisvoedsel in deze contreien maar nu moeilijk verkrijgbaar, en indien verkrijgbaar zelden naar behoren geprepareerd, doch de duif in dit restaurant kon ermee door. De truffelrisotto was eveneens aan te bevelen, maar liever in de herfst, als de truffels vers waren. Zijn vader bezat een truffelhond. Guido onderbrak hem met de wetenschap dat truffels door varkens werden gezocht en hoe merkwaardig dus: een truffelhond?

'In Frankrijk worden truffels door varkens gezocht,' antwoordde Aldo. 'In Umbrië richt men honden af. De hond moet er wel talent voor hebben. Een maand lang krijgt hij eten in truffel gedrenkt. Dan krijgt hij een week lang niets te eten, en dan, als de hond jankt van de honger en alleen nog maar aan truffel denkt, gaan ze met hem het bos in. Ontbering en gemis maken de beste jagers. Vindt hij een truffel, dan krijgt hij een koekje om de rauwste honger te stillen en gaat het weer voort. Efficiënter dan met varkens. Truffel, het zwarte goud van Umbrië.' Aldo dook weer in het menu. 'Geen vis nemen,' ried hij aan. 'Te ver van zee.'

Zo passeerde elk gerecht de revue. De wijnen werden eveneens uitgebreid becommentarieerd. Guido voelde zich een domme hork en hoopte dat dit verplichte onderdeel van de conversatie snel voorbij zou zijn om op het hoofdonderwerp van de avond te komen. Want hoe dicht Aldo genetisch ook bij de Meester stond, één enkele lezing van het oeuvre kon hem niet zo met het gedachtegoed vertrouwd maken als Guido na zoveel jaar studie was.

De ober nam de bestelling op. Aldo gaf wat directieven voor de kok mee, die vooral niet het gebruikelijke garnituur bij de duif moest serveren maar iets geheel anders, waarvan Guido de essentie niet meekreeg. De ober boog diep voor zoveel vakkennis en specifieke wensen. De Italiaanse horeca kijkt neer op gasten die alles slikken, maar vliegt voor culinaire primadonna's met veel noten op hun zang.

'Eten is bij ons een serieuze zaak,' zei Aldo, die kennelijk verwachtte dat het bij Guido in Nederland niet het geval zou zijn. En daar had hij gelijk in. Guido voelde zich terechtgewezen.

'Ah! Si, in Italia...' zei hij met veelbetekenende, inheems aandoende mimiek en handbeweging. Hij wist er alles van. Als half-Italiaan. Eten is hier net zo'n onderwerp van gesprek als bij ons het weer. God, wat een oppervlakkig gekeuvel. Moest hij nu werkelijk door deze conversationele rimram heen? Aldo was bij deze, toch hun vierde ontmoeting, niet losser en informeler geworden. Kameraadschap, laat staan intimiteit was ondenkbaar zolang de hiërarchie nog niet definitief was vastgesteld. Wie was Guido? Hoe moest hij worden ingeschaald in het subtiele klassensysteem dat in Italië gold? Buitenlanders waren sowieso moeilijk inpasbaar, maar zo'n halve Italiaan, zoon van een gastarbeider, die moest wel heel hoog zijn geklommen in zijn moederland om in zijn vaderland enigszins mee te tellen. Een biograaf? Dat kon iedereen zijn. En verbonden aan de universiteit? Aldo zou waarschijnlijk niet weten wat hij zich bij een Nederlandse universiteit moest voorstellen, in ieder geval ver beneden de waardigheid van een Bologna, of een Perugia. De beleefde afstand ergerde Guido en maakte hem onzeker. Hij kon zich niet zo makkelijk een houding geven, en hoewel hij ernaar uitkeek, vreesde hij het gesprek over Fischer. Het superieure *savoir-faire* van Aldo was een weloverwogen strategie, die hij nauwelijks kon pareren, behalve met zijn kennis en die durfde hij niet te etaleren. Zijn verhouding met de Meester werd een pure privéaangelegenheid, een verdachte hobby, een beetje smoezelig, een beetje dweperig, een beetje pervers.

De wijn werd goedgekeurd na een lang gesprek met de ober. Na de eerste slok en de heildronk – een zwijgend naar elkaar heffen van het glas, dat een merkwaardig plechtige handeling leek, als een bel voor het begin van de mis of voor de eerste ronde – legde Aldo '62 zijn handen links en rechts over boek en schrijfblok en zei: 'En u denkt werkelijk dat hij nog leeft?'

'Volgens de statistieken is hij dood.'

'Maar u denkt dat hij nog leeft.'

'Het doet er niet toe wat ik denk. Hij is dood. Of hij leeft. Als hij dood is, ligt hij hier begraven. Als hij leeft houdt hij zich hier verborgen.'

'Wat is dunkt u makkelijker? Een graf zoeken of een kluizenaar?'

'Een kluizenaar zoeken lijkt mij makkelijker dan een graf. Vinden. Zoeken is makkelijk, bedoel ik. Het vinden levert problemen op.'

Aldo beloonde hem met een scheef lachje en nam een slok wijn. Een grote slok wijn. In die gulzigheid verried zich opeens iets boers, zoals ook de korte vingers geen spat aristocratie bevatten.

'En waar zou u een hoogbejaarde kluizenaar zoeken, om met het makkelijkste te beginnen?'

'In een bejaardenhuis, in een klooster, via de sociale instellingen, artsen, ziekenhuizen, hulpverlening. Geen mens wordt oud zonder ziekte en hulpbehoevendheid.'

'Onder welke naam? U denkt toch niet dat hij zich als Aldo Burrone heeft ingeschreven? Of als E. Fischer?'

'Waarom niet? Het is mogelijk.'

'Er zouden geruchten de ronde zijn gaan doen en ons hebben bereikt. Er zijn niet zoveel Burrones in deze buurt. Daarvoor moet u noordelijker zijn.'

'Over Burrone misschien wel, maar niet over een meneer Fischer.'

'Fischer is hier een opvallende naam.'

'Niet voor een buitenlander. En er wonen hier inmiddels nogal wat rijke buitenlanders.'

'U denkt dat hij zich voor Amerikaan heeft uitgegeven?'

'Ik denk dat hij Amerikaan is. Was. Genaturaliseerd.'

'Wij moeten dus navraag doen naar een oude Amerikaan met de naam Fischer.'

'U hebt als advocaat daarvoor vast wel de middelen en de ingang.'

Aldo dacht na. 'En als we hem onder die namen niet vinden? Moeten we dan alle vijfennegentigjarigen een bezoekje brengen?'

'Dat ligt eraan hoeveel het er zijn.'

'Als we geen enkele vijfennegentigjarige vinden die aan het signalement voldoet, concluderen we dan dat hij dood is?'

'Nee. Dan hebben we misschien niet alle vijfennegentigjarigen gevonden.'

'De burgerlijke stand kan ons uitsluitsel geven over de dood in de afgelopen decennia van Burrones en Fischers. Misschien zelfs over de dood van alle Amerikaanse staatsburgers in de afgelopen jaren. Als we niets vinden, beweert u, geeft dat nog steeds geen uitsluitsel of mijn oudoom hier al dan niet woont of overleden is.'

'Ik meen dat de statistieken mogelijk niet alles weten. Overal wonen illegalen.'

'In dat geval wordt opsporing onmogelijk. Evenals het vinden van een graf. Dan is hij voorgoed verdwenen.'

'Ik wil hem graag vinden,' zei Guido, 'maar voor mijn doel, de biografie, is contact met u al van groot belang.'

Het was waar. Iedere onderzoeker zou tevreden achteroverleunen nu hij de ware naam en de afkomst en daarmee deel één van Fischers biografie had gevonden. Maar in Guido werd de leegte die hij sinds enkele dagen ervoer niet gevuld met het halve ei van zijn gelijk. Het was essentieel dat hij de man daadwerkelijk vond, oog in oog met hem stond, en de last van zijn leven aan de voeten van de Meester (dood of levend) kon leggen. Verlossing. Geen rust voor het zover was. Geen rust. Hoe was het mogelijk dat hij hier zo kalmpjes met de achterneef kon converseren, terwijl hij inwendig haakte naar de verborgen Meester als de uitgehongerde truffelhond van Aldo '33 naar het Umbrische goud. Iemand worden. Iemand zijn.

'Ik geloof u niet,' zei Aldo. 'Ja, natuurlijk is uw contact met mij van groot belang voor u, maar uw excuus een biografie te willen schrijven is zwak. U hebt mij nodig, niet als informant voor een boek, maar als gids naar de plek.'

Guido vocht tegen zijn gevoelens van schaamte, de vertrouwde vijand. Hij was weer eens betrapt. De avvocato had hem door en achtte hem een zo onbeduidende tegenstander dat hij hem dat ronduit kon zeggen. Het zweet liep langs zijn rug. Hij had er geen idee van dat zijn verschijning een heel andere indruk

maakte dan die van een makkelijke prooi, een nietszeggend ke-
reltje met een ridicule missie. Het mengsel van geslotenheid en
schoonheid en nonchalante goede smaak, dat hij zelf niet herkende als geducht wapen in de eerste contacten, intrigeerde de
gesprekspartners. Er viel moeilijk vat te krijgen op Guido, en
Aldo zette een on-Italiaanse directheid in bij wijze van verras-
singsaanval. Gesprekken zijn schermutselingen waarin de pikorde wordt bepaald.

'We hebben elkaar nodig, denk ik,' zei Guido. Daarmee was
de eerste fase van de strijd beëindigd en kon aan het voorge-
recht worden begonnen, terwijl de contestanten hun strategie
voor een volgende ronde overdachten. Alweer liet Guido, bij gebrek aan ideeën, zijn tegenstander komen. Aldo op zijn beurt
vermoedde een valstrik bij de zwijgzame Hollander en besloot
het een poosje over een andere boeg te gooien door te vragen of
Guido getrouwd was, kinderen had, waarover zijn promotieonderzoek was gegaan (aan universiteit verbonden, nietwaar,
moet toch geleerde zijn) en of hij die en die kende, een vakbroeder van Aldo die in dezelfde plaats woonde als Guido. De schijn
van een vriendschappelijk gesprek werd opeens gewekt, een zo
opzichtige wijziging in houding dat Guido dichtsloeg, voor zover hij dan open had gestaan. Stuurs: gescheiden, een dochter,
vakbroeder hem onbekend en dissertatie over de handelsbe-
trekkingen tussen Amsterdam en Venetië in de zeventiende
eeuw, Nora's promotieonderzoek dat nooit was afgekomen.
Hortend en stotend bereikten ze het hoofdgerecht en de tweede
fles wijn, want de grote slokken van Aldo werden door Guido
graag geïmiteerd. En zo werd de wijn gaandeweg de smeerolie
van het gesprek. De Italiaan liet iets van zijn formaliteit varen,
de Nederlander durfde Brabantser te zijn.

'Mijn oudoom,' zei Aldo, 'was dunkt mij een godsdienstcriti-
cus met de felheid van een jezuïet, een anarchist met de on-
wrikbaarheid van een communist, een levensgenieter met de

soberheid van een vegetariër, een ijdeltuit met de bescheidenheid van een non. Een gekwelde, tegenstrijdige ziel. Een messias met de onzekerheid van een puber.' Tevreden lachend wees hij met zijn mes naar Guido. 'En hij heeft mijn talent voor de paradoxale formulering.'

'Hij is een Meester.'

'Net als ik. Net als ik,' zei de advocaat.

'Hij heeft zich volledig uitgesproken in de vier boeken,' ging Guido verder. 'Hij heeft het aan ons overgelaten hem te volgen of niet. Hij heeft ons dat niet opgedragen, niet gevraagd, maar ook niet verboden. En toch bevat zijn werk een oproep die niet onverschillig laat. Hij heeft de woorden als koekoekseieren in het nest van zijn lezers gelegd. Ze laten je niet los. Ze laten mij niet los.'

'Waarom niet?'

Guido stond op de rand. Zijn gemoed uitstorten tegenover dit jongere familielid was bijna zo goed als aan de voeten van de Meester zelf zitten. Natuurlijk had hij talloze malen het toespraakje bewerkt en gerepeteerd dat hij had voorbereid voor het geval hij oog in oog met Fischer zou komen te staan. Het kon geen kwaad het effect ervan te testen op de achterneef. Wie weet klonken de woorden hol en pompeus, maar misschien ook gingen ze recht naar het hart, scherp en dun als een mes.

'Ik zocht een visie op het leven die zich totaal committeerde aan intellectuele en emotionele eerlijkheid, die niet koket was, niet modieus, niet politiek, niet religieus, een visie die de tragische onverzoenlijkheid van het menselijk bestaan zou tonen zonder angst en zonder program voor verbetering, en die mij niettemin tot steun kon dienen. Zo raakte ik met het werk van Fischer in gesprek. Door omstandigheden die er nu niet toe doen was ik weggegleden in een niemandsland, ik wist niet meer wie ik was en waarom ik was, ik zocht een draad van Ariadne uit mijn innerlijk labyrint. Als ik de alfabetboeken niet zou hebben gehad was ik terechtgekomen in een gesloten inrichting of op straat, en ik zou langzaam zijn uitgewist, nog voor mijn dood, een misbaar mens. Daarom zoek ik de Meester. Om hem te danken.'

Het was niet helemaal het praatje dat Guido voor de Meester had bestemd, maar het kwam in de richting. Hij trilde van top tot teen en hoopte dat Aldo het niet zou zien. Uit het trillen wist hij dat hij een wezenlijk deel van zichzelf had prijsgegeven. 'Een misbaar mens.' Hij herinnerde zich vergelijkbare ervaringen tijdens de taaie gesprekken met Nora, als ze niet ophield aan zijn ziel te peuteren en hij haar ondanks zichzelf deelgenoot maakte van wat hem beroerde en terneersloeg. Niets te zijn. Niemand te zijn. Nooit had Nora die bekentenis als een geschenk van zijn kant herkend. Nooit had hij haar van het verraderlijk trillen verteld. Hij hoopte onaangedaan te lijken. Juist omdat ze naar de emotie op zoek was wilde hij zich niet verraden aan haar, maar hij nam het haar niettemin kwalijk dat ze hem zo slecht begreep. Zonder woorden wilde hij haar na staan. En soms was het ook wel gelukt, vond hij, de verbondenheid te voelen zonder er onmiddellijk de taal bij te slepen. Maar te zelden en ten slotte helemaal niet meer. O, de woorden van Nora.

Aldo keek hem vorsend aan, nam een slok wijn, depte zich de mond met het hagelwitte servet, kuchte en begon met een mes te spelen. Hij keek heen en weer van het mes naar Guido, duidelijk pro en contra afwegend van het verhaal dat hij hem uiteindelijk deed.

# 11

De komst van de vreemdeling uit Nederland had in Aldo '62 naar hij Guido vertelde een oude nieuwsgierigheid wakker gemaakt. Zoals een lege plek aan tafel leger lijkt naarmate de leegte hardnekkiger wordt ontkend, zo was in zijn jeugd de afwezigheid van een deel van de familie Burrone door het zwijgen van zijn vader bijna tot een permanente, spookachtige aanwezigheid geworden. Niet alleen de oudoom, naar nu bleek de roemruchte E. Fischer, maar ook de twee oudtantes Teresa en Giovanna waren uit het familieportret weggesneden. Dat ze bestonden was hem ooit ter ore gekomen, maar navraag bij zijn vader was op een muur van stilte gestuit. Tot de komst van Kaspers was er geen werkelijke reden geweest op zoek te gaan naar de waarheid. Als advocaat was Aldo vertrouwd met de vele verschijningsvormen ervan, maar het kon nu geen kwaad wat ware verhalen op te hangen aan het geraamte dat Aldo '33 in de kast had staan.

Tante Teresa was nog in leven. Ze liep tegen de negentig. Aldo bezocht haar kort na de eerste ontmoeting met Guido in een verzorgingstehuis te Perugia. Ze was compos mentis, sterker: extreem bij de pinken. Ze liep krom, haar kalend kopje op de gebogen nek was alert als dat van een vale gier, haar handen waren voortdurend bezig met een onzichtbaar haakwerkje. De traditionele weduwejapon hing in losse plooien om het gekrompen lijf. Het vet en het vlees waarmee ze ooit was bekleed waren van het bot gesmolten sinds de ouderdom de darmen lui had gemaakt. Ze begon met Aldo de mantel uit te vegen. Dat hij zich als jurist zo schandelijk door zijn vader in de luren had laten leggen zonder ooit te proberen zijn bloedeigen familieleden, zijn oude oudtantes, op te sporen om hun kant van de vete te horen, was een onvergeeflijke daad van respectloosheid en gemakzucht. Aldo '33 was onherstelbaar geïndoctrineerd door de verhalen van zijn moeder, de rancuneuze Giulia, de schoonzuster, die het leed koesterde als een minnaar. Van die meeloper had ze niets verwacht, maar het volgende geslacht, het echte postfascistische geslacht, had zich toch wel iets eerder mogen melden. Nu was ze bijna dood, en als hij nog langer had gewacht had ze het verhaal in het graf mee moeten nemen.

Het gierenhoofd maakte een korte vragende beweging: Eh?! Wat brengt je hier? Ben je boodschapper van je vader? Is de koppige ezel ziek en zoekt hij vergiffenis of redding of wat dan ook? Aldo '62 antwoordde dat hij op zoek was naar de broer van tante Teresa: oudoom Aldo Burrone. Hij wilde graag weten wat er destijds was gebeurd. Dat weet je toch! kakelde het oudje. Je weet toch wat je vader je heeft verteld: dat Aldo Jacopo heeft verraden. Dat de weduwe in haar eentje twee jongens door de oorlog en de honger heeft moeten slepen en uitgeput het moede hoofd heeft neergelegd na het volbrengen van die bovenmenselijke taak. Dat weet je toch! Dat is je toch verteld? Wat wil je meer weten? Tante Teresa had er kennelijk behoefte aan de plak nog even langer te voeren om haar meer dan zestig jaar oude frustratie te uiten. Ze klonk of ze zich de rest van haar leven met plezier zou overgeven aan de kastijding van het achterneefje. Als dat niet de waarheid is, wat is de waarheid dan wel? vroeg Aldo.

Tante Teresa stak van wal. Italië in de vroege jaren twintig was een land rijp voor een staatsgreep. Langzaam rees de ster van Mussolini en zijn zwarthemden. Een niet eens zo groot maar wel een bijzonder militant en kwaadsappig deel van de bevolking volgde hem en droeg hem naar het Quirinaal. Links was te verdeeld en ontbeerde een leider die de massa's kon inspireren. Bovendien wist Mussolini zich van de potentiële linkse leiders te ontdoen. De arme, gebochelde Gramsci zat al snel in een cel. In de familie Burrone tekende zich een scheuring af. De vader overleed aan maagkanker nog voor hij definitief naar het kamp van Mussolini was overgegaan. De zoon Jacopo raakte via zijn echtgenote Giulia, die hij in 1928 ontmoette, vermaagschapt aan de Buitoni-familie en dus aan de wortels van het fascisme. Zoals Aldo '62 wel moest weten startte de Mars op Rome hier in Perugia. Schuldige stad. Fascistische universiteit toentertijd, maar dat had Aldo er niet van weerhouden hier zijn juridische studies te vervolgen, nietwaar? Wat weet je van het verleden, jongen? Niets immers. Maar je oude tante zal je inlichten. Giulia was een overtuigd fasciste en ze sleepte Jacopo mee. De zwakkeling. Aldo daarentegen leek zich in de groeiende storm van het fascisme sterker en sterker te verschansen in een geheel andere ideologie, die tante Teresa, zo jong als ze toen was, een stuk sympathieker voorkwam, alleen al omdat ze niet aan de macht was en werd vervolgd en onderdrukt: het communisme, dat met veel succes in het arme Rusland werd toegepast. Hun bereikten enthousiaste verhalen van pioniers. De pogroms en processen van de Georgische despoot drongen pas veel later tot het volk door, dat nu eenmaal lang en graag doof blijft voor de excessen van leiders. Maar ze dwaalde af. Terug naar Aldo en Jacopo. Aldo werd gezocht wegens staatsgevaarlijke activiteiten. Op het moment dat zijn arrestatie ophanden was, waarschuwde Jacopo zijn broertje, die wist te ontkomen. Hij heeft zich schuilgehouden of is een tijdje het land uit geweest, dat weten we niet. Maar hij kwam terug, werd lid van een geheime verzetsgroep die bloedig wraak nam voor onrecht de communisten aangedaan. En zo hoorde hij dat zijn eigen broer op de dodenlijst van zijn groep stond. En hij heeft Jacopo niet gewaarschuwd. Hij heeft hem niet gewaarschuwd. En weet je, jongen, wat mij de rest van mijn leven heeft beziggehouden? De noodzaak. De noodzaak, tante? De noodzaak. De noodzaak die hen allen bewoog.

Tante Teresa schuifelde naar een gigantisch meubel dat het grootste deel van haar piepkleine kamer besloeg, een gepolitoerd buffet met gedraaide poten en rijkbewerkte deuren. Ze haalde er eerst een fles grappa en twee glaasjes uit, die ze naar Aldo terugbracht met het bevel eens in te schenken, want deze confrontatie greep diep in en was ruim over tijd en God en alle heiligen waren haar getuige dat ze op dit moment had gewacht, waarna ze zich weer naar de kast bewoog om uit een geheime la een brief te bevrijden. Voorlopig hield ze hem nog ongeopend op haar schoot, vingerde ze rusteloos het papier, en maakte Aldo deelgenoot van haar gedachten over de noodzaak.

'Jacopo voelde de noodzaak zijn broer te beschermen. Aldo voelde de noodzaak zijn broer te verraden. Aan wie of wat gehoorzaamden ze? De zaak die Jacopo diende bleek een verdorven ideaal te zijn. Hij diende het echter zoals een ideaal moet worden gediend: met overgave, met inzet, met een zeker fanatisme, maar ook met compassie. Aldo diende zijn ideaal met onverzoenlijkheid. Als je wint kun je je compassie permitteren. Als je verliest niet. Noodzaak, jongen. Noodzaak. Noodzaak te zijn als je vijand. Opdat je wint en jezelf kunt zijn. Of je verliest en raakt jezelf kwijt. Maar waar vind je jezelf dan? Kom daar maar eens uit. Ik ben daar niet uit gekomen.'

Ze kieperde de grappa naar binnen met een beweging die het gierenkopje aan een zwanenhals deed denken. En daarna gaf ze hem de brief die Aldo in 1939 aan de familie schreef kort voor hij in Genua scheep ging naar de Verenigde Staten.

In Ristorante Umbria te Todi, zittend tegenover Guido Kas-

pers, haalde Aldo '62 uit zijn schrijfmap een drietal fotokopie-
en, die hij met een zwierig gebaar dat niet vrij was van ironie,
aan Guido aanbood. Guido veegde eerbiedig zijn handen af alvorens de papieren aan te raken, als waren ze de kostbare origi-
nelen. Het trillen werd een onmerkbaar beven, een stroom-
draad werd hij. Daar was het handschrift, de hand van de Meester. Werkelijke Tegenwoordigheid. Verdichting. Engelenzang.
Het was een vloeiend schuinschrift met spitse, vrijwel gesloten
klinkers. Sommige woorden leken op lange, nauwelijks geacci-
denteerde strepen, als morse, of als de doorhaling van een vage
gedachte. Woorden als treintjes. De dwarsbalk op de t was
soms bijna zo lang als het woord waarin de letter voorkwam,
zodat er sprake was van een dubbele stroomlijn. En snelheid.
Niet zo makkelijk te ontcijferen. Maar al zou hij er een jaar over
doen: hij zou de brief leren lezen. 'Carissimi' luidde de aanhef:
'Geliefden'. Hij keek Aldo aan, getroffen door dit blijk van vertrouwen, en opnieuw meende hij in de ogen van de advocaat de
kwetsbaarheid, ja bijna de radeloosheid te zien die hen verbond.
   'Grazie,' zei hij ernstig en oprecht.
   Aldo schonk nog maar eens in om de ban te breken. 'Morgen
zet ik mijn secretaresse aan het werk. Geen vijfennegentigjarige zal aan haar klauwen ontsnappen.'

Genua, voorjaar 1939
Geliefden,
Nu ik op het punt sta dit oude met bloed en schuld door-
drenkte continent te verlaten, wil ik mij uitspreken tegenover jullie. Het is een afscheid. Misschien voorgoed. Onze
levens waren ooit bijeengebonden als een korenschoof. De
gebeurtenissen, die wij deels zelf veroorzaakten door leiders
te volgen, deels ondergingen doordat de ontketende krachten ons overspoelden, hebben ons uiteengeslagen. Het simpele leven dat we met elkaar leefden, het brood dat we met

elkaar braken, de dromen die we met elkaar deelden, die eenvoud en menselijkheid zijn voorgoed ten einde. Ons land is een land van angst geworden. Neven en buren met wie we op familiefeesten dronken en klonken trokken zwarte hemden aan en sloten zich aan bij knokploegen. Zij drongen huizen binnen en voerden jongemannen af als vee, sloegen hen, trapten hen, doodden hen. Wie hoopte op de dageraad van het socialisme werd in een donkere kerker gegooid of verbannen naar kale, verre oorden. Willekeur hulde zich in macht. IJdelheid blies ego's op. Antonio Gramsci stierf, uitgeput na vele jaren gevangenschap. Jacopo, mijn dierbare broer Jacopo, wiens naam ik niet kan noemen noch denken zonder een zweepslag van pijn, is hem gevolgd in de dood. En ik, ik leef. En ik weet niet meer hoe ik moet leven. Ik heb geloofd in het volk. Ik heb geloofd dat het als een kudde schapen de goede herder zou volgen. Maar daar stond het, blatend in een kale wei, en het volgde een herder die geen gras beloofde maar bloed en buit. Een wolvenpak is het volk, al doe ik daarmee de wolven tekort. Erger dan wolven zijn de mensen, bloeddorstiger, matelozer, oneindig veel dommer. De domheid van schapen met de bloeddorst van wolven. En ben ik dan geen zoon van het volk? Zijn jullie niet onderdeel van de kudde? Hoe onderscheiden wij ons? Hoe durf ik te beweren dat wij anders zijn dan de wandelaars op de Mars naar Rome? Was de Duce niet aanvankelijk marxist? Was de Führer niet socialist? En wat doet Stalin? Ik durf niet meer te denken over mijn eigen gelijk. Is Jacopo voor niets gestorven? Uit de dood kan niets goeds voortkomen. Dat zal ik ook niet toestaan. De God van de christenen heet Verlosser. Ik zal mijn broer door zijn dood niet de verlosser maken van onze schuld. Maar ik zal een weg vinden om de schuld te delgen, door hem te dragen. Mijn leven lang. Ik spreek in raadselen, ik weet het. Ik verkeer in verwarring. Groot verdriet en diepe teleurstelling koppelen zich aan vastberadenheid, hoewel ik niet weet waartoe.

Ik ben vervolgd in eigen land. Door eigen mensen. Niet omdat ik een misdaad heb begaan, maar omdat ik een mening had, een overtuiging. 'Vrienden hebben me bezworen een andere weg te gaan. Ik kan het niet. Ik heb mijzelf al weggegeven en heb niets meer te geven.' Die overtuiging stond niet in een heilig boek, was niet verbonden aan een onzichtbare, wrede god, een meedogenloze wet, maar was een beroep op rechtvaardigheid. Rechtvaardigheid, zo heb ik nu geleerd, is in zichzelf een leeg begrip. Het is te vullen vanuit elke bron. De zwakken beschermen of hen uitroeien. De vreemdeling onthalen of hem verdrijven. Het ik verheerlijken of het ik overwinnen. Er is geen maatstaf voor het goede. Elk leidend principe is of wordt corrupt. Elke god is een mensengod, niets menselijks is hem vreemd. Elke mens maakt zich een god, vergeet dat hij de schepper van zijn schepper is, en laat zich door de zelfgemaakte god de zelfgemaakte wet stellen. Zo drijft de mens schuld uit. Niet hij, maar zijn god. Niet hij, maar de wet. Niet hij, maar de leer. En hij volgt. Een ezel in een tredmolen van eigen makelij, een vicieuze cirkel van zelfbedrog en wreedheid.

'Er is geen eind aan dit lijden, er zal nooit een eind aan komen. Zij die straffen raken niet moe, de gestraften sterven niet – wat moeten zij elkaar beminnen! De pijn verteert het lichaam, maar de dode ziel leeft voort en het lijden wordt nooit minder hevig. En dan, als de dood komt, laat hij me keihard treffen, sluit me op in de buik van een hongerige wolf die mijn resten in een braamstruik uitschijt.'

Ik bewaar de herinnering aan een zonnige dag in 1926. Ik was zestien. Mijn broer Jacopo was achttien. Hij was verliefd en wilde zijn geliefde zien. We reden mee op een boerenkar tot aan Collepepe, en vandaar klommen we de lange weg

omhoog naar Collazzone, waar ze woonde. Het was een hemels mooi meisje. Anna. Dat ze ziek was en drie maanden later zou sterven wisten we niet. Wij waren allen immers onsterfelijk. We hebben met ons drieën een wandeling gemaakt tot even buiten het dorpje, waar we in het gras gingen zitten en uitkeken over het rijpende koren, de maïs, de zonnebloemen en de schaduwrijke bomen tot in het dal, en daarachter verhieven zich de rijke, groene heuvels van Umbrië, en ik ruik nog de geur van onze tedere jeugd, ik zie de stralende lach van de jonge geliefden, een beetje verlegen met de overweldigende toekomst die ze voor zich zagen, maar niet bang. Zij waren verliefd op elkaar. Ik werd verliefd op hen. Ze zijn er niet meer. Maar dat uur in het gras is er nog. In mijn hart. Tot mijn dood.
Aldo

# 12

Het verhaal van Aldo '62 en de brief hielden Guido wakker. Zijn hoofd voelde aan als een ondergronds stenen gewelf waar almaar water door stroomt. Het ruiste en gorgelde en echode. Het was te veel opeens. Hoe moest hij dit allemaal verwerken? Hij staarde naar het compacte handschrift en gebruikte de lijn van de inkt als de draad van Ariadne, niet het labyrint uit, maar het labyrint van de meesterlijke geest in.

De citaten in de brief van de Meester uit 1939 kwamen hem bekend voor. Het eerste citaat over de andere weg die vrienden aanraden te nemen, stond in deel A. Het tweede over de onverbrekelijke band tussen beulen en slachtoffers in deel C. Maar het was toch niet mogelijk dat de Meester in de brief zichzelf citeerde uit een werk dat hij nog moest schrijven? Hij citeerde dus een andere auteur en verwerkte de citaten later zonder bronvermelding in zijn alfabetboeken, als had hij zich de teksten geheel toegeëigend. Misschien had hij zo wel meer geplagieerd, ook Catullus was per slot van rekening uitbundig gebruikt. Uit welke bronnen putte hij en waarom was er door geen Fischerkenner op gewezen? Waarschijnlijk omdat het voor de gemiddelde connaisseur – veelal Amerikanen – onherkenbare citaten uit moeilijk toegankelijke bronnen waren. Dat leidde weg van de wereldliteratuur naar lokale auteurs, naar de Umbrische wortels van de Meester.

Hij sloot zijn laptop aan, logde in en vulde op Google 'Umbria scrittore' in. De zevende hit beloofde een overzicht per stad van alle belangrijke schrijvers en kunstenaars van de regio. Guido las en woog, verwierp, hield in reserve. De tweede auteur bij Todi was Jacopo dei Benedetti, ook wel genoemd Jacopone da Todi, beroemd vanwege zijn *Laude*. De naam Jacopo trof hem. En natuurlijk Todi. Hij voelde zich als een surfer die een golf aan ziet komen, zich op zijn surfboard hijst en juichend op de schuimende kam rijdt.

De naam Jacopone da Todi gaf een explosie aan hits. De *Laude* stonden integraal op het net. Aan levensbeschrijvingen geen gebrek. Hij had nog nooit van de brave man gehoord, maar dat bleek een gigantisch gebrek aan zijn toch al gebrekkige opvoeding. Hij wist niet waar hij moest beginnen. Het hart klopte hem in de keel, toen hij las dat de heilige in het klooster van San Lorenzo te Collazzone heette te zijn gestorven en aldaar in een crypte was bijgezet. Collazzone. De zonnige dag in 1926.

Duizelend ging Guido op bed liggen. Ergens diep in zijn ingewanden begon een prikkeling, een rimpeling die zijn middenrif bereikte en zich in zijn borst verspreidde. Zijn spieren trilden. Zijn mond opende zich. Hij lachte. Hardop. Grinnikte. Lachte. Hinnikte. Het hahaha was niet te stoppen, werd onbedaarlijk, ook al voelde hij geen vreugde of speelde hem geen enkele geestigheid door het hoofd. Hij lachte tot hij huilde. Hij snikte het uit. Een diep verdriet welde in hem op. Nog nooit had hij zo gehuild.

Daarna stond hij op. Zijn hoofd was helder. Er scheen een licht dat alle hoeken zichtbaar maakte. Iemand was met een ragebol langs de plafonds gegaan. Hij was een pasgebouwd ziekenhuis vanbinnen. Smetteloos. Steriel. Kasten keurig ingericht. Alles op zijn plaats, in afwachting van zieken en dood. Hij wist wat hem te doen stond. Hij las methodisch de meest belovende verwijzingen en levensbeschrijvingen van de dwaze heilige door, in de overtuiging dat de Meester en de Heilige op één lijn stonden.

Todi was een welvarende stad in de Middeleeuwen. Wel dertig notarissen hadden een dagtaak aan de opstelling van akten en voor alles was een akte nodig, elke transactie moest met bloed worden beschreven en met zegels bevestigd. Er werd veel handel gedreven. Het was altijd druk op de piazza, waar het een bijenkorf was van bouwactiviteiten. Overal stonden steigers. Metselaars klauterden naar boven en hesen specie en stenen in emmers aan lange touwen omhoog. Paleizen bouwden ze, kerken, campaniles. En die stonden er allemaal nog. Jacopo dei Benedetti was notaris. Bekend, geliefd en vermogend. Hij liet het graag breed hangen. De gunst van de goede God verlichtte zijn pad en met de winst van zijn zaken kon hij aflaten kopen voor zijn praalzucht. Hij was een goede partij. Hij kwam een erfdochter tegen die schoonheid aan vroomheid paarde. Een prachtige vangst: Vanna. De bruiloft was een triomf. Jacopo kon zijn geluk niet op. Het eerste jaar van hun huwelijk paradeerde hij bij elke gelegenheid met Vanna in de fraaiste gewaden voor het front van de burgers van Todi. Hij doste haar uit in fluweel en brokaat, hing parels in haar oren en goud om haar hals. Ze was zijn prijsdier. Zijn uithangbord.

Op een dag werd er feest gevierd op de piazza. Vanna stond met andere vrouwen op een balkon te kijken naar het gewemel, toen onder luid gekraak de constructie het begaf en op het plaveisel van de piazza stortte in een wolk van stof en kleurige gewaden die vallend opbolden in de wind. De gewonden werden snel uit de puinhoop gehaald. Een stille figuur bleef liggen. Vanna. Geen wond was zichtbaar, geen bloed. Jacopo nam haar in zijn armen en kuste haar en huilde en smeekte. Wat had haar gedood? Wie had haar met zijn scherpe pijl getroffen? Hij rukte haar kleed open om te zien wat haar hart had doorboord. Zo bleek en zacht haar armen en schouders waren, zo rood en ruw was haar lichaam, dat ze hem in het liefdesspel nooit in het licht had willen tonen, zo bescheiden was ze, zo verlegen, maar nee, dat was geen verlegenheid: ze droeg een haren onderkleed, een pijnlijk boetekleed voor de zonden van de wereld, nee, niet voor de zonden van de wereld maar vanwege zijn zonden, de zonden van Jacopo, zijn zonden van hebzucht, van hoogmoed, van wulpsheid. Vanna was niet zijn prijsdier, ze had zich tot offerlam en zondebok gemaakt. Het verdriet en de schaamte sloten zich boven zijn hoofd, alsof hij in een diepe, koude, zwarte vijver was gevallen.

Zo radicaal Jacopo was in zijn luxe, zo radicaal werd hij in zijn armoede. Zo welbespraakt hij zich had gewenteld in leugens en vleierij, zo rauw en rechtstreeks richtte hij zich nu tot zijn stadgenoten. Tijdens een nieuw feest op de piazza – men legde feest over ramp en boete over feest, een lasagne van tegenstellingen – ontdeed Jacopo zich van al zijn kleren, gespte het pakzadel van een ezel, bevestigde het op zijn eigen rug en liep zo op handen en voeten over het plein, luid balkend. En de mensen zagen hem en herkenden Jacopo en werden er beroerd van hem zo te zien. Op een receptie, gegeven door zijn broer, verscheen de dwaze notaris geheel naakt, ingesmeerd met honing en beplakt met kleurige veren, gevolgd door vliegen. Wat wilde hij toch zeggen? Waar moest die waanzin toe leiden? Wat was dat voor vreemde drang je bezit aan de armen te schenken? Als armoede zo'n groot goed was, waarom de armen dan niet dat voordeel laten? Wie de arme rijk maakte nam hem zijn heiligheid af.

Toen Jacopo de jaren van waanzin achter zich had gelaten werd hij minderbroeder. Maar zijn mond hield hij niet. Hij klaagde onrecht en machtswellust aan. Hij prees de Heer en de Maagd en de Armoede. En hij schreef het op. In brieven, pamfletten en gedichten. In de taal van zijn land, zijn streek, zijn stad, in de taal van de gewone mensen, met de woorden van gewone mensen. Recht uit het hart. Van hart tot hart. Zijn vrienden vreesden voor zijn leven. Houd je in, Jacopo. Dat deed Jacopo niet. En de paus zette hem gevangen, vele jaren in een kille kerker. En nog hield Jacopo zijn mond niet. Hij zong zijn lied. Hij zong de lof van de gevangenschap. Hij hekelde de paus, de vijand van Christus. Als eerste dichter schreef hij liederen uit de kerker. *Prison songs.*

Guido besefte dat boek c, Carceri in zijn optiek, mede zijn inspiratie dankte aan deze Jacopone da Todi, dat Piranesi er het decor voor schiep, dat de gevangenissen van Mussolini er de aanleiding voor waren, dat de kampen van de nazi's er de diepe ondergrond van vormden. Dat slachtoffer en dader in een eeuwige afhankelijkheid de geschiedenis van de mensheid zijn bittere en wrede smaak gaven. Tegen de ochtend had hij een groot deel van de *Laude* gelezen en er de citaten in teruggevonden. En hij had de stem herkend die hem in de San Fortunatokerk had ingefluisterd: 'Vrienden noopten mij een ander pad te kiezen. Ik kan niet. Ik gaf mijzelf en heb niets meer te geven. Een slaaf ontsnapt niet aan zijn meester; steen smelt voordat Liefde mij laat gaan. Verlangen vlamt hoog op, smeedt mijn wil – o, wie zou mij van deze Liefde kunnen scheiden...' De allesverterende vlam die in Jacopones ziel brandde, brandde ook in het werk van de Meester. En Guido herkende de vlam in zijn eigen hart toen hij deze strofen las van Jacopone:

*Maar mijn rijkdom is: ik heb weet van kwade dagen*
*En die kennis zegeviert over pijn*
*Hij is gewapend, zelfhaat is zijn schild;*
*Zolang dat hem beschermt deert hem niets*

*O heerlijke zelfhaat die al het lijden bedwingt,*
*Niets kan je verwonden, want schaamte is je vreugd*
*Vijanden ken je niet; je hebt enkel vrienden*
*Alleen ik sta mijn heil in de weg.*

Jacopo de notaris, Jacopo de dichter, Jacopo de broer, Jacopo de gevangene, Jacopo de gek, Jacopo de smid. Guido hoorde de slagen op het aambeeld waarmee het gloeiende zwaard scherp werd geslagen dat even later door zijn ingewanden siste.

Het kon ook de perfect gebraiseerde Umbrische duif zijn geweest die hem tegen het ochtendgloren naar de wc joeg. Buikkrampen wisselden de hazenslaapjes af. Droombeelden ervoer hij als werkelijkheid, werkelijkheid als droom. Het een ging naadloos in het ander over. Hij wist niet of hij in zijn droom was opgestaan, want geen bewust bevel lag eraan ten grondslag, maar opeens bevond hij zich onder de douche en draaide hij de kraan steeds kouder. Met gebogen hoofd liet hij het water op zijn nek en schouders klateren. Hij keek naar beneden langs zijn lichaam naar zijn voeten. Hij zag de streep haar die van zijn navel tot zijn schaamstreek liep en daar uitwaaierde om zijn hangend geslachtsdeel. Hij zag zijn behaarde benen, zijn bleke kale voeten, bokkenpoten, hoeven, saterlijf. Daar knapte hij niet van op. Hij woog zijn geslacht op de hand, zaaier, ploeger, thyrsusstaf. Sinds de scheiding had hij een paar verhoudingen gehad met vrijwel naamloze vrouwen. Een van hen fungeerde nog van tijd tot tijd als zaaddepot. Het was zoals vroeger, in de tijd van de vele inwisselbare vriendinnen. Wat Nora en hem had verbonden in die eerste jaren van hun huwelijk was de woordloze integratie van seks en vriendschap, noem het liefde, dat experiment tussen twee vreemden. Het was alles. Hij had alles gegeven, en het was niet genoeg geweest. Wat had ze meer van hem gewild? Welk offer, welke overgave? Een dun vlies scheidde hem van waanzin. Scheurde. Guido keek naar zijn lichaam en zag armen, benen, voeten, handen, buik en borst als separate elementen, onbezielde onderdelen, bekleed met vel. Misbaar mens. Misbare machine. Hij had een intense afkeer van zichzelf.

Het brandde in hem. Hij moest naar Collazzone. Daar was Jacopo. Daar was Aldo. Daar was genezing. Daar was rust. Hij had dorst. Hij viel uiteen als een kluit dorre droge aarde.

# 13

Onderweg moest hij een keer stoppen bij een café. De buik-krampen waren nog niet uitgewoed en hij zag dubbel. Nadat hij naar de wc was geweest hernam hij zich even in de koelte van de vrijwel lege bar met de simpele formica tafeltjes en de plastic stoeltjes. Het rook naar eucalyptus. De vloer was nog vochtig van het schoonmaakmiddel. *Aqua minerale, per favore.* Geen koffie. Dorst. Hij voelde aan zijn voorhoofd en hals zoals een moeder bij haar kind naar koorts voelt. Zijn temperatuur leek hem normaal. Hij keek om zich heen, zag niet meer dubbel, maar wel was alles ver weg als aan het eind van een tunnel. Diep ademhalen nu, Guido, zei hij tegen zichzelf, diep ademhalen, ogen dicht, concentreren, laat die hete brij van gedachten en angsten, dat magma in je kop, afkoelen, laat het stollen tot ba-salt: licht en zwart, licht en zwart. Zwart.

'*Signore! Prego...* uw mineraalwater.' De eigenaresse van de bar stootte hem aan. Hij had met zijn hoofd op zijn armen gele-gen. 'Kater?' vroeg ze. Hij keek op.

'Nora!' zei hij.

'Nog dronken,' constateerde de vrouw en keerde hoofdschud-dend terug naar haar bezigheden achter de bar, vanwaar ze een argwanend oogje op hem hield.

'Nora?' zei hij weer, maar nu zachter, vragender. De vrouw leek een beetje op Nora, zag hij nu, zelfde haar, zelfde figuur.

En zo had Nora hem ook aangekeken, de laatste keer dat ze elkaar zagen, nee, de laatste keer dat zij hem had aangekeken. Hij zag haar vaker dan zij hem. Hij hield zich af en toe in de buurt van haar school op, wachtend tot ze naar buiten kwam in de hoop dat hij haar zou durven aanspreken zoals hij bij een toevallige ontmoeting een kennis zou aanspreken, hé hallo, hoe is het met jou, tijd niet gezien, en dat zij dan met hem zou praten als een goede kennis, en hij kon maar niet bevatten dat hij nooit die stap durfde zetten en evenmin kon hij bevatten dat zij geen enkele poging ondernam met hem tot een normale relatie te komen, zakelijk desnoods; ze handelde alles af via de post. Er kon niet eens een telefoontje af. Het verbaasde hem van Nora, de ruiterlijke, evenwichtige Nora en hij had er een sprankje hoop aan ontleend. Ze had hun relatie nog niet werkelijk achter zich gelaten.

Ze waren elkaar toch een keer tegen het lijf gelopen, ook voor hem bij verrassing, in de trein. Hij had – verdiept in zijn krant – bij de nadering van binnenkomende passagiers automatisch zijn tas, die naast hem op de bank stond, op de grond gezet om ruimte te maken en zij was zonder hem aan te kijken gaan zitten en toen had ze 'dank u' gezegd en had hij haar aangekeken en zij hem en had hij de paniek in haar ogen gezien en god, wat had dat pijn gedaan, maar ze was blijven zitten. Hij wist niet meer wat ze gedurende de twintig minuten dat de rit duurde tegen elkaar hadden gezegd. Wel wist hij dat de aanvankelijke paniek in haar ogen was veranderd in behoedzaamheid en toen in argwaan. Dicht. Ondoordringbaar. Het had hem dagenlang beziggehouden. De Nora die zich zo makkelijk liet lezen was haar onbevangenheid en openheid kwijt. Dat had hij zichzelf te wijten. Alles kwam als een boemerang bij hem terug. Nee, nee, nee. Hij schudde zijn hoofd en sloeg met zijn vuist op het tafeltje. De vrouw achter de bar nam een alerte houding aan. Het was afgelopen met zijn zelfverwijt. Hij zou als een feniks uit zijn as herrijzen, in zijn klauwen de prooi waar hij op uit was, de Meester, en die zou hij haar in de schoot werpen. Hij moest opeens lachen om het dwaze beeld, hij lachte en lachte en lachte, wierp het geld voor het water op het tafeltje, stond op, wankelde even, groette de vrouw en kroop met nieuw elan achter het stuur van zijn stoffige Fiat Croma.

Het klooster van San Lorenzo waar Jacopone da Todi in de kerstnacht van 1306 was overleden, lag een klein stukje buiten het dorp. Hij reed er een paar maal langs om de omgeving te verkennen. Rond de gebouwen, een hoopje ongelijksoortige huizen, deels gerestaureerd deels niet, zag hij geen teken van leven. Schroom beving hem, gelijkend op de angst die stervelingen overvalt bij de aankondiging van een goddelijke verschijning. De gedachte nu werkelijk dicht bij een oplossing van het raadsel te zijn verlamde hem. Hij wilde terug naar de tijd van verlangen, van ongeduld, van studie, de tijd van hoop en van toewijding. Nu brak de tijd van desillusie aan. *Mysterium fidei* onthuld. Hij reed naar de andere kant van het smalle dorp, dat zoals zoveel Umbrische dorpen op de hoge rug van een heuvel was gebouwd. Daar parkeerde hij zijn auto. Hij nam zijn rugzak mee met de alfabetboeken, de fotokopieën en een fles water. Zijn overhemd plakte aan zijn rug. Het liep tegen het middaguur en het was heet. De schaduwen waren kort en scherp. De muren zag je de jaren aan: brokkelig houvast voor mossen en schimmels.

Twee jongens van zo'n zestien en achttien jaar lopen voor hem uit. Ze dragen broeken met bretels, de pijpen iets te kort, en gestreepte hemden zonder boord. Het zwarte haar krult nat in hun nek. De een heeft een pet in zijn hand, de ander een strooien hoed zoals boeren dragen bij de oogst. De een is stevig en gespierd met een nek als van een prijsbokser, de ander danst om hem heen, holt een stukje door het gras langs de kant en keert dan weer terug naar de gestaag voortstappende oudere broer. De jongere is voortdurend aan het woord, terwijl de oudere af en toe kort commentaar geeft. Die is kennelijk met zijn gedachten elders. Hij heeft grote sterke handen. Ze zien er geblakerd uit, met kleine, bijna wulpse rode wondjes in het groezel. Een man die omgaat met vuur, een stoker, een smid. De jongere heeft de smalle, bleke handen van een pennenlikker, een priesterstudent, een dichter. Opeens slaat de oudere een arm om de schouders van het broertje en houdt hem vast. Zo lopen ze een paar passen. De ruggen verraden hun verbondenheid. Dan wipt de grote smidshand de strooien hoed van het jongere hoofd en rennen ze weg, elkaar achternazittend, spelend, lachend, en verdwijnen ze net zo plotseling als ze zijn gekomen.

Guido probeerde een nieuwe glimp van hen op te vangen in de smalle steile straatjes van het dorp; hij hoorde de echo van hun stappen, hij zag de schaduw van hun gestalten langs een muur glijden, maar telkens was hij te laat. Duiven koerden en vlogen op met veel geklapper van vleugels. Hij rilde, had het koud en warm tegelijk, en ging op een stoepje zitten. Achter elkaar dronk hij een grote fles water halfleeg en nog had hij dorst.

In het huis tegenover hem, met een donkerbruine buitendeur onder een brede stenen latei, smalle ramen, dikke muren, een balkonnetje met een paar armetierige geraniums, woont Anna. Ze vlecht het lange zwarte haar, dromend van een ontmoeting met haar jonge smid, terwijl haar moeder het deeg voor de pasta kneedt en haar vader over de krant gebogen zit en hem letter voor letter spelt met zijn vinger erbij omdat hij niet zo goed kan lezen. Zijn held is de gebochelde Sardijn Antonio Gramsci. Diens artikelen in *l'Unità* gaan het begrip van de vader bij eerste lezing te boven, maar hij kauwt op de moeilijke woorden tot hij ze heeft verteerd en begrepen; ze maken hem fier en moedig. Elders komen andere trotse jongemannen bijeen, die zullen bewijzen dat ze moedig zijn, met hun *fasci di combattimento*. Ze volgen de leider. Ze trekken zwarte hemden aan en zingen. '*Giovinezza, giovinezza/ primavera di bellezza/ Della vita nel-l'asprezza/ il tuo canto squilla e va*'. Het schrille optimisme klinkt in de zich voorthaastende melodie, in het al te opgewekte marstempo. Ze jagen op de vijanden van het vaderland. Die worden bespuwd, geslagen, in elkaar getrapt, vermoord, om een brandende woede te koelen die almaar weer oplaait. Door het huis rimpelt een vlaag van spanning. De vader kijkt op van zijn krant. Hij staat op. 'Jullie blijven hier,' zegt hij. 'Ik ga naar buiten.' 'Nee,' zegt de moeder en grijpt zijn arm. 'Verberg je.' De vader maakt haar hand los, gaat naar buiten en wordt vrijwel meteen overmeesterd door een twintigtal mannen, van wie hij velen kent. En op het plein voor de kerk blijft de vader bloedend en bewusteloos liggen.

Guido dronk de fles water leeg. Zijn lichaam leek wel een woestijn, zo snel verdampte het water. De dorst bleef. Misschien had hij toch koorts. Hij zag dingen die er niet waren. De werkelijkheid werd binnenstebuiten gekeerd. Wat zich in zijn verbeelding afspeelde meende hij echt te zien. Wat zijn ogen werkelijk zagen was als een luchtspiegeling. Hij was bang. Er kwam iets op hem af. Het was of hij sprong. En viel.

Hij liep de kerk van Collazzone binnen om koelte. In een zijkapel werd hij getroffen door een klein maar kostbaar Mariabeeld achter glas. Met een knop kon het licht bij haar worden ontstoken. Ze stond dagen in het duister te wachten op een nieuwsgierige hand. Ze was van hout en stond in een beschilderd houten kistje met haar kindje op de arm, een vroegoud houten manneke. Haar blik was neerslachtig op een innerlijke wereld gericht. Guido zag in een oogopslag door dit bezielde stuk hout heen de madonna van Den Bosch met het triomfantelijke glimlachje en voelde de adem van Nelly Kaspers op de huid van zijn nek. Hij stond naast een warme, vochtige adem, die inen uitging en een klein rond waas op het glas blies voor de rood-en-blauwe Maria van Collazzone, en het was niet zijn eigen adem en evenmin die van Nelly Kaspers, dat had hij maar in een eerste opwelling gedacht, het was een heel andere adem, een haperende adem, als van een stervende, licht en hoog in de borst, een uit het lichaam wegsluipende adem. Hij volgde de blik van het Jezuspopje, nadenkend rustend op een nauwelijks zichtbare engel aan de binnenkant van het kistje dat hen omhulde. Een engel? Een heraut? Zag het kind die engel wel, of zag hij te veel andere dingen, trok hij met zijn dertiende-eeuwse eikenhouten ziel gebeurtenissen aan van vroeger en later, in een tijdloos nu verzameld?

Guido bracht zijn handen naar zijn gezicht en wiste het zweet van voorhoofd en wangen. Hij voelde zich getransponeerd naar een hogere staat van zijn, aangesloten op een reservoir menselijke herinneringen dat niet toegankelijk is, of het moest in vergeten dromen zijn. Hij schrok of hem de dood werd aangezegd, de ontsnapping uit de kerker, het begin van de reis die de ziel maakt naar het meer der vergetelheid of het meer der herinnering. Haastig bekruiste hij zich en knielde kort voor madonna en kind, zoals hij als jongen had gedaan, een vergeten beweging die lag opgeslagen in zijn lichaam, dat zich alles herinnerde.

Hij herinnert zich het geluid van marcherende laarzen, een geweer dat wordt doorgeladen, een mes dat glissend uit een schede wordt getrokken. Uit de huizen klinken radio's vol juichend volk en een stem of stemmen, marsmuziek. Hij staat op het punt in die zee van stemmen te springen, alles wat strak om zijn hart zit gebonden los te maken en vrijuit te zweven in de verrukking van de massa, deel te worden van de zee, een wil te hebben die niet de zijne is, maar de wil van allen. Hij zit in een havenstad op een bolder waaromheen een dikke kabel ligt. Een man komt op hem af, een zeeman met donkerblauwe trui, die zijn armen spreidt en hem opneemt als was hij een kind en hem bedekt met zijn vleugels en hem aan boord draagt.

Guido, weer buitengekomen uit de koele kapel, werd door de blikkerende middaghitte op het kerkplein als met een felle klap uit een diepe slaap gewekt. Gedesoriënteerd keek hij om zich heen. Hij vulde de fles onder een fonteintje en dronk. Hij wierp handen vol water over zijn hoofd en nek om de visioenen te verdrijven. Dit was de werkelijkheid van het onbekende nu en het onbekende hier: twee handen onder een straaltje water. De handen van Guido Kaspers, zoon van Nelly Kaspers en Guido Boccaleone, toevallige verzameling moleculen. Man zonder hart, man zonder ziel, man zonder geschiedenis, man zonder noodzaak. Hij richtte zich op en wankelde. Dicht langs de muur van de kerk lopend om in de schaduw te blijven, richtte hij zijn schreden naar het klooster van San Lorenzo.

# 14

De visioenen en herinneringen zwermden om hem heen als op-
geschrikte wespen. De weg daalde licht en Guido probeerde
door zijn pas te versnellen aan zijn belagers te ontkomen, maar
hij raakte snel uitgeput en stond hijgend stil. Zijn overhemd was
doorweekt en voelde kil aan toen een vlaag wind de hitte van de
zomermiddag verplaatste. Het bloed bonkte in zijn slapen. De
zon brandde op zijn kruin. Hij rilde. Schaduw. Waar was schaduw? Lucide gedachten prikten met smalle lichtbundels door
de donkere hete lava heen. Hij moest uit de zon. Hij was ziek.
Hij had koorts. Een zonnesteek. Wat het ook was. Waanzin.
Krioelende beesten. Bonzende stemmen. Vreemde wezens
waaruit zich soms bekende gezichten losmaakten: Nora, Franca, Aldo, de doodshoofdfoto van de Meester, Nelly.

Hij bereikte de smalle schaduw van een manshoge muur en
leunde tegen de ruwe stenen, sloot zijn ogen. Er spatte een
vuurwerk aan kleuren uiteen. Rustig, rustig nu. Hij concentreerde zich op zijn ademhaling, die ruiste als storm door het
riet, net zo ongedurig. Langzaam tellend, een-twee-drie in en
een-twee-drie-vier uit, wist hij het tempo terug te dringen. Zijn
tong plakte aan zijn verhemelte. Hij dronk gulzig uit de pasge-
vulde fles en voelde hoe het water zich meteen via zijn poriën
een weg naar buiten baande. Het was zaak uit de zon te blijven,
een plek op te zoeken waar hij kon schuilen, bijkomen, opdro-

gen, uitrusten, misschien zelfs slapen. De doorwaakte nacht begon zich te wreken. De auto, aan de andere kant van het dorp, was te ver. Steun zoekend aan de muur schuifelde hij voort tot hij bij een uitrit kwam. Hij zag twee bomen als wachters ter weerszijden staan en daarachter viel een enorme plas licht op wittig plaveisel. Het was een pleintje, begrensd door de gesloten zijkant van een huis, een boom, een bouwwerk dat een kruising tussen een schuur en een kapel leek, en een lagere muur met een hekwerk erop waarachter een moestuin lag, die behoorde bij een vijftig meter verderop liggend boerenhuis. De lucht was trillend blauw, bijna wit. Als er al volk was, bleef het binnen op het warmst van de dag. Woonde hier wel iemand? Hij stak blindelings, de handen tastend voor zich uitgestrekt, het pleintje over naar de schuur. Daar was schaduw, daar kon hij misschien naar binnen. De schuur was in restauratie. De oude houten deuren hingen in nieuw opgemetselde kozijnen. Het raam erboven was nog niet beglaasd. Een vuil stuk bouwplastic hing ervoor. De deuren werden gesloten gehouden met ijzerdraad. Toen hij daar in paniek aan stond te rommelen viel zijn oog op twee blinkende koperen bordjes. 'MONASTERIO DI SAN LORENZO SEC. XII-XIII' stond op het ene, en op het andere: 'CRYPTA ROMANICA OVE MORI JACOPONE DA TODI NELLA NOTTE DI NATALE 1306.'

De ruimte van zo'n tien bij tien meter werd gevuld met rozegrijs licht dat door de half geopende deur en het raam daarboven naar binnen viel. Ook rechts achterin was een venster dat als vanuit de coulissen het toneel belichtte. Het was niet te zien of de restauratiewerkzaamheden waren voltooid of opgeschort. Het was kaal binnen. Het dakgebinte was zichtbaar; aan linker- en rechterkant gaf een drietal gewelfbogen toegang tot ondiepe nissen. Los van de achterwand stond een altaar op een kleine verhoging. Verder was de crypte leeg. En koel. Hij haalde diep adem. Het weefsel van de stilte was doorschoten met een lichte dreiging, nee, het was geen dreiging, het was de luchtdruk. Die was hoger of juist lager, dat kon hij niet vaststellen, maar het was anders. Zijn oren tuitten. Het bonzen achter zijn ogen deed het beeld trillen. Zijn hartenklop vulde de ruimte, gaf een gejaagd ritme aan de wereld. De dag dreunde. Hij liep zo geruisloos mogelijk naar het altaar, vrezend dat boze bouwvakkers tevoorschijn zouden springen, of duivels en demonen of een gezelschap feestvierders met carnavalsmaskers die hem verpletterden onder het lawaai van mirlitons en papieren toeters.

Achter het altaar was niets. Geen spoor van menselijk leven, geen lege petfles of snoepzak, geen achtergelaten stuk gereedschap. Geen luik naar een dieper deel van de crypte. Hij ging op de rand van de verhoging zitten, fles water – bijna leeg – naast zich, rugzak aan de andere kant. Hier stierf Jacopone. De gek van God. Kerstnacht 1306. In deze buurt had de Meester een glorieuze zomerdag in 1926 doorgebracht. In de modderbodem van Guido's gedachten welde het idee op dat de wanen, de visioenen en de vreemde herinneringen die hem plaagden niet alleen door koorts en ziekte werden veroorzaakt, maar dat hij daadwerkelijk de Meester was genaderd, dat hij in zijn invloedssfeer was gekomen en dat de Meester zich op deze wijze aan hem, zijn meest toegewijde volgeling, deed kennen. De omgeving was geheel van hem vervuld. Hij hield zijn adem in. Was dit nou geluk, die warmte die hem doorstroomde, die branding van emotie die door zijn ledematen sloeg en hem week maakte? Een nieuwe gedachte legde zich haastig over de vorige: stel dat de oude man dit van tijd doordesemde bouwwerk, de crypte van Jacopo, had uitgekozen om zijn laatste adem uit te blazen en dat zijn lichaam hier was begraven. De waarheid explodeerde in hem met een felle flits en verspreidde bleekblauw licht. Zo was het. Zo was het. Hij hoefde niet verder te zoeken. Hij had gevonden. Hij borg zijn hoofd in zijn handen.

Hij ging liggen, een bezwete en bestofte man met iets te lang donker haar en lichte ogen in een gekweld en prachtig hoofd, een man van smarten, gekleed in een donkerblauw overhemd en een lichtbeige broek, en hij lag daar zoals priesters tijdens hun wijding liggen, languit, in overgave, verslagen, dodelijk vermoeid, ziek, gek.

Droomde hij of werd hem juist een ultieme helderheid gegund, een mystiek schouwen wellicht waarin de kandidaat het besef van tijd en ruimte verliest en volledig opgaat in een extase? Een van de beloften van de Meester, die hij op zijn beurt had geleend van Schopenhauer – dat hadden de academische idioten wel boven tafel gekregen – werd werkelijkheid: dat de verlossing alleen kan worden gevonden in het wereld verzakende zien, de extase van het schouwen, de euforie van het oog in helderheid en onbeweeglijkheid, een ervaring die al het denken en begeren overbodig maakt en niettemin het doel van elk denken is, maar aan iedere beschrijving, die denken is, uit de aard van zijn wezen ontsnapt. Het is er, maar het bewustzijn kan het niet herhalen of zich herinneren. Het zien bevindt zich achter het zijn.

Het kind met de matte, mediterrane huid, het donkere sluike haar en de stille lichte ogen zat in een hoek van de lege ruimte waar het rozegrijze licht naar binnen viel. Het speelde niet. Het keek. 'Nelly, dat jongske lijkt wel een pop. Hij zit zo stil.' En Nelly legde de klant achterover in de stoel en liet de nek op de rand van een wasbak rusten, opdat het bloed van het onthalsde lam niet verloren ging. Ze nam het reinigende water en waste het haar en het hoofd. En het kind zag vele vrouwenhoofden worden gereinigd van zonden. En hij zag hoe Nelly hen voorbereidde op het offer, hoe ze hen knipte, de nek vrijmaakte, hoe ze hen tooide met een kroon van hete rollen die ze met scherpe punten op het hoofd vaststak. Het kind verzamelde het haar, dat naar shampoo geurde, en bedekte zich ermee tot hij onzichtbaar was, toegedekt door het haar van alle vrouwen, een haren mantel om zich heen.

De priester in de albe met de paarse kazuifel van de vasten erover, de stralende priester, midden in de lichtbundel die schuin naar binnen viel, hief het brood en de wijn. Het lichaam en het bloed. Het vlees. Het dode vlees van een dode man. En hij begon te eten. Hij at de spieren en de pezen, hij kauwde op het hart, hij scheurde bloederige lappen van de bleke, hulpeloze ribben, het karkas als een schip in aanbouw, bloed druipend langs zijn kin, hij graaide in de lever, liet een luide boer en zei: 'Zo, dat zit erin.' En alle mensen zegenden elkaar en zeiden: 'Jij bent het brood en de wijn die ik vergiet voor mijn zonden', en ze zetten hun tanden in elkaar en in de priester. Het kind maakte zich klein en probeerde aan de slachting te ontkomen.

En hij bevond zich in een duistere ruimte, verlicht door toortsen. Uitzinnige vrouwen zetten hem op een slangentroon. Ze dansten in een kring om hem heen met wilde gebaren en wijd opengesperde ogen en het haar in rollers; een van hen speelde schril op een fluit. Het geluid zoemde en piepte zo hard in zijn oren dat het leek of het vanbinnen zat en harder en harder werd en hoger, totdat hij het niet meer kon horen en alle honden in de buurt gingen blaffen en janken, een lawaai als een oordeel. Opeens werd de kring van danseressen doorbroken door meer dan levensgrote mannen met krijtwitte gezichten, alsof ze pas dood waren en het verlies van hun leven luidkeels betreurden. Hij herkende hen, al waren hun gelaatstrekken verwrongen en angstaanjagend. De leraren uit Oss, de brommervrienden, de kunstenaars en uitgaanders, de chefs en bazen en collega's, de vader en broers van Nora, Luigi, Aldo '33 en '62, en ze droegen attributen. Ze kwamen op hem af bij het flakkerend licht van de toortsen, en ze lieten hem zien wat ze bij zich hadden en zeiden dat hij ermee mocht spelen als hij bij hen wilde horen: hij mocht spelen met de kegel, de bikkel, de bal en het bromhout, met de

ledenpop en de appel, de wol en de *narthex*, en ze hielden hem
een spiegel voor waarin hij zichzelf kon zien zoals hij was en
zou worden, ze lokten hem met zijn spiegelbeeld naderbij, en hij
zag in de zilveren glanzende spiegel het schaduwrijke gelaat van
de Meester, en hij reikte ernaar en werd in triomf opgepakt
door de gipswitte Titanen en rondgegooid en uiteengereten. Ze
kookten zijn ledematen en aten hem op maar gooiden zijn kloppende hart weg. Een bliksemflits geworpen vanuit een inkt-
zwarte hemel verschroeide de bleke rovers en uit het vettige
roet dat van hen achterbleef op de grond werden mensen geboren. En zijn hart, zijn kloppende hart werd door de godin, de
grote godin, die het droeg en koesterde, herenigd met zijn verteerde lichaam en tot nieuw leven gewekt en ze vroeg hem een
beloning, een teken van trouw, een teken van overgave. Ze hield
hem het mes voor. Doe maar. En hij zag Franca en Nelly en
Herma en de schoonzusters en de Nina Hagens en Blondies uit
zijn Amsterdamse jaren en zijn Overtoomse bed en hij danste
extatisch met hen onder het oog van de grote godin.

Door het raam in de rechtermuur viel bleek maanlicht binnen. In de donkerblauwe rechthoek vijf kille sterren. Hij rook
cement en schimmel. Hij hoorde krekels. Hij kon zich nauwelijks bewegen, zo zwaar was hij. Door zijn hoofd speelde een
kinderversje dat zijn oma met hem zong: 'Vader en moeder,
mijn schrift is uit, Verdien ik nu geen mooie duit? Ik heb geschreven zonder beven, Zwarte letters op wit papier; Vader,
moeder, mijn schrift is hier.' Hij zong het zachtjes voor zich uit.
De crypte fluisterde terug. Het was een ruime doodskist waarin
hij lag, heel wat beter dan de met satijn beklede eikenhouten jas
waarin de meeste lijken worden verpakt. Hier had hij armslag
en ademruimte. Goed toeven in de omarming van het oude
steen, de omhelzing van de heilige. Hij hoefde nergens meer
naartoe. Hoe lang zou het duren voor hij, liggend op Jacopones
altaar, ontsnapt zou zijn, de beenderen vriesdroog rammelend

in hun lederen huls? En wanneer zou zijn ziel hem verlaten? En hoe lang zou die ziel als een bange duif rondfladderen en zich bezeren aan de muren? En was er engelenzang op het laatst en een wonderschoon licht? En vrede? 'Vader en moeder, mijn schrift is hier.'

# Deel 3

# 1

Franca Kaspers voelde zich een flipperkast, waarin zilveren kogels tegen paaltjes stuiteren, in elastische spiralen worden gevangen en teruggekaatst, tijdelijk in een kuil vallen en ratelend getallen verzamelen alvorens uitgeworpen te worden en de weg langs flikkerende lichten en pingende bellen te vervolgen tot het gat beneden ze opslokt en bovenaan ring-ring-ring flash-flash de som komt te staan: genoeg! GENOEG! Abso-fucking-lutely GENOEG!

Het was vlak voor het dessert, na de toespraak van oom Hugo, die de belangrijkste familiegebeurtenissen van het afgelopen jaar zoals altijd van gepast ironisch en ernstig commentaar voorzag, waarna al zijn retorische wegen leidden naar de gelukwens voor Herma, de vrouw, de moeder, de grootmoeder, die dit ritueel ooit voorschreef op haar lieve, bescheiden wijze, de graag vervulde wens alle kinderen en kleinkinderen rond haar verjaardag voor een zondagse lunch in een vertrouwd restaurant bijeen te zien, beschaafd, o zo beschaafd de woorden, de volmaakte begeleiding van de beschaafde gerechten die ze hadden genoten, opgediend door beschaafde obers, de onnavolgbare harmonie van het goede gezin, ruggengraat van de samenleving, kurk van de economie, steunpilaar van de cultuur. Iedereen tooste op oma. Opa, brozer dan ooit, hief bevend het glas en sprak een liefdesgedicht in het Latijn uit, een deel uit

*Philemon en Baucis*, als Philemon de goden vraagt gelijk met Baucis te mogen sterven: 'Geef, daar wij altijd samen zijn geweest, dat één zelfde uur ons beiden haalt, zodat ik nimmer het graf zie van mijn vrouw en nooit door haar begraven word.' Bij de vervulling van die wens, als beiden boom worden en elkaar voor het laatst nog eenmaal kussen, raakte hij de draad kwijt en verzonk in gedachten en veegde het spinrag met een kort gebaar voor zijn ogen weg en iedereen lachte maar huilde en dacht: Misschien voor het laatst...

Waarom het toen genoeg was, zou Franca nooit precies weten. En wat bij elkaar was opgeteld om tot die slotsom te komen evenmin. Oom Hugo ging zitten, tevreden en waarom ook niet, saamhorigheid benadrukt, ziekte van tante Mies gememoreerd, overlijden van tante Annabelles moeder niet vergeten, oom Brams bevordering tot lid van de raad van bestuur van een grote bank goedmoedig gerelativeerd, studieprestaties van de kinderen bewonderd, keurig een kort woord gewijd aan het onfortuinlijke voorval, het trieste incident met het mes, gelukkig betrekkelijk goed afgelopen voor Nora en hoe we er een positieve les uit moeten trekken; haar moeder zat te knikken, in het gareel, het litteken gloeiend op haar arm als een onderscheiding, strijdster in de voorhoede voor een humaner samenleving. Dapper dweilster met open kranen.

Franca keek de tafel rond. Er bewoog iets. Een vlies rimpelde. Een metamorfose begon. Het oppervlak werd aangeraakt en beefde. De kleuren veranderden naar hun dissonantvariant. Geel werd mosterd, wit werd grauw, groen werd gif, rood en blauw werden vaal paars. Alle vertrouwde gezichten vervormden, werden grotesk. Egoïsten. Kleinzielige, zelfvoldane egoisten. Had iemand naar Guido gevraagd? Had iemand ooit naar Guido gevraagd? Een halve zin had ze opgevangen, snel verborgen tussen de plooien van een ander onderwerp: '... altijd een rare snuiter geweest... Ah, Franca, hoe zijn je proefwerken gegaan?'

Ze zag haar familie eindelijk zoals zij werkelijk waren. De bankier. De econoom. De jurist. De kouwe kant van Pauw-geklede vrouwen met hun academische opleiding en hun parttimebaan: de kunsthistorica, de psychologe, de rechter-plaatsvervanger. De kinderen, deels op school, deels studerend en ijver pretenderend, maar elk weekend straalbezopen en stoned of de neuzen vol coke. Façades van rechtschapenheid. En als ze zouden weten wat er in Franca omging, dan zouden ze haar begrijpen, o, zo goed begrijpen. Wat wil je, een puber, zo gevoelig, zo radicaal en extreem, zo rigoureus overtuigd van het eigen gelijk, zo plotseling ontbolsterd, natte glimmende kastanje, glanzend van verontwaardiging. Aandoenlijk toch, zo'n hertig meisje, zo'n rozenknop, zo'n rijzig uitroepteken. Allemaal gehad. Wij ook. Allemaal geweest. Ging voorbij, voorbij, o en voorgoed voorbij. Deze inwijding duurt niet lang, kind, de afkeer verdwijnt, we begrijpen je, wild kind, toe maar, doe maar, verzet je maar, zoals wij allen hebben gedaan in onze tijd. De valse liefde kriebelde, jeukte, ergerde. Ze werd tot verstikkens toe bemind.

Franca besloot weg te gaan. Het was eerst een zinnetje, drie woorden: 'Ik ga weg.' Ze zei ze zomaar opeens, halfluid, niet omdat een overtuiging haar dwong de woorden te vormen, maar omdat ze de woorden zei en pas daarna besefte wat ze zei. Eerst waren er de woorden, daarna was er het gevoel, en het duurde nog even voor ze het voornemen ten uitvoer legde, zo verbaasd was ze over de eenvoud en de absolute juistheid van het besluit. Ik ga weg.

Ze ging eerst maar eens naar de wc en probeerde te kotsen, stak haar vinger in haar keel en zag de tongrolletjes en de doperwtenpuree en de salade met lauwe ossenhaaspuntjes weer passeren in omgekeerde volgorde, ging toen zitten plassen en bleef een poosje met de ellebogen op de knieën naar de deur en de koperen knip staren. Uit onzichtbare luidsprekertjes klonk geknepen muziek. Ze zou morgenochtend niet naar school gaan maar Nora's bankpas heimelijk lenen, maximumbedrag pinnen, en op een lastminuteticket naar Italië reizen. Daar aangekomen op zoek naar papa. Jaja. En dan later haar moeder op zoek naar haar. Ze zag het voor zich, een reidans: Guido zoekt Fischer, zij Guido, Nora haar. *Comedy Caper.* Ze grinnikte. Zo, en niet anders.

Wie was daar aan het woord, toen ze terugkwam? Tante Mies, de rechter-plaatsvervangster, het roomkleurig linnen gewaad een gigantische zwachtel om het verstuikte lijf, kon slecht tegen wijn of juist goed als je hield van een licht overslaande stem die naar het schelle neigde, en de toon van een geaffecteerd keffende keeshond. Ze sprak over de toestand in het land, een geliefd onderwerp, waar ze zich uit hoofde van haar beroep bij uitnemendheid deskundig in achtte. Het was een rit op een lange achtbaan van clichés, geponeerd als de analyse van een gezaghebbend intellectueel, door niemand gestopt, want iedereen wist: tegenspraak slaat haar uit het veld, monkelend protest dan van haar dat niemand haar serieus neemt, een schaduw van ongenoegen over de bijeenkomst, niet doen dus, de rechter-plaatsvervangster tegenspreken. Stilte, heel kort, klaar Mies?, waarna het onderwerp met een 'en nu serieus'-houding werd overgenomen door oom Bram, die zich tot zijn broers wendde. Hij pikte met geheven pink uit de emmer woorden van de rechter-plaatsvervangster de kwestie van de verantwoordelijkheid, fijn liberaal thema, waarmee ze weer een stuk verder kwamen in de richting van een oplossing voor de wereld. Oom Hugo nam het stokje over en verlegde de baan van de estafette naar het onderwijs.

'Daarom geloof ik ook dat islamitische scholen een belangrijke rol kunnen spelen in de versterking van het zelfbewustzijn van moslimjongeren, zodat de individuele frustratie die leidt tot geweld, wordt verkleind. Die vorm van tijdelijke segregatie kan heilzaam werken voor een daaropvolgende succesvolle integratie. De emancipatie van het katholieke volksdeel, zoals jullie weten een van de best geslaagde ondernemingen van de vorige eeuw, katholieken hebben overal de macht gegrepen' – hier fijntjes een ironisch lachje – 'is grotendeels te danken aan de maatschappelijke segregatie die in verzuiling en schoolstrijd een typisch Nederlandse oplossing vond. De ellende begon pas toen de verzuiling in de jaren zestig afbrokkelde.'

Dat was olie op het vuur. 'Een en ongedeeld!' riep oom Martin dan ook. 'Bijzonder onderwijs mag nooit de oplossing zijn voor zwakke groepen. Ook lichamelijk en verstandelijk gehandicapten moeten gewoon bij onze kinderen in de klas. Alles door elkaar. Alles bij elkaar. Dat is de enige oplossing voor maatschappelijke problemen. Alle mongolen in zes gym! Ali for president!'

Franca geneerde zich dood. Toen het lachen was verstomd kwam haar moeder terug op oom Brams uitspraken. Wat nu als iedere vorm van toenadering en begrip door de moslimgemeenschap werd afgewezen, als de volharding in een slachtofferrol meer voordeel opleverde en slachtoffer en dader elkaar in een knellende houdgreep hielden? Wie had en nam dan de verantwoordelijkheid en hoe?

'Slachtofferschap biedt voordeel zolang er geen ander perspectief is,' antwoordde oom Bram.

'Maar hoe moet ik het daderschap van Ali verzoenen met zijn slachtofferschap?' vroeg Nora. 'Is Ali meer dader of meer slachtoffer?'

'Zijn daderschap is een functie van zijn slachtofferschap,' zei oom Bram. 'Jouw slachtofferschap is een functie van jouw daderschap.'

'Semantiek!' riep oom Martin. 'Words, words, words!'

Haar moeder verschoot van kleur. Ze legde haar servet neer, schoof haar stoel achteruit en verdween, iedereen in verwarring achterlatend: plotseling plassen? Of was er meer aan de hand? Nou ja – Franca zag de familie als het ware schokschouderen – dan maar even een onschuldig onderwerp. Daar was tante Annabelle goed in, de kunsthistorica, die altijd wel een mooie tentoonstelling had gezien of een interessant boek had gelezen.

'Over woorden gesproken,' begon ze, en daarna verzonk ieder in halve aandacht voor Annabelles toedeksel en voor het toetje, en in intern gemijmer over persoonlijke probleempjes. Franca verwijderde zich als een verdwaalde flipperkastkogel, zweefde in gewichtloosheid, los van de familiaire zwaartekracht, en bedroefd opeens, intens bedroefd en alleen.

# 2

Maandagochtend. Ali was weer op school. De rechter-commissaris had hem vanwege mogelijke terroristische contacten langer vastgehouden dan voor zijn vergrijp en zijn leeftijd gebruikelijk was, maar er was geen plattegrond van Schiphol of Huis ten Bosch in zijn jongenskamer gevonden en een computer bezat hij niet, zodat het moeilijk was hem van salafistische downloads te betichten. Ali was een gewone, heetgebakerde jongen op zoek naar zijn identiteit. Na zijn inverzekeringstelling was hij een paar dagen thuisgebleven, maar nu had hij op advies van de kinderbescherming zijn plaats op school weer ingenomen in afwachting van het proces. De rector had besloten dat er geen reden was Ali de toegang te weigeren, zolang de zaak onder de rechter was. Iedereen verdient een tweede kans, zei hij.

Ali's vrienden omgaven hem zoals een elftal een winnende spits omstuwt; ze droegen hem als in triomf rond op het schoolplein, door de gangen, in de kantine. Ergens op hun route kwamen ze Nora tegen. Ze wist dat hij terug was, ze wist dat ze hem tegen zou komen, ze had geprobeerd zich erop voor te bereiden: uiteindelijk was de affaire niet meer dan een ongelukkig incident geweest, iets als een heftige ruzie waarbij beide partijen te ver gaan en in nuchterder staat naderhand elkaar ruiterlijk de hand reiken, excuses maken en opnieuw beginnen. Zand erover. Nora vermoedde dat de aangifte, de komende veroordeling en het onuitwisbare strafblad Ali een extra wrok tegen haar hadden bezorgd en dat de hiërarchie – hij leerling, zij conrector, pardon, lerares – tot een van rancune vervulde schijnonderwerping zou leiden, een hond die kruipend grauwt naar de stok, een situatie waarvan het zweet je in de handen zou komen te staan. Over handen gesproken, Nora had besloten hem in ieder geval niet de hand te geven als wijste partij, omdat ze niet het risico wilde lopen dat zijn plotseling innig beleden geloof hem het schudden van die vrouwenhand zou verbieden, waardoor het kon lijken alsof hij haar excuus in de vorm van een uitgestoken hand niet aanvaardde en hij zich een schijn van superioriteit en onschuld kon verwerven. Het was van een verwrongen psychologie die ze hem wel toevertrouwde. Geen hand dus. Wat dan wel? Een groet? Een woord van welkom? Een woord van toenadering? Van afkoeling?

Toen Ali en zijn vrienden opeens tegenover haar stonden, een strook zinderend niemandsland tussen hen in, twee partijen die plechtig in het strijdperk treden omgeven door gespannen toeschouwers die van de een naar de ander kijken, wist Nora nog steeds niet wat ze zou doen. Er ging een schok door haar heen toen ze hem zag te midden van zijn leep kijkende entourage. Zijn groep daar, en zij hier. Alleen. Ze werd zich opnieuw en hevig bewust van de band die hen bond, en hij ook, dat zag ze wel. Er was een vreemde intimiteit tussen hen, alsof de omgeving wegviel, het geluid doffer werd, en hun astrale lichamen – een ander woord kon ze later niet vinden voor de ervaring – elkaar naderden en herkenden in een lotsverbondenheid waaraan geen enkel positief punt te ontdekken viel, alles was koud en zwart. Uit die kille omhelzing maakte ze zich los. Ze weigerde. Ze weigerde de vijandschap, ze weigerde de band, ze stapte uit de cirkel waarin hij haar wilde vangen, uit het door hem gedicteerde scenario.

'Goedemorgen Ali,' zei ze. 'Wij hebben ons gesprek niet afgemaakt. Er kwam een mes tussen. Ik verwacht je in de grote pauze op mijn kamer.' Fuck Frits Frencken als die er al zijn spullen had neergezet.

Ze zag de verwarring op de gezichten van de vrienden verschijnen. Ze zag Ali tasten naar begrip. Wat bedoelde die teef, die kankerhoer, solliciteerde ze naar nog een haal met een mes, of erger? Was ze uit op zijn vernedering? Nora draaide zich om en liep weg. Trillend. Trots.

Frans Bakels stak er een stokje voor. 'Wat hadden we nou afgesproken, Nora? Jij zou je niet meer bemoeien met de zaak. Wat wil je bewijzen? Ik wil het niet hebben. Je praat niet met Ali. Als er iemand met Ali praat dan ben ik het.' Hij deed nu zelfs geen enkele poging meer haar te paaien of te overreden. Zij was de stok tussen de spaken van zijn wiel.

'Frans Bakels, je bent een klootzak,' zei Nora. Ze ging naar de wc en waste langdurig haar handen terwijl ze naar zichzelf keek in de spiegel. Was zij het toonbeeld van westerse arrogantie, werd in haar stamboom het atheïstisch gen van haat en spot en vernedering doorgegeven, zette zij haar hiel op de nek van de moslimgemeenschap, bracht zij het delicate evenwicht tussen 'hen' en 'ons' aan het wankelen? Het was te krankzinnig voor woorden. Ali had een strafbaar feit gepleegd en zij moest ervoor boeten. Fuck, fuck, fuck. Bakels kon de klere en de tering krijgen en alle Bijbelse plagen mochten hem en de zijnen overvallen. Ze tierde tegen haar spiegelbeeld. Ze haalde de smakelijkste verboden termen uit haar voorraad vloeken tevoorschijn en sprak ze met het grootste genoegen uit. Daarna stiftte ze haar lippen, kamde haar haar, en zeilde fier als een klipper naar het volgende lesuur.

Nora moest de sms drie keer lezen voor tot haar doordrong welke nieuwe ramp haar had getroffen. 'Lieve mam, maak je geen zorgen. Alles oké. Zal alles terugbetalen. Sorry. Ik moet hem zoeken. Ik zal hem vinden. Ik ben in Italië. Franca.' Afgesloten met een lachend emoticon. Het was halfzes. Het kind kon elk ogenblik thuiskomen, had ze gedacht, toen het riedeltje op haar mobiel klonk ten teken dat er een boodschap was binnengekomen. Godverdomme. Godverdomme. Ook dat nog. De vloekentrommel raakte nu ras leeg. Die rotmeid. Die eigengereide achterbakse donderstraal. Naar Italië om haar vader te vinden. Een meisje van zestien. Alleen op pad. Alleen in een wereld die ze niet kende, waarvoor ze niet sluw genoeg was, niet achterdochtig genoeg. Jezus nog aan toe, was Franca maar een *streetwise chick* die elke ongure kerel een knietje gaf, niet op haar mondje was gevallen en feilloos een veilige schuilplaats kon vinden, altijd in de rug gedekt, altijd bij de uitgang, fuck you en kom maar op. Maar ze was opgevoed in vertrouwen. Geef mensen vertrouwen, dan krijg je het terug. Een goed functionerende samenleving is gebaseerd op vertrouwen. En op openheid. Ja, ja, dat mocht ze willen. En dan dat mooie, ranke kind in Italië. Een sterke hand kneep haar hart samen als een volle spons. De eerste de beste keer dat ze de weg vroeg of dat zich een griezel met een taxi aanbood zou ze voor de bijl gaan. Shit. Shit. Shit. Nora dwong de eerste paniek, de woede en wanhoop terug, zoals een dompteur onwillige leeuwen terugdringt met zijn zweep, nee, nee, niet meteen hysterisch terug sms'en, daarmee maakte ze misschien meer kapot dan heel, ze belde de politie. Kind aan huis was ze daar.

De inspecteur van dienst reageerde lang niet zo toeschietelijk als Nora nodig achtte. Vanaf het moment dat ze voor het eerst op het bureau was gekomen, de gewonde arm gehecht en verbonden, getuigenis afleggend en kritisch ondervraagd, vervolgens berispt om haar bezoek aan Ali's vader, en daarna met Franca weggelachen om hun aangifte van Guido's verdwijning (nee, niet depressief, nee, geen medicijnen, nee, geen ruzie of conflict) was haar geloofwaardigheid afgebrokkeld.

'Vanwaar de paniek, mevrouw? Ze is zestien, bijna zeventien. Zelfstandig en intelligent. Ze heeft zelf contact gezocht. U kunt haar bellen op haar mobiel, sms'en. Ze is niet spoorloos. Maar als u haar sms't, zou ik voorzichtig zijn als ik u was, niet dreigen, niet smeken, maar een zoet lijntje uitwerpen, toegeven en dan zachtjes inhalen. U bent lerares, u weet hoe zoiets gaat. Vraag waar ze is, wat ze nodig heeft, hoe u kunt helpen, dat ze dagelijks contact moet houden.'

'Op afstand controleren. Maar ze is minderjarig! Kunt u dan helemaal niets doen? Daar is de politie toch voor! Om me te helpen!'

Een zucht van de wachtcommandant. 'We zullen onze collega's in Italië inlichten. Verwacht er niet te veel van. We kunnen niet de jacht openen op elke eigenwijze tiener die het avontuur zoekt en daarbij zo netjes is haar moeder in te lichten. Gegevens?'

Even later had ze trillend van woede en angst een sms opgesteld. Honderdmaal correctietoets in moeten drukken. O, god, die kleine teringknopjes! 'Lieve schat, laat weten waar je precies bent. Als je wilt kom ik naar je toe om samen met je naar Guido te zoeken. Wees voorzichtig. Hou contact. Mama.'

Ze moest de neiging onderdrukken net zo kip-zonder-koppig als Franca het vliegtuig te pakken naar Rome en daar in dat immense land op zoek te gaan naar een mooi, donkerharig meisje dat op haar beurt op zoek was naar een Nederlandse vakantieganger in Umbrië, rijdend in een afgetrapte Fiat. De wetenschap dat Franca net als haar generatiegenoten op het worldwideweb thuis was als in de eigen achtertuin troostte nauwelijks. Natuurlijk zou ze wel in internetcafés trein- en busdiensten opsporen, goedkope kamers vinden in jeugdherbergen, een falanx hyves- en chatvrienden mobiliseren om haar te helpen in haar queeste. Elk kind was tegenwoordig aangesloten op een internationale gemeenschap van gelijkgestemden, die binnen enkele uren een informatiebombardement konden leggen. Waar te beginnen? In welke chatrooms vertoefde Franca? Met welk soort vrienden? Wat wist ze van haar? De persoonlijke vrijheid, de bescherming van de privésfeer, zo hoog in het vaandel gevoerd, schiep een enorme afstand tussen haar en haar dochter. Ze tastte in het luchtledig naar haar bloedeigen kind, dat haar uit handen was gegroeid. Ze tolde rond. Stuk voor stuk waren haar zekerheden van haar afgescheurd en weggeslingerd. Man. School. Familie. Kind. Niet huilen. Handelen. Beheersen.

Ze begon een tas in te pakken, papieren bij elkaar te zoeken, een lijst met nummers aan te leggen, te informeren naar vluchten en autohuur, te zoeken naar gegevens over het openbaar vervoer in Italië. Treinen naar Umbrië. Bussen. Alles trilde als hitte aan de horizon en ze hoorde het zelf niet, maar ze liep zachtjes te jammeren. Tot haar de naam Paul Erkelens te binnen schoot en ze zich erover verbaasde dat ze niet eerder aan hem had gedacht.

# 3

Sinds het bezoek van de groenogige hinde, die op alle foute knoppen in zijn systeem had gedrukt zodat hij alleen al bij het denken aan haar naam als een bejaarde pavlovhond zat te kwijlen, had hij zich wat gerichter beziggehouden met de stand van zaken in de Fischerliteratuur. In de academische tak deden zich weinig nieuwe inzichten voor, misschien vooral omdat de beerput van de biografie, die bij andere schrijvers leidde tot ongebreidelde spin-off ('Huizen en tenten, het nomadisch bestaan ín leven en werk van x', 'De muziek der sferen, invloed van Mozart en Swedenborg op leven en werk van x', 'L'éducation sentimentale, jeugd en opvoeding in leven en werk van x,' enzovoort, bibliotheken vol broddelscripties en mislukte dissertaties), bij Fischer niet opengetrokken kon worden, maar ook omdat het door Fischer gehanteerde meng-genre van parmantige observaties, pedante theologie en allegorische vertellingen zonder de biografische component wel zo'n beetje uitgeanalyseerd was. De vergelijking met Palinurus' *The Unquiet Grave* (misantropisch en pretentieus) viel altijd in het nadeel van Fischer uit, die nu eenmaal evident geen lid was van de half-homoseksuele club Oxbridge-intellectuelen uit het interbellum. In de cyclische belangstelling voor Fischer was toch kwalitatief en kwantitatief een neergang ingezet. Alleen de website van het genootschap, de fanclub van Fischer, was een grabbelton van opinies, roddels en ruzies, die minder over de Meester gingen dan over de liefhebbers zelf. Was Cyril Connolly een verkeerd referentiepunt voor de stijl, J.D. Salinger was een even manke stellende trap voor een vergelijking met het kluizenaarschap van de Meester. Salinger was onbenaderbaar, maar iedereen wist waar hij woonde en dat hij leefde. Salingers magistrale verdwijntruc gaf telkens weer voedsel aan speculaties. Zijn bastion werd keer op keer bestormd. En bovendien: een deel van zijn biografie was bekend. Het zwarte gat van zijn zwijgen was misschien nog vruchtbaarder voor parasieten dan een permanente aanwezigheid in de massamedia. Kwam daar nog bij dat de Salingerhelden recht naar het hart van de liefhebber waren geschreven, terwijl Fischers helden een abstracte toets hadden die hen op afstand hield. Een tweederangsfiguur in feite, concludeerde Paul. Net tegen de top aan. Net niet die adoratie waarvan legenden gemaakt worden. Net goed genoeg om gekken te verwekken. Maar toen hij delen van het werk herlas, kwam hij ondanks zichzelf onder de bekoring van de inzet en de passie die hij tussen de regels proefde, het scherp van de snede, en herkende hij zijn jongere ik, dat behoefte had aan een ijkpunt.

In de amateuristisch vormgegeven en bijgehouden website van het genootschap werd verwezen naar artikelen in het archief, maar die waren dan weer niet toegankelijk, ‘*under construction*’ of ‘*not available*’, zodat de bijdragen van Guido Kaspers in een diepe put op de bodem van het internet in bits en bytes uiteen lagen te vallen. Alleen de reacties van lezers (hoe en wanneer hadden die toegang gekregen tot de tekst?) gaven een indruk van de aanval van Kaspers op het bastion van liefhebbers en hun verdediging ertegen. Paul vermoedde dat de bewijsvoering van Kaspers voor de lokalisering van de alfabetboeken in Umbrië een geval was van *wishful thinking* of sturende waarheidsvinding. Kaspers had een wankel stijgijzer in het gebergte gezet en gedroomd dat hij het daarmee had beklommen.

Ze had boven de kaart van Umbrië gezeten met een blik die ze van haar vader moest hebben: gretig, geobsedeerd, overtuigd, vasthoudend. Omdat hij zei dat in de alfabetboeken steeds weer een rivier opdook volgden ze de Tiber van de oorsprong tot de monding, iets meer provincies doorkruisend dan Umbrië alleen. Je weet maar nooit. Zij noemde elke plaats op, proefde de klank, en keek hem telkens vol verwachting aan. Hij had oprecht zijn best gedaan, maar geen enkele naam maakte een associatie los. Aan het eind van de litanie dacht ze na, verwerkte de mislukking en zei toen: 'Ik denk dat mijn vader dit ook heeft gedaan. Maar het landschap is meer dan plaatsnamen. Daarom is hij gewoon gegaan. Niet de kaart, maar het gebied. Hij heeft vertrouwd op zijn intuïtie.' Waarop hij antwoordde met 'tja'. Tja.

En zo was ze hem bijgebleven, een onwaarschijnlijke belofte, een tot tranen toe roerend specimen van menselijke mogelijkheden: dit was de jonge Helena, de Afrodite met het onschuldig schuim nog op de blanke boezem, de rozenvingerige dageraad *herself*. En de zekerheid van de weg die ze zou gaan, onvermijdelijk langs bezoedeling, verraad, teleurstelling, wanhoop en vernedering, benam hem de adem. Het was niet rechtvaardig. Kon maar één mens tot zijn dood op hoge leeftijd worden gevrijwaard van corruptie, kon er maar één blijven wie zij beloofde te zijn. O, de tijd mocht vat krijgen op de huid, het haar, de heupen, maar nimmer op haar ogen en haar ziel.

Het was regenachtig en koel weer voor de tijd van het jaar, een zegening voor allergiepatiënten. Hij kon weer ademen zonder te niezen, kijken zonder te tranen, en nam de gelegenheid te baat het borreluur te rekken in het café waar gasten van zijn leeftijd de oude gewoonte trouw waren gebleven met bier en bal gehakt het maal te doen. De jongeren waren van hun werk rechtstreeks naar trendy lounge of brasserie gegaan. Het witte zand op de geschuurde houten vloer, het rookbruine plafond,

de tafeltjes net groot genoeg voor twee glazen en een portie bitterballen, de bekraste zinken toog met besnorde barman in wit
hemd en zwarte broek, hoorden bij een traditie die bij zijn leven
was verstard; het blad in het geschiedenisboek van de horeca
was omgeslagen, cafés als deze wachtten geduldig op de dood
van de laatste gast.

Toen hij zijn tweede kelkje naar de lippen bracht, ging Pauls
mobiel. Het schermpje verried een onbekend nummer. Hij nam
aan.

Een gejaagde stem die hij een keer eerder had gehoord: 'Nora
Damave, de moeder van Franca Kaspers. Ze is weggelopen.
Naar Umbrië. Ik heb uw hulp nodig.'

'Pardon? Nog een keer. Franca is weggelopen?'

'Ik kreeg een sms van haar uit Italië. Ze heeft met mijn bankpas geld gepind en een ticket naar Rome gekocht. Ze gaat haar
vader zoeken.'

'Wat avontuurlijk.'

'Avontuurlijk? Onverantwoordelijk!'

'Ik begrijp uw bezorgdheid,' zei Paul, hoewel hij zich geen enkele voorstelling kon maken van de angst van een moederdier
dat haar jong kwijt is.

'Ze heeft met u uitgebreid over Guido's zogenaamde verdwijning gesproken. Misschien wel een plan gemaakt.'

'Ho, ho, ik heb haar niet opgestookt. Het tegendeel is waar. Ik
heb haar afgeremd waar ik maar kon.'

'Hebben jullie iets gevonden? Een aanknopingspunt?'

'Nee. Helemaal niets.'

'Ze is dus op de gok gegaan?'

'Dat moeten we veronderstellen, ja.'

'Kunt u niets bedenken, geen enkele zinsnede die ze heeft
kunnen interpreteren als aanwijzing?'

Zoals de dochter hem beschouwde als sleutelbewaarder van
een groot geheim, zo dacht nu de moeder dat hij de verlosser

was. Maar intussen bleef het merkwaardig, die *gut feeling* van Franca dat haar vader gevonden moest worden. Het was ook vreemd: een volwassen man zonder opvallende problemen, keurige baan, gaat op vakantie, beantwoordt noch mail noch telefoon, stelt zijn werkgever niet in kennis van een verlengd *sabbatical* en laat zijn dochter, zijn oogappel mogen we aannemen, totaal zonder teken van leven. Vrijwillig vermist heet dat dan: nieuw leven begonnen, nieuwe identiteit aangenomen, nieuwe kansen geschapen. Meestal stak daar een geheime liefde achter of een te verbloemen zonde. Franca had hem ervan overtuigd dat het Fischer moest zijn. Maar waarom in godsnaam? Vanwaar die obsessie met die surrogaatvader? Wat stak er achter die Kaspers? Hoe was dat huwelijk geweest?

'Ik zou het echt niet weten. Ik weet niet welke opmerkingen of gegevens iets triggeren in haar geheugen. Ik ken jullie geschiedenis niet.'

'Ik moet iets doen. Ik kan haar daar niet alleen laten.'

'Bel haar.'

'Ik ben bang dat ik de verkeerde dingen zeg. Dat ze het contact verbreekt.'

'Wat wilt u eigenlijk? Dat ze terugkomt?'

'Ja natuurlijk.'

'Dat zal ze niet doen. Niet meteen.'

'Ik ben bang dat haar iets overkomt. Ze is zo goed van vertrouwen.'

Daar had de moeder een punt. Hij moest er niet aan denken dat een smerige, geile Italiaan de jonge Helena zou roven en met zijn behaarde klauwen haar tedere lichaam zou bepotelen en bezoedelen.

'Ze is slim en zelfstandig.'

'Maar dat is niet genoeg.'

'Wat wilt u dat ik doe?'

'Ik weet het niet. Ik weet zelf niet wat ik moet doen. Ik wil haar achterna.'

'Mooie optocht. Fischer, Kaspers, Franca, en u.'

'Fischer is een hersenschim. Wat moet ik dan doen?'

'Proberen logisch te denken. Franca is op weg naar Umbrië. Ze is afhankelijk van het openbaar vervoer. Ze neemt de trein naar Perugia, en zoekt daar onderdak in een jeugdherberg of zoiets. Vandaar zal ze de bus nemen en naar het zuiden gaan door het dal van de Tiber. Als we aannemen dat Kaspers met zijn auto in het noorden van de provincie, misschien zelfs aan de bron van de Tiber is begonnen moet hij als hij geen spoor van Fischer heeft gevonden, wat heel waarschijnlijk is, zich nu toch wel in het zuidelijk deel bevinden. Ik denk dat ze een centrum zoekt waar Guido toch af en toe heen zal rijden voor een krant, een boodschap, een maaltijd, voor informatie. Ik kan me voorstellen dat als het niet Perugia is, het Todi is of Orvieto. En natuurlijk kan Kaspers allang in de bordelen van Rome met hoeren en snoeren zichzelf en jullie zijn vergeten, maar laten we hem het voordeel van de twijfel geven. Ik neem aan dat Franca deze gedachtegang ook heeft bewandeld. Hij ligt nogal voor de hand. Ook al sluit ik niet uit dat het heel anders is gelopen met die vader van haar.'

'Als ik nu dus morgenochtend een eerste vliegtuig naar Rome neem, daar een auto huur, kan ik haar bij wijze van spreken diezelfde dag nog op het busstation van Todi of Orvieto opvangen.'

'Ik geef toe, ik schets een ideale situatie. Het leven geeft daar weinig praktijkvoorbeelden van.'

'Wilt u met me meegaan?' Pauls verbaasd zwijgen interpreteerde ze als aarzeling. 'Ik ben bang dat ik in paniek raak. Er is veel gebeurd de laatste weken. En u hebt uitgebreid met Franca gesproken. U kent bovendien het werk van Fischer... Natuurlijk betaal ik.'

'Het klinkt als een aanbod dat een heer niet kan weigeren, maar toch: we kennen elkaar niet. Het is al moeilijk genoeg met goede vrienden op reis te gaan.'

'Daarom is het met een vreemde makkelijker. We kunnen zakelijke afspraken maken.'

'Ik moet dit even op me in laten werken. Ik bel u over een uur terug. En laten we dan beginnen elkaar te tutoyeren, of ben ik niet degene die dat mag voorstellen?'

Paul besloot dat hij de uitnodiging aannam. Uit pure nieuwsgierigheid, hield hij zichzelf voor. Maar ook had hij zelf nog een appeltje met Fischer te schillen, al was dat appeltje inmiddels sterk gerimpeld. De verdwijning van de enigmatische auteur kort na het beroemde interview mocht dan wel spectaculair en afdoende zijn geweest, het had hem, Paul Erkelens, wel mooi opgezadeld met eeuwig gezeik van de Fischerfactie. Zijn reputatie was aan dat ene stuk blijven hangen, alsof hij een rockster was met maar één lullige hit. Wat hij ook had gepresteerd, altijd kwam dat moment van herkenning: o, was jij dat... Sodemieter op allemaal. Wie weet kon hij via Guido Kaspers die ouwe goochelaar nog eens aan zijn dasje over de toonbank halen.

# 4

Iedere indruk werd scherp geëtst. De kleuren- en geurenmachine in Franca's hoofd draaide op volle toeren. Want meer dan een komische contaminatie was de synesthetische ervaring een persoonlijk handboek voor de herinnering. Zoals de ouden hun geheugen trainden door te onthouden teksten in een virtueel huis met vele kamers onder te brengen en ze te reproduceren tijdens een mentale rondgang, zo legde Franca de spiksplinternieuwe werkelijkheid vast via haar zintuiglijke mengpaneel. Ze maakte een heel nieuw reservoir van kennis aan.

Ze was niet bang. Ze was nieuwsgierig. Reikhalzend. Ongeduldig. Voor het eerst was ze in Italië. Haar moeder had haar nooit aan Guido afgestaan voor een vakantie in zijn vaderland. Van vóór de scheiding herinnerde ze zich alleen reizen naar Frankrijk en Griekenland. Met Nora samen was ze naar Amerika geweest en Zuid-Afrika. Nora ontweek handig elke vraag of toespeling. Alsof ze niet naar haar *roots* mocht.

Het landschap tussen Rome en Perugia vouwde zich vanuit het treinvenster als een waaier open. Het was een decor voor een film die nog gedraaid moest worden. In versneld tempo werd ze er alvast langs geleid. Kijk, daar in de verte zijn de bergen, dit is het dal van de rivier, daar zie je de middeleeuwse stadjes als pruiken op een heuvelkop, daar op de flanken de fluisterende orakels van de eikenbossen, hier zie je wat samenscholingen op dorpspleinen, ja sorry, we zijn er al voorbij, een rij wachtende auto's voor een onveilig sein, een kar met paard, een kind, een *fattoria*, een hofstede, een toren, een kerk, een bastion, zie je, zo leven wij hier op dit land, het is zomer, vroege zomer, zie je hoe groen het gras is en hoe mooi het licht op het jonge blad weerkaatst? Haastig, haastig voort, dit is nog maar een *teaser*, een trailer, een voorproef. Straks komt het echte werk. Welk verhaal zou straks in dit decor worden verteld? Was zij hoofdpersoon of toeschouwer? Nu nog voelde ze zich verstekeling. Maar men sprak haar aan als Italiaanse, en dat was ze ook, voor een kwart. Minstens voor een kwart was ze hier thuis. Er werd een klank aangeslagen in haar die ze nooit eerder had horen resoneren.

De avond viel. Vanuit de diepe gewelven onder de stad steeg ze met roltrappen naar boven, dwars door de fundamenten van oude palazzi, onderaardse gangen liepen links en rechts weg naar geheime kelders en verborgen zalen waar echo's van middeleeuwse glorie klonken: bevelen, gebeden, vloeken en kreten van smart. Vochtige kilte. Stil stond ze al stijgend te luisteren, Eurydice zonder Orfeus. Waar lichtgevende pijlen haar naar een volgende roltrap leidden hoorde ze haar voetstappen luid weerklinken, alsof ze in haar eentje een groep was. De tocht omhoog duurde en duurde, tot ze de sterren zag in een korenblauwe hemel en ze aan het begin stond van de Corso Vannucci, achter zich de Esplanade vanwaar beneden in de verte de lichtjes in het dal van Spoleto schitterden, en voor zich de brede, licht hellende weg omhoog naar de Piazza 4 Novembre, omzoomd met paleizen die als grijze manen straalden met het bewaarde licht van de dag. De corso was nog vol mensen. Verkeer was er niet, alleen voetstappen en stemmen. Ze liep licht als een hinde, veerde, danste, bijna vergeten waarom ze hier was, maar tot in haar vezels wetend 'ik ben hier'. De avondlucht omhelsde haar. De blikken van mannen kusten haar. De woorden die ze hoorde maar niet kon verstaan hingen vrolijke guirlandes om haar schouders. Ze was onoverwinnelijk. Het was magie.

In de jeugdherberg met de hoge beschilderde plafonds vond ze een bed in een slaapzaal met tjirpende Japanse meisjes op kokette slippertjes die hun inkopen van Gucci en Prada vergeleken. Ze propte haar rugzak aan het voeteneind, vouwde haar armen achter haar hoofd, deed voor het eerst die lange dag haar ogen dicht en dacht aan haar vader. Natuurlijk had hij niet gebeld. Dit was een parallel leven zonder bruggen naar het andere, dat begreep ze nu. De aard van de queeste verbood aarzeling en terugtocht, kon geen belemmerend gewicht verdragen, moest breken. Ze pakte haar mobiel, keek op de berichten, zag de sms van Nora en deed hem uit. Ze was los. Ze was vrij. Ze haalde haar Fischer tevoorschijn en begon te lezen, zomaar ergens. Het was of ze Guido's stem hoorde, die haar voorlas. Het boek viel uit haar hand. Ze sliep.

# 5

'Nee, ze heeft niet geantwoord op mijn sms. Haar mobiel staat uit.' Het was Nora's antwoord op de eerste vraag die Paul haar stelde. Ze ontmoetten elkaar bij de balie van KLM, waar de tickets klaarlagen. Franca leek niet op haar moeder, zag Paul, maar ze hadden dezelfde houding, datzelfde innerlijke kompas, een doelgerichte kracht, een zelfverzekerdheid die terugging op generaties lange *good breeding*. Aan Paul vielen Nora zijn ironische oogopslag en zijn ongestreken overhemd op. Ze deden allebei moeite hun bliksemsnelle monstering van de ander voor elkaar te verbergen. Nora keek weg over Pauls schouder naar de juffrouw achter de balie en Paul concentreerde zich op de schermen met vluchtinformatie in de verte.

'Dat zegt niet veel,' zei hij.

In de rij voor het inchecken en in de rij voor de paspoortcontrole stonden ze zwijgend naast of achter elkaar, talloze gespreksopeningen bedenkend en verwerpend, Nora ongeduldig, Paul geamuseerd. Hij probeerde zijn reisgenote te doorgronden en stuurde met dat doel zijn fantasie richting erotiek. Kon hij zich haar voorstellen in de slaapkamer? Was haar strak gesloten mond plooibaar in een glimlach, in een verleidelijke zachtheid met halfgeopende lippen, een glanzend en vol gekuste rozigheid? Konden die handen, die de boardingpass en het paspoort omklemden, zich ontspannen in strelingen en plagend zoeken naar de erectie? Hoe zou ze reageren als hij haar aanraakte? Zou ze zuchten, kon ze kreunen en hijgen, werd het haar in haar nek nat van hartstocht, zou ze zich gul openen voor hem? Franca met haar lange ledematen en haar voorjaarsschoonheid schoof zich wel steeds voor zijn geestesoog, maar de moeder, die per slot van rekening een wettiger droombeeld was, leek zich niet aan de competitie te onttrekken. Paring was niet onvoorstelbaar, integendeel. Natuurlijk zou hij geen misbruik maken van hun situatie, maar een eventuele gepassioneerde vergissing zou hij zeker niet uit de weg gaan. Ze kwam hem via de erotische fantasie naderbij. Hij legde even ter geruststelling zijn hand op haar schouder. Ze schrok alsof ze zijn aanwezigheid was vergeten.

'Het komt goed,' zei hij.

'Ja,' zei ze. 'Dat moet.'

Het was vroeg, maar Engelse mannen zaten al aan laarzen bier. Zakenlui belden en bewerkten hun laptop, geen minuut zonder handel of drukte. Vakantiegangers zeulden immense hoeveelheden handbagage en gele tassen drank mee. Oude mensen werden in geluidloze maaimachines vervoerd.

'We hebben nog een uur,' zei Paul. 'Koffie?'

Terwijl hij hun bestelling plaatste keek Nora vanaf haar hoge kruk naar de rug van die vreemdeling, haar reisgenoot. Een mensenrug. Vlees en bloed, gevuld met verleden, herinneringen, verlangens, drijfveren, plannen. Ze durfde niet te denken aan de mislukking van hun 'fellowship'. Als ze Franca wilde vinden, moest ze Paul vertrouwen. In luttele uren moest ze een band smeden met haar dochter als onderpand. Hij had een avond met Franca doorgebracht en had 'ja' gezegd op haar verzoek mee te gaan. Ze besefte maar al te goed dat zijn toezegging kon wortelen in een ongezonde belangstelling voor haar dochter. Hij had vrouw noch vriendin, veronderstelde ze naar aanleiding van het kreukelige overhemd en de ribbroek met iets te korte pijpen. Misschien was hij wel van de soort nette mannen die gebruikmaakten van heroïnehoertjes of geilend langs de Wallen liepen in eenzame bronst. Misschien deed hij onder pseudoniem aan cyberseks. Mensen liepen niet met hun perversies te koop, maar er waren meer alleenstaande mannen met een afwijking dan zonder. Elke ook maar enigszins sociale en prettige kerel werd ogenblikkelijk ingepikt door een soldate uit het smachtend leger alleenstaande vrouwen. Een man van zijn leeftijd had ruime keus. Wat was er mis met hem? Ze leek wel gek dat ze zich aan hem had uitgeleverd. Een mooie stem en een interessante journalistieke carrière waren bepaald geen garantie voor een aangenaam karakter. Hij bracht hun koffie op een dienblaadje. Ze keek naar zijn handen alsof zich daarin zijn bedoelingen verrieden, alsof ze in de vorm van zijn nagels haar toekomst kon lezen. Franca. Franca. Misselijkheid prikkelde haar slijmvliezen en speekselklieren. Het lawaai in de hal ruiste in haar oren, bonsde op haar hartslag, ze had nauwelijks geslapen. Ze zuchtte diep en roerde in haar koffie zonder er suiker of melk in te hebben gedaan, staarde in het draaikolkje, voelde Pauls blik.

'Ik wil niet nieuwsgierig lijken, maar ik moet wel iets meer weten van jullie verhoudingen. Hoe het is tussen Franca en jou. Tussen Guido en jou. Tussen Franca en Guido.'

'Gewoon,' zei Nora vlak en likte het lepeltje af. 'We zijn zes jaar geleden gescheiden. In goede harmonie. Franca bleef bij mij en is in de weekends vaak bij haar vader. Ze hebben voor zover dat te beoordelen valt een goede band. Denk ik. En Franca en ik. Ach, ze is zestien, moet zich afzetten, heeft wat nukken, maar we zijn toch erg goed met elkaar.' Ze moest de tranen wegslikken, keek om zich heen naar andere reizigers, haalde haar neus op, dook in haar tas naar een zakdoek, vond een verfrommelde Kleenex en snoot er haar neus in. 'Er is niet zo veel over te zeggen.'

'Nee,' zei Paul. 'Klopt de verdwijning van Guido met zijn karakter? Was het onverwachts?'

'Ik weet het niet. Onze contacten waren oppervlakkig... eigenlijk ook tijdens ons huwelijk, denk ik. Hij heeft iets onbereikbaars... of het is er leeg. Ik ken hem slecht. Je kon alles van hem verwachten. En niets.'

In een van de Nora-documenten had Guido zichzelf beschreven als woestijn, zo droog, zo dor, zo geduldig, zo verraderlijk. Hij liet haar in hem verdwalen, verzwolg haar tussen zijn geribde heuvels, bedolf haar met zijn zandstormen. Maar dat was te pijnlijk en te intiem, te waanzinnig ook om het de nuchtere Paul te vertellen.

'Hadden Franca en jij wel eens ruzie over hem?'

'Ik heb misschien af en toe een sarcastische opmerking gemaakt, maar nee, ruzie hadden we niet. Ik vond en vind het belangrijk dat Franca in vrijheid haar verhouding tot haar vader kan bepalen.'

'Dat is mooi van je.'

De ironie in zijn stem raakte haar. Het was niet de bedoeling dat hij haar op subtiele wijze beledigde. Dat moest ze meteen de kop indrukken.

'Spreekt hier de man met ervaring? De gescheiden vader met te weinig bezoekrecht?'

'Er kan een grote kloof gapen tussen wat we menen te doen en wat we werkelijk doen.'

Nora hoorde een echo van haar vader.

'Ik heb geen zin om scènes uit mijn huwelijk aan je voor te spelen.'

'Hoeft ook niet.'

Ze dronk haar koffie en keek over de rand van haar beker naar Paul, die met een suikerzakje speelde. 'Laten we afspreken,' zei ze, 'dat we niet eerlijk tegenover elkaar hoeven te zijn. Ik ben geen patiënt en jij bent geen therapeut. En het is ook niet omgekeerd. We moeten een werkverhouding hebben. We zoeken Franca.'

'We zoeken Franca,' zei Paul. Ze keken elkaar aan, voor het eerst buiten de gêne van de kennismaking en na afloop van de eerste schermutseling. De posities waren ingenomen. Piketpaaltjes geslagen. Het was tijd voor een glimlach, vond Paul. Een persoonlijke glimlach, een vredesglimlach, een glimlach als een uitgestoken hand. Hij had vergeten zich te scheren die ochtend en voelde zich met die bête glimlach om zijn lippen een aan lager wal geraakte casanova die de oude trucjes niet is verleerd.

# 6

Franca had de nachtelijke uren net onder het bewustzijnsoppervlak doorgebracht, gekweld door ongrijpbare beelden tussen droom en werkelijkheid, als een zwemmer die onder water het licht van de zon vervormd waarneemt. Toen ze wakker werd was de magie van de vorige dag verdwenen. Ze vocht tegen de neiging Nora te bellen, naar mammie te hollen, op schoot te gaan zitten, gezicht te verbergen in haar hals. Ze deed het niet, maar een plan had ze evenmin.

De Japanse meisjes kwetterden in de doucheruimte. Ze waadde als Gulliver in Lilliput tussen hun intens bleke, gladde lijfjes, waarin een smal streepje dichtgezaaid pikzwart schaamhaar rechtop stond als een zedig uitroeptekentje. Ze probeerde elke handeling intens bewust te doen, geconcentreerd op tanden poetsen, inzepen, afspoelen, afdrogen, aankleden. Elk knoopje, elk ritsje kreeg haar onverdeelde aandacht. Deed ze de nederigste handelingen overbewust, dan zou daaruit als vanzelf een volgende handeling worden geboren. Het nu droeg de toekomst in zich. Die kwam gewoon. Die kwam. Die kwam vanzelf als ze maar in het nu bleef.

In de lounge met het beschilderde plafond, te mooi voor een jeugdherberg, nam ze een beker thee en ging met de alfabetboeken voor zich zitten wachten op het plan, op de richting, op het doel. In ieder geval was ze nu dichter bij Guido dan thuis. Langzaam dronk ze en keek om zich heen. Ruige en gezonde jongens en meisjes, wier houding de last van de rugzak verried; geen flauw idee had ze wat ze hier kwamen doen, die Amerikanen, Canadezen en Duitsers en de Japanse meisjes; ze had die allemaal elders gedacht: in bergstreken, wildernissen, op stranden, of in Parijs en Londen, maar niet midden in het oude Italië, dat vooral voor opa en oma was en voor haar keurige ooms en tantes, die zo dol waren op Toscane en 'vrindjes' hadden met huizen aldaar of plannen ervoor. Franca werd een en al oog en oor voor het gedoe om haar heen, verzonk in haar aandacht, vloeide uit over haar omgeving en stroomde naar de koele grijze kleuren en het lichtroze beige van de stad, die buiten breekbaar in het ochtendlicht lag.

'*You like it?*'

Een stem dicht bij haar oor zwiepte haar terug in haar lichaam alsof ze een uitgerekt elastiek was dat in de oorspronkelijke stand springt.

'*What?*'

'*You like this book?*'

Het was een jongen van een jaar of twintig, misschien iets ouder. Een baseballcap met het embleem van de New York Yankees overschaduwde zijn gezicht. Zijn nek werd breed als de voet van een boom voor hij in zijn T-shirt daalde; zijn schouders en bovenarmen ademden sportschool of houthakken. Hij droeg wijde shorts. Zijn benen waren ongegeneerd goed gevormd en behaard.

'*I... I haven't read it yet...*' zei Franca aarzelend, opeens in het diepe gegooid met het Engels dat ze zo zelden sprak, maar in haar fantasie vaak wereldwijs oefende.

'*I did. My parents wanted me to read it. Where are you from?*' Hij stak zijn handen in zijn zakken en nam haar keurend op.

'*From Holland.*'

'*Holland! Cool! I plan to go there next year. I have to see your Rembrandts and Vermeers.*'

'Why?'

'I am an art-historian. No, I am still a student at NYU. We have a Dutch professor. Professor Sluijter. Do you know him?'

'No, I'm sorry.'

'I am doing Italy first. Started out in Venice, then Bologna, Firenze, Siena, Arezzo, on Piero's trail of course, now Perugia and Assisi and from there I will slowly move down to Rome, and then back home. And you? What brings you here?'

Franca liep enigszins achter. Ze was zijn eerdere informatie nog aan het verwerken (*Piero's trail*? Wie was Piero?) en moest wennen aan het eerste persoonlijke contact met een levend wezen sinds ze van huis was gegaan, een vreemd levend wezen in een vreemde omgeving. Ze kleurde tot diep in haar hals en stotterde wat over haar vader. Dat die op vakantie was gegaan naar Italië, maar niet was teruggekeerd, en dat ze hem nu zocht.

'Why here?'

Ze wees op de alfabetboeken. Ik denk dat hij hem zoekt: Fischer.

'Come again?' De jongen haakte met zijn linkerbeen een stoel naderbij, ging in een vloeiende beweging naast haar zitten en keek haar intens aan. 'Why are you crying?'

Franca legde haar handen gevouwen over het boek alsof ze het aan het zicht wilde onttrekken, en probeerde haar tranen in bedwang te krijgen. Ze zuchtte, slikte, greep naar de thee, nam een slok, vermande zich en keek op haar beurt de jongen aan. Bruine ogen met lichte groengrijze spikkels in de iris. Hoewel ze uit twee verschillende werelden kwamen voelde Franca in hun blik een schok van nabijheid. Verlegen wendden ze beiden het hoofd af, maar het was gebeurd en ze werden even opgetild, tussen haken gezet, bevrijd uit de tijd. Het gaf niet dat de ontmoeting in een toekomst vergeten zou worden, nu was er de tederheid en de prille bronst van twee jonge vitale wezens, die henzelf verraste. Ze lachte door haar tranen heen.

'Ik huil al niet meer.'

De jongen vroeg hoe ze haar vader dacht te vinden, nee, natuurlijk niet via de politie, die zou haar linea recta op het vliegtuig naar huis zetten, maar had ze een plan?

'Ik wil gewoon met de bus van stad naar stad trekken en goed om me heen kijken en vragen en intussen het boek lezen en proberen te bedenken wat mijn vader heeft bedacht. Ik ken hem.'

Ze probeerde uit te leggen wat ze wist en wat haar ertoe had gebracht alleen op onderzoek uit te gaan. Af en toe keek ze naar hem op. Hij hield zijn blik intens op haar gericht, zodat ze ten slotte niet meer durfde te kijken, maar tegen haar handen stamelde.

'*You need help*,' zei hij.

'*I am not crazy or depressed*,' zei ze.

Hij begon te lachen om haar verontwaardiging, een Amerikaanse lach, open als de vlakten van het Middenwesten, een lach waar de wind door waait. Een lach als op de reclameborden, die ze in de Verenigde Staten had gezien, met dank aan een goede orthodontist en spoelen met Listerine. 'Je hebt meer ogen nodig dan die van jou alleen. Ik heb vrienden hier. Ik ga ze vragen te helpen. Waar moeten ze naar uitkijken?' Hij haalde zijn mobiele telefoon tevoorschijn. 'Signalement? Auto? Wat is jouw nummer? Dan kunnen ze sms'en als ze iets hebben gevonden.'

Franca aarzelde. Ze wilde haar zoektocht privé houden. Anderen erbij betrekken maakte het een spel, een sensatie, een grap. Oké, zei ze, en noemde de oude donkerblauwe Fiat Croma waarin Guido reed en het Nederlandse nummerbord, en vertelde dat hij iets langer was dan zij, eenzelfde kleur donker sluik haar had, aan de lange kant, dat hij groenblauwe ogen had, geen snor of baard, gelukkig niet, goed gekleed, ja, hoe moest ze dat uitleggen, Italiaans gekleed, hetgeen het vinden niet makkelijker maakte, alsof hij een schutkleur had aangenomen. Hij is half Italiaans, maar dat is een ander verhaal. Zo moeilijk je eigen vader voor vreemden te beschrijven. Als hij maar geen ongeluk had gehad. Dan zouden ze toch allang hebben gebeld. Maar dood? Idem dito. Maar niet gevonden? Hier in Italië? Zo eenzaam en verlaten is het hier bepaald niet.

Het stelde haar merkwaardig genoeg gerust een vreemde zo nuchter over de overlevingskansen van Guido te horen praten.

'Hij is waarschijnlijk helemaal opgegaan in het vinden van Fischer,' zei ze, 'hij kan zich totaal verliezen, dat is wel waar.'

'En misschien,' zei de jongen, 'voelt hij zich hier wel heel erg thuis; zijn *roots, you know.*' Hij tikte razendsnel een bericht in en verzond het aan een dozijn vrienden. '*That covers it. And now?* Waar ga je nu heen?'

'Daar zat ik nog over te denken,' zei ze.

'Assisi?' vroeg hij. 'Waarom ga je niet met me mee naar Assisi. Heb je veel bagage?' Ze wees op haar rugzak. 'Goed. Je kunt achter op de scooter.'

'Scooter?'

'Ja, dacht je dat ik in een bus ging zitten? Vrijheid!'


Franca's oude huid werd afgestroopt en ze gleed met vochtige, verse kleuren een nieuw leven in, deinend achterop bij hoe-heet-hij-eigenlijk. Zo nieuw was ze dat ze zichzelf niet meer kende en vergeten was wat ze hier deed. Ze zat op een scooter met een onbekende Amerikaanse jongen, die haar had aangekeken alsof hij op haar had gewacht en zij op hem, en de warme wind zong in haar oren. Franca ervoer de extase van de mogelijkheden die voor haar openlagen. Het dal van Spoleto schitterde in haar ogen, trillend en vervreemd als in *blacklight*, een videoclip op de muziek van de scootermotor.

Hij stopte onder aan de weg die naar Assisi klom. Bij een kiosk haalde hij twee blikjes diet-Coke en reikte haar er een aan, deed zijn cap af. Hij had dik rossig haar en zijn huid was gebruind. Hij maakte een koperen indruk.

'Hoe heet je eigenlijk?' vroeg Franca. Ze sloeg haar hand voor haar mond om een meisjesgiechel te verbergen.

'Ik had dit moment willen uitstellen,' lachte hij. Hij keek naar zijn blikje. 'Toen ik werd geboren waren mijn ouders erg bezig met oerteksten. Ik heet dus Gilgamesj. Afgekort: Gil. Wat ook erg is.'

'Ik heet Franca.'

'*Pleased to meet you.*' Hij schudde haar de hand. Ze lachten en dronken de cola. Franca verslikte zich in de schuimende eerste slok en hoestte, almaar harder lachend.

'*Are you okay?*'

Ja, ja, ik ben oké, gebaarde ze. Ik ben heel erg oké. Ze voelde de echo van de duozit tussen haar benen als een spookpaard. Dit was heel nieuw en onverwacht en als ze Guido niet zocht, was dit verrukkelijk, de adem die je inhoudt bij een wonderschoon vergezicht op een kaap waar je bijna afvalt.

Terwijl ze bij de scooter stonden, hun gezichten strak en vettig van wind en stof, wees Gil omhoog naar Assisi, dat wit tegen de berg aan lag als een brede lach in een donkergroen gezicht. 'Hoe vaak zal hij deze weg zijn gegaan?' vroeg hij. 'Sint-Franciscus.'

'Ik weet bijna niets van hem,' zei Franca, die helemaal niets van hem wist.

'Ben je niet katholiek?'

'Ik ben niet eens christen, geloof ik. En jij?'

'Ik ook niet. Maar door mijn studie werd ik ondergedompeld in het christendom.'

'Wat zijn je ouders?' vroeg ze.

'Mijn ouders zijn zoekers.' Gil leek zelf even naar woorden te zoeken. Hij keek weer in zijn cola en keek toen op. Opnieuw de botsing, nee, de omhelzing van blikken en iets minder verlegenheid. Een besluit haar te vertrouwen. Ze zag het allemaal. Ze registreerde. Een schampere lach, voor hij verder ging.

'Mijn vader studeert voor boeddhistische monnik, hij schijnt al heel ver te zijn, en mijn moeder heeft zich geheel overgegeven aan spirituele healing. Aura's, chakra's, ayurveda en wat al niet. Ze hebben samen of los van elkaar ongeveer alles beleden wat maar in de mode was. Alles van liefde en elke dag de zonnegroet. We hebben allerlei diëten en rituelen gevolgd, diverse goeroes over de vloer gehad, vakanties doorgebracht aan de voet van magische, besneeuwde vulkanen, maar niets bleef. De Tao was toch te vaag, de Baghwan was een bedrieger, de Celestijnse belofte werd niet waargemaakt, de geheimen van de Native Americans waren interessant maar mijn ouders voelden zich door hun afkomst toch schuldige indringers, ugh!, het soefisme heeft een tijdje boven ons huis gezweefd, ik weet nog steeds niet waarom dat is verdwenen, het leek me niet eens zo gek, en god mag weten wat voor kruidenvrouwtjes en handopleggers nog verder de dromen van mijn ouders hebben bevolkt.'

'Dat moet verwarrend zijn geweest.' Franca luisterde meer naar de toon dan naar de woorden. Ze proefde de kleuren en de vormen. Varengroen. Flitsen herfstig zonlicht tussen boomstammen. Was die synesthetische afwijking van haar een soort aurawaarneming waar Gils moeder wel raad mee zou weten? Ze knipperde met haar ogen.

'Maar ik leerde daardoor ook afstand nemen. Ik zag het herhaalde enthousiasme en de overgave van mijn ouders al snel als een wat zielige behoefte aan zekerheid. Ik zag hen als schepen op drift, blij met elk licht dat een haven aankondigde, en geen enkele haven bleek thuis. En jij, Franca? Geen christen? Wat dan wel?'

Hij verplaatste zijn aandacht van de innerlijke thuisbeelden naar haar, een pijl die doel trof. Zijn intensiteit schokte haar: een vreemdeling die tot haar doordrong bij een kiosk langs de weg naar Assisi. Dat was drie dagen geleden onvoorstelbaar geweest.

'Humanist,' zei ze met het overzicht van de afstand en ze zag de falanx van de familie achter haar goedkeurend knikken. 'Zo heet dat bij ons. Je bent nu eenmaal wat je ouders zijn. Maar wat ik zelf wil of vind, weet ik niet. Ik vind het raar dat mensen überhaupt iets nodig hebben.'

Ze gooiden hun lege blikjes in een uitpuilende vuilnisbak en klommen op de motor.

'Op naar Giotto,' zei Gil. Ook van die held wist Franca niets. Hij was waarschijnlijk een naam geweest in het legioen coryfeeën dat hun deur had platgelopen, maar het zaad van de opvoeding gaat pas vrucht dragen als de leerling zelf de gieter ter hand neemt.

'Daar voor ons gaat een blauwe Fiat Croma!' schreeuwde Gil naar achter. Franca schrok. Vooral omdat ze al een uur niet aan haar missie had gedacht. Trouweloos kind. Zelfzuchtig mormel. Het was een Italiaanse auto.

'Hij is het niet!'

Op de rand van de richel in de Monte Subasio, waarop Assisi ligt, was de kerk gebouwd, bijna zwevend tussen hemel en aarde. Strak en geometrisch het schuine dak, rond als een gigantische hostie het grote rozetraam, de kleur van het steen nauwelijks afstekend tegen de bleke lucht. Gil nam haar bij de hand en leidde haar de bovenkerk in, waar het toenemende geroezemoes van de bezoekers werd getemd door een strenge broeder die van tijd tot tijd luid 'Sssssssst' riep in een microfoon.

'Waarom moet iedereen stil zijn in een kerk?' vroeg Franca fluisterend. 'Is God ernstig ziek?'

'Wat dacht je, hij hangt aan het kruis,' zei Gil. Hij stond stil in het hart van de kerk, liet haar hand los en keek om zich heen, draaide langzaam om zijn as, driehonderdzestig graden, hoofd in zijn nek, dronk de ruimte in, zoog de kleuren van de fresco's op. Franca zag zijn wijd geopende ogen en daarin een groeiend ontzag, een onvervalste ontroering en stille extase, en ze wilde dat zij zo op kon gaan. Nu bezat ze dat talent wel, maar het was net als dat van haar vader van een andere aard. Gil haalde de dingen naar zich toe. Gil was het brandpunt, was een samenballende kracht; zij viel uiteen als ze in haar omgeving opging. Ze rilde van kou en eenzaamheid en richtte haar blik op een willekeurig fresco waarin een bemijterde heilige op een bed met een baldakijn lag, rijk gekleed, maar ze zag geen betekenis, haar eigen gedachten drongen zich op de voorgrond en kleurden de kerk in een waterig grijs. Het geschuifel van voeten en gemurmel van stemmen hypnotiseerde. Ze zonk weg. Opeens meende ze Nora te herkennen en hielden tegenstrijdige neigingen haar op haar plaats genageld, tot de vrouw in profiel een ander bleek en Franca haar eigen hart in haar oren hoorde bonzen. Gil leek haar te zijn vergeten in zijn bedevaart langs de staties van Giotto, en waarom ook niet, dit was van hem, zij stond zijn ervaring alleen maar in de weg.

Ze schoof in een kerkbank en probeerde terug te keren in het nu, in haar eigen geschiedenis, haar eigen lichaam. Papa, waar ben je? Ben je hier geweest? Heb je dit gezien? Heb je op deze bank gezeten? Waaraan heb je gedacht? Hoe kan ik je vinden? Mag ik je vinden? Waarom wil ik je vinden? Ze twijfelde aan haar eerdere overtuiging, dat dit een geheime opdracht was van haar vader voor haar. Die opvatting was een vals excuus geweest. Hij was weggegaan en had niets van zich laten horen. Een duidelijker boodschap kon hij niet geven: hij had zich losgemaakt van zijn leven thuis, van zijn werk, van zijn dochter. En daar had hij het recht toe. Voor wie moest hij zorgen? Alleen voor zijn planten. Zij was aan haar moeder toegewezen, en die moeder hield de teugels van de opvoeding helemaal in eigen hand. Daar had haar vader niets mee te maken. Voor zover Franca wist werd hij nooit expliciet gekend in beslissingen die haar aangingen, maar ze wist er eigenlijk niets van. Ja, dat Nora en Guido waren gescheiden wist ze, maar om welke redenen of onder welke voorwaarden, daarvan had ze geen idee. En zowel Nora als Guido hield tegenover haar hun mond. Het was een beetje griezelig, vond ze. Dun ijs of drijfzand. Begeef je er niet op. Praat er niet over. Ze was bang dat één verkeerd woord van haar het precaire evenwicht kon verstoren. Ze herinnerde zich geen ruzies. De mededeling was als een donderslag bij heldere hemel gekomen voor haar, als een aftiteling midden in de film. Pats boem. Papa gaat weg. Jij blijft bij mij. Mooi was dat. Nou ja, er waren wel opvoedkundige gesprekken geweest over hoe mensen uit elkaar groeien en al die flauwekul meer, en de therapeutische contacten met de kinderpsycholoog die alles zo normaal vond, maar dat was het wel zo'n beetje.

De laatste tijd was ze zich bewust geworden van pijn of verdriet of hoe ze dat moest noemen in de trekken rond Guido's ogen en mond als hij naar haar keek terwijl ze hem iets vertelde. Was dat altijd zo geweest of was ze er nu pas gevoelig voor geworden? Of las ze het er achteraf in, nu hij weg was? Kende ze hem wel zo goed als ze dacht? Ze waren makkers geweest, kameraadjes, maar nu ze geen kind meer was en vrouw werd, veranderde er misschien iets in hun verhouding. Ze wist niet hoe die dingen gingen.

Hoe vaak ze hun afscheid in gedachten had herhaald, wist ze niet meer. De handelingen waren gewist, de essentie was overgebleven, en nu kon ze die pas benoemen, nu ze hier zat in de koele kerk met de warme, lichte kleuren: afstand doen. Niet afstand nemen, maar het was afstand doen. In afstand nemen ligt de stap achteruit besloten, in afstand doen ligt het geven verankerd. Hij gaf haar weg. Hij gaf haar weg, niet aan Nora, maar aan haar eigen leven, haar toekomst, haar onafhankelijkheid.

Ze deelden een pizza, de dag voor hij wegging. Ze aten en ze praatten en ze wilde bij god dat ze nog wist wat ze had gezegd, want op enig moment was het gebeurd. Misschien had een

woord of een opmerking of een intonatie hem van haar afge-
knipt en was hij van haar weggezweefd als een verloren astro-
naut in de ruimte. Misschien had hij haar zachtjes losgeknoopt
en was hij zonder omkijken alleen verder gegaan. Franca zag
opeens een beeld voor zich van Guido als een man die springt.
Rondom hem is alles blauw, lucht of zee. Nergens vaste grond.
Alleen de sprong. Het gewichtloze. De onzekerheid.

Gil schoof naast haar. 'Is dit geen fantastisch stripverhaal?'

'Stripverhaal?'

'Het leven van Sint-Franciscus. Alleen de tekstballonnen
ontbreken. En dan te bedenken dat na de laatste aardbeving de
hele handel in duizenden stukken op de vloer van de kerk lag.
Ze hebben ze als een legpuzzel weer in elkaar moeten zetten.
Al die stukjes blauw!'

Door de microfoon weerklonk luid 'Sssssst'. Gil pakte haar
bij de hand en trok haar mee naar buiten, als jonge zalmen gingen ze tegen een stroom oudere Duitse toeristen in, een rivier
die breed de kerk in welde.

'Vond je de fresco's niet prachtig?'

'Maar ik snapte er niets van.' De gedachten over haar vader
maakten haar bokkig. Ze bedierven haar plezier, vulden haar
met schuld.

'Ik heb honger,' zei hij. 'We gaan wat eten.'

In een zijstraatje waar het naar kattenpis stonk vonden ze een
*pizza takeaway*. Ze kochten twee punten, die ze lopend opaten.
Gil praatte over zijn studie en over zijn reis door Italië. Wat hem
had getroffen en verbaasd. Hoe het leven in Europa hem had
overdonderd. Een ander continent. Veel onbegrijpelijker dan
hij had gedacht. Veel voller ook.

'Soms denk ik dat ik nooit zal kunnen vatten wat in de Europese kunst ligt opgeslagen. Jullie hebben er een veel natuurlij-
ker verhouding mee. Al word ik een superieur kunsthistoricus,
Rembrandt zal nooit van mij worden zoals hij van jou is.'

'Dan ga je je toch specialiseren in Andy Warhol.' Met haar tong behoedde Franca een stukje tomaat ervoor van de pizzapunt af te glijden.

'Ik doe net of ik dit niet heb gehoord,' zei Gil. 'Warhol! Charlatan.'

'Maar wel een kunstenaar die van jou is.'

Ze ergerde zich aan Gils Amerikaanse smakkende manier van eten: mond open, vol zicht op malend voedsel. Eerst maar Europese manieren leren, dan praten we wel eens over inburgeren.

'Waarom wil je altijd zijn wie je niet bent? Hoe kan een Chinese pianist de sonates van Mozart spelen? Ja, hij kan ze spelen, maar voelen? Snap je wat ik bedoel? Hoe weet je dat je het andere hebt begrepen in zijn essentie?'

Franca snapte wat hij bedoelde.

Ze reden hoger de berg op naar Eremo delle Carceri. In een plooi van de beboste rotsen, als tussen de tenen van een gigantische voet, had Franciscus regelmatig met zijn broeders gebeden in een grot. Gebeden? Nee, dat was geen gewoon gebed geweest, zei Gil, dat was een vlam uit zijn hart, recht omhooggezonden. Terwijl ze tegelijk met een groepje Mexicaanse nonnen het kleine, huiselijke heiligdom betraden, stelde Gil de vraag of een Franciscus mogelijk was in deze tijd, afgezien van de wenselijkheid. Hij gaf zichzelf antwoord: 'Natuurlijk is ook nu een Franciscus mogelijk en misschien zelfs wenselijker dan ooit. Sterker: er lopen hier en daar echte heiligen rond; in elke sloppenwijk vinden we een helpende heilige – het is nu eenmaal makkelijker een heilige te zijn in een sloppenwijk dan in suburbia, wat de vraag oproept waarom het heiliger is rijk te zijn en voor armoede te kiezen dan arm te zijn en geen keuze te hebben – het probleem is alleen dat er nergens volgelingen zijn, alleen profiteurs. Heiligen in deze tijd staan alleen, daaraan zijn ze te herkennen. Wat zou jij liever zijn: heilige of volgeling?'

Franca moest erg haar best doen hem bij te houden. In haar begrip van wat hij zei vielen gaten, maar de vraag had ze begrepen.

'Geen van beide.'

'Je moet kiezen.'

'Dan ben ik liever volgeling.'

'Waarom?'

'Wie volgt kan terug.'

Gil lachte en sloeg zijn arm om haar heen. Franca voelde al haar contouren, alsof een cartoonist haar met snelle pen tekende. Ze werd gewicht, vorm en substantie binnen de grote komma van Gils arm en ze was zich intens bewust van de nabijheid van zijn huid, zijn lichaam, en van de borrelende pot gedachten, ideeën en gevoelens die in hem huisden en warmte verspreidden. Alles is toeval, dacht ze. Al het toeval doet zich voor als noodzaak. Het duizelde haar even. Er ging een prikkeling van haar keel naar haar kruis. Nieuw, ja. Nooit eerder zo aan de bron gestaan. Nooit eerder zo zwevend en wentelend naar een nimmer gezien landschap. Wat ze ervoer was geen softe adolescentenpoëzie, dit was een tekst gebeiteld in steen. Een mijlpaal.

Ze liepen stil door de kleine vertrekken van het heiligdom, over de uitgesleten treden naar beneden de kelderachtige grot met een klein venster in, waar ze hand in hand rondkeken en toen weer naar boven gingen. Het wonder van de heilige aanwezigheid was van heel wat geringer allooi dan het wonder van de ontluikende verliefdheid, die nu voorrang nam boven alles. Ze deden of ze kort commentaar gaven op hun omgeving ('wat is het hier klein', 'heel gewoontjes eigenlijk', 'prachtig bos', 'hoor je de nonnen zingen?') maar hun lichamen waren met heel andere dingen bezig. Ze prepareerden zich voor elkaar, voor een eerste kus. Wat was het juiste moment, wat was de juiste plaats, en hoe zou het vandaar verder gaan? Op een bospad dat was besprenkeld met monumenten en plaquettes aangeboden door dankbare katholieken, kwam hun een tiental oudere Amerikanen tegemoet die allen een grote badge op de borst droegen met een rood hart waaromheen een doornenkroon en stralen en de tekst: *Iowa for Christ.*

'Zag je dat?' vroeg Franca toen ze voorbij waren. Ze draaiden zich om met de gezichten naar elkaar toe en zagen elkaar en toen was het zover. Franca werd mond, werd bonzend hart, werd buik, werd armen en benen en handen en oren. Even een scherpe nuchtere gedachte als een indringer: het beeld van de twee tongen als slakken in elkaars huis. Maar verder: een caleidoscoop aan fantasieën, kleuren en beelden, bedden, gedraaide lakens, duisternis, maan met jagende wolken, huid, Guido en Nora. Guido en Nora? Ja. Hoe ze als klein meisje tussen hen in kroop op zaterdagochtend en dat ze naakt waren.

Toen aan het eind van de middag een lokaal buitje viel, zochten ze onderdak in een cafetaria. Ze zaten naast elkaar op een bankje tegen een koele betegelde muur, Gil onderuitgezakt, armen breed over de rugleuning gespreid als natte vleugels die moesten drogen, Franca een beetje ineengedoken, kromme schouders, kromme rug.

'Hoe komt je vader aan zijn obsessie met Fischer?'

'Ik heb geen idee. Hij praat er nooit over.'

'Waar praat hij wel over?'

'Over allerlei andere dingen. Over de natuur. Over muziek. Over planten. Over kleren. Over wat mij interesseert. Over rare dingen die hij in de krant leest. Malle berichtjes. Daar fantaseren we dan over.' Ze glimlachte bij de herinnering aan de man-bijt-hondknipseltjes die hij voor haar bewaarde.

'Hoe is jullie verhouding?'

'Hoe bedoel je?'

'Is hij een goede vader?'

Franca dacht na over die vraag. Wat was een goede vader?

Strenge wetgever, sportieve makker, afwezige vleessnijder op zondag, verhalenverteller, grappenmaker? 'Hij is geen vader in de klassieke zin. Hij is ook geen vriend. Hij is Guido. Ik dacht dat ik hem kende. Ik ken hem ook, ik lijk op hem. Daarom weet ik soms wat hij denkt. Maar er blijkt een deel van hem te zijn dat hij voor mij, voor mijn moeder, voor iedereen verborgen houdt, denk ik nu. In dat deel zit ook Fischer. Ik wou dat ik wist waarom die vent zo belangrijk voor hem is.' De ontmoeting met Gil had het denken aan haar vader verdrongen, maar hij vocht terug. De angst kroop weer haar keel in. 'Ik wil hem vinden, maar ik weet niet of hij gevonden wil worden.'

'De alfabetboeken hebben wel indruk op me gemaakt,' zei Gil.

'Ik heb nog bijna niets gelezen.'

'*Heavy stuff.*'

Ja, dat wilde Franca wel geloven. Ze was een beetje misselijk. De beker van Fischers op schrift gestelde frustraties tot de bodem leegdrinken, daarvoor schrok ze terug.

'Is er een jeugdherberg in Assisi? Of moeten arme meisjes in een klooster slapen?'

'Misschien laten ze je dan niet meer los.' Gil grijnsde en sloeg zijn arm om haar heen. 'Dat zou ik zonde vinden. Maar natuurlijk is er een jeugdherberg.' Hij haalde een lijst tevoorschijn en zocht er het adres in op. 'Ik hoop dat er plaats is.'

'Dan wil ik daar wel even naar gaan vragen. Regent het nog?'

Het regende niet meer. Ze veegden de druppels van het zadel af en zochten het Ostello della Pace op. Het lag in het dal niet ver van de Basilica Santa Maria degli Angeli. De bomen dropen nog na. Over het land lag een warme geurdeken. Franca dacht aan de groentesoep van haar oma. De zaal, 'gemeenschapsruimte' zoals dat in herbergtermen heette, zat vol dampende, verregende gasten, die maar beter hun schoenen aan hadden kunnen houden. Er werd muziek gemaakt. Sommigen schreven een stapel kaarten met een lachend zonnetje en een boos kijkend regenwolkje. Anderen zaten op de grond te lezen met hun rugzak als leuning, iPod in de oren. De meesten hingen wat rond en praatten.

'Ik geef net het laatste bed weg,' zei het meisje van de receptie vrolijk. Ze had een hooiberg pluimig zwart en rood en blond haar op het hoofd, hanenveren, make-up ging richting gothic. Een nieuwe piercing in haar onderlip was licht ontstoken. 'Het is vol. Dat komt omdat we een heel grote groep scholieren uit Sicilië hebben.' Ze verontschuldigde zich.

'Iets anders in de buurt?' vroeg Franca.

'*Hotels. I don't know,*' zei het meisje. '*Lots of hotels here.*'

'*Let me think,*' zei Gil. Hij zocht op het schermpje van zijn mobiel een telefoonnummer op en maakte contact. Terwijl de beltune aan de andere kant overging zei hij: 'Controleer jij anders even of je al een *sighting* van je vader hebt.'

Franca schrok. Ze hield er geen rekening mee dat de door Gil ingeschakelde vrienden daadwerkelijk een spoor van Guido zouden vinden. Maar natuurlijk was het een mogelijkheid. Ze verwijderde zich een paar passen om privacy te hebben en schakelde haar mobiel in. Eén sms-bericht, van Nora. 'Ben in Perugia. Met Paul. Laat iets van je horen. Please.' Who the hell was Paul? Toch niet Paul Erkelens? Ze voelde zich bespied en keek in het rond, maar niemand lette op haar. Ze drukte het bericht weg.

'We kunnen bij een vriend van me slapen. In Spello. Een klein stukje verderop.'

Franca knikte, in gedachten nog bij de labyrintische constructie die zij en haar ouders in dit landschap neerlegden, Guido het diepst in het slakkenhuis, zij een eindje erachter en dan Nora en Paul, allemaal net om de bocht. Jeugdherbergen zouden het eerste doelwit van Nora vormen. Die stond nu geheid met Paul de Verrader aan de balie van de *ostello* in Perugia. Gil was nu dus haar onderduik. Haar toeverlaat. Ze veegde de vermoeidheid uit haar ogen weg. Ze had geen keus. Deze ochtend nog bezat ze de luxe van verschillende mogelijkheden, opgetogen als een kind in een ouderwetse snoepwinkel, de hand aarzelend boven de stopflessen, zal ik dit zal ik dat, nu zwom ze opgejaagd een fuik in van eigen makelij. Aan dat gevoel moest ze zien te ontsnappen. Dat hielp haar niet. Dat wilde ze niet.

Op de scooter sloeg ze haar armen om Gils middel met een grote, wat gekunstelde roekeloosheid kolkend in haar hart. Ze lachte te luid om een van zijn grapjes. Uit welke materialen zou ze de nieuwe resistente Franca maken? Teflon? Graniet? IJzer en staal? Beton? Marmer? En hoe zou ze weerstand kunnen bieden aan afbreuk en erosie? Hoe zou ze hieruit triomfantelijk kunnen herrijzen: Gil aan haar voeten, Guido als buit en Nora in ademloze bewondering? Ze zag zichzelf als een Nikè met hoofd. Of toch als de broze, schuimige, kwetsbare Afrodite?

# 7

'Als ik gisteravond nog een vlucht had kunnen krijgen en naar Perugia was doorgereden, dan had ik haar te pakken gehad,' zei Nora. Ze liepen langs de Fontana Maggiore. Op de trappen van de kathedraal zat het publiek als vanaf een tribune het va-et-vient in de Corso Vannucci te bekijken. Paul niesde. Ook hij had de geheime hoop gekoesterd Franca ontredderd in de jeugdherberg aan te zullen treffen, allang haar uitstapje betreurend, blijde hereniging, en dan... Zijn aanwezigheid zou totaal overbodig zijn gebleken, Nora gegeneerd om het zware wapenarsenaal dat ze in zijn persoon had meegenomen nu haar dochter zo makkelijk was gevonden. Hij voelde zich sowieso een rare ridder in het kielzog van Nora, die bij de politie en de jeugdherberg het woord had gedaan en voortdurend het tempo verhoogde.

'Ja, en dan had je haar te pakken gehad en wat dan?' vroeg hij.

'Dan was ik nu op weg naar huis geweest.'

'Waarom neem je haar niet serieus?'

'Ze is minderjarig. Ik ben verantwoordelijk.'

'Mijn vraag blijft staan.'

'Wat was je vraag ook alweer?'

'Dat weet je best,' zei hij, maar Nora zweeg. 'Denk je nou na, of wat doe je?'

Ze stond abrupt stil en sprak ongeduldig voor zich uit: 'Ik probeer mijn ergernis te bedwingen, Paul. Je vraag is niet relevant. We zoeken Franca. Ik ben jou geen verantwoording schuldig voor mijn gedrag.' Ze liep door.

Hij met enige vertraging achter haar aan. 'Als je wilt dat ik je help, zul je toch op normaal menselijke vragen een antwoord moeten geven. Ik ben geen hond. Je hebt me niet aan een lijn.'

Stilte. Hij had zeker iets verkeerds gezegd. God, wat was die stad eigenlijk mooi. Geklikklak van haar hakken op het plaveisel. Ze droeg open zomersandaaltjes met een elegant hakje. Fout schoeisel voor een reis over onbekend terrein, maar hij beschouwde het als een concessie aan ijdelheid en een indirect signaal aan hem. Lelijke voeten had ze trouwens, breed en met dikke knokkels.

'Paul,' zei ze, en verbeeldde hij het zich of hoorde hij tranen in haar stem? Ingehouden woede? Vrouwtje nu op het kookpunt? Ze stond weer stil. 'Ik ben erg uit mijn doen. Mijn leven ligt overhoop en niet alleen door Franca. Ik reageer fout op alles. Ik kan even geen "normaal menselijke" verbinding leggen.'

Wel kon ze hem druipend van ironie citeren. Zoveel lagen hoorde hij in die stem, zo makkelijk switchte ze van emotie naar afstand, van woede naar zorg. Daar gingen de schouders omlaag, daar liet ze het kopje hangen. Was dit theater?

'Het spijt me,' zei ze. Blauwogige, franke blik. Wat nu? Koketterie? Dat waardeerde hij wel, die combinatie van stekeligheid en berekenende vleierij.

'Oké, Nora. We nemen even een time-out, dat wil zeggen een ijsje, een biertje of een colaatje, we gaan zitten en denken rustig na. Desnoods converseren we over koetjes en kalfjes en laten ons onderbewustzijn een briljant plan uitdenken. Paniek en haast zijn slechte raadgevers.'

'Maar het spoor is nog warm.'

'Dat blijft het nog wel even.'

'De eerste achtenveertig uur na een verdwijning zijn cruciaal.'

'Ze is niet echt verdwenen. Ze neemt wel weer contact op als ze zich veilig voelt en serieus genomen door jou' – ik zal je hebben, dacht Paul – 'of als ze haar vader heeft gevonden.'

'En dus?'

'Ze leest je sms'jes. Wees daarvan overtuigd. Ze antwoordt alleen niet. Misschien moet je de inhoud van de boodschap bijstellen. Wil je in dezen de raad van een oude communicatiedeskundige aannemen?'

'En wat zou een communicatiedeskundige dan sms'en?'

'Die zou proberen van haar zoektocht een gezamenlijke onderneming te maken. En *by the way*, daarin kan ik als Fischerdeskundige een fraaie intermediaire rol spelen.' Het woord 'deskundige' werd drager van spot en lichtheid, een luchtig breekijzertje in Nora's blikken harnas. Hij stuurde haar aan haar elleboog naar een terras bij een gelateria, zette haar neer en vroeg wat ze wilde.

'Malaga en stracciatella.'

Het was druk in de ijssalon en het duurde even voor hij erachter was dat men eerst zijn bestelling aan de kassa diende te melden en af te rekenen, waarna het bonnetje recht gaf op de consumptie. Toen hij terugkwam legde Nora net haar mobiele telefoon neer. Hij reikte haar het hoorntje aan en voelde even haar vingers tegen de zijne.

'Ik heb mijn vader gebeld om te vertellen wat er is gebeurd, waar ik zit, en om te vragen of hij iets weet. Ik wilde mijn ouders eigenlijk niet lastigvallen, ze maken zich zo gauw zorgen, ze worden oud, maar, nou ja... Zij denken almaar dat Guido naar zijn biologische vader op zoek is.'

'Biologische vader of geestelijke vader, wat maakt het uit?'

Nora begon aan haar ijsje.

'Die geestelijke vader is... hoe moet ik het zeggen... exotischer, dwingender, perverser.'

'Is Fischer pervers of is de obsessie met Fischer pervers?'

'Dat laatste vooral.' Ze likte een snor van ijs weg en herhaalde: 'Dat laatste vooral.'

'Kan er sprake zijn van een contaminatie? Ik bedoel: is de obsessie met Fischer niet eigenlijk gericht op zijn echte vader en heeft hij Fischer daarom in Italië gewild? Weet jij iets van de echte vader?'

'Alleen dat hij bij de worstfabriek werkte en al getrouwd was. Bepaald geen obsessie waard. Fischer is een stuk interessanter.'

'Je weet niet hoe de vader heette en waar hij vandaan kwam.'

'Guido had het er nooit over, maar het is heel goed mogelijk dat hij zich na de scheiding in zijn afkomst heeft verdiept. Italiaans geleerd. Naspeuringen gedaan.'

'Leeft zijn moeder nog?'

'Nee.'

'Familie van haar?'

'Niet dat ik weet.'

Paul at met grote happen van zijn ijsje, zijn lippen als grijpers gebruikend. Nora dacht meer na dan ze likte. Het ijs begon langs haar vingers te druipen. Een windvlaag kondigde regen aan. Paul wees met zijn lege hoorntje op de vestiging van de Ente Turistico aan de overkant van het plein.

'Daar gaan we lijsten halen met jeugdherbergen en goedkope hotels in de buurt. Die werken we successievelijk af in een cirkel rond Perugia. Dan trekken we een cirkel rond Todi en werken die af. Enzovoort en zo verder. Blijf jij maar even zitten met je ijsje. Ik ben zo terug.'

Hij gooide de rest van het koekhoorntje in een vuilnisbak en liep met grote stappen naar de overkant. Nora keek hem na. Ze zag een kale plek op zijn kruin. Zijn overhemd hing deels uit zijn broek. Een brede band sok kwam bij elke stap tevoorschijn. Hij trok met zijn linkerbeen. Dat merkte ze nu pas. Van ergernis en nervositeit begon ze te lachen, zichzelf uit te lachen, maar het werd een beetje angstsnikken tussen lachen en huilen in, dat ze maar niet tot bedaren kon brengen. Ze schold op zichzelf. Krachttermen hielpen. Damaves huilen godverdomme niet. Damaves raken niet in damesachtige paniek. Damaves zijn te allen tijde baas over de situatie. Damaves staan in het uiterste geval stoïcijns tegenover het wrede lot. Zij zetten met een glimlach en een kwinkslag de gifbeker aan de lippen. Zij zoeken een veilige toevlucht in klassieke citaten. Zoals de wereld is, zo was hij altijd. Het is onwaardig ten prooi te raken aan hevige emoties. 'Bedenk dat het net zo bespottelijk is verbijsterd te zijn over de specifieke voortbrengselen van dit universum als het is je te verbazen over het feit dat de vijgenboom vijgen draagt.' Marcus Aurelius. De citaten stonden klaar in rotten van drie om haar met hun dooddoeners tot kalmte te manen. Ze liet de innerlijke strijd woeden terwijl Paul zijn boodschap deed. Toen hij met een serie brochures en computeruitdraaien terugkwam, was het ergste over. Het was toch een lieve man zoals hij trots zijn oogst op het tafeltje legde, hoewel hij zichzelf waarschijnlijk niet zo omschreven wenste te zien. Paul was het type dat de zweep legde over zijn zachte kanten. Waarom was hij meegegaan? Het begon te regenen.

Ze haastten zich door de ondergrondse gangen en trappen van Perugia naar de auto, waar ze de lijsten doornamen. Ze waren het erover eens dat jeugdherbergen qua tarief de beste optie waren voor Franca. De voorzieningen bij het Lago Trasimeno en Assisi waren het dichtst in de buurt.

'Assisi dus,' zei Paul en startte de motor. Nora gaf met de kaart op schoot aanwijzingen, die hij onverstoorbaar volgde, ook al waren ze soms haastig (jajaja, hier naar links, hier! of tegenstrijdig: links nee rechts, nou ja, ik weet het niet, doe maar wat). De regen hield op.

In het Ostello della Pace werden ze te woord gestaan door een meisje met een grote bos hanenverenhaar en piercings. Ze reageerde op Franca's foto, probeerde haar herkenning ongedaan te maken door 'nee, toch niet' te zeggen, want wilde een aan de ouderlijke macht ontsnapte leeftijdgenote niet verraden, maar moest door de bocht voor Pauls juridische argumenten. Veel hielp het niet. Franca was nog geen halfuur geleden hier geweest, had om een bed gevraagd, herberg was vol, had naar hotels in de omgeving geïnformeerd, maar toen had haar vriend een vriend gebeld bij wie ze kennelijk konden overnachten.

'Haar vriend?' Nora schoot toe. 'Wie was dat? Hoe zag hij eruit?' Ze kreeg een visioen van Franca die met een handlanger naar Italië was gereisd, de beste vriend van Ali, met wie ze haar op school had zien praten. Alles en iedereen zwoer samen tegen Nora, ze kon op niemand rekenen. Ook Paul, slinks in haar leven geschoven, had zijn eigen agenda en zij wist niet welke.

'Nou, gewoon.' Het gepiercete meisje ging in haar andere heup hangen en krabde met zwartgelakte nagels op haar hoofd. 'Een jongen.' Hij had haar een Amerikaan of een Canadees geleken. Ze had wel kijk gekregen op nationaliteiten hier. Ze kon een Koreaan van een Japanner en een Chinees onderscheiden. 'Ze zijn samen weggegaan.'

'Waren ze met de bus?'

'Ja, god, dat weet ik niet.'

'Waar is het busstation?'

'Bij het treinstation.'

'Waar is dat?'

'Bij de kerk.'

Nora en Paul sprintten terug naar de auto, de wielen trachtten slippend greep te krijgen, het grind spatte van onder de banden vandaan. De stations waren vlakbij. Bussen gingen niet vaak. Treinen ook niet. Hoop schetste twee jonge mensen leunend tegen hun rugzak. Ze zagen een vrouw met een kinderwagen, twee oude paters en een wemelende groep welpen van scouting Italia met bijbehorende akela's en hoplieden. Nora sloeg haar handen voor haar gezicht. Paul speurde de omgeving af naar bankjes, cafés, ijssalons, winkels, waar de twee nietsvermoedend konden rondhangen, reed stapvoets een paar blokjes om, parkeerde de auto en ging op de dienstregelingen kijken welke bussen en treinen het laatste halfuur waarheen waren vertrokken.

'Niet een. Nergens heen. Ze hebben ander vervoer,' zei hij door Nora's geopende raampje heen. Ze vloekte en sloeg met haar vuist op het dashboard.

'Ze is in de buurt,' zei Paul troostend, hoewel hij een scherpe steek van jaloezie – was dat jaloezie of gewoon teleurstelling en medeleven – voelde bij de gedachte aan de jonge 'vriend' die ze zo makkelijk had opgepikt. Hij haatte de last van zijn jaren. Hij zou bijna in protest ertegen Nora in zijn armen nemen om haar hartstochtelijk als een jonge vent te kussen.

'Nu vinden we haar niet meer,' zei Nora moedeloos.

Paul kroop weer achter het stuur, maar maakte geen aanstalten te vertrekken. 'Ze is in de buurt,' zei hij weer. 'Wij zijn in haar buurt. En dat moeten we blijven. Er komt een moment dat ze je nodig heeft. En dan moet ze weten waar je bent. We zoeken een hotel hier in het dal op een knooppunt van veel wegen. Je sms't haar het adres en het telefoonnummer. Je zegt haar dat je daar het basiskamp inricht en dat je van daaruit helpt Guido te vinden. Dat je haar elke dag op de hoogte zult houden van de vorderingen. Of zij dat ook wil doen. Meer niet.'

Hij draaide het contactsleuteltje om en startte de auto. Een stukje verderop stopte hij voor Hotel Assisi. Nora staarde voor zich uit, zag vele Franca's in talloze omstandigheden met een keur aan louche vriendjes. Ook drongen zich beelden op van verkeersongelukken, vrachtwagens, bomen, brugpijlers, bochten, en het altaartje dat ze er later zouden oprichten.

'Hier blijven we,' zei Paul. 'Een ideale plek, vlak bij de plaats waar ze voor het laatst is gezien' – slechte woordkeus, vond hij zelf – 'vlak bij wegen en openbaar vervoer.' Hij ging naar binnen en kwam even later terug met twee kamersleutels. 'Een voor jou, een voor mij. Ga jij je maar vast opfrissen. Ik parkeer de auto hierachter op het parkeerterrein en zie je over een uurtje beneden in de lounge. Neem even rust. Alles komt goed.'

Hij laadde haar koffer uit en hield het portier voor haar open, hielp haar, zorgzaam en beleefd. Ze voelde zich van een medelijdende afstand behandeld als had ze een groot verlies geleden en ze moest de neiging onderdrukken zijn hand weg te slaan. Ze werd zo godvergeten en machteloos woedend. Wat ze had geleerd te kanaliseren en te dempen spoelde nu als een heftige branding over haar heen, keer op keer, sinds de dag van het mes, en het hield maar niet op. Weerloos was ze. Ze verzoop zowat in haar woede. Paul, met dat gewone gezicht en die gewone gestalte, zo gewoon alsof ze hem haar leven lang kende, hoewel ze hem pas die ochtend voor het eerst had gezien, een man wiens signalement niet te geven was, behalve die manke poot, die duivelspoot, gewoon, gewoon, gewoon, Jezus, wat een gewone man was dat, stond nu opeens als wachter voor de poort van haar leven, en zij had hem geroepen vanuit welke diepte? Welke rare draai had dat leven plotseling genomen, ze was een steegje in geduwd en uitgekomen in een vunzige achterbuurt vol ongedierte en boosaardigheid, dat alles metaforisch bedoeld natuurlijk, maar waar was haar kompas, waar het opgeheven hoofd, waar de koele berekening, waar de gedecideerde toon, waar de humor? God, als ze Guido in handen kreeg, als ze hem toch eens vond, de schepper van haar ongeluk, de kwade genius van haar leven, de dief van haar dochter, de dwaas, de gek, de egoïst, ze zou hem in zijn gezicht spuwen, in zijn zak trappen, ze zou hem als een hond met zijn kop door zijn eigen stront halen. Ze zou alles waarmaken wat hij in dat ene Nora-document over haar had gezegd: ze zou vloeken in zijn huid kerven.

De urgentie Guido te vinden en ter verantwoording te roepen voor Franca's vlucht, voor alles, voor alles, zelfs voor Ali's mes, won het van haar angst om haar dochter, was de vervanging van haar angst, omdat ze die angst absoluut niet onder ogen durfde zien. Angst vrat en verteerde. Dat moest agressie worden, actie. En daar had Paul haar bevolen rust te nemen. Welnu, terwijl ze naar haar kamer beende en haar koffer op het bed smeet, was er van rust allesbehalve sprake. Toen Franca klein was en haar kinderlijke boosheid soms de beperkingen van haar gestalte en expressiemogelijkheden te buiten ging, gaf Nora haar een oud telefoonboek om te verscheuren met alle kracht die in haar was. Helaas bevatte deze spaarzaam gemeubileerde kamer noch de *pagine gialle* noch de bijbel maar ze kon zich ook best meten met een dikke badstoffen handdoek. Ze stond aan het ding te rukken en te trekken, zette er grommend haar tanden in, maar dit was geen telefoonboek waarvan de scheurbaarheid de woede enige kans op gratificatie gaf, dit was een belemmering, dit stond een bevrijding in de weg, dit was een versterking van de woede. Nora rukte haar kleren uit, zette de douche aan op koud en stapte eronder. Ze hapte naar adem, gleed uit, viel, sloeg met haar hoofd tegen de muur en hing als een dode Marat over de rand. Het water ruiste en gorgelde in de afvoer.

Hoe lang ze daar groggy hing, wist ze niet. De kloktijd was weg. Een ander tijdsregime heerste, een andere manier van zijn. Ze was niet buiten bewustzijn maar haar waarneming was vertraagd, gestold. Gevangen in een schemertoestand leek die haar echter de normaalste zaak van de wereld. Ze was licht omdat ze geen massa had en zwaar omdat ze niet kon bewegen. Geen zorg, geen pijn, alles stil, opgeschort. Bevrijd. Ze was teruggebracht tot zijn. Het meest intense, wezenlijke zijn. Geboorte. Of misschien het laatste moment voor de dood, als alles is gewist en het zijn blijft, een enkel eeuwig superieur moment.

Bijna met spijt ervoer ze de terugkeer van de noodzaak tot handelen. De wil hernam het primaat en dicteerde haar weerspannige ledematen. Ze sloot de kraan. Angst. Pijn. Het rillen begon. Het klappertanden. Het schokken van de kou. Zo lang had ze dus daas over de badrand gehangen. De wil had geduld maar was onverbiddelijk: 'Schade opnemen', 'handdoek pakken', 'je oprichten'. Heel gecoördineerd waren haar acties niet. Er waren diverse verbindingen door de schok van de val onklaar geraakt en het was afwachten of de bruggen snel werden hersteld. Koud. Ze had het zo koud. Als een traag en onhandig amfibie rolde ze uit bad. Ze kroop in bed, nog half nat. Dat was voorlopig even genoeg. De wil had haar van onderkoeling gered en was daarmee tevreden, ging weer liggen als een waakse hond die gevaar heeft afgewend.

Van ver drong het kloppen op haar deur tot haar door.

'Nora. Nora!'

'Wacht. Even. Kom.' Als een dronkenlap. Ze gleed uit bed, merkte dat ze naakt was, pakte de beddensprei en hield die om zich heen, terwijl ze met gebogen pijnhoofd naar de deur wankelde, godverdomme haast struikelend over haar koffer. Deur open. Daar stond iemand die ze de hele dag al 'Paul' had genoemd. Dat wist ze wel, maar wat die hier deed en waar ze precies waren en waarom moest haar nog maar eens worden uitgelegd. De 'Paul' schrok: 'Jezus, Nora, wat is er gebeurd?' en pakte haar stevig vast. Hij schopte de koffer uit de weg en legde haar weer in bed. Benen binnenboord, dekens over haar heen. Liggen. Alleen maar liggen. Terug naar de lichtheid en de zwaarte.

'Uitgegleden. In bad.'

'Waar heb je pijn?'

'Hoofd.'

'Ben je buiten bewustzijn geweest?'

Ze schudde langzaam van nee. Gevoel dat haar hersens nog links lagen als haar hoofd rechts was en omgekeerd.

'Ben je misselijk?'

Weer langzaam hoofdschudden.

'Ik laat een dokter komen.'

Ze wist hem nog net aan zijn arm tegen te houden.

'Hoeft niet. Komt wel goed. Gewone hersenschudding. Niks aan te doen.'

'Jezus, Nora! Ik zat beneden op je te wachten. Je kwam maar niet. Dat leek me niets voor jou.'

'Je moet me alleen een beetje in de gaten houden. Af en toe wakker maken. Morgen ben ik weer een stuk beter. Dan kunnen we... Wat kunnen we?'

Wapperende tekstbanieren, gescheurd door de storm, kwamen langs: Franca is kwijt. Franca zoekt Guido. Franca is met een vriend. Guido zoekt Fischer. Ali is vrijgelaten uit voorarrest. Papa gaat dood. Ik ben Nora. Dat is Paul. Wij zoeken Franca. We kunnen haar niet vinden. Ze rolde op haar zij, keerde haar rug naar Paul en begon geluidloos te huilen.

Paul had toch een arts laten komen, die Nora's diagnose bevestigde, rust voorschreef en de noodzaak van regelmatig wekken benadrukte. Nora onderging gelaten de zorg. Paul was efficiënt en nuchter maar met een toets ongeduld, naar Nora vermoedde omdat hij zich binnen vierentwintig uur in een situatie bevond waar hij niet meer zomaar uit kon stappen. Hij haalde iets te eten. Van de geur alleen al werd ze misselijk. Hij dwong haar veel water te drinken, omdat 'veel drinken altijd overal goed voor is'. En hij installeerde zich met laptop, internetaansluiting en alfabetboeken aan de kleine werktafel in haar kamer: 'Het zenuwcentrum van onze multifocale queeste. We zoeken Franca en dus Guido en dus Fischer, maar we kunnen het ook omdraaien: als we Fischer of zijn graf vinden hebben we meteen Guido en Franca te pakken. Had je Franca al onze coördinaten doorgegeven?' Nee, dat was nog niet gebeurd. 'Wil je dat ik haar van je glijpartij op de hoogte breng?' Nee, dat wilde Nora niet. Dat was sentimenteel vals spelen. Ze wilde niet dat Franca van schrik terugkwam en haar dat later heimelijk zou kunnen verwijten. Het zou haar pas echt haar dochter kosten. Paul vond dat een lucide argument, bravo Nora, je bent een bikkel, maar wat zegt je gevoel je? Waarop Nora antwoordde dat ze nu even geen borende psychologie kon verdragen. Paul zag hoe ze een vers litteken op haar arm met haar duim masseerde. Hij sms'te Franca wat hij Nora eerder had voorgesteld: waar ze waren, dat ze Guido hielpen zoeken, elke dag vorderingen, enzovoort. Toen Nora in slaap was gevallen maakte hij haar om de twee uur wakker.

Het licht van de bureaulamp op het boek, het nauwelijks hoorbare zoemen van de computer, de zoele stilte van de Italiaanse nacht die af en toe door het openstaande raam een vage geurflard bracht van houtvuur, oregano en hars, en het zachte snurken van de slapende Nora, schiepen een sfeer van intimiteit die hij in lang niet had ervaren. De verantwoordelijkheid voor dit kleine welomschreven deeltje van de wereld rustte licht op zijn schouders. In de koesterende wieg van een ziekenkamer had hij zelf gelegen als kind met polio, zijn moeder of zijn vader dommelend wakend in de stoel naast zich, het boek op hun schoot flauw verlicht door een leeslamp met een verduisterende handdoek erover. Wat hem toen was gegeven gaf hij nu met vreugde door aan Nora. De hotelkamer was voor even een plek terzijde, verbonden met andere plaatsen waar een mens over een ander mens waakt, plaatsen van stilte en gedroogde tranen, plaatsen van herstel of overgave aan de dood. Hij keek naar haar slapende gezicht. Nader zou hij haar nooit komen. In geen honderd jaar van liefde en samenzijn.

Wat is belangrijker, Nora, de weg of het doel? Hoe kan een mens zijn weg kiezen als hem geen doel voor ogen staat? Ik heb nooit een doel gehad, niet eens het doel 'goed te leven' in ethische zin. Elk doel is een fictie, hoe bescheiden of pompeus ook geformuleerd. De weg kwam mij altijd interessanter voor, niet eens zozeer de mijne, als wel de wegen van anderen, de rechte weg door de polder én de bochtige over de bergen. En nu, nu ik, waarnemer van de wegen van anderen, zestig ben, kijk ik naar beneden naar de weg waarlangs mijn doelloze voeten zijn gegaan en ik word bevangen door het verlangen naar een fictie, een geloof dat je erdoorheen sleept. Bedrog, daar verlang ik naar, het gelukzalige bedrog dat het niet vergeefs is geweest, dat lijden louterend werkt en dat de mens goed is. Guido heeft een doel gekozen, godweet vanuit welke wanhoop. Zijn doel werd Fischer te vinden, de weg te gaan waarlangs Fischer ging. Een vader te vinden. Een voorbeeld. Een Meester.

Paul schoot een uitspraak van Sallustius te binnen: 'Slechts weinigen zoeken de vrijheid, de meesten willen een rechtvaardige meester.' Altijd afwachten, die rechtvaardigheid. De 'meesten' hadden er een handje van een despoot te kiezen en daar gelukkig mee te zijn. Guido, de hond op zoek naar een baas, zoekt een spoor. Hij heeft geroken aan Fischers bloed in de alfabetboeken en met zijn neus op de grond van Umbrië nadert hij hem. Wanneer komt een volgeling aan? Als hij aan de voet van de Meester zit? Als hij onder aan de Todtnauberg de blik richt naar de hut van de denker? Als hij hem aanschouwt? Of is zijn ambitie groter? Ja, dat moet het zijn. De ambitie van de volgeling is groter dan te volgen alleen. Hij wil de Meester zijn. Het wezen van de volgeling is afgunst. Een bewonderaar bewaart afstand, een volgeling verwenst de afstand. Hij haat het eigen ik. Op de zelfhaat van de volgeling gokt elk geloof, elke ideologie. Leven in het geloof in ruil voor de dood van het ik. De paradox heeft Fischer aangeklaagd. De grootste paradox: dat hij zelf meester werd en volgelingen kreeg. Is hij verdwenen om aan de volgelingen te ontsnappen? Of is hij als de oude koningen in het bosrijke Latium en Umbria en verbergt hij zich voor de pretendent, die zijn kroon en zijn leven komt eisen in een eeuwige cirkelgang?

Al lezend en grasduinend trachtte Paul zich te verplaatsen in de geest van Guido Kaspers, die hij niet kende. Welke eigenschap van de tekst had diens verslaving teweeggebracht? Waar zat de opium, de nicotine, de alcohol in de tekst? Voor een belangrijk deel huist de verslaving in de verslaafde, in de genetische component, het eeuwige batige slot van persoonlijkheidsbegroting. Het was een zinloze exercitie. Hij kon zich geen voorstelling maken van Guido Kaspers' innerlijk. Hij vermoedde dat Guido de volmaakte volgeling wilde zijn. De grondlegger van een religie. De Paulus van een nieuwe waarheid.

Paul raadpleegde nog eens de gegevens die hij van het internet had gehaald (voornamelijk scheldpartijen en verdachtmakingen) en zocht toegang tot een paar Fischerwebsites op zoek naar nieuwe feiten over Fischer of Kaspers. Ene Rascal2 onthulde een onderdeel van Kaspers' theorie: omdat een rivier een rol speelde in het eerste en het laatste deel lag het voor de hand naar de geboorteplaats van de meester te zoeken langs de grote rivieren van Italië: de Po, de Arno en de Tiber. Rascal2 stelde daar de Elbe, de Oder en de Rijn tegenover, de Seine, de Loire en de Rhône, en de Taag, de Ebro en de Guadalquivir. Om maar wat te noemen. Wie niet overtuigd was van Italië als Fischers bakermat, kon met die rivieren ook niet veel. Welk wettig en overtuigend bewijs had Guido toch geleverd voor Italië? Stond dat maar ergens. Hoe kon hij contact krijgen met een van die Fischergekken?

Een labyrintische zoektocht op het internet begon. Paul drong steeds dieper door in de krochten van het wereldbrein en vond ten slotte een wakkere Amerikaanse Fischerkenner op een chatbox, met wie hij behoedzaam vragen en antwoorden uitwisselde. De behulpzame vreemdeling herinnerde zich de kern van Kaspers' Italiëvondst: Fischers Engels zou kenmerken vertonen van tweedetaalverwerving op latere leeftijd. Hij zou als geboren Italiaan moeilijk uit de voeten hebben gekund met modale werkwoorden en passieve constructies. Die zou hij hebben vermeden. Hartelijk dank. Ingenieus. En wat dacht de vreemdeling daar zelf over. Hij vond het een plausibele hypothese en de rabiate reacties van de Fischerbende achtte hij ingegeven door kinnesinne. Kaspers was dus niet helemaal van lotje getikt. En waarschijnlijk na een vergeefse reis langs Po en Arno had hij nu aan de Tiber raak geschoten. Maar waar? En waar kwam het pseudoniem vandaan?

Google gaf 92 miljoen verwijzingen naar Fischer. Fischer Umbria leverde 220 000 hits op. Die leken niet erg toepasselijk. Pescatore dan. Letterlijke vertaling van Fischer: 4 miljoen hits. Pescatore Umbria gaf 662 000 hits en begon met de agriturismo l'Angelo Pescatore. En zoals Guido als door de bliksem werd getroffen, zo zag Paul ogenblikkelijk het verband met de voorletter E. Engel. Angelo. Het was te makkelijk. Het kon niet waar zijn. Kwamen er engelen voor in het werk? Niet dat hij zich kon herinneren. Tenzij... Paul ervoer in zijn nuchterheid opeens een revelatie zoals hij die gewaarwerd in de tijd van de geestverruimende middelen: engelen zijn geslachtsloos. Middelaars tussen God en mens, net als priesters. In het werk kwam dan misschien geen engel voor maar wel Attis. Attis, de castraat. Geslachtsloos. Engel Fischer vereenzelvigde zich met Attis. Mijn god, was hij zelf een castraat? Die stem! Alsof hij hem weer hoorde. Zarah Leander, maar minder fluwelig.

Hem schoot een passage te binnen waarin Fischer fulmineerde tegen het christendom en het priesterschap in de Rooms-Katholieke Kerk, met als uitgangspunt de uiterst curieuze uitspraak in Mattheus 19:21: 'Er zijn eunuchs die in de baarmoeder werden ontmand, en er zijn eunuchs die door anderen werden ontmand, en er zijn eunuchs die zichzelf ontmannen omwille van het koninkrijk der hemelen. Al wie kan begrijpen, begrijpe het.' Daarin zag Fischer de virtuele castratie door het celibaat beloond met de macht van het priesterschap, maar eigenlijk liet hij daarmee weten dat macht niet zozeer corrumpeert als wel castreert. Bovendien betoogde Fischer in die passage dat het christendom een vrouwvijandige godsdienst van de dood is. Geen nieuw inzicht, maar ontegenzeggelijk waar: de God van de christenen is een dorre, meedogenloze woestijngod, die zich met zijn zweep aan het weerloze volk heeft opgedrongen en andere goden heeft verstoten, de goden van wind en regen, aarde en warmte, kiemkrachtige goden, goden van blad en aar, goden van olie en wijn: Demeter, Cybele, Dionysus.

Paul herinnerde zich destijds het castratiethema vooral metaforisch te hebben geïnterpreteerd. Hij hing toen de exegetische stroming aan die niets letterlijk wenste te nemen en die beter dan de schrijver zelf diens bedoelingen en geheimen kon peilen. Er stond nooit wat er stond. Het woord 'eigenlijk' lag hun in de mond bestorven, een van de meest merkwaardige woorden die een analytisch lezer kan gebruiken, een woord dat de auteur van de besproken tekst vernedert: hij heeft niet kunnen zeggen wat hij bedoelde. Teksten waren cryptogrammen, versleutelde uitspraken over de werkelijkheid die de ingewijde lezers toegang boden tot een select gezelschap van betweters. De Vrijmetselarij van de literatuur. Nu moest hij lachen om dat nuffige academische onvruchtbare geloof.

Hoe beschreef Fischer eigenlijk die castratie? Wie was zijn Cybele? Paul zocht in de tekst:

*Cybele op de helling van de Ida bij dageraad.*

*Attis slaapt. Het lange haar kleeft op zijn voorhoofd. Zijn muts ligt naast hem in het vertrapte gras. De pijnappel is van de thyrsus gerold, klimop en wijnrank zijn verspreid. Besmeurd met bloed is alles. Vanaf het strand tot hier, hoog op de flanken van de berg, gaat het spoor van de verrukkelijke* waan. Hij slaapt onrustig. Zijn ledematen schokken. Vanuit de diepe droom schreeuwt hij, alsof het wrede ritueel zich in zijn droom herhaalt. Hij is van mij. Voorgoed. Maar weet het zelf nog niet.

Hij wierp ze mij toe in vervoering.'Voor jou, godin! Voor jou, aardmoeder! Voor jou, golvend gebergte, gewelf, grot, heuvel, vruchtbaar land, graanakker, pijnboom, meer en zee, voor jou die alles is, die altijd is, die eeuwig is, onsterfelijk, voor jou alleen! Altijd!' Ik ving ze in mijn schoot, mijn brede, aardse schoot, mijn groene rokken wijd gespreid, mijn armen sterk, mijn hoofd koel. Daar lagen ze, met scherpe steen verwijderd uit hun huiden huls, de zaadgevulde tweeling, Attis' testes. Hij danste door, bevrijd van mannelijke last, bezweet, bloed stromend uit de wonde, de staf geheven, stampend, en het weergalmde in het woud van de cymbalen, de trommels met gespannen stierenvel, de schelle fluiten en het gekrijs van stemmen. Een dronkenschap had hem bevangen, nee, hij knoopte de fascia van zijn ziel los en liet het goddelijke vrij.

Ik heb het niet gevraagd.

Hij heeft het zelf gedaan.

Ik ben zoals ik ben.

Attis slaapt. Gisteren was hij een geliefde jongeling in zijn geboorteland. Belofte voor de toekomst. De eerste onder zijn gelijken. Hij maakte plannen voor een talrijk nageslacht. Keurde de vrouwen, breedgeheupt, rond van borst, deemoedig van blik. Toen zag hij mij en zag in mijn voorhoofd met fijne stift zijn bestemming geschreven. Ik was een vreemdelinge. Bracht de geur van verre streken met mij mee. Belofte van ik weet niet wat. Ik ben zoals ik ben. Geen schuld treft mij. Hij deed het zelf. Hij wilde zijn zoals ik ben. Mij zijn. God en godin. Beiden. Hij is geen van beiden. Vanaf nu altijd mijn tegendeel. Mijn schaduw. Geketend aan mij. Gedwongen mij te volgen. Maar hij weet het niet. Hij slaapt.

Er liep hem een rilling over de rug. Het was of hij de stem van de man hoorde. Dat verdomde interview. Hoe dat totaal verkeerd was afgelopen. Om Fischer ondanks zijn verbod toch op de foto te krijgen had hij een paar vriendjes ingehuurd die in het café zogenaamd een feestje voor een geslaagd tentamen kwamen vieren. Een van hen zou foto's maken van het vrolijke gezelschap en per ongeluk ook Fischer en Paul aan hun afgelegen tafeltje kieken. Die amateuristische foto, de kop van Fischer uitvergroot, werd uiteindelijk de enige die van hem bekend was. Maar de Meester had de truc doorgehad. Hij was woedend geworden, had nog een vergeefse poging gewaagd de camera aan de fotograaf te ontfutselen, had het gesprek onmiddellijk afgebroken en was weggelopen. Daarna had niemand meer iets van hem vernomen. De kassier van Krasnapolsky was waarschijnlijk de laatste geweest die E. Fischer bewust had gezien. Paul had zich niet helemaal aan de indruk kunnen onttrekken dat Fischer de gelegenheid met beide handen had aangegrepen om een plan ten uitvoer te leggen dat sinds de verschijning van de boeken en misschien al lang in zijn geest was gerijpt. Maar misschien was het ook een impuls geweest. Bij elke grote ramp verdwijnen mensen. Ze verschuilen zich in de statistieken van ongeïdentificeerde doden. Ze vluchten voor hun verleden, ze zien af van officiële papieren, ze leven illegaal en anoniem op deze wereld, geheel afhankelijk van eigen initiatief en denkkracht, beroofd van de vangnetten die de goed geordende samenleving uitvallers biedt. Liever de jungle van ongewisheid dan de gebaande paden van de sociale zekerheid. Avonturiers? Dat niet alleen. Fischer was geen avonturier. Hij was een ziener, zoals *The New York Times* zei. Een ziener, een profeet, een onwelkome gast. En al die jaren had hij hier gezeten, in Umbrië, wachtend op de dood? Het was onvoorstelbaar.

Paul leunde achterover buiten de lichtkring van de bureaulamp. Het was twee uur in de nacht. De stilte hing als lood tussen de bomen. Nora's ademhaling was onhoorbaar. Hij was moe, had pijn in zijn rug. Fischer had hem fraai hierheen geregisseerd. Paul was een overtuigd aanhanger van het toeval. Maar dit toeval, dat hem vijfendertig jaar na dato op het spoor zette van de man die uit het café op de Prinsengracht niet alleen van hem maar van de hele wereld was weggelopen, had de kenmerken van een klucht. Had de Meester, toen hij wegliep, als een spin een lange dunne kleverige draad door de tijd gespannen en had hij rustig in zijn Umbrische web zitten wachten tot Paul de draad had gevolgd en het gesprek kon afmaken? Weerzin balde samen in zijn maag. Hij opende het gordijn en ging voor het raam staan. Boven de toppen van de zwarte bomen werd de nachthemel oranje gekleurd door het licht van snelwegen en steden. De weerschijn van een vuur. Een brandoffer. Het bloedig fundament van de beschaving.

# 8

De vriend van Gil bezat een bar in Spello, buiten de muren, waar het nog niet pittoresk was en de klanten rauwe, hese stemmen hadden. Er kwamen boerenknechten en werkloze bouwvakkers en mafiosi uit de lagere rangen. Er werd staande gedronken. De televisie in de linkerbovenhoek wedijverde in geluid met de op ruzietoon gevoerde gesprekken. Iedereen praatte tegelijk. De komst van twee jonge rugzaktoeristen werd met enige argwaan gadegeslagen, zonder dat overigens een stilte viel, maar toen de jongeman van het stel als een oude bekende Dante, de eigenaar van het café, had gegroet en zijn vriendin snel door een deur naar achter had geleid, vergaten ze de vreemdelingen.

In een duister gangetje dat naar zure wijn en eeuwenoud riool stonk leidde een smalle houten trap naar boven. Gil wist er de weg. Zonder aarzelen liep hij door naar een kamertje dat exact boven de televisie was gesitueerd, waarop juist een paardenrace was begonnen. De commentator schreeuwde crescendo de namen van de koplopers. Het was een lange race, op het laatst kon de man bijna niet harder en hoger. 'Ik denk dat Falco wint,' zei Franca.

Het was een kleine kamer met een dichtgeverfd raam, waarin iets of iemand wat krassen daglicht had aangebracht. Er lag een matras met een hoes zo heftig gebloemd dat de vlekken deel van het patroon leken. Op een stoel lag een opgevouwen slaapzak met twee kussens, een ouderwetse raffia schemerlamp stond ernaast. Gil knipte het ding aan, zette zijn rugzak in de hoek en maakte het bed op, terwijl Franca als op de drempel van een beter leven in de deuropening bleef staan, aarzelend. Gil ging ontspannen liggen.

'Die televisie gaat om twaalf uur uit.' Hij klopte naast zich op het bed. 'Kom.'

Franca liet de rugzak van haar schouders glijden en corrigeerde haar teleurstelling: ze moest niet denken dat de weg van een volwassen, zelfstandige vrouw langs luxe suites in *hôtels de charme* ging. Het avontuur bracht per definitie ontberingen met zich mee, en als dit het ergste was, mocht ze zich spekkoper noemen. Verwend nest. Neusje gerimpeld tegen de stank van schimmel en pis of wat het ook was waarmee de muren hier doordrenkt waren. Verwaarlozing. Onverschilligheid. Dit is het leven voor velen. Wen daar maar aan.

'Jij bent hier vaker geweest.' Ze constateerde het meer dan ze het vroeg. Maar als dat zo was, hoe zat dat dan met zijn kunsthistorische tocht van Venetië naar Rome? Hoe kwam hij op die betrekkelijk korte trip zo snel aan dit soort horecavrienden? Ze wilde niet lullig achterdochtig lijken. Toch koos ze niet het bed, maar de stoel. 'Wat gaan we doen?'

Gil deed een speelse uitval naar haar benen en probeerde haar van de stoel te trekken. 'Wat gaan we doen? Wat gaan we doen? Wat denk je dat we gaan doen?'

Franca trok haastig haar benen onder zich. 'Ik heb dorst. Ik wil wat drinken. Waar is de wc?'

'Kom nou even naast me liggen.'

'Straks.'

'Ben je bang voor me?'

'Nee. Ik heb dorst. Ik moet plassen.'

'De wc is beneden.'

Een van de deuren in het gangetje achter de gelagkamer gaf toegang tot een toilet, dat wel eens was schoongemaakt maar niet onlangs. Ze plaste half staande en veegde zich af met een bijna doorzichtig velletje kringlooppapier. Er hing een spiegel boven een minuscuul fonteintje waarin de lekkende kraan een roeststreep had getekend. Jezus Christus, wie was dat? Ze legde haar handen langs haar wangen, bedekte even haar ogen, en keek zichzelf opnieuw aan, herhaalde de kiekeboe. Ze keek tussen haar vingers door, zag vuile nagels en grote groene schrikogen, en via de iris probeerde ze door te dringen tot de ziel van het wezen dat ze daar zag staan en tot de geschiedenis van die vlezen pop. 'Franca,' zei ze zachtjes, maar dat had ze beter niet kunnen doen. Het leek wel Russisch of Hongaars. Wie was dat toch die voelde en dacht en sprak? Er kwamen welgevormde zinnen uit: 'In wat voor idiote situatie ben ik nu weer terechtgekomen' en 'Wat een gribus is dit, dit wil ik niet' en 'Vind ik Gil eigenlijk wel leuk', allemaal lucide aardse zinnen ontsproten aan de bijna zeventienjarige Franca Kaspers met wie ze al haar hele leven optrok. Maar ze wilden niet samenvallen.

Ze draaide zich om en verliet de plee, juist op het moment dat een pokdalige mafioso met krullend borsthaar tot zijn kin het vertrek kwam claimen. Hij floot tussen zijn tanden en probeerde haar aan te raken in het smalle gangetje. Ze maakte zich slank en gleed met haar rug langs de muur om aan het gespierde gevaarte te ontkomen. Toch voelde ze zijn warmte, zijn substantie, zijn hand in haar kruis. Ze slaakte een gilletje en holde stommelend de wankele trap op. 'Klootzak!' Ze hoorde de klootzak grinniken en zijn water klateren door de open deur van de wc.

Gil lag de alfabetboeken te lezen. Franca vond het brutaal dat hij haar rugzak ongevraagd open had gemaakt. Het zou wel een Amerikaanse manier van doen zijn. Joviaal, makkelijk, zonder al te veel scrupules over privacy. Ze rilde, ook al was het niet koud. Gil klopte naast zich op de matras. 'Kom naast me zitten, dan lezen we samen.'

Franca sprong over een innerlijke horde. Het leven ten volle leven, dat betekende ook risico nemen, met nieuwsgierigheid en vol overgave het avontuur omhelzen, mensen leren kennen, verhalen horen, ervaringen opdoen, het eigen lijf in de schaal werpen en alles maar dan ook alles onderzoeken. Met behoud van uitkering, dacht ze erachteraan, dat wil zeggen: behoedzaam. Ze ging naast Gil liggen, in de holte van zijn arm. Dat voelde goed. Ze was moe.

'Bij nader inzien,' zei Gil, 'lijkt me lezen toch niet zo'n goed idee om samen te doen.' Hij legde het boek weg en begon haar te strelen en in haar nek te zoenen. Wat ze buiten in het park nog had gekund, durfde ze nu niet meer. Onder de bomen van Eremo delle Carceri had ze de driestheid van een veulen gevoeld: de wei van liefde in! Het bed bevroor haar fantasieën. Ze gaf niet meer mee. Ze zoende lauwtjes terug. Ze was doodgewoon bang.

'Hé, wat is er opeens met je?' Gil keek op van zijn bezigheden in haar hals.

'Niets.'

Ze deed haar best. Met dichte ogen probeerde ze zich over te geven aan het niet onaangename gevoel dat zijn handen op haar huid achterlieten. Opwinding kon ze dat zachtjesaan wel noemen. Prikkeling, zindering langs zenuwbanen, bloedtoevoer naar de onderbuik, oprichting van tepels, o god, dat lijf dat deed maar, onafhankelijk van haar bevelen en haar angsten. In haar hoofd circuleerde een heel ander commentaar, een soort ouderlijke waarschuwing over condooms en een plotselinge schaamte over haar lichaam dat ze bloot zou moeten geven, en die lust die de regie overnam. Wie was die man naast haar? De stank van het matras vermengde zich met de onbekende geur van zijn huid en haar. Als hij sprak had ze hem op armlengte afstand en was hij kenbaar. Heel dichtbij en zonder woorden huid aan huid werd hij een vreemdeling. Het was een klein slagveld in haar hoofd. Ze had het nog nooit echt gedaan. Wel gevrijd maar niet geneukt. En Jezus nog aan toe, hier lag ze met een of andere geile Amerikaan in een ver vreemd land en niemand wist waar ze was en ze waren met z'n tweeën en verliefd, en hij rekende er natuurlijk op dat ze *all the way* zou gaan, en daar moest ze even helemaal niet aan denken.

'Dit gaat zo niet,' zei Gil. Hij rolde op zijn rug en sloeg met zijn linkervuist ritmisch tegen de muur. Franca wilde eigenlijk een beetje huilen, maar vond dat wel erg kinderachtig. Ze wilde stoer zijn, boven de situatie uitstijgen, Gil op zijn nummer zetten omdat hij kennelijk boos was. Het werd eerst even zuchten en koortsachtig denken. Het Engels waar ze zich de hele dag redelijk in had geweerd, zonk weg. Ze keerde terug in haar eigen taal, haar eigen ik.

'Dan maar niet,' zei ze in het Hollands en stond op van het onfrisse bed. Ze reikte naar haar rugzak. Er zou wel een ander hotelletje zijn in de buurt. Ze voorzag een tocht langs scharrige gelegenheden waar neven van de mafiose kuttenknijper haar op haar huurkamertje zouden komen belagen. Onzin. Een schoon bed bij een hartelijke mamma behoorde ook tot de mogelijkheden. Even ontrolden zich diverse scenario's voor de nacht en de komende dagen, de meeste vol dreiging en onzekerheid, zij wachtend in de regen op een autobus die niet kwam, wakend in een te smal ijzeren bedje omgeven door het lawaai en de stank van brommers en auto's en schreeuwende dronken kerels.

'Hé, wacht nou even. Wat ga je doen?'

'Ik ga.'

Hij stond op. Handen gespreid alsof hij wilde laten zien dat hij ongewapend en onschuldig was. Brede lach. Heldere blik. Een geliefde zoon, een populaire vriend, een fijne knul.

'Het spijt me. Ik liep te hard van stapel. Kom. Dan gaan we wat drinken en eten. De stad bekijken. Een blauwe Fiat zoeken.' Franca dook op uit de diepte. De hand die haar onderduwde was plotseling weg. Hoofd weer boven water. Ze kon ademhalen en deed dat met volle teugen, proestend en lachend. Oké. Daar gaan we samen. Armen om elkaar heen. Reclame voor jeugdige vitaliteit. Nagestaard door jaloerse oude vrouwen en vertederde oude mannen. Het leven in. Een bruisende boeggolf van lucht om de steven.

Een paar uur later waren Franca en Gil onderdeel van een vrolijk gezelschap jonge mensen dat van café naar café trok, een vlottend groepje, waar onderdelen van afvielen en nieuwe onderdelen bij kwamen, een kakofonie van talen, mengelmoes van Italiaans, Engels en Frans, gesprekken als schuim, woorden en zinnen als zeepbellen. Waar de muziek hard stond schreeuwden ze elkaar toe, een steekspel van spitsvondigheden, opsnijderij en obscene toespelingen, opwindende carrousel van alcohol en andere middelen, zinderend in de zoele avondlucht, verdampend tot wolken van roes en overmoed. Af en toe kwam iemand van de wc met extreem wijde pupillen. De jonge vrouwen schudden hun lange haar heen en weer en toonden veel gebronsde huid en lachten diep in hun keel, monden wijd open, zicht op hun speelse tong, lieten hun borsten leunen tegen de armen van mannen. De mannen zetten hun zonnebrillen op of juist in hun haar en legden met enige regelmaat demonstratief hun geslacht goed in hun broek. Jong bloed stroomde bonzend door de aderen, krachtig als een bergbeek, kloppend onder de huid, en hoe grappig en geestig de gesprekken ook waren, er was enkel geilheid, hitsigheid in de lucht. Dit waren de paringsrituelen van de beschaafde wereld: drinken, roken, praten, wegscheuren op knetterende scooters, wapperende kleren, dansen, zingen, aanraken, kijken, dat was het voorspel in het vrolijke gezelschap, het genretafereeltje dat uitmondde in gehaast staand neuken tegen een muur in een portiek, een spoor van kleren naar een onopgemaakt bed, gejaagde naaktheid en een korte explosie van zaad in een vochtige vagina, een zwetende climax. En weer. En weer.

Franca had wel eens een te zoet Breezertje beproefd en af en toe een glas wijn of een biertje gedronken, een keer geblowd, maar alles met mate want ze was met matigheid opgevoed, althans die was haar voorgehouden als het hoogste in alles, een richtlijn waar haar kwart-Italiaanse gemoed soms tegen in opstand kwam. Op de schilderachtige volkse pleintjes in kroegen en disco's, waar overdrijving de norm en mateloosheid het doel was, het extraverte Italiaanse leven, voelde Franca hoe zich een erfenis in haar roerde. Na twee glazen wijn vond haar lichaam zijn makkelijke houding en durfde ze zich te mengen in het gesprek; ze pikte de signalen van bewondering elegant op als bloemen op haar pad geworpen en raakte behaagziek, maar zo pril en onwennig (dat merkte ze zelf niet) dat ze het middelpunt van vertedering werd, gevoerd met wijn maar ook gespaard van de drugs, die de anderen haar niet aanboden omdat zij hun verloren onschuld was. Zo maakte je dus vrienden. Dat ging hier soepel. En leuk waren ze ook en warm en hartelijk en complimenteus. Gil zag het aan en sloeg zijn arm om haar heen, terwijl hij dronk en in het geniep een lijntje coke nam, dat hem euforisch maar ook agressief maakte. Franca nam zijn veranderende gedrag waar, maar wist niets van harddrugs, althans herkende de tekenen niet.

De eigenaar van de bar waar Franca en Gil huisden sloot zich na zijn sluitingstijd bij hun groep aan. Dante had de zwijgzame onverstoorbaarheid van de goede kastelein. Hij was iets ouder dan de meesten, gedroeg zich een beetje als de *capo dei capi*, was gerechtigd alle vrouwen terloops te strelen en kon met een knip van zijn vinger en een korte beweging van zijn hoofd een van de jongemannen op drank uitsturen. Toen hij zich bij hen had gevoegd was er een mespuntje spanning in de groepsdynamiek geslopen.

De avond en nacht met het vrolijke gezelschap boden Franca zicht op een verleidelijk leven. Ze was als het ware in een andere toestand overgegaan. Van de beschaafde eettafel bij oma en opa was ze in duizelingwekkend tempo geëvolueerd naar een internationale scene van studenten, artiesten, jonge zakenlieden en andere genieën, die de wereld in de palm van hun hand hadden. Als ze ooit van de term *jeunesse dorée* zou hebben gehoord had ze die vast graag en licht zwijmelend voor haar nieuwe vrienden gebruikt. Ook het decadente erin zou haar hebben aangetrokken. De geborneerde burgerlijke chic van haar tantes en ooms was ongelooflijk dijkig en Hollands vergeleken bij de schoonheid en elegance van 'haar' Italianen. En ze had heus niet haar missie uit het oog verloren. Bij deze en gene had ze de blauwe Fiat van Guido neergelegd in het gesprek. Of ze ernaar wilden uitkijken en haar sms'en. Ze had zich een air van nonchalante urgentie aangemeten, van door de wol geverfd zijn maar hen niet met haar sores willen belasten en dat was haar prima gelukt, vond ze zelf. Ze mengde goed. Gil was maar een Amerikaan, graag gezien door de Italiaanse vrienden maar een Amerikaan, dat wilde zeggen niet helemaal op de juiste wijze doordrenkt van de Europese cultuur, wat simpel vergeleken bij zijn generatiegenoten van het oude continent, *eh Gildo! Amico!* Hij werd een beetje geplaagd. Franca voelde zich erg Europees en geaccepteerd en was daarmee op een iets hoger trapje komen te staan. Haar paar woorden Italiaans – van Guido opgestoken – waren in bijzonder goede aarde gevallen.

Midden in de nacht liep ze licht euforisch naast Gil en Dante naar hun primitieve onderkomen boven de bar. Er moest nog een slaapmutsje worden gedronken. Dante greep uit de duistere bar een fles en nam hem mee naar boven. De stemming was opperbest zij het licht opgefokt. Franca bedacht in een nuchter hoekje van haar geest dat de aanwezigheid van de barman de liefdesdaad die Gil vast nog op het programma had staan zou verhinderen en dat haar dat wel goed uitkwam. Misschien – zo had ze zich stiekem voorgenomen – moest ze morgen maar op eigen gelegenheid verder. Ze was nog niet toe aan een vaste vakantieliefde. Er waren nog zoveel andere leuke jongens. Giechelend en struikelend beklommen ze de smalle trap. In de kamer, verlicht door de raffialamp, vielen haar de twee bonkige rugzakken op als een onweerstaanbaar komische noot en ze begon nog harder te lachen en te wijzen. Ze liet zich op het bed vallen. Gil en Dante namen ook op de matras plaats. Glazen werden rondgedeeld en grappa werd ingeschonken. 'Proost,' zeiden de mannen, ze klonken en keken toe hoe ze drank naar binnen goot. Ze zoende met natte mond eerst de ene man en toen de andere en zei: 'En nu gaat Franca slapen'.

Het werd haar niet gegund.

Het brandde. Een gloeiend stuk ijzer, een spit, was tussen haar benen gestoken, dwars door haar darmen en maag gegaan en kwam via haar mond naar buiten. Ze kon alleen maar voelen, niet denken. Ze was dof en doof en stomp in het hoofd, de rest van haar lichaam was een dier op het houten blok, bloedend, roerloos, rauw. Geofferd maar niet dood. Restant. Overblijfsel. Vuilnis.

Ze lag op de grond naast het bed, opgekruld als een foetus. Naakt. Ze deed haar ogen open. Er brandde een lamp. Ze nam uit ongebruikelijke hoek bezien de contouren van onbekende voorwerpen waar. Dichtbij lag een gebroken glas. Ze zag de scherpe punt, het glanzen op de kromming van de scherf. Ze wist niet waar ze was. Ze bewoog haar hoofd. De wereld kantelde en bleef draaien. Een diepe oprisping schokte haar lichaam. Ogen weer dicht. Langzame beweging van haar handen en armen. Warm en koud. Nat en droog. Glibberig en plakkerig. Een keel kreunde. Haar oren hoorden het maar het duurde even voor haar hersens de verbinding legden tussen het kreunen, het gevloerde lichaam, de pijn en het ik. Toen die primitief was aangebracht tussen de delen die samen Franca's persoonlijkheid vormden, begonnen door de poriën van het bewustzijn de herinneringen druppelsgewijs binnen te sijpelen en daarmee de schaamte en daarmee de onuitwisbaarheid. Ze werd geheel vervuld van schaamte. Het bittere speeksel liep in haar mond. Daar lag ze, naakt op de vloer, gebruikt en weggegooid. Ontdaan van waarde. Haar ziel lag naast haar lichaam met gespreide en gebroken vleugels als een dode witte duif.

Er was een ander in de kamer. Ze hoorde achter haar rug een ronkend ademhalen. Voorzichtig draaide ze haar hoofd, langzaam, langzaam. Daar lag iemand diep in de grot van de slaap. Een man, bevredigd rustend van overmeesteren en vernederen. Het slappe geslacht kalm slapend op zijn dij. Het was Gil. Dante was na zijn aandeel in het schandelijke ritueel vertrokken. Maar zijn vingerafdrukken stonden nog op haar huid, zijn bokkengeur hing om haar heen, ze staarde opnieuw in de liefdeloze diepte van zijn ogen. En Gil, de handlanger, de leerling, de maagdenaanbrenger, de rat, de afmaker, hij was na Dante gekomen, harder, heftiger.

Franca ging stil rechtop zitten en verzamelde haar kleren. Als ze hier ongezien weg kon komen zou misschien de deur achter deze episode in het slot vallen en nooit meer opengaan. Dan zou de dageraad de pijn verzachten, en als ze met niemand erover zou spreken, zou de schending haar geheim blijven en verbleken tot een boze droom. Het moest vergeten worden. Vergeten. Niet-gebeurd verklaard. Ze durfde niet naar haar lichaam te kijken uit angst voor medelijden, uit angst voor afkeer, uit angst voor herinnering. Met de ogen dicht trok ze haar ondergoed aan, haar spijkerbroek, haar truitje, haar gekreukte linnen jasje. Ze wachtte even met opstaan, trotseerde toen de pijn en de duizeling, controleerde of haar papieren en haar geld ongemoeid waren gelaten, hees haar rugzak om de schouders en sloop weg zonder om te kijken, trillend van angst dat Gil of Dante haar als een duivel in de nek zou springen, op van de zenuwen dat ze de deur van de bar misschien niet van de knip zou krijgen, naarmate de uitgang en de bevrijding naderden haastiger en banger. En toen stond ze op straat. In het parelgrijze licht van de vroege ochtend. In de eerste hooigeur van de aanbrekende dag. Zacht en zoel. Geur van houtgestookte oven waarin brood werd gebakken. Ze voelde de honger als pijn in haar maag. Er was iets hards in haar. Een zware zwarte steen, maar daarnaast een kleine witte pit van kracht.

Ze stapte in de eerste bus die stopte. De chauffeur keek voor zich. De dieselmotor ronkte ritmisch. De deuren sloten sissend achter haar.

'Dove?'

Ze begreep de vraag die hij tegen de voorruit stelde. '*Dove va?*' vroeg ze terug.

Foligno. Spoleto. Goed, zei ze, goed. Foligno? Spoleto? Spoleto, als dat het verste is, dacht ze. Spoleto, zei ze. Ze legde vijftig euro neer. De chauffeur telde het wisselgeld, schoof het haar toe, keek haar gelukkig nog steeds niet aan, schakelde en reed hortend en stotend weg. Ze wendde zich tot de passagiers: een handvol vroege werkers, de slaap nog in hun ogen, besloten in zichzelf, beginnend aan een dag die geen verrassingen zou brengen. Franca zette zich schrap in de deinende bus, schoof een vrije bank in, zette de rugzak naast zich neer. Veilig. Rijden maar tot het einde van de dag, tot het einde van de wereld. Ze legde haar hoofd tegen de ruit en keek en liet zich vullen met landschap. De zon stond in mist gehuld vaag oranje een handbreedte boven de horizon. Er was iets met het beeld dat ze aanvankelijk niet kon thuisbrengen, tot ze besefte dat haar gevoel voor kleuren, geuren en smaken, de onderstreper van haar waarnemingen, was verdoft. Ze zag een gewassen aquarel, een gewiste tekening. Het deelde haar niets meer mee. Ze voelde zich een baviaan, zittend op extreem gezwollen geslachtsdelen. En die geur, die stank, die walm die om haar heen hing, die bij elke beweging van de bus aan haar kleren ontsnapte, als de lucht uit een samengeperste accordeon! Ze kruiste haar armen over haar borst, kneep zich samen om klein te worden, te verdwijnen, met elke kilometer die de bus reed verder te verschrompelen. Dat ze aan het eind van de rit haar rugzak zouden vinden en denken hé, een onbeheerde rugzak, wie zou die zijn vergeten, en dat ze met een achteloos gebaar dat stofje weg zouden vegen van de zitting naast de rugzak en dat zij dat dan was, en dat ze rustig tussen het vuil onder de bank zou blijven liggen en aan het eind van de rit als de deuren opengingen en de wind vat kreeg op het binnenste van de bus weg zou waaien naar buiten en daar aan de kant van de parkeerplaats waar de bussen remise hielden tussen plastic zakjes en blikjes en papiertjes haar bestemming zou vinden in een ondiepe hardlemen kuil en zou verdrinken in de regen die later op de dag overvloedig vanuit een loodgrijze hemel zou stromen. Verloren raken, ja. Guido had haar al aan haar eigen toekomst weggegeven. En Nora was niet naar haar op zoek uit ongerustheid, maar uit verontwaardiging: de moeder wilde tijd en uur bepalen waarop de dochter vrij zou zijn, de dochter mocht dat niet zelf. En ze had gelijk. Nog geen dag had ze zonder de bescherming van mama gekund. Als een dom eendagskuiken was ze in de handen van de grote slager gelopen die eendagskuikens de nekjes omdraait en als kattenvoer diepvriest. Verliefd. En geen alarmsysteem. Dommer dan de domste Anita die zich voor een Breezertje aan een loverboy vergooit. Eigen schuld, heel erg dikke bult. Het ronken van de bus wiegde haar in slaap naar een grot onder de zeespiegel, waar het getij haar in had gespoeld en opgesloten.

Ze werd gewekt door een hand aan haar schouder. Spoleto! hoorde ze. De chauffeur keek haar in zijn achteruitkijkspiegel aan, terwijl zijn afgevaardigde, een medepassagier aan de overkant van het gangpad, haar op de schouder tikte. Verward stond ze op, nam de rugzak mee en ging naar buiten. Het busstation van Spoleto in blikkerend zonlicht. Er stond een andere bus klaar die via Amelia naar Orvieto ging. Ze stapte in. Ze zou rondrijden, rondrijden, rondrijden tot er een plan in haar opkwam.

Tijdens de rit raadpleegde ze haar mobiele telefoon. Een bericht van Paul en Nora. Waar ze waren. Hoofdkwartier. Zoeken naar Guido. *Touch base.* Mooi niet. Hoewel er een klein huilend meisje in een hoekje van haar hoofd zat, piekerde ze er niet over de handdoek in de ring te gooien. Eerst moest ze een jeugdherberg vinden en een douche en een maaltijd en herstel. De minuten die ze na het ontwaken had doorgebracht op de vloer van de kamer boven de bar, de minuten die erger waren dan het uur ervoor, omdat een messteek op het moment van snijden minder pijn doet dan de dag erna, hadden haar een les geleerd: alles en iedereen kon haar verlaten, maar zij kon zichzelf niet verlaten, ze was alleen en veroordeeld tot zichzelf, tot de kerker van haar lichaam. Er was geen hulp dan in de eigen veerkracht.

Er waren sms'en van vriendinnen, die ze ongelezen wiste. En er was nog een sms. Van een onbekende Chiara: 'Dutch Blue Fiat Croma spotted. Location: Collazzone.' Ze sloot haar telefoon af en betrad innerlijk een geheel nieuw terrein. De urgentie om Guido te vinden, dood of levend, gehavend of krankzinnig, spoelde weg. Hij was er. Hij was ergens. Hij had haar niet nodig. Zij had hem niet nodig. Ze had een douche nodig, en een maaltijd.

# 9

Nora werd wakker omdat ze moest plassen. Haar hoofd voelde als haar blaas, branderig, pijnlijk, op knappen. Dat ze niet thuis was maakte ze op uit de geur, het soort stilte, de dichtheid van de atmosfeer, en een regelmatige ademhaling die niet van haarzelf was. Maar waar was ze en met wie? Ze vocht om uit de desoriëntatie te komen. Wie? Waar? Wat? Wanneer? En dat uit elkaar knallende hoofd. Zoveel had ze niet gedronken. Ze deed haar ogen wijd open. Haar blikveld werd gevuld met een vreemde, onpersoonlijke muur in zacht licht. Ze draaide zich voorzichtig om. Naast haar op een tweede bed lag een man met peper-en-zoutkleurig, warrig haar geheel gekleed te slapen, zijn handen kinderlijk onder zijn wang gevouwen. Het licht kwam van een bureaulamp en bescheen een open laptop met daarnaast wat slordig gearrangeerde papieren. Paul. Hersenschudding. Italië. Franca. Het was er weer allemaal. De paniek werd vervangen door een andere, inmiddels vertrouwder angst: dat haar dochter resoluut haar eigen weg in de wereld was ingeslagen en haar moeder niet meer nodig had. Dat het leven hierop uitdraaide: overbodigheid. Zonder nut en doel de jaren volmaken en dan geruisloos van het toneel verdwijnen.

Eerst maar eens gaan plassen, besloot de praktische Nora, en dan zien we wel wat we met die sombere en onproductieve gedachten doen. Ze nam de tijd rechtop te gaan zitten en te wennen aan de verticale stand. Het hoofd protesteerde wiebelend, maar liet zich toch recht op de wervelkolom zetten. *So far so good*. Geen duizelingen meer. Geen pijn die niet door een stevige inname van ibuprofen kon worden gesmoord. Ze zette op de wc opgelucht de sluizen open, terwijl ze naar het bad staarde dat de avond tevoren haar woede resoluut had geremd. Ze herinnerde zich de vredigheid van de halfbewusteloze toestand, waarin haar een tipje van de sluier was opgelicht. De wil was uitgeschakeld, het vegetatieve systeem nam voor even het primaat. Zijn. Het plantaardig bewind. Het denken eraan bracht in verdunde vorm de ervaring terug. Nora haalde diep adem. Ziezo. De circulatie kwam op gang.

Paul was door haar tocht naar de badkamer wakker geworden.

'Hoe gaat het met je?' vroeg hij. Zijn haar piekte om zijn hoofd, de slaap treuzelde in zijn ogen.

'Goed wel,' zei Nora. 'Heb je bij me gewaakt?'

'Ik heb je om de twee uur even wakker gemaakt, maar ik vrees dat ik om een uur of vier zelf geen weerstand meer kon bieden aan Klaas Vaak.'

Klaas Vaak. Om het niet eens ironische gebruik van die uitdrukking schoot Nora in de lach. 'Ik heb niet gemerkt dat je me wakker maakte. Of toch? Ja, heel vaag. Hoe laat is het nu?'

Paul keek op zijn horloge. 'Halfacht.'

'Dan heb je te weinig geslapen.'

'Geeft niet.'

Nora kroop weer terug onder het dekbed. 'Wat heb je de hele nacht gedaan?'

'Gelezen, hypothesen opgesteld, op het internet gesurft, ideeën opgedaan. Over jou nagedacht, en over Guido.'

'Tot welke conclusies ben je gekomen?'

'Wat Fischer betreft ben ik ervan overtuigd geraakt dat Guido gelijk heeft en dat hij hier in Umbrië aan de boorden van de

Tiber zijn heil heeft gezocht. Ik heb zelfs een indicatie voor de oorsprong van of liever gezegd een basis voor het pseudoniem. Fischer is in het Italiaans *pescatore*. Visser. Een beetje als Jezus: visser van mensen. Strookt met de messiasmentaliteit van de maestro. De E. staat volgens mij voor 'Engel', in het Italiaans *angelo*. Boodschapper. Hier in Umbrië bevindt zich ergens aan de Tiber de agriturismo l'Angelo Pescatore. Het is te toevallig om niet waar te zijn.'

Nora moest met haar beurse hersens enige moeite doen het betoogje te volgen. 'Zou Guido dat weten?'

'Geen idee. Er is maar één manier om erachter te komen.'

'En Franca?'

Paul checkte de mobiele telefoons. 'Geen bericht van Franca.'

Nora trok het dek op tot haar kin en sloot haar ogen. 'Ik vind Franca belangrijker dan Fischer of Guido.'

'We zullen haar misschien alleen kunnen vinden als we Guido vinden en haar dat laten weten.'

Nora zuchtte dat hij gelijk had.

'Misschien moet je me iets vertellen over hem en over jullie huwelijk,' zei Paul.

Nora wist niet of ze dat wilde en waar ze moest beginnen. *Ab ovo, in medias res*, bij het einde en dan flashbacks? Het grillige spoor van de herinnering volgen? Ze worstelde met beelden die alle besmet waren door de Nora-documenten. Hoe verdrietig was dat. Maar zoals de zon, opeens doorkomend tussen donkere wolken, een plek helder kan verlichten, zo zag ze Guido in de zeilboot aan het roer en zij naast hem, goedkeurend kijkend omdat hij zo'n snelle leerling was en hij lachend met zijn kop in de wind omdat hij de boot de baas was en vrij, vrij! Vrij? Guido? Hun relatie was van het begin af aan gedoemd, dat wist ze wel. Ze had het altijd geweten, maar die wetenschap was als een vlekje op een volmaakt oppervlak: ze gebruikte de camouflage-stift om het onzichtbaar te maken. Het werd ontkend. Het was er niet. Het mocht er niet zijn. Haar behoefte om van al haar ondernemingen een succes te maken stond niet toe dat dit experiment mislukte. En de mislukking was onverwerkt weggestopt. Maar ze zou liever sterven dan Paul verslag doen van haar falen, en ze was al helemaal niet van plan de Nora-documenten te vermelden. Ze kromp ineen bij de gedachte aan de dood die daarin almaar op de loer lag, de dood in de liefde. Ze vertelde hem iets over onverenigbaarheid van karakters en verschillende achtergronden.

Paul zag hoe ze weer met haar duim over het litteken op haar onderarm wreef en besloot haar er eindelijk naar te vragen.

'Wat heb je aan je arm? Wat is daarmee gebeurd?'

Betrapt keek ze naar de nog iets verdikte rode streep. Ze ging zitten met opgetrokken knieën, dekbed stevig eromheen, armen eromheen, een egel.

'Een leerling heeft me aangevallen met een mes.'

'Godallemachtig.'

'Het was een Marokkaan. Ali.'

'Geen respect voor hem gehad zeker?'

Nora keek hem treurig verwijtend aan. 'Ik vind het vreselijk om er zo denigrerend en zo cynisch over te doen.'

'Waarom?'

'Cynisme aanvaardt de status-quo.'

'O?'

'Ja. De cynicus staat terzijde en schudt zijn wereldwijze grijze hoofd. De anderen mogen de rotzooi opruimen.'

'Ik heb de grootste bewondering voor mensen in het onderwijs.'

'Aan bewondering hebben we niets.'

'Waaraan dan wel?'

'Aan duidelijkheid.'

'Is het niet duidelijk dan?'

'Nee.'

'Wat niet?'

'Nou. Bijvoorbeeld.' Ze legde haar kin op haar knieën en begon na te denken. 'Wij leren kinderen voor zichzelf op te komen. Mondigheid is het pedagogische toverwoord. Mondigheid. Ze moeten mondig zijn. Letterlijk. Zich goed kunnen uitdrukken. Weten wat je wilt. Denken wat je wilt. Zeggen wat je denkt. Het middel is tot doel verheven. Goed. Allemaal prijzenswaardig en tot daaraan toe. Zelfexpressie en vrijheid van meningsuiting. Ga je gang. Driewerf hoera. Wij staan bewonderend aan de kant als de kakelende jeugdbrigade komt aanstormen. Maar er is nooit iets anders in dat mengvat vol koppige wijn gegoten. Het water van de zelfbeheersing zijn we vergeten erbij te leveren. En wie niet verbaal uit de voeten kan zoekt zijn zelfexpressie in geweld. Hup, ram er maar op los als je een strobreed in de weg gelegd krijgt. Nou, en de Ali's van deze wereld krijgen vele strootjes breed in de weg gelegd. Althans, zo ervaren ze dat. En ze worden toch geacht voor zichzelf op te komen? Ram. Vlam in de pan. In de eer aangetast. En het voelt verdomde lekker, zo'n mes op zak. Het respect dat het scherpe lemmet je geeft, daar kan geen hand van de burgemeester tegenop. Je bent een kerel. Je hebt je eer. Lullen is voor blanke watjes. Wat het argument is voor de student is het mes voor de Marokkaan. Waarom zouden we Jan-Willem zijn argument gunnen maar Ali niet zijn mes. Zelfexpressie, toch?'

'Wie is nu cynisch?'

'Ze zeggen het is het racisme, ze zeggen het is de islam, ze zeggen het is het analfabetisme, ze zeggen het is de sociaal-economische positie, ze zeggen het is de verkeerde chemie tussen twee culturen in één borst, het is het probleem van een ontwortelde tweede generatie op zoek naar een identiteit. Ze zeggen het zijn de vaders, ze zeggen het zijn de moeders. Wij zijn het. Zij zijn het. Welles. Nietes. Dat is het allemaal tegelijk, maar ook is het dat helemaal niet. Ik kan er geen verklaring voor vinden waarom de een "fuck you, vuile teef" het mes trekt en de ander – met dezelfde achtergrond – braaf zijn eindexamen haalt en met twee woorden spreekt. En dat heeft niets te maken met intelligentie of puberteit. Ik word een beetje ziek van alle verklaringen die de een na de ander oppoppen in de geest van intellectuelen en politici, ziek van alle maatregelen die worden voorgesteld door bureaucraten en zachte en harde heelmeesters. Iedereen heeft gelijk maar niets werkt. De Turken staan voor de poorten van Wenen en ik sta godverdomme echt met mijn humanistische bek vol tanden.'

'Je moet je afvragen wat het westerse, humanistische denken te bieden heeft aan de Ali's van deze wereld. Zal hij er ooit echt bij horen, zelfs als hij alle grote filosofen van Plato tot Spinoza, van Montesquieu tot Heidegger heeft bestudeerd? Is dat denken wel zo open en kritisch en tolerant als het zich voordoet?'

'Hij hóéft er niet bij te willen horen.'

'Beschouw jij een moslim die het Westen afwijst dan als een gelijkwaardige gesprekspartner?'

'Als het maar niet over het geloof gaat. En bij gelovigen gaat het in laatste instantie altijd over het geloof, ook al heb je het over de prijs van het brood.'

'Dan kun je ook niet met christenen praten.'

'Met militante christenen is inderdaad geen gesprek te voeren. Met geen enkele ideoloog is een gesprek te voeren. Altijd is er dat superieure lachje van degene die de waarheid heeft gevonden, terwijl de ander nog in duisternis dwaalt.'

'Nora, je overdrijft. Ook dat hooggestemde universele humanisme van jou is geen haar beter dan alle andere eenkennige godsdiensten, wat zeg ik: tot een godsdienst kun je je nog bekeren, tot het humanisme niet.'

'Wat is dat nou weer voor onzin? Natuurlijk kun je humanist worden, net zoals je katholiek kunt worden of moslim of communist.'

'Nee, dat is niet waar. Er is geen gemeenschap van humanisten met een hiërarchie en een gebedsruimte, er is geen huis van het humanisme, er zijn geen voorgangers, er is geen inwijding, er is geen partij, er is geen bescherming van de groep.'

'Stel dat je gelijk hebt, dan is datzelfde humanisme dus ook niet in staat iemand aan te nemen of uit te stoten en gaat jouw hele superioriteitsargument niet op.'

'Dat humanisme van jou is wel elitair. De man in de straat zal zich niet zo gauw humanist noemen. Die is "niks" of die gelooft dat er "iets" is. Voor het humanisme moet je hebben doorgeleerd. Het is een los geweven gemeenschap met een uiterst subtiele ballotage. En het getuigt van zelfoverschatting zich als humanist op te werpen als de redder van de beschaving. Het getuigt van een enorme opgeblazenheid te denken dat het humanisme alle geloven kan dwingen elkaar de hand te reiken in de zalige wetenschap dat de mens de maat van alle dingen is en met de opdracht dat we in vrede samen moeten leven. Is dat nou zo moeilijk, vraagt de humanist? En hij is verontwaardigd als er iemand een mes trekt en zegt: "Fuck you, jij arrogante bitch."'

'Hoe kom je erbij dat wij ons superieur voelen? Dat is nou juist de makke van een godsdienst. Gelovigen wanen zich verheven boven alles en iedereen. Ze moeten wel. Je bent als gelovige geen knip voor de neus waard als je erkent dat een ander geloof ook wel wat heeft. Het humanisme ziet in dat sommige mensen behoefte hebben aan godsdienst, dat zij religie als een belangrijk deel van hun mens-zijn zien, ze willen nu eenmaal liever volgen, ze willen eigen verantwoordelijkheid ontlopen, ze zitten het liefst met z'n allen in een stadion om te worden betoverd door hun persoonlijke Hitler, hun Lenin, hun Mussolini, hun paus, hun ayatollah. Dat is het gevaar van hun menselijke zwakte: ze zijn te gevoelig voor leiders. En *for the record*, op dit moment is de spiritualiteit weer zo "in" dat als humanisten zichzelf ooit zagen als een laatste fase in de evolutie van de menselijke geest, die optimistische gedachte behoorlijk wordt gelogenstraft. We zijn geen voorhoede. We zijn de achterhoede, we zijn een bedreigde soort. Als er iemand reden heeft om te klagen over de superioriteit van anderen, dan zijn wij het wel. De arrogantie van het geloof, van elke ideologie, gaat toch alle perken te buiten? En waarom heb ik het gevoel dat jij me ontzettend in de zeik zit te nemen?'

Paul lachte.

Nora legde somber haar kin op haar knieën. 'Weet je, ik weet het allemaal niet meer. Vaak heb ik enorme behoefte aan een sprong in de tijd, ofwel naar achter ofwel naar voren. Was het maar vast 2060.'

'Dan zat jij lekker in je boerka achter de geraniums.'

'Ik wil verdomme helemaal niet met jou discussiëren over de multiculturele samenleving. Ik wil mijn kind vinden.'

Paul kon Nora er niet toe overhalen rust te houden. Bleekjes maar vastberaden en gesteund door een stevige dosis pijnstillers nam ze naast hem plaats in de auto. Hij had de route van tevoren bestudeerd omdat Nora verklaarde onder deze omstandigheden geen kaart te kunnen lezen tenzij hij graag ondergekotst werd. Ze zweeg. Als hij een onschuldige opmerking maakte over de omgeving of het weer gaf ze niet meer dan een grom terug. Het was druk op de weg en het asfalt zat vol gaten. De kleine auto had geen airco en een slechte vering. Een kwelling voor Nora's hoofd. Bij Todi, dat majestueus op zijn heuvel aan de horizon was verschenen als een enorme barrière die de weg tot splitsen dwong, nam hij een verkeerde afslag. Toen hij daar na enige kilometers achter kwam, trachtte hij zijn fout te herstellen door een paar maal linksaf te slaan om zo weer op het juiste pad terug te keren. Hij liep hopeloos vast in de haarvaten van Umbrië.

'We zijn verdwaald.'

Nora zweeg.

'Als we nu eens in dit plaatsje een espresso drinken en rustig op de kaart uitzoeken waar we heen moeten.' Hij wees op een huisbekuifde heuvel rechts voor. Nora zweeg. Ze passeerden de gemeentegrens van Monte Castello di Vibio. De weg slingerde zich om de heuvel heen en eindigde aan de voet van een hoge stadsmuur op een schaduwrijke parkeerplaats naast een verlaten parkje. Hij stopte. Nora deed het portier open en deponeerde het ontbijt op straat.

'Zo, dat lucht op,' zei ze. 'Rijd de auto maar een stukje verder, anders trap ik in mijn eigen kots.'

'Gaat het wel?'

'Als het niet meer gaat, ben jij de eerste die het hoort.'

Bezorgd hield Paul haar bij de elleboog vast terwijl ze de stadspoort doorgingen op zoek naar een café. Ze schudde zijn hand van zich af. Weldra kwamen ze op een pleintje, begrensd door een kerk, de borstwering van de stadsmuur, een paar gruizig aangelichte huizen en een kroegje dat gesloten was. Op een wankele stoel zat een oude vrouw haar lijkwade te borduren. Er slopen drie katten rond. Verder was het stil. En warm. De gebouwen wierpen scherpe korte schaduwen.

'Wat een schitterend uitzicht,' zei Paul. Het Umbrische landschap golfde door tot in heiige verten. De Tiber glinsterde in de diepte slinks tussen de bosjes door. Het gewas groeide zichtbaar. 'Wat een vitaliteit. Wat een kracht.'

Nora was in de slagschaduw van de kerk gaan staan. Zonnebril op. Ze wachtte. Paul ergerde zich. Zijn irritatie richtte zich op precies datgene waar hij niets aan kon doen: haar demonstratieve weigering zich als zieke te gedragen, waarmee ze nu juist extra de aandacht vestigde zowel op haar dapperheid en doorzettingsvermogen als op haar slachtofferschap. Ze had inderdaad een heuse hersenschudding. Haar kind was werkelijk kwijt. De aanslag had echt plaatsgevonden. En ze zeurde absoluut niet. Wat was er mis mee? Het was ook nooit goed. Zijn ergernis sloeg naar binnen, omdat hij zich voor haar karretje had laten spannen en omdat daarmee de rollen waren omgedraaid: hij diende, hij gaf niet het bevel. Hij zorgde wel, maar zijn zorg werd aanvaard of verworpen met de vanzelfsprekendheid die hoorde bij een meester-slaafverhouding. Zij dicteerde en hij wist niet wanneer het begonnen was. Hij begon iets van Guido te snappen.

'Kom op, we maken een rondje door het dorp. We doen net of we toeristen zijn. Ergens is koffie.'

Ze liep met hem mee door de nauwe verkeerloze straatjes. Al eeuwen woonden mensen dicht bijeen in dit steenhoopje op de heuvel. Benauwd maar trots. *Cittadini*. Hier en daar rook het in de hoeken en onder portieken naar kattenpis en lavendel, salie en oregano. Er waren romantische doorkijkjes, een kijvende stem klonk op, het gehuil van een kind, en dan weer stilte. Hun voetstappen echoden. Ze kwamen op een pleintje waar aan een huis met paleispretentie lange banieren buiten hingen. Teatro Concordia: *Il più piccolo teatro del mondo.*' De deuren stonden open. Ze konden erin. Paul stak nieuwsgierig zijn hoofd om de hoek van de deur en ging naar binnen. Nora volgde zwijgend.

'Is hier koffie?' vroeg Paul aan de bleke jongeling achter een minuscule balie.

Er werd ontkennend geantwoord. Alleen als er een voorstelling was.

'Hoe klein is het kleinste theater van de wereld?'

'Kijkt u zelf maar.'

'Gratis?'

'We laten het aan de beleefdheid van de gasten over ons iets te geven voor het onderhoud van het gebouw.'

'Laten we even kijken,' zei hij tegen Nora, die knikte maar zelfs in het halfduister haar zonnebril ophield. Door een roodfluwelen gordijn kwamen ze in een zaaltje op zakformaat met twee rijen balkonloges boven elkaar, elk voor krap twee personen, en een handvol stoelen in de stalles. Een echt lijsttoneeltje met een decor dat een bos voorstelde. Achttiende-eeuws Arcadia. Drie andere toeristen hadden de weg naar dit verborgen juweel gevonden. Een oudere vrouw met de bleke huid en de donkere, treurende ogen van een verweeuwde Italiaanse *contessa*, gekleed in een spijkerbroek en een aandoenlijk meisjesachtig topje, klom op het toneel en begon zomaar te zingen. Haar heldere stem vulde zonder enige gêne de ruimte.

'*Una mattina mi son svegliato, oh bella ciao, bella ciao, bella ciao, ciao, ciao, questa mattina mi son svegliato e ho trovato l'invasor.*' Ze zong het hele lied van de partizaan uit, eenvoudig, ritmisch, ingetogen, verzonken in zichzelf op dat petieterige podiumpje. Een meisje van vijftig. Ze herinnerde zich al zingend alle andere keren dat ze het lied had gezongen. De twee anderen vielen steeds in bij de *bella ciao*-regel. Paul voelde de ontroering een warme hand om zijn keel leggen. Godschristus. Hij kende het nog. Hij kon het lied – zij het hakkelend – meezingen. Zijn lippen bewogen. Ha! Niets mooier dan opstand en dood. Te leven en te sterven voor een idee. Voor de vrijheid. Moest hij nog maar afscheid nemen van zijn geliefde en de bergen in vluchten, een geweer laden en leegschieten op de militie, de bezetter, de landeigenaar. Hoop op de toekomst. Jongens als Ali hadden in de schoteltjesbuurten van de stad niet de hoop gevonden, maar de wanhoop, ze hadden niet de vrijheid gekozen maar de dwang. Niet de liefde maar de haat. Was dat niet hetzelfde verzet, dezelfde opstand, hetzelfde verlangen naar de heldendood dat hem destijds had bevangen? Nee. Het spel was ernst geworden. Er werden geen liederen meer gezongen. Er werd niet meer gedanst. Niet meer gelachen. Was het nog maar veertig jaar geleden en kon alles opnieuw. '*È questo il fiore del partigiano, o bella ciao, bella ciao, bella ciao, ciao, ciao, è questo il fiore del partigiano, morto per la libertà.'* Hij applaudisseerde luid. De contessa boog verrast.

'*Grazie.*'

'*Grazie a lei.*'

Hij draaide zich om naar Nora.

'Klaar?' vroeg ze.

'Weer te laat,' zei Nora. Een moment was een jachthondeninstinct in haar wakker geworden, toen de pasteuze eigenaar van l'Angelo Pescatore toegaf il *signore Guido* onderdak te hebben verleend. 'Vorige week,' zei hij, 'een paar dagen.' De communicatie met de waard werd bemoeilijkt door zijn eentaligheid. Het vertoog van de man begrepen ze wel ongeveer, dankzij kennis van Frans en Latijn, maar het stellen van de juiste vragen diende met handen en voeten te gebeuren. Guido was gekomen en weer gegaan, daar kwam het op neer. *Quando? Sabato.* En waarheen? Groot schouderophalen en wijd ogenopensperren. Ze wilden juist onder dankzegging vertrekken toen Paul op het idee kwam te vragen of Guido wellicht bezoekers had ontvangen. *Sì, certo.* Een heer. Italiaan? Zonder enige twijfel. Wat die kwam doen? *No lo so. Discrezione.* Afwerende handen, verontschuldigende gelaatsuitdrukking. Kwam de *visitatore* uit de buurt? Luigi maakte vertoon van zijn onzekerheid maar sprak het vermoeden uit dat de heer uit Todi kwam. Kort na het bezoek was Guido vertrokken.

'Zaterdag is hij hier weggegaan. We leven nu woensdag,' zei Paul terwijl ze naar de auto liepen.

'Dat spoor is dus wel koud.'

'Lauw, zou ik zeggen. We gaan naar Todi.'

'Om wat te doen?'

'Het is de enige aanwijzing die we hebben: Guido's bezoeker.'

'Maar we weten toch helemaal niet wie hij is?'

'Guido heeft kennelijk daar iemand gevonden die hem informatie heeft verstrekt. Todi is een niet al te grote stad. Misschien vinden we zijn auto. Nog beter: we bellen ieder hotel. Hoeveel kunnen dat er helemaal zijn?'

'Als hij niet bij die vent logeert.'

'Regel één: optimistisch blijven.'

Paul startte de auto en reed onstuimiger weg dan zijn bedoeling was. De wielen slipten. Het stof stoof op en hulde Luigi in gele mist.

'Gaat het, Schumacher?'

'Luister, Nora,' – Paul minderde vaart – 'ik begrijp dat je boos en verdrietig bent. Dat je koppijn hebt. Dat je je wanhopig afvraagt waar je met Franca de fout in bent gegaan. Ik begrijp ook dat je dat op mij afreageert. Maar er is een grens.'

Nora keek naar buiten. Ze concentreerde zich op het uitzicht. Dit uitzicht moest ze nu met meer dan gewone belangstelling waarnemen. Zie de bomen, zie de rivier, zie de heuvels aan de overzijde. Blokkeer de woede. Duw hem weg. Prop hem in de uiterste ledematen, de handen, de voeten, de vingers, de tenen, als dikke stukken watten. Ga erop zitten, pers hem samen zodat hij koest blijft. Daar was ze even mee doende, want zo makkelijk als ze voor de aanval met het mes haar woede kanaliseerde en afvoerde via de haarvaten van haar limbisch systeem, zo moeilijk was het sindsdien de deksel op Pandora's doos te houden, waaruit als eerste de hoop leek te zijn vervlogen. Toen de woede min of meer netjes was opgeborgen en ze niet meer de neiging had Pauls wangen open te krabben of hysterisch te gaan gillen, oplossingen die waarachtig even in haar waren opgekomen ten bewijze dat ze daadwerkelijk een innerlijke grens dreigde te overschrijden, bleef een verdriet over, dat niet meer voornamelijk was gekleurd door het angstig moederinstinct, maar door een druiperig soort zelfmedelijden dat haar afstootte. Ze kreeg een intense hekel aan zichzelf. Dat was de beste impuls om zonder mankeren tot normaal gedrag terug te keren.

Ze keek opzij naar Pauls profiel, naar zijn overhemdkraag, waarvan de punten omkrulden omdat hij de buttons down niet had vastgemaakt, naar zijn handen, die netjes op tien voor twee op het stuur lagen, de rechter soms schakelend in een vertrouwenwekkend automatisme. Hup, daar ging die hand weer naar de versnellingspook en hup weer terug naar zijn plekje aan het stuur, zelfstandige handen die hun eigen leven leidden en hun eigen gedachten erop na hielden. Ze probeerde erachter te komen of die handen dezelfde dingen dachten als het profiel, of als de dijbenen in de eeuwige ribbroek. Wat zou er gebeuren als ze nu verzoenend even haar hand op zijn been of op zijn arm zou leggen? Zou hij warm zijn en aanvoelen als een echt mens? Zou hij schrikken en van de weg af raken? Zou hij haar wegslaan als een vlieg? Wat zat ze daar nou toch allemaal te denken? Waarom kwam juist dit simpele fantasietje bovendrijven in die gistende poel wraakgedachten die haar bloedsomloop vormden en door haar lichaam spoelden en draaiden als vuile handdoeken in een wasmachine. Goed, nou ja, ze deed het toch maar om zijn ergernis uit de lucht te halen. Haar hand op zijn knie. En hup, daar kwam de rechterhand van zijn plaatsje aan het stuur en legde zich even over de hare heen, waarna ze haar eigen hand weer kon terugnemen. Zoiets simpels. Nu niet breken, dacht ze. Net doen of er niets is gebeurd. Maar allebei kwamen ze vanuit een benauwde onderwaterdiepte boven en haalden diep adem.

'Wat deed jouw vader in de oorlog?' vroeg Nora, terwijl ze de Tiber overstaken en aan de klim naar Todi begonnen. Paul schoot in de lach en keek verrast opzij.

'Hoe kom je daar opeens bij?'

'Het is een goede manier om iemand van jouw leeftijd over zichzelf aan de praat te krijgen.'

'Waarom zou je dat willen?'

'Afleiding.'

'Mijn vader zat niet in het verzet, mijn vader was niet fout, mijn vader heeft zich aan de *Arbeitseinsatz* onttrokken, mijn vader was als de meeste andere mannen in de oorlog. Hij deed zijn werk, hij werd verliefd op mijn moeder, hij trouwde met haar en ze kregen mij. Punt.'

'Dat schiet niet op. Was er geen geheim in de familie? Iets met de oorlog waar niemand over sprak?'

'Nee, nooit iets van gemerkt. Als jij rechts kijkt naar een blauwe Fiat kijk ik links.'

'Ik hou niet van zoeken,' zei Nora.

Ze reden om het ommuurde Todi heen en speurden de openbare parkeerplaatsen af naar een teken van Guido: diverse auto's met Nederlands nummerbord maar geen oude Croma. De volgende stap ondernamen ze vanaf het terras op de Piazza del Popolo, waar Guido eerder de wacht op Aldo '62 had betrokken. Paul maakte op zijn laptop via de wifi van het restaurant contact met het internet en riep een lijst met hotels te Todi op. Nora hield haar mobiele telefoon in de aanslag en belde het nummer dat Paul opnoemde. '*May I speak to mister Kaspers. Guido Kaspers. He is a guest in your hotel.*' Veel hotels waren er niet. Het was dus geen toeval dat ze bij het derde nummer al beet hadden. '*Yes-a, miester Kaspers ies a guest-a, but he ies not here at the moment-a. In fact-a he has-a not been seen in the hotel since-a two days. Hies luggage ies stiell here, but Mister Kaspers did-a not check out-a.*'

'Weet je waar dat hotel is?' vroeg Paul. 'Daar.' Hij wees naar een hoek van het plein. 'We kijken erop uit.'

'Hij is al twee dagen zoek. Hij lijkt verdomme Osama bin Laden wel.'

'We gaan de herbergier maar eens uithoren. En geruststellen. Dat we Guido's rekening betalen, mocht dat nodig zijn.'

'Wie is "we"? Jij en ik of ik alleen? Of de Nederlandse belastingbetaler?'

'Ik.'

'Gul.'

'Ik stuur wel een factuur.'

En zo stonden Paul en Nora na een kort en informatief gesprek met de hotelklerk een kwartier later voor de deur van Aldo Burrone, avvocato, die diezelfde ochtend een boodschap
voor Kaspers had achtergelaten in het hotel met de vraag of hij
contact op wilde nemen.

Als ouders van een spijbelende leerling zaten ze aan de cliën-
tenkant van Burrones renaissancebureau. De omgeving was
imposant genoeg en de man bezat het Italiaanse savoir-faire
waarmee elke buitenlander tot een barbaar wordt gereduceerd,
hetgeen de kracht en tevens de provinciale beperking van Italianen is. Nora's deemoed duurde niet lang. Burrone sprak geen
Engels, maar wel een zwaar geïtalianiseerd Frans, dat zij door
haar vrijwel perfecte beheersing van die taal al snel een toets
van ridiculiteit wist te geven. Ze legde uit wie ze waren en sum-
mier waarom ze Guido zochten.

'Inderdaad heb ik afgelopen zondag nog contact met hem gehad,' zei de avvocato voorzichtig. 'Uit niets bleek dat hij van
plan was de volgende dag te vertrekken.'

'Heeft hij met u gesproken over E. Fischer, een auteur van wie
hij vermoedde dat hij afkomstig was uit deze streek?'

'Wie zegt u?'

'E. Fischer.'

Een ooglid van de advocaat begon licht te trillen, alsof hij razendsnel knipoogde. Hij greep een vulpen om zich een houding
te geven en zei dat hij wel eens van die schrijver had gehoord.

'U hebt Guido Kaspers een bezoek gebracht in l'Angelo Pescatore, waarna hij naar hotel Fonte Cesia is gegaan. Hier om de
hoek. Bij u in de buurt. Zijn obsessie met Fischer is van dien
aard dat hij vast en zeker met u contact heeft opgenomen omdat
hij meende dat u hem informatie kon geven. Is dat zo?'

'Dat is een mogelijkheid.'

'Hebt u hem inlichtingen verstrekt?' *Procuré des renseignements.* Wat een prachtige uitdrukking. Nora keek even trots opzij naar Paul, die ietwat onderuitgezakt in zijn stoel met licht toegeknepen ogen de advocaat zat te bestuderen.

'Waarom zou ik op uw vragen antwoord geven?'

'Wat zou u ervan weerhouden?'

'Ik ken u niet. Ik weet niet wat uw motieven zijn.'

'Daar hebt u gelijk in,' gaf Nora toe. 'Mijn verzekering dat ik de meest eerbare bedoelingen heb en dat ik voornamelijk bezorgd ben om mijn dochter, die pas zestien is en verschrikkelijk ongerust in haar eentje naar Umbrië is afgereisd om haar vader te zoeken, dat zal u niets kunnen schelen. Het is immers maar een meelijwekkend verhaal, een voorwendsel, een excuus, zult u zeggen. Maar voor wat? Ik heb van u persoonlijk niets nodig. Dat u in luttele ontmoetingen met Guido Kaspers al een diepe vriendschap voor hem bent gaan koesteren, moet ik uitgesloten achten. Wat is uw belang hem in bescherming te nemen?'

Burrone tikte driftig met de vulpen op het vloeiblad en Nora vreesde de deur te worden gewezen. Ze ging door. 'U wilt hem vinden om u moverende redenen. Wij willen hem vinden om ons moverende redenen. Waarom werken we niet samen?'

Burrone legde de vulpen neer. Het trillen van het ooglid was opgehouden. Het zag ernaar uit dat hij tot een besluit kwam.

'Ik heb u niets te zeggen,' zei hij.

Op dat moment schoot Paul uit zijn ietwat lethargische houding naar voren.

'Ik denk het toch wel,' zei hij. 'Ik heb me de hele tijd af zitten vragen aan wie u mij doet denken. Nu weet ik het. Het ligt ook voor de hand. Ik ben degene die E. Fischer het inmiddels roemruchte enige interview heeft afgenomen. Ik ben een van de laatsten die hem meer dan vijfendertig jaar geleden hebben gezien. Ik geef toe, dat is lang geleden, maar ik herinner hem mij nog goed, omdat hij diepe indruk op me heeft gemaakt. U lijkt op hem. Het zou me niets verbazen als u familie bent van E. Fischer en dat Guido Kaspers daar achter is gekomen.'

In de stilte die daarop volgde klonk als het ware een gong. Tableau! De scène werd bevroren, de aftiteling van deze aflevering kon over het scherm rollen. Wat gaat de advocaat doen? Toegeven en Nora en Paul in vertrouwen nemen, waarna het gezelschap van drie doortastende volwassenen het spoor van de voortvluchtige Guido zal volgen of wellicht aan hem voorbijgaand de meanderende zoektocht naar de verborgen beroemdheid Fischer voortzetten, zich baserend op de bevindingen van Aldo's secretaresse, die de vijfennegentigjarigen in de wijde omgeving in kaart heeft gebracht? Of staat Aldo op en wijst hij hun de deur met nietszeggende woorden en kluitjes in het riet? Dat laatste zou hen niet verder helpen. En bovendien heeft de werkelijkheid de neiging zich te voegen naar het meest plausibele. De werkelijkheid waarin Nora, Paul en Aldo zich bevonden tendeerde derhalve naar samenwerking. Aldo, zonder twijfel verrast en misschien ook gevleid door de gelijkenis met zijn beroemde oudoom, had geen reden Paul Erkelens af te wijzen, integendeel: juist Paul kon een bondgenoot zijn tegen Guido Kaspers, die naar de advocaat vreesde op eigen houtje de weg naar de Meester had gevonden, en dat terwijl naspeuringen van de secretaresse hem vanmorgen de vermoedelijke verblijfplaats van E. Fischer onthulden. Dat had Aldo niet zonder meer willen meedelen aan Guido, maar geheel zonder bericht wilde hij hem evenmin laten. De 'verdwijning' van Kaspers was een hinderlijke bijkomstigheid. Hij mocht dus niet nog meer spelers uit het oog verliezen.

Na enkele seconden, waarin Nora, Paul en Aldo in een stalen cirkel van concentratie met elkaar waren verbonden, en eerst Aldo en daarna Paul door de twee anderen werd aangekeken of hij Jezus zelf was en op het water liep, kuchte de advocaat en leek zijn lichaam een rubberen slapte te hebben gekregen, die hem in staat stelde uit een lade van het bureau een dossiermap te tillen en die met ernstige blikken van verstandhouding op Nora en Paul te openen, opdat ze zijn openhartigheid op waarde wisten te schatten.

# 10

Het water kletterde op haar kruin en stroomde vandaar als een beschermende mantel om haar heen. Ze keek recht voor zich uit naar de plooien van een wit plastic douchegordijn. De spartaanse hotelkamer met het simpele maar propere douchehok was precies wat ze nodig had. Geen menselijke hand had het vertrek gecompromitteerd met smaak en persoonlijkheid. Zelfs de receptioniste leek een automaat. Na tien minuten het water te hebben laten lopen nam ze de shampoo uit haar toilettas en goot een fikse scheut over het haar uit. Met langzame bewegingen masseerde ze haar hoofdhuid en gleed, af en toe zeep lenend van haar hoofd, van boven naar beneden langs haar lichaam. Eerst deed ze de onschuldige delen, de hals, de schouders, de armen. Ze bracht ze in een nieuw systeem onder, aandachtig en behoedzaam, maar niet zielig of teder van zelfmedelijden. Daarna hielp ze haar benen en voeten hun plaats te vinden. Met die ledematen als bondgenoten durfde ze aan de rest te beginnen, aan de romp, aan de schuld. Op de tast, alles op de tast. Ze ademde door haar mond omdat ze de geur die vrijkwam (okergele ijzeren oude pis) bij het wassen niet wilde ruiken. Met haar nagels kerfde ze een kruis in haar buik en tussen haar borsten. De kruisen bloedden een beetje, maar niet erg. De zeep schrijnde. Dat had ze goed gedaan. Het luchtte op. Nog een kwartier bleef ze staan. Haar vingertoppen waren gerimpeld toen ze de kraan dichtdeed.

Ze gooide haar vuile ondergoed weg, deed andere kleren aan en ging op het bed liggen om na te denken. Guido was waargenomen in Collazzone. Goed. Ze wilde nog een poging ondernemen hem te vinden, maar als die nergens toe leidde, zou ze vanavond Nora bellen en zeggen dat ze de jacht opgaf en naar huis ging. Niet vragen of Nora haar kwam halen, niet zeggen waar ze uithing, niet vertellen wat haar was overkomen, maar gewoon een onafhankelijke volwassen mededeling doen: Ik ga naar huis. En gaan. Wat Nora deed moest Nora weten.

Bij de Ente Turistico op de piazza bij de kerk van Orvieto informeerde ze naar de bussen, bestemmingen en vertrektijden. Naar Collazzone ging inderdaad een bus. Dat was al heel wat. Twee keer overstappen. Voor de zekerheid sms'te ze de Chiara die de Croma had gespot. Stond hij er nog? Had ze misschien de eigenaar ervan gezien, een Hollander die goed Italiaans sprak, en waren er hotels in C.? Chiara, wier mobiele telefoon kennelijk het brandpunt van haar leven was, antwoordde per omgaande dat er niemand in of om het vehikel was waargenomen in de twee dagen of zo dat het er stond, dat er geen hotels waren in het dorp zelf, alleen een kroeg bij de kerk die misschien een kamer verhuurde. Als ze kon helpen had Franca maar te kikken. Franca betaalde het hotel, hing haar rugzak om, en liep door de middagzon naar de bus.

De donkerblauwe Fiat Croma stond in de schaduw van een grote plataan. Hij was stoffig en vuil. Een hond had een stukje van het wiel schoongepist. Franca wist dat het rechterachterportier open was. Het slot ervan reageerde niet meer op de elektronische deuropener en Guido had het maar zo gelaten, omdat autodieven zich altijd concentreren op de voordeuren en zelden de andere beproeven. Niet dat er iets te jatten was in de oude bak. Ze glipte de auto in. De geur ontving haar. Motorolie, potloodslijpsel, rotte appeltjes, en heel ver weg als in een oude wollen deken de aftershave van Guido. Ze sloot haar ogen en leunde achterover. Hier was het warm en veilig en eens zou haar vader terugkomen. Hij zou de contactsleutel omdraaien, haar in het spiegeltje aankijken en zeggen: 'Hé, hallo! Waar gaan we heen?' en dan zouden ze naar huis rijden en ergens onderweg, misschien ter hoogte van de Zwitserse grens, zou ze hem vertellen van Gil en Dante. Ze stelde zich een vertrouwelijkheid voor op de manier van normale mensen die elkaars belevenissen delen, maar zo was hun verhouding niet. Als ze een beeld moest kiezen voor haar vader en haar, dan stonden ze veeleer een meter uit elkaar op een winderig kaal terrein waar woorden wegwaaien, zij tweeën de enige menselijke wezens in de wijde omtrek.

Ze bleef een tijd zitten en probeerde de nabijheid van Guido te voelen, opdat ze feilloos haar weg van de auto naar zijn verblijfplaats zou vinden, als een hond die aan een kledingstuk heeft geroken. En dan zou ze hem, net als normale mensen doen, ongelooflijk op zijn donder geven en uitschelden omdat hij haar in de steek had gelaten. Voor een hersenschim, een droombeeld, een halve gare achterlijke verdwenen schrijver, ene E. Fischer. Wie weet had hij hem gevonden, hier in Collazzone, en zat hij bij de oude baas aan de wijn, zich koesterend in de vergane glorie, lullend over literatuur, terwijl het echte leven zich afspeelde in scharrige kamertjes met stinkende matrassen. Franca stapte uit de auto en zocht in de smalle straten van het dorpje naar de enige kroeg.

De bar lag aan een pleintje bij de kerk. Een paar stemmen dreven uit de duistere gelagkamer naar buiten. De espressomachine siste. Franca naderde behoedzaam en probeerde geroutineerd en vanzelfsprekend het vertrek te betreden, aan een tafeltje te gaan zitten en een bestelling te plaatsen alsof het een dagelijkse gewoonte was. Achter de bar luisterde een jonge vrouw naar het gesprek van de klanten tegenover haar, twee oudere mannen, ieder met een kopje koffie, die weinig anders meer te doen hadden dan hun dagelijkse rondje lopen door het stille dorp, hun krantje lezen, en de roddels of de politiek bespreken. Ze keken Franca aan, maar onderbraken de conversatie niet, behalve om haar zachte *buona sera* te beantwoorden. Dat was dat. Ze was binnen. Ze zat. De jonge vrouw kwam naar haar toe en vroeg wat het mocht wezen. Coca-Cola. Oké. Ze kreeg de cola. Maar nu? Toen ze haar cola op had, zich pijnlijk bewust van elke centimeter Nederlands lijf, liep ze naar de bar, waar de mannen inmiddels hun koffie op hadden en hun gespreksonderwerpen uitgeput. Ze vroeg of iemand Engels sprak. Een klein beetje, zei de vrouw. Franca legde langzaam en in eenvoudige bewoordingen uit dat ze haar vader zocht, die in dit dorp op bezoek was bij een kennis. Hij had haar het adres gegeven, maar dat was ze kwijtgeraakt. Misschien kon iemand haar helpen. De naam van haar vader was Kaspers, Guido Kaspers. De naam van de kennis was Fischer. E. Fischer. De vrouw wist van niets, maar ze zou het aan de heren vragen. Het volgende gesprekje tussen de bardame, de klanten en Franca ging in een mengelmoesje van talen. Ze begreep alles, er was een droge helderheid in haar hoofd gekomen. 'Fischer?' vroeg de ene man. Ja, knikte Franca. 'Dat klinkt een beetje,' zei hij, 'als de naam van die oude Hollander die bij het klooster van San Lorenzo woont.' 'Wie?' 'Je weet wel, die zonderling. Dat schijnt een Hollander te zijn. Visser.' 'Visser?' 'Ja, die heet Visser. Klinkt toch als Fischer. Is die het misschien? Kom je uit Holland?' Ja, Franca kwam uit Holland, maar Fischer niet. Niettemin: waar woont Visser? Waar was dat klooster? Een klein eindje buiten het dorp, naar het noorden toe. Ze zag het vanzelf. Ze namen haar mee naar buiten en duidden haar uit hoe ze moest lopen. Niet ver, hoor, niet ver. *Ciao bella.*

De oude mannen hadden haar dan wel precies uitgelegd hoe ze moest lopen en waar ze de kluis van de zonderling kon vinden, een stukje van het dak was immers te zien vanaf het kerk-pleintje – zie je wel, daar rechts beneden naast de toppen van twee cipressen – en ze hadden haar succes gewenst en gezegd dat ze haar vader benijdden met zo'n mooie dochter, toen Franca eenmaal het veilige dorp achter zich had gelaten en langs de blakerende weg liep midden in het overdonderende landschap, dat als een grote warme schoot was, het gezang van vogels en getjirp van krekels pulserend in haar oren op het ritme van haar hartslag en haar voetstap, werd ze overvallen door dezelfde twijfel die haar eerder had geplaagd. Ze betrad het verboden gebied van haar vaders verborgen leven. Misschien had ze twee dagen eerder nog het recht gehad dat te doen omdat ze toen nog kind was, maar nu was ze geen kind meer, nu had haar eigen leven een verborgen en pijnlijke plek gekregen, waar ze net zo min als haar vader iemand zou willen toelaten. Ze vertraagde haar stap, bleef stilstaan, keek om zich heen, verloren in de zindering. Zo ver gekomen en dan opeens geen lef meer. Geef maar toe, Franca, je bent bang. Je verzint een excuus om rechtsomkeer te maken. Je bent bang dat je een Guido zult aantreffen die niet meer overeenkomt met het vaderbeeld dat je de laatste paar jaar zo zorgvuldig hebt gekoesterd. Je bent bang dat hij van zijn voetstuk valt als je hem als de eerste de beste groupie bij een oude goeroe op de thee ziet zitten, aan de voeten van een mummelende opa die hij aanziet voor zijn vader, terwijl hij te beroerd of te arrogant is geweest om zijn eigen worstfabricerende leugenachtige verwekker te zoeken. Je bent gewoon hartstikke kwaad op hem. Shit! dacht Franca, ik kom hem ter verantwoording roepen. Ik lijk godverdomme Nora wel!

Een scooter knetterde langs en deed haar opschrikken: stel je voor dat ze Gil tegenkwam. Of liever: dat Gil haar tegenkwam. Dat hij haar zocht. Natuurlijk was het volgens de wetten van de kansberekening vrijwel uitgesloten, maar het kon gebeuren, en als iets kan gebeuren, gebeurt het ook een keer, dat was de kern van kansberekening en waarom zou het haar niet gebeuren, de volgende scooter was raak, dat was Gil, en hoe Gil haar ook zou bejegenen, deemoedig, schuldbewust, uitdagend, neerbuigend, het idee alleen al dat ze hem weer zou zien, dat verschrikkelijke verraad van verliefdheid en bedrog zou voelen, die schaamte, hoe ze erin was getuind, zette haar op een holletje in beweging. De rugzak bonkte in protest tegen haar schouderbladen. Ze rende weg van haar eigen fantasie, die haar op de hielen bleef zitten, weg van de knellende greep in haar nek: hier jij, je bent van mij. De kruisen die ze met haar nagel in haar vel had gezet schrijnden. Franca voelde voor het eerst sinds ze die ochtend het etablissement van Dante had verlaten een golf van paniek over zich heen spoelen. Ze zocht een schuilplaats.

Ze bleef hijgend staan, kromp even ineen rond de pijn in haar zij, voelde het zweet over haar rug stromen. Dit moest het huis zijn dat de dorpelingen haar hadden aangewezen. Was papa hier? Binnen deze muren? Op een paar meter afstand? Er was geen bel. Het huis was oud en stil, stond verzonken in de eeuwen van zijn eigen bestaan. Zacht en grijs was het met een randje licht eromheen alsof het zweefde. En al was het steen keihard, het maakte de indruk aaibaar te zijn als het vel van een grijze poes. Ze legde haar hand even tegen de muur, raakte een lief gezicht aan. Kwam tot rust. Vreemd was dat. Ze vertrouwde zichzelf niet.

Het huis maakte deel uit van een groepje gebouwen dat het klooster van San Lorenzo heette. Zo had ze zich nooit een klooster voorgesteld. Het was meer een gehucht. Aan de kant van de weg waren de ramen voorzien van gesloten luiken. Zouden er nog monniken wonen? Kwam er op haar kloppen misschien een franciscaner pater aansloffen om haar door een luikje in de deur achterdochtig op te nemen, waarna het luikje werd gesloten en de voetstappen zich verwijderden, zij alleen gelaten en afgewezen. Een beeld van zichzelf, schreeuwend en bonzend op de deur: Laat me erin, laat me erin. Of zou papa, voelend dat zij het was die klopte, haar opendoen? Verrast en blij. Dit is mijn dochter, meneer Visser! Mijn dappere, lieve, mooie dochter, meneer Visser. Ze komt me halen. Ze was ongerust. Dat was niet nodig, maar toch heel aardig van haar, vindt u niet, meneer Visser. En papa in zijn mooie zomerpak, gebruind, thuisgekomen in zijn vaderland, volkomen passend in de omgeving, zelfverzekerd, sloeg zijn arm om haar schouders, en dan zou na een prettig gesprek met de oude Fischer de scène komen die ze zich al eerder had voorgesteld, Guido en zij samen in de Fiat Croma op weg naar huis en naar nieuwe verhoudingen tussen Nora, Guido en haarzelf, rustiger, vrediger, onafhankelijker, volwassener. En zij, Franca Kaspers, als het ware opnieuw geboren, ontpopt tot meetellend mens. Het hart klopte in haar keel en hoe door de wol geverfd ze zich ook voelde, verrijkt met de ervaringen van de menselijke boosaardigheid, elke idioot die haar zou aankijken zag een schitterend meisje met onbedorven ogen op de drempel van een zelfbewust leven. Ze klopte.

Ze hoorde stappen. Sloffend, inderdaad. Dit was zo'n moment waarop de tijd pas op de plaats maakt en de spanning zich verzamelt als engelen op de punt van een naald. Ze kon zich niet voorstellen dat ze ooit op de andere oever van dit splijtende ogenblik zou belanden, dat de tijd zich weer in beweging zou zetten.

# 11

Voor zover zich iets laat horen aan een klop op de deur behalve het kloppen, was deze klop op de deur de dringende handeling van een mens met een missie. Maar welke mens en welke missie zou hem tot doel hebben? Grazia, de doofstomme werkvrouw en kokkin, had die ochtend stilletjes haar vaste repertoire afgevinkt en was weggegaan, naar hij aannam naar haar gezin, waarvan hij zich slechts een wazige voorstelling wenste te maken; Grazia was haar functie en niet meer dan dat. Menselijke betrekkingen ging hij sinds lang niet meer aan, in ieder geval geen wederkerige. Het was mogelijk dat Grazia aan hem verknocht was, maar haar handicap was voor hem een punt in haar voordeel: veel uitwisseling van gedachten vond niet plaats. Grazia kon het niet zijn. Die had de sleutel. Een buurman of buurvrouw in nood? Geen reden hem lastig te vallen. Vanaf het begin had hij zijn positie hier duidelijk gemaakt: geen contact. Wel had hij via via laten doorschemeren dat de regelmatige donaties van een anonieme gever aan de gemeente voor het welzijn van de bevolking – banken op het pleintje, een nieuw honk voor de voetbalclub, een computer voor de muziekvereniging – uit zijn koker kwamen. Hij werd ongezien op handen gedragen. Zijn privésfeer werd geëerbiedigd.

Er moest een vreemdeling voor zijn deur onwel zijn geworden. Een inbreuk, maar toch, een menselijke reflex van hulpvaardigheid was zelfs hem niet vreemd. Hij liep naar de deur en aarzelde. Hij voelde de aanwezigheid van een ander wezen daarachter. Terwijl hij zijn hand naar de deurknop uitstrekte om hem te openen, haalde dat wezen aan gene zijde van de deur adem en riep: 'Papa!' Het openen, was al gaande, hij kon de beweging niet meer tegenhouden, terugdraaien, ongedaan maken, ook al wist hij dat de stem een kapitale vergissing maakte, en al had hij meteen spijt van zijn nieuwsgierigheid. Er stond een vrouw. Een jonge vrouw.

Ze was het. Anna. Jacopo's geliefde.

Ze keken elkaar aan.

Hij zag in haar leesbare ogen achtereenvolgens hoop, verwondering, teleurstelling, nieuwe hoop, zoeken naar woorden, beslissing over de woorden.

'Is mijn vader hier?' zei ze.

Zij zag ogen die verblind leken door een sterk licht. In zijn witte broek en witte hemd had de man iets weg van een bejaarde verpleger of een tennisser die nooit afscheid had kunnen nemen van zijn sport, nee beter nog, hij zag eruit als God in een moderne toneelvoorstelling: oud en moe, maar nog altijd onberispelijk. Hij was broos en toch taai, alsof zijn verkruimelende botten werden ondersteund door een netwerk van pezig ijzerdraad. De huid was dun en doorschijnend. Bloed leek er niet meer doorheen te stromen. Dit was dus de man die jarenlang op Guido's werktafel had gestaan. Bespottelijk. Een beetje angstaanjagend. Giechelig werd ze ervan. Alsof zij hem beter kende dan hij haar. Een bekende Nederlander die je op straat onwillekeurig groet.

Haar vader? dacht hij. Ze wist toch wie hij was, Jacopo's broertje? Waarom deed Anna of hij haar vader was? Zijn hersens haperden af en toe. Zijn herinneringen waren zulke zelfstandige bewoners van zijn geest dat ze in- en uitvlogen, zich hechtten aan een willekeurige voorbijganger of opeens een filmvoorstelling begonnen midden in zijn woonkamer. Ze hielden hem 's nachts uit zijn slaap met hun eeuwige herhalingen en drukdoenerij, en nu weer klampten ze zich als een vampier vast aan dit mooie meisje. Ze was het. Ze werd het. Ze was het niet.

'Je vader?'

'U bent toch E. Fischer? Mijn vader, Guido Kaspers, is naar u op zoek. Ik dacht dat hij u al had gevonden.'

Het was even stil. Hij verwerkte de informatie. Het was of hij kleiner en smaller werd.

'*Ecco*,' zei hij, '*finalmente*.'

'Wat zegt u?'

'Niets.'

'Is hij misschien al hier geweest en weer weggegaan?'

'Ik heb niemand gezien.'

'Dan komt hij vast nog.'

'Ik ken hem niet.'

'Dat weet ik. Hij is al jaren naar u op zoek. Hij schijnt alles van u te weten wat er te weten valt. Hij kent uw werk uit zijn hoofd. Uw portret staat op zijn bureau. Hij is een paar weken geleden naar Italië gegaan om u te zoeken, denk ik. Hij heeft niets van zich laten horen. Hij is niet naar huis teruggekomen. Zijn auto staat aan de ingang van het dorp. Hij moet in de buurt zijn. Ik moet hem vinden. Ik dacht... Ik weet het allemaal niet meer. Als ík u zo makkelijk heb gevonden, waarom kon hij u dan niet vinden? Hij moet in de buurt zijn. Misschien durft hij niet aan te kloppen. Misschien...'

De oude man hief zijn hand om haar woordenstroom te stuiten.

'Kom binnen,' zei hij. Hij hoorde het zichzelf zeggen en wist niet wat hem overkwam. Wie zei dit? Welke sentimentele oude dwaas had jarenlang gehurkt gezeten in een uithoek van zijn geest om bij het eerste evenbeeld van Anna op te springen en haar met zijn begerige, huilerige stem uit te nodigen zijn wetten te komen schenden. En weer klonk in zijn oren zijn eigen Messiaanse verzuchting: 'Het is zover.' Hierop had hij kennelijk gewacht.

Hij ging haar voor en voelde zijn gewrichten kraken. Zo licht was hij geworden en toch trok de zwaartekracht aan hem. Hij kon zichzelf nauwelijks meer overeind houden, merkte hij. Waar kwam dit gewicht vandaan? Welke last werd hem op de schouders gelegd? Hij wees haar een plaats aan tafel en ging tegenover haar zitten met zijn rug naar het raam, opdat hij haar goed kon zien. Ze was lang, en jong. Artemis meer dan Afrodite. Haar leven lag ver buiten zijn bereik. Ze deelden niets. Zijn eeuw was voorbij, de hare net begonnen. Hij wist niet meer hoe hij een gesprek moest voeren. Hoe lang al had hij zijn stem niet gebruikt voor dat doel? Tijdens de dialoog die hij tot nu toe met het meisje had gevoerd had zijn eigen stem hem vreemd in de oren geklonken. Een piepend scharnier.

'Vertel me van je vader,' zei hij.

Terwijl het meisje herhaalde wat ze eerder had gezegd en de informatie uitbreidde met wat betekenisloze details over de gezinssituatie, begon de reikwijdte van de gebeurtenis tot hem door te dringen. Hij was gevonden. Zijn anonimiteit zou worden opgeheven tenzij hij hen – de dochter en de vader – kon overhalen zijn geheim te bewaren. Vanuit verschillende hoeken slopen trage gedachten nader. Paniek was hem als vijfennegentigjarige niet meer gegeven. De adrenaline was vrijwel op. Zijn eerste neiging was kalm ervandoor te gaan, dit meisje met een smoes af te schepen en dan te voet de bergen in te trekken. Hij zou niet ver komen. Het oude lichaam zou na luttele kilometers instorten als een wrakke schuur. Hij kon ontkennen. Fischer? Nooit van gehoord. Visser is de naam. Maar tegenover een Nederlandse viel moeilijk zijn Nederlanderschap vol te houden. Hij sprak geen woord van die kreupele taal. Liegen leek hem niet fair. Het plezier in aliassen was hem vergaan. En dit kind, dat zo op Anna leek, al was ze twee koppen groter, maakte hem weerloos. Met een vage schok realiseerde hij zich dat ze was uitgesproken en hem vol verwachting aankeek.

'Wat vroeg je?'

'Waarom u zo opeens verdween?'

'Ik verdween niet opeens.'

'Maar niemand wist waar u was.'

'Dat is iets heel anders.'

'Ze hebben naar u gezocht.'

'Wie?'

'Journalisten, bewonderaars, geleerden.'

'Dan hebben ze niet goed gezocht.' Pas na een paar seconden beantwoordde hij steeds haar vraag, alsof het geluid er lang over deed tot die benige kop door te dringen.

'Maar ze wisten ook niets van u. U hebt nooit iets losgelaten over uzelf.'

'Mijn leven is niet van belang.'

'Mijn vader vindt van wel.'

'Nee. Hij vindt niet mijn leven van belang maar het zijne. Als hij mij heeft gezocht deed hij dat niet om mij maar om zichzelf te vinden.'

'Hoe kunt u dat nou zeggen. U kent hem helemaal niet.'

De oude man antwoordde niet. Vond het kennelijk niet nodig haar te antwoorden. Zweeg uit neerbuigendheid.

Ze kon zijn gezicht niet goed zien, hij zat met zijn rug naar het licht, de arrogante gnoom. Dertig jaar kluizenaar en zich een oordeel aanmatigen over een trouwe fan als Guido. Of hij gelijk had of niet deed er niet eens toe, hij had van haar vader af te blijven. Het gesprek of wat daarvoor doorging, stokte. Maar Franca wilde niet weg. Ze dacht aan de aaibaarheid van het huis aan de buitenkant, het grijze poezenvel, de rand licht eromheen. Waar was dat beeld gebleven nu ze binnen was? Binnen was het huis kleurloos water, iets duns en antiseptisch hing hier in de lucht, alsof de oude man tot in zijn huis zijn sporen uitwiste. Bestond hij wel?

Ze moest omwille van Guido doordringen tot Fischer. Waar was papa? Had hij een bijzondere tactiek ontwikkeld om de man te benaderen? Lag hij in de omgeving in een hinderlaag of zoiets, het juiste moment afwachtend? Verstoorde zij een zorgvuldig opgebouwd aanvalsplan? Het was mogelijk dat Guido als het ware zijdelings het leven van Fischer binnen wilde dringen, welhaast onopgemerkt, als stalknecht of postbode of inspecteur van de belastingen of brenger van de straatprijs in de postcodeloterij; wist zij veel wat hij in zijn kop had. Waarschijnlijk niet de directe methode die zij in haar onschuld had gehanteerd: aanbellen en vragen. Papa wilde niet het risico lopen afgewezen te worden. Papa wilde op slinkse wijze bevriend raken en zo in de huid van de oude goeroe kruipen. Dat was het. Daarom stond de auto hier al twee dagen. En zij had alles verpest. Hoe kon ze het goed maken?

'Het spijt me,' zei ze. 'Ik dring zomaar bij u binnen. En u wilt alleen zijn.'

'Hoe oud ben je?'

'Zeventien. Bijna.'

Hij knikte.

'Zeventien,' herhaalde hij.

Het werd dof in hem. Hoewel hij zich al die jaren via alle mogelijke media op de hoogte had gehouden van de gebeurtenissen in de wereld en zich voortdurend had verwonderd over de onweerstaanbare branding van het menselijk dwalen en falen dat golf na golf een geschiedenis van geweld en ijdelheid herhaalde, hij had niet terug van de hoop in het woord 'zeventien'. Zijn keel was droog. Hij slikte. Even voelde hij de neiging van alle oude mensen het licht van de hoop te doven met sombere voorspellingen en schampere opmerkingen, maar hij was ook de jaloezie en zelfs het mededogen voorbij.

Toen hij in bijna volledig isolement zijn boeken schreef op zijn kamer in New York dacht hij niet aan een toekomst, alleen aan het verleden. Met opzet had hij een pseudoniem gekozen. Hij wilde niet dat de spreker belangrijker werd gemaakt dan de woorden. De wereld had zijn werk aanvaard en zijn gelijk erkend of betwist, maar hem in elk geval serieus genomen. Zijn werk was besproken, bekritiseerd, gefileerd, verworpen en onthaald. Hij was op het schild gehesen. Zo makkelijk was het geweest. Maar ze hadden hem gezocht. Ze wilden hem spreken. Het had hem diep ontgoocheld. Alsof de woorden niet genoeg waren. Ze wilden hem opvreten en uitschijten.

Hij had geen stap verder kunnen zetten op de weg van roem en erkenning. Hij kon niet de acteur van zichzelf worden. Hij verachtte iedereen die hem bewonderde. Hij verachtte zichzelf nog meer. Het was niet zijn bedoeling geweest met zijn werk de hele opgeblazen en valse subcultuur van uitgevers, agenten, critici, wetenschappers en literatuurliefhebbers te kijk te zetten, daarvoor was hij te kwaad en te wanhopig en te oprecht geweest. En toen zijn internationale roem een feit was leek het hem verraad aan zichzelf een dubbele bodem te onthullen die er aanvankelijk niet in had gezeten, maar die hij met gemak achteraf had kunnen construeren. Jullie zijn erin gelopen! Waarin? In pretenties en ijdelheid? *What's new?*

Hij werd gedwongen zijn motieven om de alfabetboeken te schrijven opnieuw te onderzoeken. Dieper te tasten in de kronkelwegen van zijn ambities, naakter te staan onder de ontluisterende blik van de zelfkennis, de megafoon die hij met zijn boeken op de wereld had gericht op zichzelf te richten: je bent een luis, minder dan dat, geef dat ego op. Had hij de schuld aan zijn broer en zijn familie willen delgen met woorden? Had hij werkelijk die loze pretentie gekoesterd? Hij had de penitentie van Jacopone willen praktiseren: geef me gruwelijke ziekten, stinkende wonden en zweren. Vertrap jezelf. Hij had het gedaan, hij had zijn eigen nietswaardigheid onder het vergrootglas gelegd en zichzelf vezel voor vezel verworpen, maar niet gedood. De dood was een te milde straf voor de arrogantie van het denken, voor de schuld van het schrijven, voor de liefde tot het ik. Voor de schuld. Waar die zelfkastijding toe leidde zonder enige hoop op verlossing was onduidelijk. Hij had het gevoel gestorven te zijn maar meende nog steeds te leven. *Vera historia*. Woorden. Hij kon de woorden niet meer uitwissen. De tijd niet terugdraaien. Hij was vrijwillig verdwenen in zichzelf.

'Zeg mij, zeventienjarig meisje, waarin je gelooft.'

'Hoe bedoelt u dat? Of ik in God geloof of zo? Ik geloof niet in God.'

'Geloof je in de mens?'

Het nieuwsgierige oude mannetje in het wit leek in niets op haar grootvader. Hij stelde zijn vragen zoals haar leraar wiskunde deed: laatdunkend en vermoeid.

'Hoe kun je nou in de mens geloven? De mens is er. Dat is een gegeven.'

'Wat is de zin van het leven?'

'Die is er niet. Is dit een examen of zo?' De haren in haar nek gingen overeind staan.

'Waarvoor leef je?'

Ja, Jezus! 'Ik weet niet waarvoor. Ik weet niet waarom. Het is gewoon zo. Ik probeer zo goed mogelijk te leven.'

'Wat is "goed"?' De ogen van de oude man kregen een sluwe twinkeling, alsof hij haar bijna te pakken had. Maar toevallig was dit een onderwerp van gesprek dat ze van huis uit kende. Ze ging verzitten, rechtte haar rug, trok een komisch ongeduldig gezicht en liet een bijbehorende zucht ontsnappen.

'Dat weet ik niet. Mijn opa is bijna tachtig en die heeft zijn leven gewijd aan het beantwoorden van de vraag of er een universeel goed is waar we allemaal op terug kunnen vallen en waarom we dat dan niet doen. Hij weet het nog steeds niet. Hoe moet ik het dan weten?'

De oude man begon zacht te kakelen. Het stelde een lach voor.

'Ik beweer dat een geloof in God of een hogere macht nu precies de hinderpaal is voor een goed leven in ethische zin.'

Franca moest hier even over nadenken. Ze had geen idee. De oude man tegenover haar wond linten van woorden om haar heen, verstrikte haar in vragen, en waarom? Wat wilde hij van haar?

'Dat lijkt me een naïef standpunt,' zei ze, een trucje dat ze had geleerd tijdens debatten: tegenstander uitschakelen met een denigrerende kwalificatie die niet nader hoefde te worden toegelicht.

De oude man kakelde weer. 'Het doet me plezier naïef te worden genoemd op mijn leeftijd.'

Franca schoot ook in de lach. 'Sorry.'

'Verontschuldig je niet. Je hebt gelijk.'

Ze zaten elkaar even aan te kijken, spiedend, wegend. Er werd een dun touw geworpen over de kloof van ruwweg tachtig jaar die hen scheidde. Fischer verbaasde zich over de combinatie van nuchterheid en vitaliteit die uit de houding van het meisje sprak. Hij was vergeten dat het begon met deze onbevangenheid en dat het leven vervolgens systematisch de aanval richtte op dat glanzende zelfvertrouwen, zoals wind en regen het landschap verweren. Er gebeurde iets geks met hem. Zijn hart, dat zo slap en langzaam tikte als een staand horloge – was het waar dat elk mens een precies aantal hartenkloppen is toegemeten, dan garandeerde zijn slome tempo hem dit veel te lange leven –, zijn trage hart sloeg een slag over en koos toen een krachtiger samentrekking. Het bloed dat door zijn aderen druppelde kreeg een zetje. Zijn vingers tintelden. Hij voelde kleur in zijn gezicht komen. De jongen die hij was geweest maakte zich los uit de rijen figuranten en sprong naar voren. De zonnige dag in 1926. De wolken braken open. Het was bewaard gebleven, het gevoel van toen. De vreugde. Ze was ongeschonden bewaard gebleven. Het was de wijsheid van de overgave. *Amor fati.*

'Ik zal het je vertellen,' zei hij. Haar kon hij het vertellen.

'Wat?'

Hij stond op, iets meer gebogen dan daarstraks, haalde uit de la van een commode een fotoalbum en van een boekenplank een atlas. 'Wat wil je drinken? Dit gaat misschien wel even duren.'

# 12

'Daar zat ze!' riep Nora. 'In die bus die we net passeerden!'

'Waar?'

'Die bus die net de afslag op is gereden! Ze zat erin! Ik heb haar gezien! Keren, Paul, keren!' Paul reed rustig door. 'Keren!' Nora reikte naar het stuur en wilde eraan trekken. Hij gaf haar een venijnige tik op haar hand.

'Afblijven! We kunnen niet keren op de snelweg. En dit is de derde keer dat je Franca ziet.'

'Maar nu ben ik er zeker van!'

'Dat was je de vorige keren ook.'

'Neem de volgende afslag en zoek de bus.'

'Lieve Nora, dat heeft geen zin. De volgende afslag is over tien kilometer en die bus is dan allang op de kronkelwegen tussen dorpjes verdwenen. We blijven bij ons plan.'

'En als ze hier nou eens langs de weg zou staan te liften, dan zou je zeker ook bij "ons plan" blijven.'

'Doe niet zo opgefokt, Nora. Vanavond gaan we met Aldo naar Fischer. En tot die tijd ga jij je beurse kop op het kussen in je hotelkamer leggen.'

'Denk jij dat Aldo op ons wacht? Denk je niet dat hij nu stiekem al naar Fischer toe is en ons straks voor lul laat staan?'

'Hij zei dat hij zich niet eerder vrij kon maken. Ik weet het niet. Ik denk dat we hem moeten vertrouwen. Er zit niets anders op.'

'Vertrouwen. Vertrouwen. Ik vertrouw hem voor geen cent.'

'Heb je een alternatief?'

Dat ze geen meester was over de situatie ergerde Nora het meest. En ergernis nummer twee was dat Paul de rol had overgenomen die zij over het algemeen in het leven speelde: die van de redelijkheid, het bezonnen oordeel, het efficiënte werkplan. Ze keek in een spiegel en dat beviel haar niet, vooral niet omdat hij gelijk had. Dat eeuwige gelijk, die economische gematigdheid, het haalde het bloed onder je nagels vandaan, helemaal als je uit je baan was geslingerd. En bij god, de ongebreidelde emotie was een verraderlijke keiharde baas, die redenaties en argumenten plooide naar het hem uitkwam. Wat een tiran was dat gevoel en wat een onmatige opjager van de hartslag, brenger van hete energie, buiten zijn oevers tredende rivier. Haar dochter was weggelopen en eindelijk, eindelijk boorde ze in zichzelf een maenade aan. Hoe vreemd was het dat ze naast de paniek die tot in haar vingertoppen trilde in staat was de heftigheid van de emotie als een bevrijding te ervaren. De banden waarin haar woedende wezen al te lang was gevangengehouden waren losgeraakt, en ze kon zich niet voorstellen dat ze ooit naar haar oude ik zou terugkeren.

'Hé,' zei Paul. Hij keek even opzij en legde zijn hand op haar arm. 'Je beeft helemaal. Kalm nou maar. Je hebt Franca ge-sms't dat we Fischer hebben gevonden en dus hoogstwaarschijnlijk ook Guido. Natuurlijk staat ze vanavond bij Aldo op de stoep en gaat ze mee voor de grote hereniging.'

'Ik vind het eigenlijk raar dat Aldo ons meeneemt als hij voor het eerst zijn oudoom gaat ontmoeten. Daarom geloof ik hem niet.'

'Dat doet hij om via ons meteen Guido te lozen. Hij denkt dat Guido hem voor is. Dat zal de deal zijn. Wij nemen Guido mee naar huis opdat hij rustig familieaangelegenheden kan bespreken met Fischer. Zonder ons kan hij Guido niet zo makkelijk de deur wijzen.'

'Denk je dat hij dat zo heeft bedacht?'

'Dat zou ik doen. Dus waarom hij niet.'

'Ik weet het niet. Ik vrees dat het allemaal anders zal lopen dan wij nu denken.'

'Het enige waar we ons op kunnen voorbereiden is het meest voor de hand liggende scenario. De rest is improvisatie.'

Het was bloedheet in de auto. Het geraas van het verkeer door het geopende raampje en de warme kleverige wind hulden haar in een dun laagje klam plastic. Ze verlangde naar een bad. En naar een nieuwe dosis pijnstillers.

'Ik moet je zeggen,' zei Paul na een tijdje, 'dat ik van de uitkomst wel sta te kijken. Dat Fischer leeft en gewoon al die tijd hier verstoppertje heeft zitten spelen voor iedereen.'

'We weten niet of hij al die tijd hier heeft gewoond.'

Paul passeerde een gammel vrachtwagentje. De stinkende uitlaatgassen ervan dreven naar binnen. Nora draaide het raampje dicht en weer open.

'Ik zie er ook tegen op hem weer te zien,' zei Paul. 'Misschien is dat interview de directe aanleiding voor hem geweest onder te duiken en nu kom ik hem op de valreep van de dood confronteren met het gegeven dat niemand zijn lot kan ontlopen. Een deel van me zegt hem met rust te laten, een oude man, dement misschien. Maar een ander deel ziet de geweldige kans die dit is. De kranten zullen in de rij staan! Ha! *Money, money, money*!' Hij gaf een enthousiaste klap op de claxon.

'Daar heb ik nou geen ogenblik aan gedacht! Jezus, Paul wat ben jij een vuile opportunist! Dat was jouw geheime agenda om mee te gaan!'

'Geen opportunist. Journalist. Dit is de andere kant van het mes dat aan twee kanten snijdt. Jij wilde me als "deskundige". De "deskundige" doet daar zijn voordeel mee.'

'Als je maar niet over Guido, Franca of mij schrijft.'

'Dan zou ik Guido's voortreffelijke speurwerk op mijn eigen

conto moeten schrijven. Niet eerlijk.'

'Als je Franca en mij er dan maar buiten laat.'

'Dat zweer en beloof ik.'

Voor het eerst kon Nora weer over de rand van de nabije toekomst kijken. Was ze sinds Franca's vlucht opgesloten geweest in een panisch heden met louter uitschieters naar een leeg huis en een zinloos voortvegeteren, omdat alleen al de gedachte aan de dood van een kind voor elke moeder de totale verlamming van ieder toekomstbeeld met zich meebrengt, nu was er weer wat leven en variatie gekomen en zag ze zich daadwerkelijk met Franca herenigd en maakte ze plannen om alles anders te doen, haar dochter de ruimte te geven, zelf de ruimte te nemen. Ook het perspectief van een terugkeer naar de normale lespraktijk op school maakte deel uit van een herzien zelfbeeld. Alles anders. Vrijer. Losser. Minder braaf. Minder bang. Meer de confrontatie zoeken. Grenzen stellen. De rector de vinger geven. Minder week zijn in de omgang met andersdenkenden. Maar hoe? Hoe toe te geven aan egoïstische impulsen? Hoe terug te keren naar de Nora van weleer, de onbevangen twintigjarige? Ze voelde zich als een kind dat leert schaatsen en wordt losgelaten door de vader, de ijsvlakte voor zich en de wankele enkels onder zich.

In de gang van het hotel voor de deur van haar kamer gekomen zei Nora: 'Ik wil niet alleen zijn. Blijf bij me?'

Paul had een ironische, soms geïrriteerde afstand gepraktiseerd met kleine dipjes van sentimentaliteit, zoals de afgelopen nacht, kijkend naar Nora's slapende gestalte, en die ochtend toen ze even haar hand op zijn been had gelegd – een totaal onverwachte fysieke intimiteit – en hij haar hand liefdevol had aangeraakt. Nu werd hij door haar oprechte vraag opeens in haar binnenste cirkel getrokken. Ze klonk niet meisjesachtig, niet pruilend, niet hulpbehoevend, niet uitdagend, ze klonk als iemand die elke pose voorbij was. Ze wilde niet alleen zijn.

Nora deed haar schoenen uit en ging op bed liggen. Paul haalde een glas water voor haar en gaf haar nieuwe ibuprofen.

'Ga ook even liggen. Jij hebt bijna niet geslapen,' zei ze.

Het was waar. Hij was moe. Niet alleen omdat hij weinig had geslapen, maar omdat hij door het voorbeeld van de hardnekkige, inventieve en vasthoudende Guido Kaspers was geconfronteerd met zijn eigen lafheid, waarvoor ironie het intellectueel hoogwaardige excuus moest zijn. Hij was een onbetrokken buitenstaander, hij nam geen risico, en werd daardoor ook nooit beloond met de heroïek van de grootse mislukking of het adembenemende succes, hij ging nooit onder in een overweldigende liefde of een dwaze manie. Een hobby, de passie van de burgerman, vond hij verachtelijk. Boekhouders hadden hobby's. Hij was waarnemer. En het verlangen kwam te laat. Ook al zoiets. Zorgvuldig had hij het verlangen op afstand gehouden tot hij te oud was om het te voelen en te vervullen. En nu... een late opwekking, Lazarus uit de halfdood opgestaan.

De antihistaminen die hij tegen de Italiaanse pollen had genomen deden hun slaapverwekkende werk. Hij strekte zich uit op het andere bed.

'Jut en Jul,' zei Nora.

Het geluid uit de hotelkeuken kroop op langs de muur. Er werd met potten en pannen gesmeten en luid gelachen. Daarna werd het weer stil en hoorden ze het dreunen van de snelweg, die enkele honderden meters verder het verkeer rondpompte. Iemand sloeg met een deur. Er klonken stappen op de gang. Ze gingen voorbij. Het zoeven van de geroepen lift.

'Zakt je hoofdpijn een beetje?'

'Ja, hoor.'

'Heb je het niet koud?'

'Koud? Hier?'

'Of warm?'

'Gewoon.'

'Ben je bang?'

'Ja. Ik ben bang.'

'Waarvoor?'

'Ik weet het niet.'

'Voor Franca?'

'Dat ook.'

'Voor Guido.'

'Misschien.'

'Voor straks?'

'Voor later.'

'Later?'

Het ritme van de korte vragen en korte antwoorden met pauzes ertussen leek op een litanie. Een gebed om iets te bezweren, op te roepen, op afstand te houden.

'Mijn vader is zo broos,' zei Nora de ruimte van de kamer in. 'Ik voel hoe hij van ons wegglijdt. En met hem glijdt een hele wereld mee. Een wereld van hoop en vertrouwen. Van rechtvaardigheid. Van liefde. Menselijkheid. De wereld van mijn jeugd. Ik dacht dat alle kinderen zo gelukkig waren als wij. Ik ben nog dagelijks aan het leren dat het niet zo is. Eigenlijk vind ik dat iedereen gewoon niet moet zeuren. Nou goed, dan heb je een klotejeugd gehad, maar dan hoef je toch niet te gaan zuipen of te gaan zwerven of te gaan meppen. Dat is geen menslievende gedachte. Ik zou misschien een beter, mededogender mens zijn geworden als mijn ouders minder volmaakt waren geweest, ons gezin minder beschermd. We zijn nooit echt beproefd, mijn broers en ik. We hebben nooit een ander nodig gehad. We doen wel alsof we ons om de medemens bekommeren maar we voelen het niet. Het is blinkende oppervlakte. Koud, glanzend email dat met een eenvoudig mes kapot is te maken.'

Ze zuchtte en zweeg, niet omdat ze was uitgesproken maar omdat ze nadacht. Paul onderbrak haar gedachtegang.

'Is je vader echt een goed mens? En je moeder? Mag je ze die heiligverklaring aandoen?'

Nora draaide zich op haar zij en keek hem aan. 'Je mag me niet van mijn dierbaarste illusie beroven.'

'Als je het een illusie noemt, weet je dat het schijn is.'

'Maar als ik niet geloof aan de goedheid van mijn ouders, hun onkreukbaarheid, oprechtheid, hun liefde voor de mensheid en voor ons, dan heb ik helemaal geen houvast meer.'

'Wat moet Franca geloven over haar ouders?'

'Dat we van haar houden.'

'Waarom zou je van je eigen ouders meer vragen?'

'Het minimumprogramma van Paul Erkelens.'

'Dat is al moeilijk genoeg.'

'Franca...'

Paul legde zijn hand op haar mond. 'Ssst. Stil nou maar even. Laat nou maar even gaan. Vecht nou maar even niet.'

De felheid in haar ogen werd ironie en toen berusting. Hij streelde Nora's haar. 'Rustig maar. Het is al goed.'

Hij pakte haar hand. Daar lagen ze, naar elkaar toegewend, elk op het eigen bed, als een liefhebbend echtpaar. Hij deed zijn ogen dicht, want kijken schept verwarring en verlegenheid. Nu voelde hij alleen maar haar hand in de zijne. De intimiteit daarvan, de nabijheid, was groter en gevaarlijker dan copulatie. De hand was willig. Geen vezel erin streefde naar verwijdering. Die hand wilde in de zijne liggen. En zijn hand wilde haar hand vasthouden. Met zijn duim wreef hij zachtjes over de muis van haar hand. De textuur van de huid was glad en het spierweefsel eronder een tikje mollig. Het geruststellende ritme van de minieme massage bracht hem opnieuw de ziekenkamer van zijn jeugd in herinnering, zijn moeder die zijn hand vasthield en hoe dat toch kon troosten voor alle verdriet. Hoe dat mogelijk was.

Hij moest even zijn weggezakt, want toen hij zijn ogen open-

deed was Nora weg. Misschien was hij wakker geworden doordat ze opstond.

'Nora?'

Ze stond met haar mobiele telefoon in de hand naar buiten te
kijken.

'Geen bericht van Franca,' zei ze.

'Sorry. Heb ik lang geslapen?'

'Vijf minuten. Niet genoeg.'

'Waarom probeer jij niet wat te slapen?'

'Te rusteloos.'

Paul ging rechtop zitten op de rand van het bed en haalde een
hand door zijn haar. 'Kom eens hier,' zei hij, en reikte naar Nora's hand. Die gaf ze hem, nu tegen haar zin. 'Kom zitten.' Ze
gehoorzaamde, al wilde ze dat niet. Hij sloeg zijn arm om haar
heen. Ze zat even strak rechtop, maar liet toen haar weerstand
varen en voegde zich in zijn arm, leunde naar hem over.

Dit had ze zichzelf in lang niet gegund. Kon deze bescheiden
vorm van overgave aan Paul het teken zijn van beterschap, een
minuscule voorbode van de vervoering? Wat had die opgeto-
genheid over de innerlijke bevrijding uit de kluisters van de redelijkheid en over de razernij voor zin als ze fysiek nog altijd
meer een muis dan een maenade was. In de eerste Nora-documenten schetste Guido hun kinderlijke openheid en het plezier
in elkaar zo bloemrijk en gedetailleerd dat ze zich bij het lezen
had geschaamd. Het leek een vorm van pornografie. Maar ze
herinnerde zich dat haar ongedwongenheid destijds naadloos
had gepast op haar karakter. Waar was dat allemaal gebleven?
Wie had haar ervan beroofd? Guido met zijn zieke geest? Had
ze de gebaren nog in zich? Wist haar ruggenmerg nog hoe je
liefde gaf zonder bijgedachten?

Ze nam Pauls linkerhand (de rechter lag om haar schouder)
in haar beide handen en begon met zijn vingers te spelen alsof
ze op het punt stond iets te gaan zeggen maar niet wist hoe. Ze

zei niets. Ze rommelde met zijn vingers, die lang waren en kno-
kige gewrichten hadden. Schone nagels. Een paar levervlekken
op de rug van zijn hand verrieden zijn leeftijd. Hij was zestien
jaar ouder dan zij, zijn lichaam al wat uitgezakt, wat extra haar
op ongewenste plaatsen, grijzig, een beetje richting Jan Damave het geheel, libido aangepast aan de jaren, kracht vervangen
door tederheid of zo, als object van snaakse fantasieën nogal
ongeschikt, een huid waarin je cellen voelde sterven, en dat dan
die ribbroek uit zou gaan en ze de keuze van zijn ondergoed zou
zien. Naakter moment niet denkbaar. Nog erger: dat zijn blik
haar lingerie zou registreren en daar zichtbaar het zijne bij denken. Ze stelde zich met krimpend hart van afkeer en van medelijden zijn naakte lichaam voor gebogen over het hare, zijn extase snuivend door de neusgaten, grommend in de keel, en zij
daarbij ondanks haar kille blik toch opgewonden, omdat het lichaam soms zo los van de verbeelding opereert, en ze rilde,
maar had toch zo'n verlangen naar troost en naar dat zelfverge-
ten ogenblik waar liefde en dood elkaar raken. Ze zuchtte diep
en kinderlijk.

Paul nam haar gezicht tussen zijn beide handen en kuste haar
precies als de vaderlijke minnaar die ze zich had voorgesteld.
Hij probeerde in die kus zijn overwicht te leggen, zijn zelfbeheersing, zijn redelijkheid, zijn troost, en zelfs zijn ironie wist
hij tot uitdrukking te brengen in de laatste seconde van die kus,
een lichte toets, een bijna-glimlach als het ware. Ze deed haar
ogen automatisch dicht, maar toen die lach erin sloop sloeg ze
haar ogen op, omdat ze zeker wist dat ook hij keek en door die
blik waarnemer werd van eigen handelen, waarnemer van haar
reactie en dus zichzelf erbuiten plaatste en haar daarmee tot
schaamte bracht, zoals hij misschien ook wel wilde. Ze bleven
elkaar aankijken. Nora wendde haar blik niet af. Zoveel kleine
spiertjes die zijn gedachten formuleerden, zoveel te lezen. Zoveel zonder woorden terug te zeggen.

Paul zag hoe Nora de schaamte voelde en vervolgens weigerde. Hij zag dat ze willens en wetens zichzelf in de waagschaal stelde en hem daarmee op haar beurt beschaamd deed staan. Het rammelende blikken harnas van de cynicus werd opengeknipt. Daarin stond een jongen met een trekkend been, niet goed in sport, onzeker van zijn plaats in de pikorde, zoekend naar een houding die hem het leven zonder verdere kwetsuren door kon helpen. Zo was het wel genoeg. Nu gewoon weer de woorden en de toon om zich achter te verschuilen. Zijn stem deed een kort moment geen dienst. Hij moest met een kuch het geluid over de drempel dragen.

'Het is goed,' zei hij. Geen flauw idee wat hij ermee bedoelde. Het was een formule die veel moest omvatten. Vooral bemoedigde hij zichzelf ermee.

'Ja', zei Nora en ze glimlachte. 'Het is goed.'

Hij was haar niet meer de baas. Zij zette hem niet meer op zijn plaats. De competentiestrijd was wel zo'n beetje gestreden. Vanaf nu zou ze hem gelijk geven als hij het had en gelijk nemen als zij daar recht op had en hij zou hetzelfde doen. Ze waren gelijken geworden. In de handen, in de kus en in de lange blik hadden ze gecomprimeerd diverse stadia van hofmakerij doorlopen en waren ze al zo ver gekomen dat een fysieke bezegeling van hun contract gerust nog enige tijd uitgesteld kon worden. Het was goed. Maar nu? Hoe moest het nu verder, nu dit kleine hoofdstuk was afgesloten?

'Als je zo rusteloos bent,' zei Paul, 'zullen we dan maar een wandeling gaan maken? Wil je naar boven? Naar Assisi? Ken je dat?'

Op het pleintje voor de wit-roze gestreepte kerk van de Heilige Clara keken ze, zittend op een muurtje, een poos uit over het dal van Spoleto. Nora's rusteloosheid was niet gedempt, maar ze hield zich voor dat elke minuut haar dichter bij Fischer en dus dichter bij Franca bracht. Ook weer dichter bij Guido. Ze besefte met een golf van toegevoegde spanning dat ze de confrontatie met haar ex-echtgenoot niet meer uit de weg kon gaan. Jarenlang had ze gedaan of ze zijn bestaan tot het formaat van een waakvlam terug kon brengen: hij was er, maar hij gaf geen warmte. Dat was geen goede strategie gebleken. De scheiding had niets opgelost. Ze waren ten opzichte van elkaar in een patstelling terechtgekomen. Vriendschap had het moeten worden tussen hen of totale onverschilligheid, er had beweging en verandering in moeten zitten, niet deze wederzijdse wrok. Ze had zichzelf te lang verwend met de gedachte dat ze het goed had gedaan. Arrogante bitch. Ali en zijn makkers hadden gelijk. Franca was er het slachtoffer van geworden. En Guido. God, wat was die jongen van het pad geraakt. Hij moest bewijzen dat hij ook meetelde. Zijn leven stond nog steeds in het teken van haar en haar familie. Laat toch gaan!

'Waar denk je aan?' vroeg Paul.

Nee, hè Paul, nou ging het net zo goed, nu ga je toch niet vragen waar Nora aan denkt, die machteloze formule van uitgelulde, onzekere gelieven, het begint pas tussen jullie, verpest het nou niet. Hij dacht het te laat.

'Nergens aan,' zei Nora. Ze had wel pittiger kunnen reageren, maar ze was zo bezig met de eigen gedachten dat haar antwoord meer een automatisme dan een echte reactie was. Aan het eind van een gedachtereeks gekomen zei ze het nog maar eens, en nu luider en zuchtender: 'Nergens aan.'

'Dat dacht ik al,' zei Paul. 'Kom, we gaan.' Het was broos, zo'n beginnende, late liefde. Geblinddoekt lopen door een mijnenveldje, overal de explosieve gevoeligheden van twee verledens.

'Weet je,' zei Nora, 'misschien moet ik niet mee naar Fischer. Niet naar binnen. Ik hoef Guido niet te zien. Nog niet. Jij en Aldo, eventueel Franca als ze komt en God geve dat ze komt, maar niet ik. Laat mij maar buiten wachten of zo.'

Hand in hand liepen ze naar de auto.

Voor het eerst tijdens deze expeditie kreeg Paul een somber voorgevoel.

# 13

'Vader, moeder, mijn schrift is hier...' Hij had het hard gezongen, hij had het zacht gezongen, hij had het geschreeuwd. Hij had er de maat bij geslagen. Het was in marstempo langs de stenen muren van de crypte gegaan, het had rond het altaar gewalst, het was als een wiegelied opgestegen naar het dak. Tot in zijn koortsdromen of wat de flarden ook waren die zijn bewustzijn bij herhaling bezetten, was het versje doorgegaan. Het had hem uitgejouwd, gefleemd, verleid, geslagen. Het wist op de een of andere manier al zijn ellende, zijn wrok, zijn schaamte en zijn hoop in de woorden op te nemen. Het liedje kon alles tot uitdrukking brengen. Ook de pijn. De pijn. Die nu doffer was. Draaglijker. De pijn was als een kleine boot waarin hij lag. Een kleine harde boot die met zijn kop in de wind golven opving en rolde en stampte en hem eindweegs de oceaan op had gedragen, waar het koud en nat was, doornat was hij. En koud. De oceaan op en weer terug. Hij zong nog maar eens. Vader, moeder. Iemand zong het zachtjes met hem mee. Een warme stem. Een lentewind-stem. Een stem die hem streelde. Een stem die alles goed maakte. Een stem die wiegde en danste. Een stem in de zon. De stem van Nora. Het was de stem van Nora, de stem van Nora met een lach erin, alsof ze een beetje de spot met hem dreef. Ja hoor jongen, zing jij maar van je vader en je moeder en je schrift. Zing jij maar. Ik zing wel met je mee. Wat je ook zingt.

We zingen samen. We zijn samen kinderen. Ga je mee naar het eiland? Dan gaan we op de steiger zitten, naast elkaar, en we gooien takjes in het water en stukjes brood en kijken hoe de vissen kringen in het water maken rond de kruimels, urenlang gaan we samen op de steiger zitten tot we kouwe knieën krijgen, tot we denken dat wij varen en dat het water stilligt. Dat we een grote boot van gras en veen zijn en varen tot achter de horizon naar duitseland of ameerika. Dat is goed, jongen. En de stem van Nora was tevoorschijn gekomen en hij zag haar of ze naast hem stond in haar witte Turkse jurk. Maar dat kon natuurlijk niet. Nora was druk met haar leven. En dat mocht ook. Dat was goed. Dat was goed. Als ze zo bij hem was, alleen maar als een visioen, was hij al tevreden. Een golf van grote dankbaarheid spoelde door hem heen, een zachte golf, zo'n golf die hoog optilt en de drenkeling veilig op het strand legt als was hij een kostbaar en uniek wezen. Als de som was gemaakt, alles opgeteld, gedeeld, vermenigvuldigd en afgetrokken, dan bleef zijn gouwe grietje het licht van zijn leven, het vuur van zijn lendenen. Ze was niet uit zijn gedachten geweest. Voor haar. Voor haar. Alles voor haar. Alles wat hij deed – en dan vooral het goede, voor zover hij goed kon doen, niet de schaamte – was voor haar, droeg hij aan haar op. Zo voelde hij dat in die grote golf van dankbaarheid, die alle andere gevoelens naar de bodem deed zinken als schurend zwart grind, dat in de bruisende golf nog wel ruiste en gruisde daar beneden, maar geen pijn deed, geen wonden sloeg. Ze ging naast hem zitten, haar armen rond haar knieën, hoofd erop, zoals ze graag zat als ze nadacht, en ze begon alle boze woorden die ze ooit tegen hem had gezegd, alle woorden van vernedering, ongeduld, spot en hoon achterwaarts uit te spreken en zo terug te stoppen tot ongezegd zijn. 'O, de pijn om wat ik heb gedaan,' zei ze, 'o, de diepe, diepe spijt...' Was dat geen mooi gebaar van haar? Sprak daaruit geen liefde, bracht dat geen hoop voor de toekomst? Zie je wel, ze had alleen maar op dit laatste gewacht. Dit laatste. Dit offer. Deze gave. Deze gift. Door hier te zijn, dit te doen, dit te hebben gedaan, mocht hij bestaan. Mocht hij bestaan. Nu pas. Na meer dan veertig jaar. Beter laat dan nooit, zei de stem van oma. Van Nelly. Hij glimlachte gelukzalig. Vader, moeder, mijn schrift is hier...

# 14

Dat Franca niet op het rendez-vous bij de avvocato was, stelde Nora bitter teleur. Die raadselachtige vriend met wie ze op stap was, had haar natuurlijk van haar zoektocht naar Guido afgeholpen. Meisjes van Franca's leeftijd waren zo onberekenbaar, ze konden zomaar losslaan en alles overboord zetten, nu eens holderdebolder linksaf, dan weer radicaal de andere kant op. Moesten hun grenzen opzoeken. Jezus, als dat zo makkelijk ging: van dodelijk ongerust naar luchthartig onverschillig, wat was dat voor apenliefde? De zorg om haar lieve pappie was puur een excuus om van huis weg te gaan, en die vriend zat allang in de pijplijn. Nora's gedachten grepen hier een strohalm, zochten daar een houvast. De mismoedige conclusie die ze trok was dat Franca verdomd veel op haar vader leek. Er zat iets ongrijpbaars in haar. Iets *rücksichtslos*.

Ze begon afstand te nemen. Dan moest dat kind het allemaal zelf maar weten. Als ze het zo goed wist. Als ze zo zelfstandig was. Als ze zo nodig moest bewijzen dat... Als ze per se... nou goed dan... dat moest ze dan vooral maar doen. Lippen samengeperst. Kin verongelijkt in de lucht. Ze zag het zichzelf doen. Ze praatte in zichzelf, woorden van een vreemde. Zou ze haar reactie enkele weken geleden nog zonder mankeren hebben gerationaliseerd als een legitiem onderdeel van haar volwassen pedagogische controlesysteem, nu zag ze haar beledigd moederschap met een plotseling relativerend vermogen als een kleinzielige, egocentrische houding, die in kinderen al genera-ties lang een verlammende ergernis bewerkstelligt. Bezorgde ouders. Niets zinlozer dan dat. En dat hele rationalisatiecircus: wat een krankzinnige omweg naar niets. Waar ze altijd een aantal scenario's klaar had liggen voor het juiste handelen, zag ze nu een blank vel voor zich met veel vraagtekens. Ze zuchtte diep. Haar schouders zakten af. Scheve grijns. Laat gaan. Laat alles maar gaan. Shit. Alsof dat een verbetering was. Ze keek naar Paul. Diens gezichtsuitdrukking kon ze niet lezen. Hij stond op neutraal tot nadenkend, maar zo zag hij er altijd uit. Waarom hielp hij haar niet met een optimistische opmerking of een bemoedigend knikje of zo. Hij zei verdomme niets.

Aldo Burrone, de advocaat, sloot met veel vertoon van sleu-tels en knippen en veiligheidsmaatregelen de deuren van zijn kantoor en ging hun voor door de smalle, schaduwrijke straat-jes van Todi, waar alleen de hoogste verdiepingen van de huizen nog oker en perzik en brique werden gekleurd door de late zon. Hij had overduidelijk spijt van zijn beslissing hen bij de con-frontatie met de oude man te betrekken. Zijn grote, langsche-delige hoofd leek op de kop van een nijdige gnoe. Als hij had ge-kund was hij zo snel middeleeuwse hoeken omgeslagen dat hij hen had afgeschud in het optrekkend duister. Maar nee, ze volg-den hem op een drafje, eerst naar zijn Lancia, waarmee hij hen naar hun huurautootje bracht. Daarna naar Collazzone. Ze sms'ten naar Franca dat ze onderweg waren naar het klooster van San Lorenzo.

'Dit is een idiote onderneming,' zei Nora.

'Dat zeg je nu al voor de vijfde keer. Doe toch niet zo bokkig. Geef je nou eens over aan het avontuur!'

'Avontuur!'

Ze reden de autostrada op. Paul moest moeite doen de snelle Lancia bij te houden.

'Denk jij echt,' vroeg Nora, 'dat Guido ons voor is?'

'Aldo denkt van wel. Dat zei hij toch. Aldo denkt dat de brief uit Genua Guido voldoende aanknopingspunten heeft gegeven om naar Collazzone te gaan. De advocaat zelf had meer bewijzen nodig.'

'En denk jij dat Franca Guido al heeft gevonden?'

'Hoe kan ik dat nou weten?'

'Nee, maar denken...'

'Ik denk niets.'

Hij dacht heel veel, maar hij had er geen behoefte aan zijn gedachten met Nora te delen. Hij was in de geest al bezig met een serie artikelen over E. Fischer/Aldo Burrone. In het eerste artikel zou hij de stand van zaken samenvatten: opkomst en eclips van een literaire komeet. In het tweede artikel zou hij de gangen nagaan van de Fischerfollowers, zowel de academische kommaneukerij en broedertwisten, als de perverse idioten die in Fischer een charismatische sekteleider zagen die naar hun overtuiging via de modernste spirituele technieken dood of levend met zijn kudde in verbinding stond. In dat artikel zou hij *en passant* de vloer aanvegen met iedere vorm van dwaze religiositeit, met leiders en volgelingen, het grote bedrog, de harde ideologie. Het derde artikel zou moeten gaan over de eigenwijsheid en de koppigheid van een door de alfabetboeken gegrepen lezer, die geen genoegen nam met de navelstaarderij en pedante exegese van academici, maar die door met de neus op de tekst te gaan liggen tot een toetsbare hypothese over de meesterlijke verdwijning en de meesterlijke bakermat was gekomen. Die had hij op tamelijk originele manier onderzocht en waar bevonden. Het vierde artikel zou de apotheose bevatten: jachthond Kaspers vindt kwispelend zijn meester. Hoogstwaarschijnlijk en hopelijk zou daarop nog een fantastisch vijfde artikel volgen: het verhaal van de Maestro himself. De eerste schets van een biografie. Alle artikelen getekend: Paul Erkelens. Aanbieden aan alle grote kranten op het westelijk halfrond. Daarna: huisje kopen aan een Noors fjord en een hele lange neus trekken naar de wereld. Hij begon te zingen. Als het een beetje meezat zou de grijsaard de ontraadseling van zijn geheim niet overleven. De schok zou te groot zijn. Voordat de internationale horden zich op Fischers kluis zouden storten was zijn as al verstrooid op de wind en zat Paul Erkelens exclusief op een goudmijn.

'Moet dat?' vroeg Nora.

'Wat?'

'Dat gezang?'

Paul begon te fluiten. Op de lange rechte stukken nam de advocaat afstand. In de bochten kon Paul met het kleine autootje meters goedmaken. Ze scheurden tegen de heuvel op. Nora zag aan het begin van het dorp onder een plataan de Fiat Croma staan.

'Hij is er! Guido is er!' riep ze uit.

Ze volgden de Lancia echter naar de andere kant van het dorp, waar ze bij een gehucht de auto's parkeerden.

'Guido is er,' deelde Nora aan de advocaat mee. 'Zijn auto staat aan de andere kant van het dorp.'

Nog nijdiger de gnoe. Daar is het. Daar moet het zijn, wees hij naar een van de gebouwen. Ze zagen een muur, een uitrit met een pleintje, twee hoge cipressen, een half gerestaureerde schuur, en verderop ging de muur over in het huis waar Fischer kennelijk woonde, een huis dat met een blinde zijkant aan het pleintje achter de uitrit grensde.

'Ik ga niet mee naar binnen,' zei Nora. Ze had het al eerder aangekondigd en nu ze de zekerheid van Guido's aanwezigheid had, werd haar voornemen versterkt. 'Ik wacht hier wel. Stel dat Franca en haar vriend op komen dagen.'

Terwijl Paul en Aldo naar het huis liepen, slenterde Nora de uitrit in en het pleintje op, nerveus en gespannen. Er zou daar in het huis van de oude man een ruwe ontmaskering plaatsvinden. Hoe zou Fischer reageren? Zou het hem iets kunnen schelen? Zou hij na al die jaren nog wel weten waarvoor hij was gevlucht? Misschien was hij helemaal niet ondergedoken, maar gewoon teruggekeerd naar zijn oorsprong, een handeling die voor hem heel vanzelfsprekend en openbaar was. Fischer bestond niet, had nooit bestaan, was een vluchtig alias geweest. De man bij wie Guido had aangeklopt en waar de advocaat en de journalist nu verhaal gingen halen was simpelweg de oude Aldo Burrone, zoon van een smid, ex-schoolmeester, teruggekeerde emigrant. Als zij de oude baas was, dacht Nora, zou ze het opgewonden bezoek vriendelijk doch kort te woord staan: Fischer? Ik weet niet over wie u het hebt, en na hun beleefd een glaasje te hebben aangeboden de deur wijzen, u begrijpt: oud en moe. De achterneef mocht misschien blijven.

Nora stak het pleintje over. De avond was stil. Door haar komst werd een handvol vlinders in de lucht gegooid, ze fladderden naar een bloeiende struik, die een geur verspreidde als een bordeel in vol bedrijf. De deur van de schuur stond op een kier. Ze las de tekst op de koperen bordjes en ging naar binnen.

# 15

Het verwonderde hem in het geheel niet dat ze daar stond, scherp afgetekend tegen het helle licht van buiten. Engelen verschenen als lichtende gestalten tegen een donkere achtergrond, zijn Nora deed het precies andersom. Hij herkende haar houding, het springerige haar om haar hoofd, dat zo vrolijk de loop van haar gedachten volgde, zo licht van gewicht dat het leek of ze juist was neergekomen na een huppeltje. Zag ze hem? Herkende ze hem? Hij zong maar weer even zacht het lokkende liedje, waarvan hij niet wist of ze het kende, tenzij ze zich herinnerde dat hij het voor Franca zong, zoals iedereen voor zijn kinderen de liedjes zingt die zijn grootouders met hem zongen. Ja, zie je, ze hoorde het, ze kende het, daar kwam ze naar hem toe, ze liep niet, ze vloog, met een machtige slag van haar vleugels (toch engel? engel van duisternis? wat voor malle mensenengel was ze?) landde ze naast hem en noemde ze zijn naam wel drie keer. Nu ze zo dichtbij was kon hij haar ook goed zien. Die blauwe ogen. Poppenogen. Korenbloemen. Hij moest zo erg in die blauwe ogen kijken – zo lang geleden was het dat hij ze had gezien en o ja, hij wist nog hoe het was, hij kon nog in haar binnenkomen en rustig lezen wie ze was – dat hij niet hoorde wat ze zei. Maar ze zei wat, wel drie keer, ze schudde aan zijn schouder en daar aaide ze over zijn wang, nee, ze nam zijn hoofd tussen haar handen en keek hem diep, diep aan en noemde weer zijn naam. Wat hij in haar ogen las werd doorgehaald met donkere strepen, een grijze stormvlaag over kalme zee, of als in dat gedicht van Nijhoff van die engel op de bodem van het water. Toen stond ze op en torende zo hoog boven hem dat het hem duizelde. Hij moest haar volgen met zijn blik, maar zijn ogen konden de snelheid waarmee ze zich van hem verwijderde niet aan. Hij sloot ze en riep: 'Nora, wacht!' want hij wist wat ze wilde gaan doen. Ze wilde hulp halen, mensen halen, getuigen halen, ze wilde van hem weg, ze kon geen seconde bij hem zijn, geen moment bij hem waken. Hij wist haar bij een broekspijp te grijpen, een witte dunne katoenen broekspijp die licht gaf en dun was als vlindervleugels. Het totaalbeeld ontsnapte hem, hij zag alleen maar details, vergrote foto's uit de werkelijkheid, verspringend als de plaatjes in een toverlantaarn. 'Wacht.' Hij moest het haar vertellen. Ze knielde weer bij hem. Ongeduldig? Doorkruiste hij weer een van haar plannen? 'Waarom?' zei ze. 'Waarom?' Dat wilde hij haar nu juist uitleggen. Niet waarom ze moest wachten, ja ook waarom ze moest wachten, ze moest wachten omdat hij het haar uit wilde leggen. Het waarom. Het hoe. Niet met een scherpe steen. Met het Zwitserse zakmes. Aan haar opgedragen. En aan de Meester. De Meester en zij. Hij bood hun deze offergaven aan. Zijn diepste wezen. De kogelvormige kernen van zijn bestaan. Een voor de Meester en een voor jou. Hij hoorde het woord 'ziek', hij zag hoe haar lippen het vormden, het leek of ze lachte. Nee, schudde zijn hoofd, niet ziek. Niet meer. Gerust. De Meester is hier. Jij bent hier. Ik ben hier.

De lichamelijke reactie kwam onmiddellijk, zodra ze zag wat er was gebeurd, al duurde het een paar lange seconden tot het tot haar doordrong. Nora kokhalsde eerder dan ze wist waarom. Maagzuur kwam naar boven. Ze slikte en slikte nog eens. Haalde adem door haar mond. Maar de weeë stank hechtte zich aan haar huid, zodat ze hem vele dagen en wasbeurten later nog kon ruiken. Hij had de wond door te pissen met zijn urine ontsmet. Niet met scherpe steen maar met een Zwitsers zakmes had hij een drie centimeter lange incisie in de naad van het scrotum gegeven en zijn testikels eruit geknepen zoals men biggen snijdt. Guido Kaspers had zichzelf gecastreerd. Zijn onderlijf en half afgestroopte broek waren bedekt met bloed. En hij lag daar en keek haar aan en glimlachte. Zo had ze eens Franca als peuter 's morgens glimlachend in een kraag van braaksel gevonden. Vol vertrouwen. Ook hij. Asgrauw, dat wel. En met een bovenaardse exaltatie in zijn martelaarsgezicht. Hij hield de bleekblauwbloederige stuiters naar haar op. 'Een voor de Meester. En een voor de vrouw. Een voor het kindje dat bibbert van de kou,' zong hij.

Ze hield het niet meer tegen, ze wendde zich af, holde naar een hoek van het gebouw en kotste. Haar hoofd klopte en bonsde op alarmsterkte. Haar meest krachtige impuls was ervandoor te gaan. Weghollen, de heuvel af, haar duim opsteken, met de eerste de beste zwijgende wijnboer naar een van de vier windstreken rijden, en dan een trein nemen en in de trein Paul op zijn mobiel bellen en zeggen: *By the way*, kijk even in de crypte, daar liggen de restanten van een man, een gek, een dwaas, ruim hem op, doe hem naar een ziekenhuis, een kliniek, en laat mij nooit meer zijn naam horen of tegenkomen, ik heb voorgoed met hem afgedaan. Bovendien lijkt het me voor alle betrokken partijen, inclusief Franca en mijn ouders, het beste wanneer ik verdwaal in mijn Frygische wouden op de hellingen van mijn berg Ida en mij in die landen een nieuwe broodwinning zoek. Later zul je me daar eventueel tegen kunnen komen, oud vrouwtje achter een stalletje gedroogde vijgen, in mijn ogen nog steeds de schrik van dit ogenblik. De andere, minder krachtige reflex was hulp halen, Franca weghouden van dit allerellendigst tafereel (goddank was ze er niet!), voor vervoer naar

Nederland zorg dragen en informeren naar de beste therapie die haar plotseling psychotisch geworden ex-echtgenoot maar kon krijgen. Waardigheid. Gedecideerdheid. En als een volleerd verpleegster moest ze hem nu eerst toedekken, een koele hand op zijn voorhoofd leggen, vragen of het wel ging, geruststellen dat hulp onderweg was. Zou hij nog te redden zijn, zo niet zijn mannelijkheid dan wel zijn leven, of was dit definitiever dan de amputatie van een bosje vingers in de zaagmachine, die door een handige chirurg weer aangenaaid konden worden. Moest ze daartoe die dingen op lichaamstemperatuur bewaren, of was het al te lang geleden? Waarom? Wanneer?

Ze knielde bij hem en legde haar vest over zijn gehavende geslacht. Het bloed was geronnen. Hij volgde haar met zijn verzengende blik. Ik ga hulp halen. Hij hield haar tegen.

'Blijf bij me.'

'Je moet hulp hebben.'

'Jij helpt me.'

'Waarom heb je het gedaan?'

'Voor jou.'

'Voor mij? Waarom?'

'Steen smelt voordat Liefde mij laat gaan. Verlangen vlamt hoog op, smeedt mijn wil – o, wie zou mij van deze Liefde kunnen scheiden...'

'Waar heb je dat vandaan?'

'De Meester wees me de weg.'

'Waar zegt Fischer in godsnaam dat je jezelf moet castreren?'

'"Al wie kan begrijpen, begrijpe het."'

'Ben je bij hem geweest?'

'Ik ben bij hem. Hij ligt hier. Ik weet het zeker.'

Toen ze struikelend over haar woorden duidelijk maakte dat E. Fischer op een steenworp afstand zijn dagen sleet, zag ze het gloeien in zijn ogen doven en plaatsmaken voor een doffe uitdrukking van onbegrip, alsof zijn gekwelde geest naar samenhang zocht, en de alsem van de grauwe werkelijkheid druppel voor druppel het heldere water van de waan bedierf.

Aldo en Paul hadden Guido naar het huis van Fischer en de sofa in diens woonkamer geholpen. Daar lag hij, de ogen gesloten in een gezicht als een dodenmasker onder een kleurige deken, geweven door vrouwen van een Canadese indianenstam, te wachten op de ambulance. Nora vroeg zich niet af hoe en waarom Franca opeens was komen opdagen, vond het alleen maar verschrikkelijk dat ze er was, wilde haar wegsturen, in haar armen nemen, stijfvloeken. De ontzetting om Guido's daad, die toch enkel medelijden en vrees kon opwekken, zoals klassieke tragedies dat deden, had wat haar betreft een stevige korst van verwijt. Zoiets krankzinnigs te doen praktisch onder de ogen van je kind, daar kon geen enkel excuus voor gelden, ook niet een psychose. Zelfs je waanzin houd je als ouders ver van je kinderen. Geen wanhoop zo groot of je bespaart je kind de aanblik van je jammerlijke falen. Sowieso had ze zelfmoord moreel aanvaardbaarder, ja zelfs moediger gevonden dan deze demonstratieve, larmoyante zelfverminking.

Toen Nora dringend had aangeklopt en was binnengelaten, was ze op het zien van Franca teruggedeinsd en had met Paul gefluisterd, die op zijn beurt Aldo had meegewenkt. Kort daarna waren ze teruggekeerd, Guido tussen hen in hangend, een grote bloedvlek op zijn beige linnen broek, die eigenlijk bijna helemaal een bruinrode broek was geworden, en hadden ze hem neergelegd en toegedekt.

Op het zien van haar vader slaakte Franca een kreet en maakte een onstuitbare beweging naar hem toe tot ze door het bloed en het groeiend besef van wat er gebeurd kon zijn, even onstuitbaar werd teruggeduwd naar de muur, waar ze zich tegen posteerde en waar ze het liefst in wilde verdwijnen, steen worden, roerloos, zich bedekken met bleek pleisterwerk. Verdriet over-

weldigde haar; het voelde als angst, of was het angst die als verdriet voelde? Het leek op de paniek die haar had bevangen toen
ze dacht aan de terugkeer van Gil, het opspringen van het hart
als een ree dat de jager ziet, maar dit duurde en duurde, dit repte
zich door haar aderen en hechtte zich aan de binnenste kamers
van haar hart, verspreidde zich overal in haar als warmte of
kou, en ze wist niet of het nu werkelijk verdriet was om hem of
angst voor hem, die vader van haar jeugd, die hier en nu een be-
bloede vreemdeling werd, van haar weg geboren, alsof hij juist
daar ter hoogte van zijn buik van haar was afgescheurd, en ze
voelde de pijn in haar eigen buik, het schrijnen van het kruis op
haar buik, de overmeestering van Dante en Gil, onverschillige
helden wier diep gespoten zaad nu uit haar begon te lekken, en
alles werd een zo pijnlijk zoemen vanbinnen dat ze begon te
wiegen en met haar hoofd tegen de muur te bonzen, zachtjes
opdat niemand het hoorde, en ze krabde op het ritme van het
bonzen met de nagels van haar rechterhand over haar linker-
arm om de pijn naar buiten te brengen. Haar vader had zichzelf
gestraft voor wat haar was overkomen, dacht ze. Hij had de
schuld op zich genomen. Maar het was mijn schuld, mijn eigen
schuld, mijn hele eigen dikke bult, papa, papa, papa.

De oude man in zijn witte tennistenue kon zich niet aan de indruk onttrekken dat er een toneelstuk werd opgevoerd voor
hem, iets tussen een klucht en een tragedie in, een komedie van
misverstanden. In zijn kalme, trage bestaan waarin de dagen
niet van elkaar te onderscheiden waren, een leven dat sinds dertig jaar uit één lange dag bestond als een open deur naar niets,
was opeens een groep komedianten dwars door de muur gebroken die druk hun onbegrijpelijke teksten heen en weer kaatsten
en tot hem richtten in lange terzijdes en nu leek er ook een begin te worden gemaakt met de hoop lijken aan het eind. Een van
de komedianten was zijn achterneef, een ander was de Neder-

landse journalist die hem destijds had bedrogen, daar tegen de muur stond de reïncarnatie van Anna, Jacopo's geliefde, die drie dus min of meer via het verleden met hem verbonden en hem bekend, maar de protagonisten van deze klucht waren de vrouw met de honingkleurige krullen en de man die zichzelf in zijn achtertuin had gecastreerd en die samen de ouders waren van zijn zeventienjarige Anna-reïncarnatie die Franca bleek te heten.

Het duurde even voor in zijn hoofd ruimte was gemaakt voor deze ontwikkelingen, maar toen het eenmaal zover was, liet zijn scherpte niets te wensen over. De castraat had uit de tekst van de alfabetboeken de herkomst van de Meester gedestilleerd. Zijn vasthoudendheid werd niet zozeer of niet alleen ingegeven door belangstelling voor Fischers biografie als wel door de noodzaak via het speurneuzige huzarenstukje de liefde van zijn vrouw te herwinnen. Die vrouw zag hij als een hedendaagse Cybele en zichzelf zag hij als Attis, die zich door middel van castratie voor eeuwig aan de geliefde godin in seksloze slavernij bindt. Zoveel begreep hij uit de stamelende woorden die aan de lippen van het doodsbleke slachtoffer ontsnapten. De andere acteurs stonden rond de sofa van de lijder en speelden met verve hun rol.

Dit was een onvergeeflijke inbreuk op zijn leven en zijn gemoedsrust. Hij moest hen laten weten dat dit een tot falen gedoemde poging was E. Fischer opnieuw in het brandpunt van de belangstelling te krijgen. Kijk maar hoe ze daar met gretige blik hem en zijn huis stonden op te meten, de opzet was misschien iets anders uitgepakt dan voorzien, maar ze waren stuk voor stuk bezig te berekenen hoe ze met deze uitkomst hun persoonlijke doel het best konden dienen. Alleen het meisje was niet corrupt en ziek, dat had hij goed gezien. En de vader, de treurige castraat, kon de reikwijdte van zijn onherstelbare daad nog niet bevatten. Straks als hij definitief uit zijn extase was ontwaakt en 'met nu heldere geest zag wat zij miste en waar ze was, in een wild oproer haar hart', zou het hem dagen dat hij had verloren, verloren, alles verloren. 'O, de spijt om wat ik heb gedaan, o, de diepe, diepe spijt...' De oude man voelde hoe de woede in hem opwelde als een bron en zijn dorre, droge ledematen voedde met vuur en levengevend water. De volgeling had zich in het verhaal van de Meester gedrongen, zich zijn leven toegeëigend, hem na willen doen, hem kaalvreten als een bidsprinkhaan.

Fischer liep naar de sofa en begon zijn volgeling Guido Kaspers met harde droge klappen om de oren te slaan, naar links en naar rechts ging het hoofd. Het waren dan wel zwakke klappen van een bejaarde man maar naar hun intentie knalden ze als zweepslagen. God die de gelovige mens op maat snijdt. 'Denk niet dat je iemand bent,' zei hij. 'Denk niet dat je iemand bent.' De anderen keken hem geschokt aan. Dit was het natrappen van een gevloerde vijand. Aldo deed een stap naar voren, Paul beschermde Guido door zijn arm voor diens lichaam te houden, Nora riep iets, Franca glipte naar de gang, de keuken, de slaapkamer, in ieder geval weg van het schandelijke tafereel. Na de klappen ging de oude man in zijn stoel aan tafel zitten, dodelijk vermoeid, niet meer in staat de woede die in hem kolkte tot bedaren te brengen. Hij was Cybeles leeuw. Ze spoorde hem aan, ga, wild beest, die brult en struiken vertrapt in niets ontziende vaart. 'Wanneer hij dan de vochtige strook grijswit beschuimd strand bereikt en vlak bij het lichtweerkaatsend zeevlak de broze Attis ziet, stort hij zich op haar.' Hij bleef aan tafel zitten, stil luisterend naar zijn woede.

# Slot

Jan Damave werd begraven op een warme dag in oktober. De natuur leek vastbesloten het dit jaar geen herfst te laten worden. Sommige planten bloeiden voor de tweede keer. Het kon niet op. De mensen verlangden naar kou en regen. Begrafenissen van mannen als Jan waren reünistendagen. De jaargenoten, strammer, grijzer en telkens minder in aantal, kwamen de ene na de andere vriend uitgeleide doen. 'Wie van ons volgt', stond in hun bewaasde ogen en hun gladgeschoren zachte oude herenwangen geschreven, en ze keken elkaar tersluiks aan en keken naar de fluwelen kragen van de rouwjassen die mottiger werden en ruimer om de gegroefde nekken stonden, en ze kiepten de borrel na de condoleance des te roekelozer achterover.

Herma werd door haar twee oudste zoons geflankeerd. Ze waren de cipiers van haar verdriet. Maar ze was eerder bezorgd om wat er allemaal mis kon gaan, was er genoeg koffie en vooral niet te lauw, en was de sinaasappelsap echt, want ze vond het zelf altijd zo vreselijk bij dit soort gelegenheden Sanostol te moeten drinken, dat in de verte naar sinaasappel smakende vitaminestroopje dat ze de kinderen vroeger naar binnen lepelde, en hoe stond het met de bitterballen en de servetjes en was er aan de jongere kleinkinderen gedacht – net als naar trouwerijen mochten ze mee naar begrafenissen, dat hoorde er allemaal bij, het was niet eng – die kinderen moesten een hoekje hebben waar ze konden kleuren of een spelletje doen, en wie haalde en bracht tante Eugenie. De eindeloze muizenissen, trouwe begeleiders van haar op anderen gerichte bestaan, waren de welkome filters op haar verdriet. Straks, als iedereen weg was en de kinderen terug naar hun drukke bestaan, zou ze alle gelegenheid hebben met het gemis op schoot te zitten en het te aaien als was het een spinnende kat. Laat de jongens maar in de waan dat ze een groot werk van barmhartigheid verrichtten door haar op de hand te kloppen, haar een zakdoekje aan te reiken en af en toe te controleren of ze naar behoren een traan wegpinkte om de toespraken vol gevoel en humor en passende klassieke citaten die door de sprekers werden gegeven.

Zijn foto stond recht tegenover haar op de kist, Jan in goeden doen een paar jaar geleden, vrolijk lachend, alsof hij niet echt dood was maar elders het moment van de foto voortzette en haar toeriep: Het is niet waar, ik ben er nog. Ze knikte hem toe. Het is waar. Je bent er nog. Wat haar werkelijk troostte was dat ze oud was en niet lang meer hoefde. Ze bevond zich al halverwege het ontroerde publiek en de kist, in dat niemandsland waar het leven geen brandpunt meer heeft, maar nog van geen wijken weet.

Ze keek om de gewichtige gestalten van Bram en Martin heen even naar Nora, Jans lieveling, zijn apengatje. Ze was veranderd. Zachter en harder tegelijk geworden. Het was moeilijk te omschrijven wat er met haar was gebeurd sinds die Marokkaanse leerling haar had aangevallen. Ogen niet zo sprankelend meer, wangen strakker, mond minder geneigd tot lachen, de dauw was eraf, de oude Nora had plaatsgemaakt voor een ouder wordende Nora. Nog altijd mooi, vond Herma, maar of het wat moest worden met die Paul, wist ze nu ook weer niet. De man was zestig. Net op het moment dat zij keek, keek Nora ook opzij naar haar moeder, hield haar blik even vast en gaf haar een knipoog. Met een klein glimlachje keek Herma weer voor zich naar de foto van Jan, zoals een kompasnaald het noorden zoekt.

Jan Damave was zomaar zonder waarschuwing uit het leven weggeslopen. Hartstilstand. Tegen de ochtend. Herma was naast een nog lauwe Jan wakker geworden. Hoewel Nora hem die makkelijke dood gunde, voelde ze zich verraden door het lot. Was het niet mooier geweest als hij een klassieke heldendood had mogen sterven, omringd door zijn geliefden? Ze had zijn hand willen vasthouden en een stukje meelopen op de weg naar het einde. Zoals hij haar het leven in had geholpen, zo had zij op haar beurt hem willen helpen bij zijn dood. Dat doe je voor elkaar.

In de rij achter haar zat Franca met haar nichtjes en neefjes. Ze had eerst verschrikkelijk gehuild toen ze van opa's dood had gehoord, maar was diezelfde avond naar een schoolfeest gegaan, waar ze te veel had gedronken, want Nora had haar bij het thuiskomen tegen de keukentafel horen stoten en vloeken, en de ijskast was op een kier blijven staan zodat er een dikke korst ijs tegen de achterwand was gegroeid. Nora had er niets van gezegd. Ze had überhaupt weinig gezegd. De dood van haar vader, ook al was die niet helemaal onverwacht, had haar alle lust tot spreken benomen. Net als Herma had ze nog geen traan vergoten, in tegenstelling tot de broers, die elkaar met natte ogen en verstikte stem hadden omhelsd en begroet. Tranen en woorden waren een armzalig ruilmiddel. Tranen voor troost. Want zo werkte het toch? Huilen lucht op, spoelt het verdriet even weg. 'Erover praten' helpt. Ze wilde het verdriet helemaal niet wegdoen. Ze had er behoefte aan het verdriet om haar vader intens en bewust en hevig te ervaren. En dat lukte. Droog en stil.

Ergens tussen het losse volk van haar vaders buren, oud-leerlingen en ex-collega's wist ze Paul. Tegen hem had ze niet veel hoeven zeggen. Hij wist precies de juiste afstand te bewaren, dat wil zeggen: hij nam juist meer afstand. Hij had haar vanmorgen even gebeld om haar sterkte te wensen en was bij de uitvaart onopvallend verschenen zonder zijn verhouding met haar ook maar enigszins te etaleren. Nu hadden ze bepaald geen stormachtige affaire, maar wat zo mooi hybride een *amitié amoureuse* heette. Vrij elegant en met een lichte toets van ironie, wat wel moest bij een zo belaste start als de hunne.

De kleinkinderen hadden speciaal voor opa muziek gekozen die zij hem hadden geleerd mooi te vinden, maar wel een nummer dat bij de gelegenheid paste. Behalve de aangrijpende Cristina Branco, die een gedicht van Slauerhoff zong, gekozen door Herma, en een heftige Piazzolla-tango van Yo-Yo Ma, gekozen door Nora, klonk er dus door de grijze ruimte 'You're missing' van Bruce Springsteen. De kinderen zongen het zachtjes mee.

Aan het eind van de plechtigheid had de uitvaartleider een defilé voorzien langs de foto van een lachende Jan op de kist en een dooie Jan in de kist. Hugo en Bram brachten Herma op naar de katafalk alsof ze een verdachte was en voerden haar na een nette spanne tijds af. Martin en Nora volgden. Nora hoorde Martin met een snik 'dag pap' zeggen. Wat een onzin, wat een onzin, wat was dat nou 'dag pap', waarom praatten ze tegen een ontbindend lijk, dat niets kon horen en niets terugzei, wat was dat voor debiele gewoonte op die manier een openbare verklaring van rouw af te leggen, te salueren voor een foto, ja zelfs het hout van de kist te aaien. Valse sentimenten. Ze wachtte niet tot Martin klaar was met zijn groet en zijn minuut stilte, maar beende kwaad langs de kist (godverdomme, papa) en zo achter de waardige broers en hun moeder aan. Toen ze langs de ernstig kijkende gasten liep, die waren opgestaan in hun banken in afwachting van hun moment met Jan, zag ze in een van de achterste rijen Guido. Hij keek naar haar. Het was de eerste keer dat ze hem weer zag sinds Italië. Ze deed net of het verdriet haar belette ook maar iemand te herkennen, maar paniek en schrik zinderden door haar heen. Hij moest het hebben gezien.

Ze voelde zich betrapt maar wist niet waarop. Prikte hij met zijn blik in het tere schuldgevoel dat ze had weggestopt achter haar veroordeling van zijn daad? Hij had het recht niet haar daar aan te raken. Zeker nu zou hij de piëteit moeten hebben zijn ogen neer te slaan. Toch was het dapper van hem te komen. Niet vanwege de familie – niemand wist van de ongelukkige gebeurtenissen – maar omdat hij zichzelf op de proef stelde. Was hij los van hen, vrij van hen, kon hij onder hen verkeren zonder dat diepe gevoel ongewenst vreemdeling te zijn? Zijn blik deed vermoeden dat hij nog niet helemaal zo ver was, maar misschien had zij een verkeerde indruk. Wel had hij een snaar in haar aangeslagen als met de nagel van zijn pink, die maar door bleef zingen, een beetje vals, een geluid dat je tot zwijgen wilt brengen, maar dat zelfs als het zwijgt nog doorklinkt. Waarom had ze hem niet bezocht, niet met hem gepraat?

Toen de ambulance Guido meenam – de Umbrische avondhemel was diepblauw, de cipressen voor de uitrit bij het pleintje leken geschilderd door Van Gogh – was Paul bij hem gebleven. Hij had tegen Nora gezegd: 'Ik zorg voor Guido. Jij zorgt voor Franca. Aldo zal wel voor Aldo zorgen.'

En zo was het gebeurd. Ze herinnerde zich die dagen, stralende zomerdagen, als doorgebracht in een kille mist. Ze tastte doelloos in het rond naar een manier om met Franca te praten, maar die vond ze niet, totdat ze in arren moede maar zei dat ze niet wist hoe te beginnen, wat te zeggen en of Franca het niet erg vond dat ze even geen goede moeder was en dat ze gewoon maar samen door deze rare, moeilijke tijd moesten sjokken tot er wat licht aan het eind van de tunnel kwam, sorry voor de clichés. Franca vond het oké. Ze gingen omzichtig met elkaar om, beleefd bijna, het was Chinees porselein dat ze samen afwasten, en Nora had geen idee wat er bij Franca onder het glazuur speelde. Was het woede op haar, of op Guido, of op zichzelf, was het revolte tegen de rotzooi die Nora's generatie haar opdrong, was het wanhoop omdat ze niet wist wat ze met haar leven aan moest, of was het juist onverschilligheid en vastbeslotenheid de eigen weg te gaan, zich niet meer als pion te laten gebruiken voor een schimmige competentiestrijd of wat het ook was dat Nora en Guido aan elkaar klonk.

Guido was na een paar dagen naar huis gekomen en korte tijd opgenomen in een psychiatrisch ziekenhuis, waar ze al snel constateerden dat hij geen gevaar meer opleverde voor zichzelf en voor zijn omgeving. Hij kreeg een ambulante behandeling. Na een paar weken van herstel was hij weer aan het werk gegaan. Franca had hem een keer willen bezoeken in de kliniek. Nora reed haar erheen en bleef buiten wachten met pijn in haar hele lijf. Na een halfuur was ze teruggekomen. 'Hoe was het?' 'Goed,' had ze gezegd. Meer niet. Nora had niet de indruk dat Franca de weekends met haar vader als vanouds weer had opgevat, of ze loog erover, zei dat ze naar een vriendin ging. Ze had geen idee meer. Het was haar allemaal uit haar handen gelopen. Paul zei dat ze het wat tijd moest gunnen. Tijd! De grote gelijkmaker! De weg van de lafheid! Toch was ze die gegaan. Af en toe was daar Paul om haar te *debriefen*, zoals hij het noemde: helpen verwerken.

Ze herinnerde zich een broeierige zaterdagmiddag in augustus. Jan Damave was bezig aan zijn laatste broze weken. Al dagen dreigde onweer. Het kwam op, hing zijn zwarte wolk een tijdje boven de zwetende massa die naar boven keek en om verlossing smeekte en trok zich dan weer terug achter een grauwgeel waas, waarin de zon scherp en rond als de maan zijn baan trok.

'Weet je,' zei Paul en hij veegde met zijn wijsvinger de druppels condens uit over het glas koude witte wijn, 'op de keper beschouwd is er sprake van een *happy ending*. En dan heb ik het niet eens over ons.' Nora dacht juist aan de zaak tegen Ali, die de volgende week moest voorkomen. Een *happy ending* kon ze

daar niet in ontdekken. Waarschijnlijk zou hij er met een taak-
straf van afkomen, en al was dat geheel volgens de regels van
het recht, ze had het gevoel dat zowel zij als Ali en de hele samenleving waarvan zij twee toevallige vertegenwoordigers waren, pas begonnen waren aan de 'Proloog in de hemel'.

'Hoe bedoel je?' Ze veegde natte haren van haar voorhoofd.
De benauwdheid bedrukte haar, gedachten liepen traag als
stroop door hun gangen.

'Ik zie steeds weer die oude Fischer voor me, die als een sla-
vendrijver een zieke slaaf ervan langs geeft. Rats, rats, rats. Als
we hem niet hadden tegengehouden was hij doorgegaan tot hij
erbij neerviel. Die knetterende woede van zo'n breekbare bejaarde was schokkend, maar wat me nog meer schokte was de
uitdrukking op het gezicht van Guido. Ik wist niet hoe ik die
moest duiden, maar ik ben erachter: het was geluk. Niet de ge-
lukzaligheid van de mystieke extase, maar het geluk van iemand
die iets ten einde heeft geleefd, die als het ware de laatste kwel-
lingen in het purgatorium verdraagt en alreeds de hemel ziet
blinken. Sterker: de klappen waren ridderslagen. Het spijt me
als ik wat metaforen mix, het is maar speculatie. De behoefte
van de mens aan godsdienst en leiderschap heb ik altijd gezien
als een behoefte aan troost en zelfbedrog en als het onvermo-
gen de zinloosheid van alles te aanvaarden als een prettige bijkomstigheid van het leven. Maar het is meer, zag ik aan Guido.
Vroeger was die troost misschien nodig, toen de mens een
speelbal was van de natuur en niets wist, niet het licht van zijn
ratio als een zoeklicht op het heelal had gericht. Guido's Imita-
tio Christi, als ik zijn navolging van de Meester even zo mag
noemen, was niet een behoefte aan troost, maar een behoefte
aan nederigheid. De behoefte aan godsdienst is een behoefte
aan disciplinering. Als de mens met een bedoeling in het universum is gezet door een superieur wezen of een bijzondere
energie dan moet zijn ego, dat almaar uitdijende ego van de

zelfvoldane, machtige, moderne mens die zichzelf als het centrum van alles ziet, op maat gesneden worden. Dan wil de gelovige mens de harde hand van zijn meester voelen. Guido overwon zijn ego, sneed zichzelf op maat, liet Fischer daar nog een onsje bij of af doen, en was eindelijk "niemand". Uit volle overtuiging. Weggevaagd. Klaar.'

Nora bleef Paul een tijd aanstaren. Over de Nora-documenten had ze niet met hem gesproken. 'Nou ja!' zei ze toen. 'Dat lijkt me uiterst onwaarschijnlijk wat Guido betreft, en in zijn algemeenheid met betrekking tot wat godsdienst is of doet voor de mens: *bullshit* die verklaring van jou. Echt onzin!'

Ze waren een hevige discussie begonnen over de aard van de menselijke religiositeit ('genetisch bepaald' 'een genetische afwijking zul je bedoelen') totdat een bleekblauwe flits neonlicht het donkere zwerk spleet en uit de scheur een gigantische bak water stortte. Nora herinnerde zich van die discussie vooral het begin: de term *happy ending*.

Straks zou Guido aansluiten in de rij om zijn rouwbeklag te doen bij haar, haar broers, haar moeder. Ze voorzag de warme handdruk, de woorden van oprechte dank voor zijn komst, de kus van Herma. Dat schuurde en wrong als muziek uit een oude accordeon. Ze mocht het niet laten gebeuren. En Franca, waar was Franca? Had ze haar vader gezien? En Paul, kon Paul helpen? De begrafenisgasten, wier stemmen in de rij vóór het condoleren nog gedempt klonken, kwamen op partysterkte bij de bitterballen. Nora keek rond, ging even op haar tenen staan om de rij af te speuren. Guido liep nog buiten. Ze zag zijn lichtgrijze zomerpak en zijn iets te lange, zwarte haar dat niettemin een voortreffelijke coupe had, alsof Nelly nog af en toe met haar schaar vanuit de hemel neerdaalde om het bij te knippen. Hij stond op het punt aan te sluiten, maar liet een kleine ruimte tussen hem en de laatste gasten. Zijn aanwezigheid leek daardoor toevallig en aarzelend. Hij kon nog weg als hij wilde. Nora verliet met een gehaast gepreveld excuus de slagorde waarin het gezin Damave stond opgesteld en liep op Guido af.

'Zullen we een rondje lopen?' Ze meed zijn blik.

'Dat is goed,' zei hij.

'Links gaan we naar Pim Fortuyn, rechts naar Multatuli. Je mag kiezen.'

'Jij zou voor Pim Fortuyn kiezen. Ik voor Multatuli,' zei hij.

'Dat is niet waar en ook heel gemeen.'

Hij grinnikte. 'Het spijt me. Het spijt me ook heel erg van je vader. Ik weet hoe belangrijk hij voor je was.'

'Dank je,' zei ze. 'Lief van je dat je er bent.'

Nu keek ze hem pas aan. Ze zag een zekere gretigheid in zijn blik, een hoop op vergiffenis als van een hond die weet dat hij iets stouts heeft gedaan maar toch eigenlijk erg braaf is.

Ze liepen een eind het warme pad op. Slecht weer voor lijken, deze hete nazomer. De koeling onder Jan Damave was om de haverklap aangeslagen tijdens de dagen van opbaren thuis. Het was een zacht maar verschrikkelijk geluid geweest. Haar vader op zo'n bed van ijs als verse vis! Er was veel voor te zeggen de dode net als in woestijngebieden snel in een laken te wikkelen en onder het warme droge zand te stoppen.

Westerveld was een dodenkermis. Het duinterrein maakte een frivole indeling mogelijk met bochtige paadjes en laantjes. Grote grafmonumenten voor hele families werden afgewisseld met bijna vergeten perkjes voor bescheidener overledenen, en dan weer was er een veldje waar urnen als door Fabergé ontworpen landmijnen samenschoolden. Overal bloemen, zowel nog levend aan struiken en planten als verwelkend in kransen en boeketten. Een kleurig, vrolijk en slordig palet tussen de hoge donkere bomen op het oude duin. Het gebouw van Marius Poel uit 1913 stond martiaal op zijn heuveltop, een groot stenen paasei, of, om in militaire termen te blijven, een rechtstandige kernkop.

Nora wist niet hoe ze moest beginnen. Ze kon het niet helpen dat het beeld van Guido's lege balzak in zijn onberispelijke grijze broek haar steeds voor ogen kwam. Zou hij er protheses in hebben laten stoppen en een hormoonbehandeling krijgen, of was het juist het doel van de therapie de zelfgeschapen leegte als een onderdeel van het eigen geschiedverhaal te aanvaarden, een normaal litteken dat met ere gedragen mag worden. De woorden droogden op in haar keel.

Na een tijd werd het gezamenlijk zwijgen kalmer, voelde ze minder de noodzaak te refereren aan het nabije of verdere verleden. Het hoefde ook niet meer; heel zacht deed de onrust de deur achter zich dicht. Ssst. Het is oké. De stilte daalde op hen neer als stof. Er sloop iets vertrouwds in hun wandeling, hun passen regelden zich naar elkaar. Onwillekeurig gingen ze dichter naast elkaar lopen. Ze maakten een lus in de tijd en voelden hoe een vroeger ik hen vergezelde. Nora liet zich even gaan op de helende herinnering, tot er met een scherp spijkertje op haar hoofd werd getikt: als Guido maar niet het idee kreeg dat ze helemaal opnieuw konden beginnen. Als dat geheime verlangen hem maar niet permanent had gekweld tot hij de kans schoon zag om zijn teen in het water te steken, zoals nu. Ze dacht aan de Nora-documenten. Of het nu literaire oefeningen in perspectief waren of verwrongen visies op de werkelijkheid, er zat toch een kronkel in de man die naast haar liep, een kronkel die zich alleen om haar heen slingerde, voor het overige bleef zijn leven binnen de bandbreedte van gewone gekte waaronder iedereen gebukt ging.

'Guido,' zei ze. 'Guido toch...'

'Nora!' zei hij opgewekt terug.

Was dat de therapeutische opdracht geweest: naar de crematie van Jan Damave gaan, Nora opzoeken en een houding van vriendelijke onafhankelijkheid aannemen? Ze zag de psychiater bij de volgende sessie tevreden knikken. 'Goed gedaan, meneer Kaspers. We komen er wel.' Waar? Maar ze had zich al voorgenomen het volgende te gaan zeggen en dat kon ze niet meer tegenhouden: 'Ik zou graag met je over Franca willen praten. Ze zit in haar eindexamenjaar en ik weet niet of het wel zo goed met haar gaat. Jij hebt altijd goed contact met haar gehad. Misschien begrijp jij beter wat er in haar omgaat en hoe we haar kunnen helpen.'

Pauls uitspraak over een *happy ending* schoot haar te binnen. Was dit haar handreiking om het conflict tot een gelukkig einde te brengen? Was het maar zo makkelijk. Haar oordeel over hem was niet veranderd en zou een keer op tafel komen te liggen en er niet van afgaan voordat ze hem haarfijn had uitgeduid hoe misleid door zelfmedelijden hij was en hoe verachtelijk ze dat vond. Het was nog niet klaar. Het was om de dooie dood nog niet klaar.

'Misschien moeten we met z'n drieën praten. Ik heb Franca in lang niet gezien,' zei Guido op neutrale toon.

'Misschien moeten we dat inderdaad maar doen.'

Ze waren terug bij de condoleanceruimte. De rij was verdwenen. Het was nu een normale receptie geworden. De oude heren schoten weer hun antracietkleurige rouwjassen aan en groetten elkaar: 'Tot binnenkort.'

'Doe mijn groeten aan je moeder. Wens haar sterkte,' zei Guido.

'Dat zal ik doen.'

Ze keek hem na. Niet te lang.


Franca trok de deur heel zacht achter zich dicht. Nora en Paul dachten dat ze naar bed was, maar ze hield het niet uit op haar kamer. Het afscheid van opa was als de laatste scène in een opera. Het had de reeks noodlottige gebeurtenissen afgesloten die was begonnen met Ali's aanval. Ze was leeg als pasgeploegd land, open en rauw. Verdrietig was ze niet geweest bij de plechtigheid, maar kwaad op alles en iedereen. Ze kon niets verdragen: geen woord van medeleven, geen woord van troost, geen blik van verstandhouding, geen arm om haar schouders, en al helemaal niet de gemaakt stoere houding van de tweelingneven waaruit sprak dat opa nu eenmaal een oude man was en oude mensen gaan dood, jammer maar helaas; en stiekem keilden de corpsballen meegebrachte cognac achterover. Ze was in een hoek gaan staan, hopend op een vroeg vertrek van iemand met wie ze mee kon rijden. In een andere hoek zag ze Paul, die natuurlijk bescheiden op haar moeder wachtte. Ook hij stond alleen, omdat hij niemand kende. Ze deed net of ze hem niet zag, liep geërgerd weg toen ze merkte dat hij haar in de gaten hield.

Buiten in de zware okeren oktoberzon zag ze opeens de gestalten van haar moeder en haar vader weglopen, naast elkaar, licht gebogen als geconcentreerd op glazen grond. De aanblik schokte haar. Daar liepen haar ouders, gevangen in een kring van licht, losgemaakt uit hun achtergrond, zoals ook het huis van Fischer omgeven was geweest door dat zachte poezenlicht. Ze liepen en liepen en hun gestalten werden kleiner. Haar hart holde achter hen aan, maar haar voeten bleven staan. Ze voelde de aanwezigheid van Paul nog voor hij vroeg hoe het ging.

'Ik wil naar huis,' zei ze. 'Ik voel me niet goed.'

'Ik breng je wel even,' zei hij.

Zonder te spreken had hij haar naar huis gebracht en was hij weer teruggegaan om haar moeder op te halen.

Franca pakte haar fiets en probeerde de verwarring achter zich te laten door hard te trappen. De dynamo zong hoog. Ze raakte bezweet, fietste het laatste stuk langzamer om op te drogen en haar adem onder controle te krijgen. De late avond was fris, natte dode katten in de lucht en oude sokken. Ze rilde.

Ze duwde de deur van het café open, werd even teruggeduwd

door een uitstulpende rubberen muur van muziek, mensenstemmen en warme walm, maar maakte zich dun en drong soepel tussen de lijven door naar een plek achterin waar haar nieuwe vrienden meestal stonden, jongemannen met onduidelijke creatieve banen en goede deals, veel ouder dan zij maar ze loog over haar leeftijd. Ze loog over alles. Haar leugens beschermden haar. De vrienden waren er niet, nog niet of niet meer. Bij de bar vroeg ze of ze al waren gesignaleerd. De barman haalde zijn schouders op. Wist hij veel. Ze bestelde een biertje en bleef aan de korte kant van de bar hangen. Niemand lette op haar.

Ze staarde in haar glas. Een druppel schuim gleed langzaam over de rand naar het viltje. Ze zag haar ouders lopen bij het crematorium. Wat moest ze ervan denken? Hoorde hier de kinderlijke hoop bij dat ze weer bij elkaar zouden komen? Was dat wat ze voelde? Kon ze dat werkelijk hopen? Die hoop smaakte bepaald niet zoet, was niet lindegroen als licht gezeefd door lentebomen, die hoop voelde aan als zand in haar gewrichten, die smaakte naar een foute amandel, die deed pijn in haar schouders en haar rug, die kneep haar keel dicht. Dat was geen hoop.

Ze zag haar grootvader in zijn kist. De scherpe neus stak omhoog als de boeg van een zinkend schip. Dit masker was het gezicht dat hij achter zijn gezicht verborgen had gehouden, zijn ware wezen. Hij had op de oude Fischer geleken. De overeenkomst verwarde haar. Fischer had haar zijn leven verteld en toen ze haar opa dood zag, de hals te smal in het wijde boord van zijn mooiste witte overhemd, was het verhaal van Fischer aan opa gaan kleven als waaiend blad in de herfst. Het was of de plus van opa's leven werd opgeheven door de min van Fischer, levens die je tegen elkaar kon wegstrepen. Oude mensen, dingen die voorbijgaan. Fischer had haar geheimhouding laten beloven. Hij sprak tot haar, alleen tot haar, om redenen die hem aangingen, niet haar, zei hij. Ze zou nu ook niet eens meer weten wat ze moest vertellen. Het was een treurig verhaal geweest van een eenzame, harde man. De opkomst van haar geschonden vader tussen de Italiaan en Paul in hangend had het subtiele relaas van de Meester verpletterd. Hier en daar stak nog een fragment in haar geheugen: 'Als je een leven kunt kiezen, kies dan het stille leven in de schaduw.' Ze begreep het niet. Zijn bescheidenheid verborg zijn verachting voor de mensen. Waar kwam dat toch vandaan? Verloren illusies? Schaamte? Een onvervuld verlangen, dat met de jaren was verbleekt?

'Hé, Merel,' zei iemand naast haar, 'drink jij bier? Ik dacht dat jij voor de *frozen* margarita's ging?'

Franca was even vergeten dat ze ook over haar naam had gelogen en krabbelde snel op uit de kuil waar ze in was gevallen.

'Ik had dorst,' zei ze, 'maar nu ben ik wel aan een fm toe.'

Terwijl de vriend een cocktail voor haar bestelde en aan een verslag van zijn nieuwste heldendaad begon, bleef Franca boven het bargeruis als een hoge fluittoon de stem van Fischer horen. Ze herinnerde zich hoe die stem een vliegertouw wierp over de kloof die hen scheidde, een dunne draad van verstandhouding. Ze herinnerde zich het gevoel van uitverkiezing. 'Heb vertrouwen maar geloof niet,' zei hij. Dat advies was een beetje nep, net als bungeejumpen: je sprong maar je viel niet. Je kreeg de ervaring van de val zonder de dood. Was dat het leven, vallend gokken op onsterfelijkheid? Opa was behoorlijk dood. Ze likte aan het zout op de rand van haar glas. Ze stond nog aan het begin. Hoe moest het verder?

Toen ze twee frozen margarita's op had begon ze te ontdooien voor de toenadering van de jongeman die haar drankjes betaalde. Als Merel dronken was, kon ze dat. Dan kon Merel alles. Ditmaal liet Franca zich wat moeilijker wegduwen. Haar ouders hadden met elkaar gesproken. Er was iets in beweging gekomen. Ze deden het misschien vooral om haar. Hoe moest ze reageren? Ze wilde niet.

'Ik wil niet meer... Ik wil niet meer... Ik wil niet meer.'
Ze zei het. Ze riep het. Ze schreeuwde het.

Guido deed de deur open en raapte de post van de mat. Niets bijzonders. Een rekening, een reclame, een folder met de bonusaanbiedingen van Albert Heijn. Verder niets. Toch elke dag nog de teleurstelling. Aldo '62 had niet gereageerd. De Meester evenmin. Hij had het niet verwacht, maar toch: hoop sterft langzaam. 'Excuses aanvaard', meer hadden ze niet hoeven schrijven in antwoord op zijn brieven.

Was Jacopone's crypte een ruime behuizing geweest voor zijn onsterfelijke ziel, de schaamte omhulde zijn sterfelijk lichaam sindsdien als een strakke doodskist, maar hij wende er wel aan. Heel veel meer en anders dan vroeger was het niet. Elke nacht ging hij terug naar de extase, naar de bevrijdende pijn, het troostende zicht op de donkerblauwe rechthoek met vijf kille sterren, en de stenen omhelzing van de heilige. Dat hielp.

Op tafel lag de krant van eergisteren, opengeslagen bij de overlijdensadvertenties. Zo was hij te weten gekomen dat Jan Damave vandaag zou worden gecremeerd. Hij pakte de meeneemmaaltijd uit die hij bij de Thai had gehaald op de terugweg van Driehuis-Westerveld en schepte de boel op een bord dat hij een paar minuten in de magnetron verwarmde. Intussen zette hij de televisie aan en kneep hij een geel blad uit de kamerlinde. Met het bord op schoot en een koud biertje voor zich op de lage tafel keek hij naar het zesuurjournaal.

Zou Nora aan hem denken? Vast wel. Het was hun eerste ontmoeting sinds de bijna onwerkelijke scène bij Fischer thuis, die in zijn herinnering niets van zijn magische kracht had verloren. Hij had het er goed van afgebracht. Het korte samenzijn met Nora leerde hem meer dan hij had verwacht. Het was misschien vreemd het zo te denken, maar het lijden had hem van haar ver-

lost. Het bloed had hem bevrijd. Dat niet alleen: hij was rijker.
Hij wist meer dan zij. De volheid van het leven en de afgrond
van de dood kende hij. Net als Jacopone had hij weet van kwade
dagen. Nora, ach, Nora! Ik heb met je te doen. Hij glimlachte.
Al haar onuitgesproken gedachten tijdens de wandeling langs
de affodillen stonden met scherpe stift in de lucht geschreven.
Ze was makkelijker leesbaar dan ooit. Om haar had hij het gedaan, om haar liefde en aandacht en erkenning, maar al doende
was hij boven haar uitgestegen. Hij liet de lepel in het bord vallen, als getroffen door een plotseling inzicht. Was dat waar?
Was hij de hele lange weg van Oss tot Collazzone gegaan om
deze staat van zijn te bereiken? Kon hij geloven dat dit zijn persoonlijke opdracht in het leven was geweest, hem verstrekt
door een onzichtbare instantie? Hij staarde naar de nieuwsle-
zer alsof deze de blijde boodschapper zelf was. Maar wat nu
dan? Hoe ging het verder? Wachtte hem een volgende taak? Of
was hij klaar en bleef hij de rest van zijn leven uitdienen in dit
stille binnenwater? De gedachte aan Fischers kluizenaarschap
verscheen als een kleine bundel licht aan de horizon. De wereld
versteld doen staan en haar dan de rug toekeren.

Guido keek om zich heen. Franca zou de planten wel overnemen. Franca! Aan haar durfde hij niet te denken. Als hij haar
naam dacht werd hij in een hoek van zijn cel geslingerd, gezicht
tegen de muur. Haar kon hij niet ontstijgen. Zonder pijn zou het
niet gaan. Wat was per slot van rekening de waarde van een opdracht als hij niet moeilijk was. Hij zette zijn bord neer en stond
op, vervuld van onrust. Hoe ging het verder? In het laatste boek,
boek D, beschreef Fischer de aankomst van de ziel in het rijk
van de dood. De ziel zegt:

*Want ook ik hoor bij uw gezegend mensensoort,*
*ik ben een zoon van de aarde en de sterrenhemel,*
*het noodlot trof me en de werper van bliksems*
*maar ik heb mij bevrijd uit de cirkel van diep verdriet*
*en stap lichtvoetig in de cirkel van vreugde.*

Guido Kaspers wist het. Hij pakte een koffer, stapte in zijn auto en verdween.

## VERANTWOORDING

p. 8 uit de *Aeneis* van Vergilius in de vertaling van Piet Schrijvers.

p. 134, 135 uit Carmen 63, het Attisgedicht van Catullus, vertaling Lucette M. Oostenbroek

p. 222 'Philemon en Baucis' uit *Metamorfosen* van Ovidius, vertaling M. D'Hane-Scheltema.

# Nelleke Noordervliet · *Pelican Bay*

Aan het eind van de achttiende eeuw wordt op een Caribisch eiland een gruwelijke moord gepleegd. Het slachtoffer is de vrouw van suikerplanter en slavenhouder Jacob Rivers. Zijn nazaat Ada van de Wetering gaat op zoek naar de ontrafeling van het mysterie. Ze gaat ook op zoek naar haar verdwenen adoptiebroer Antonio. Zijn aanwezigheid was in het gezin Van de Wetering een splijtzwam. Door de waarheid te zoeken over Jacobs leven probeert Ada tegelijk antwoord te krijgen op de vragen omtrent haar eigen leven die ze altijd heeft ontlopen. De waarheid van het verre historische verleden is net zo complex als de waarheid van Ada's persoonlijke leven. Het verhaal van Jacob heeft alles te maken met het verhaal van Ada. Alle levens worden geraakt door de koloniale geschiedenis van uitbuiting, onderdrukking en bevrijding. De plaats waar je bent geboren bepaalt aan welke kant je staat. Hoe die voorbestemming te doorbreken?

Lyrisch en nuchter, ironisch en ernstig, scherp en met mededogen vertelt Nelleke Noordervliet de verhalen van Jacob en Ada, verwantschap over de tijden heen.

'*Pelican Bay* is een knappe, veelomvattende, gedeeltelijk historische roman – avontuurlijk en vaak geestig, die je steeds dwingt tot doorlezen.' · Margot Dijkgraaf in NRC *Handelsblad*

'Met *Pelican Bay* heeft Nelleke Noordervliet een monumentale roman geschreven die als een bouwdoos in elkaar zit. [...] Een roman vol couleur locale.' · Max Pam in HP/*De Tijd*

'*Pelican Bay* is met vaart geschreven en heeft een plot die je moeiteloos door het boek heen jaagt, maar het literaire vlechtwerk waar je naar kijkt is ingewikkeld genoeg.' · *Het Parool*